Mitch Albom

Die magischen Saiten des Frankie Presto

LAGO

Bibliografische Information der Deutschen Nationalbibliothek:
Die Deutsche Nationalbibliothek verzeichnet diese Publikation in der Deutschen Nationalbibliografie; detaillierte bibliografische Daten sind im Internet über http://dnb.d-nb.de abrufbar.

Für Fragen und Anregungen:
info@lago-verlag.de

1. Auflage 2016

Nymphenburger Straße 86
D-80636 München
Tel.: 089 651285-0
Fax: 089 652096

Die englische Originalausgabe erschien 2015 bei ASOP, Inc. unter dem Titel *The magic strings of Frankie Presto.*

Übersetzung: Elisabeth Liebl
Redaktion: Petra Holzmann
Satz: Lisa Dangl
Druck: GGP Media GmbH, Pößneck
Printed in Germany

ISBN Print 978-3-95761-130-7
ISBN E-Book (PDF) 978-3-95762-069-9
ISBN E-Book (EPUB, Mobi) 978-3-95762-070-5

Für meinen Onkel Mike, den ersten von vielen Musikern in meinem Leben, bei denen ich sagte: »So möchte ich auch spielen können.«

Here's to all the boys who came along
Carrying soft guitars in cardboard cases
All night long
And do you wonder where those boys have gone?
PAUL SIMON

Für alle Jungs, die anmarschierten
Mit Gitarrenkoffern aus Karton
Die ganze Nacht lang
Fragst du dich nie, wo diese Jungs hingekommen sind?

Teil I

1

Ich bin gekommen, um meinen Preis zu fordern.

Er ist da, dort im Sarg. Eigentlich gehört er mir längst. Aber ein guter Musiker bleibt respektvoll sitzen, bis die letzten Noten verklungen sind. Das Lied dieses Mannes ist endgültig verstummt, aber die Trauergäste sind von weit her gekommen, um noch ein paar Strophen dranzuhängen. Als Koda sozusagen.

Hören wir mal, was sie so zu bieten haben.

Der Himmel kann warten.

Habe ich Sie jetzt erschreckt? Das war nicht meine Absicht. Nein, ich bin nicht der Tod. Ein Sensenmann mit Kapuze, der nach Verwesung riecht? Wie sagen eure Kids immer: *Also echt!* Ich bin auch nicht der große Richter, vor dem ihr am Ende immer Angst habt. Wer bin ich denn, dass ich ein Leben in eine Waagschale lege? Ich lebe bei den Guten ebenso wie bei den Bösen. Und ich verurteile die Fehler nicht, die dieser Mann gemacht hat. Genauso wenig, wie ich seine Tugenden abwäge.

Aber ich weiß so einiges über ihn: über den Zauber, den er mit seiner Gitarre gewebt hat, über die Menschenmassen, die er mit seiner tiefen, rauen Stimme berührt hat. Über die Leben, die er mit seinen sechs blauen Saiten umgekrempelt hat.

Ich könnte Ihnen all das erzählen.

Oder mich einfach ein bisschen ausruhen.

Ich nehme mir immer genug Zeit zum Ausruhen.

Finden Sie mich kapriziös? Manchmal bin ich das. Ich kann aber auch freundlich sein, beruhigend, einfach, so sanft wie rieselnder Sand, aber auch misstönend, wild, schwierig und so durchdringend wie ein Nadelstich.

Ich bin die Musik. Und ich bin gekommen, um mir die Seele von Frankie Presto zu holen. Nicht die ganze natürlich. Nur das ziemlich große Stück, das ich ihm zur Geburt in die Wiege gelegt habe. Auch wenn er mit meiner Gabe gut gewirtschaftet hat, ist sie nur eine Leihgabe und nicht sein unveräußerlicher Besitz. Und als solche fällt sie nach Vertragsende wieder an den Eigentümer zurück.

Ich werde Frankies Talent also wieder an mich nehmen und es an eine oder mehrere neugeborene Seelen verteilen. Und eines Tages werde ich dasselbe mit Ihrem Talent tun. Ihr Menschen richtet nicht ohne Grund instinktiv die Augen zum Himmel, wenn ihr einer Melodie lauscht oder zum Beat einer Trommel mit dem Fuß wippt.

Alle Menschen sind musikalisch. Warum sonst hätte Gott ihnen ein schlagendes Herz in die Brust gepflanzt?

Natürlich haben manche mehr von mir im Blut als andere. Bach, Mozart, Antônio Carlos Jobim, Louis Armstrong, Eric Clapton, Philip Glass, Prince – um nur ein paar von denen zu nennen, die unter euch Menschen gelebt haben. Bei allen habe ich gespürt, wie ihre winzigen Hände – kaum geboren – schon nach mir griffen.

Ich werde Ihnen ein Geheimnis verraten. Auf eben diese Weise werden Talente verliehen: Noch ehe ein Neugeborenes seine Augen öffnet, umschweben wir Talente es als leuchtende Farben. Und wenn es zum ersten Mal seine Händchen öffnet, greift es nach der Farbe, die ihm am besten gefällt. Dieses Talent begleitet es dann durch sein ganzes Leben. Die Glücklichen (in meinen Augen) entscheiden sich für mich: die Musik. Von diesem Moment an lebe ich in jedem Summen, jedem Pfeifen, in jedem Anschlag einer Klaviertaste, jedem Zupfen einer Saite.

Ich kann euch Menschen nicht vor dem Tod bewahren. Diese Macht ist mir nicht gegeben. Aber ich kann euch *erfüllen*.

Und ja, der Mann in diesem Sarg war von mir erfüllt, der geheimnisvolle und so oft missverstandene Frankie Presto, verstorben erst dieser Tage vor den Augen einer riesigen Menschenmenge bei einem ausverkauften Festival. Diese Leute sahen, wie sich Frankies Körper hoch in die Lüfte erhob, bevor er leblos zu Boden fiel.

Diese Geschichte hat einige Aufregung verursacht. Selbst heute an diesem Tag, an dem sich alle in dieser jahrhundertealten Basilika versammeln, wird immer wieder die Frage laut: »Wer hat Frankie Presto getötet?« Denn, so heißt es, kein Mensch stirbt von selbst auf diese Weise.

Und das ist richtig.

Wussten Sie, dass sein Vorname eigentlich »Francisco« lautete? Seine Manager haben immer versucht, das geheim zu halten. »Frankie«, so dachten sie, kommt bei den amerikanischen Fans besser an. Die jungen Mädchen könnten bei seinen Konzerten dann schreien: »Frankie! Ich liebe dich, Frankie!« Da lagen sie richtig. Zweisilbige Namen eignen sich besser für hysterische Anfälle. Aber niemand kann seine Vergangenheit ändern, ganz egal, was er aus seiner Zukunft macht.

Sein wahrer Name war Francisco. Francisco de Asís Pascual Presto.

Mir gefällt der Name. Ich war ja auch dabei, als man ihm seinen Namen gab.

Richtig. Ich kenne die unterschlagenen Geheimnisse von Frankie Prestos Geburt, die für Biografen und Kritiker – ja auch für Frankie selbst – lange Zeit ein Rätsel blieben. Ich kann Ihnen erzählen, wie alles abgelaufen ist.

Wundert Sie das? Dass ich so mir nichts, dir nichts bereit bin, eine Story zu erzählen, die alle so brennend interessiert? Nun, wozu noch warten? Mein Talent ist ohnehin nicht von der »langsamen« Sorte wie die Logik oder die Mathematik. Ich bin die Musik. Wenn ich Ihnen das Talent zum Singen schenke, dann können Sie singen, sobald Sie das erste Mal den Mund aufmachen. Komponieren? Meine besten Wendungen sind oft die ersten Noten eines Stücks. Mozarts »Kleine Nachtmusik«? Ta, da-dam, da-dam da-dam da-dam? Er brach in Gelächter aus, als er das auf dem Klavier nachspielte. Das hat keine Minute gedauert.

Aber Sie wollten ja wissen, wie Frankie Presto zur Welt kam. Ich werde es Ihnen sagen. Ganz einfach.

Es ist genau hier passiert, in Villareal in Spanien, einer Stadt unweit des Meeres, die vor über 700 Jahren von einem König gegründet worden war. Ich fange gern mit der Zeit an, dem Takt eben. Beginnen wir also im August 1936, am ehesten angebracht wäre wohl ein, sagen wir, erratischer »6/5«-Takt, denn es war eine ziemlich blutige Epoche in der Geschichte des Landes. Bürgerkrieg. El Terror Rojo – der Rote Terror – wütete in den Straßen und bewegte sich auf eine Kirche zu. Der Großteil der Priester und Nonnen war schon aufs Land geflohen.

Ich kann mich an diesen Abend noch gut erinnern. (Ja, ich habe ein Gedächtnis. Keine Arme und Beine, aber ein nahezu unerschöpfliches Erinnerungsvermögen.) Ein Gewitter brodelte über der Stadt, die Regentropfen schlugen hart aufs Straßenpflaster. Eine Hochschwangere schlüpfte in diese Kirche hinein, weil sie für ihr Kind beten wollte. Sie hieß Carmencita. Ihr schmales Gesicht mit den hohen Wangenknochen ging fast unter in der Wolke ihres dichten schwarzen Haars. Sie zündete zwei Kerzen an und legte die Hand auf ihren dicken Bauch. Dann ließ sie sich stöhnend zu Boden sinken. Die Wehen setzten ein.

Sie schrie. Eine junge Nonne mit haselnussbraunen Augen und einem winzigen Spalt zwischen den Vorderzähnen eilte zu ihr und half ihr beim Aufstehen. »Tranquila«, beruhigte sie sie und nahm Carmencitas Gesicht zwischen die Hände. »Ganz ruhig.« Doch bevor sie nur überlegen konnte, wie sie die Frau ins Krankenhaus transportieren sollte, stieß jemand die Kirchenpforte auf: Die Plünderer fielen ein.

Es handelte sich um Revolutionäre und versprengte Soldaten paramilitärischer Einheiten, die gegen die faschistischen Putschisten kämpften. Sie waren gekommen, um diese Kirche zu zerstören, wie sie es bei anderen in ganz Spanien gemacht hatten. Statuen und Altäre hatten sie entweiht, die Kirchen in Brand gesteckt, Priester und Nonnen, die man als Helfershelfer der Putschisten ansah, ermordet.

Man könnte vermuten, dass ein neues Leben instinktiv zögert, die Bühne zu betreten, wenn es inmitten solcher Schrecken zur Welt kommen soll. Nein. Weder Freude noch Angst können eine Geburt verhindern. Der künftige Frankie Presto hatte keine Ahnung, wie die Welt außerhalb des Mutterleibs aussah. Er war bereit für seinen Auftritt.

Und ich ebenfalls.

Die junge Nonne brachte Carmencita in ein verstecktes Kämmerchen, das schon vor Jahrhunderten eingerichtet worden war. Die Revolutionäre mochten die Kirche zerstören, doch Frankies Mutter hatte eine von Kerzen erhellte Ecke und eine graue Decke, auf der sie ihr Kind gebären konnte. Die Frauen atmeten schnell und rhythmisch: ein und aus. »Tranquila, tranquila«, beruhigte die Nonne Carmencita immer wieder.

Der Regen hämmerte wie mit Schlägeln aufs Dach, der Donner gab die Pauke dazu. Unten steckten die Plünderer das Refektorium an. Das Feuer knisterte laut wie Kastagnettengeklapper. Wer nicht aus der Kirche geflohen war, schrie und kreischte. Dazu kamen die gebellten Befehle der Revolutionäre.

Hohe Stimmen, tiefe Stimmen, Flammenknistern, Windgeheul, Trommelregen und der immer wieder dreinschlagende Donner steigerten sich zu einer wütenden Symphonie, die schnell auf ihr Crescendo zutrieb. Gerade als die Eindringlinge das Grab des heiligen Pascual öffnen und seine Gebeine verstreuen wollten, begannen die Glocken der Basilika zu läuten. Alles richtete den Blick nach oben.

In eben diesem Augenblick kam Frankie Presto zur Welt. Mit fest geschlossenen Händchen. Und griff sich sein Stück von mir.

Ah ... Lasse ich mich zu sehr mitreißen von meiner Geschichte? Ich muss mir etwas zur Komposition überlegen. Die Geschichte einer Geburt zu erzählen ist eine Sache, die eines ganzen Lebens eine völlig andere.

Lassen wir also für einen Moment den Sarg mit Frankie Presto, wo er ist, und treten wir vor die Pforte der Basilika, hinaus in die Morgensonne, die die Menschen blendet, die aus ihren Autos steigen. Die engen Straßen beginnen sich zu füllen, obwohl noch nicht viele Trauergäste da sind. Eigentlich müssten es mehr sein. Meinen Berechnungen zufolge (die immer stimmen) hat Frankie Presto während seiner Zeit auf Erden mit genau 374 Bands gespielt. Das sollte doch eine zahlreiche Trauergemeinde ergeben.

Jeder gehört im Laufe seines Lebens einer Band an. Und einige dieser Bands machen Musik. Frankie, mein kostbarer Schützling, war mehr als nur ein Gitarrist, mehr als ein Sänger, mehr als ein berühmter Künstler, der eine lange Zeit seines Lebens von der Bühne verschwand. Denn da er als Kind einiges durchgemacht hatte, wurde er für sein Leid mit einer ganz besonderen Gabe entschädigt. Einem Satz Saiten, die ihm die Fähigkeit verliehen, Leben zu verändern.

Sechs Saiten.

Sechs Leben.

Aus eben diesem Grund dürfte dieser Abschied interessant werden. Aus eben diesem Grund bleibe ich hier, um die Trauerredner zu hören – die ihn kannten und die Frankies einzigartige Symphonie erklingen lassen. Und dann ist da natürlich noch die Frage nach seinem merkwürdigen Tod. Und nach der dunklen Gestalt, die man kurz davor in seiner Nähe gesehen hatte.

Ich will dieses Rätsel gelöst sehen. Musik verlangt nach Lösungen.

Aber für den Moment ruhe ich mich lieber noch ein bisschen aus. Schließlich habe ich Ihnen ja schon ein paar Takte vorgegeben. Sehen Sie die Zigaretten rauchenden Männer dort auf den Kirchenstufen? Den einen mit der Ballonmütze aus Tweed? Auch ein Musiker. Er spielt Trompete. Früher hatte er sehr geschickte Finger, heute ist er alt und kämpft gegen die Krankheit. Hören Sie ihm doch einen Augenblick zu. Frankie hat mal in seiner Band gespielt. – Jeder schließt sich im Laufe seines Lebens einer Band an.

Marcus Belgrave

Jazztrompeter. Spielte in Marcus Belgrave and His Quintet und der Ray-Charles-Band. Begleitete McCoy Tyner, Dizzy Gillespie, Ella Fitzgerald und andere.

Kann ich mal Feuer haben … mmm … mmm … danke.

Nein, ich kann's auch nicht glauben. Kein Mensch stirbt so. Aber ich sage Ihnen, Frankie hat da irgendwas Seltsames getrieben, irgendwas mit Zauberei, Voodoo oder so … Ich habe diese Geschichte bisher niemandem erzählt, aber ich schwöre bei Gott, sie ist wahr.

Wir spielten in so 'nem Club in Detroit, 1951 oder vielleicht 1952. In jenem Teil der Stadt, den man Black Bottom nennt. Da gab's damals eine Menge guter Clubs, aber nach dem Krieg kam das Viertel immer mehr herunter.

Wie auch immer. Wir spielten Freitagnacht, vier Auftritte – um acht, zehn, um Mitternacht und um zwei Uhr früh. Frankie war auch dabei. Damals war er nur ein magerer Teenager, der Gitarre spielte – also lange, bevor er die ganzen Hits aufnahm, ja sogar lange, bevor er überhaupt zu singen anfing. Verdammt, ich glaube, ich kannte damals nicht mal seinen Nachnamen. Er war einfach nur »Frankie«. Eigentlich hätte er gar nicht dabei sein dürfen, weil er noch so jung war, aber er hat nie Geld verlangt, und dem Typen, der den Club damals führte, war das natürlich mehr als recht. Wir postierten ihn ganz hinten, außerhalb der Scheinwerferkegel, so war im Halbdunkel nur sein dichter, dunkler Haarschopf zu sehen. Nach jedem Auftritt bekam er einen Teller mit Hühnchen, und wir hatten einen Gitarristen, den wir nicht zu bezahlen brauchten.

Ich weiß, ich weiß, ich bin schon mittendrin in der Geschichte – wie gesagt, der Club war damals ziemlich heruntergekommen, und es geschah Folgendes: Eines Abends sind dort im Club einige komische Typen, unter ihnen auch ein riesengroßer, bärtiger Kerl mit einem hübschen blonden Mädchen, das viel zu jung ausgesehen und mächtig Lippenstift aufgetragen hat, vermutlich, um älter zu wirken.

Irgendwann spielen wir »Smokehouse Blues«. Na ja, irgendwas muss passiert sein, denn plötzlich springt der Bärtige auf und drückt das Mädel gegen die Wand. Sein Stuhl fliegt durch den Raum, und in seiner Hand hat er ein Messer, das er ihr an die Kehle drückt. Er würgt sie, brüllt sie an, beschimpft sie übel. Tilly, unser Pianist, steht auf und verlässt schnurstracks den Raum. – So war er einfach. Wir haben ihn immer »Ich will keinen Ärger«-Tilly genannt. – Der Rest der Band spielt weiter, mit dieser Miene, wenn man etwas eigentlich gar nicht sehen will, aber trotzdem immer hinschauen muss. Kennen Sie das?

Wir haben das Gefühl, dass der Typ das Mädchen umbringt, sobald wir aufhören zu spielen. Er schreit, fuchtelt mit dem Messer herum, sie wird knallrot im Gesicht, doch keiner tut was, denn der Kerl ist echt ein Monstrum.

Das Nächste, was ich weiß, ist, dass Frankie plötzlich ganz vorn steht und richtig laut zu spielen anfängt – und schnell. Er spielt so gut, dass die Leute die Augen nicht von ihm wenden können. Und Frankie brüllt: »Hey!« Der Bärtige sieht auf und lallt irgendwas, aber Frankie spielt weiter, nur noch schneller. Ich, Tony und Elroy versuchen mitzuhalten, aber irgendwas ist mit Frankie los. Seine Finger rasen, als ob sie verhext sind.

»Hey!«, schreit Frankie noch mal, und er spielt wie der Teufel, obwohl jede Note immer noch ganz klar rüberkommt. Jeder wartet darauf, dass der Kerl sich vor ihm aufbaut und ihm das Messer an die Kehle setzt, so, als ob er die Herausforderung annimmt.

Aber der Bärtige grunzt nur: »Schneller.«

Also spielt Frankie schneller. Im Publikum fangen Einzelne an, ihn anzufeuern, als sei das Ganze ein Spiel. Kaum ist er durch »Smokehouse« durch, spielt er den »Hummelflug« aus dieser russischen Oper. Ich versuche, die Noten für die Trompete zu finden, und Elroy gibt auf dem Schlagzeug einen Beat vor, dass man meint, der Fuß fällt ihm gleich ab.

Und wieder brüllt der Kerl: »Schneller!«

Wir haben geglaubt, dass kein Mensch auf Gottes Erdboden das noch schneller spielen kann, doch ehe wir diesen Gedanken zu Ende denken können, legt Frankie schon wieder los. Seine Finger gleiten so schnell über die Saiten, dass ich hinterher schwöre, einen Hummelschwarm aus der Gitarre habe fliegen sehen. Er sieht nicht mal auf sein Instrument, sondern fixiert nur den Kerl. Seine Lippen stehen leicht offen, das Haar fällt ihm in die Stirn, und dann klatscht wirklich der ganze Raum und versucht, mit Elroy und Frankie mitzuhalten. Frankie schwirrt nur so von den höchsten Tönen zu den tiefsten und wieder zurück, der Bärtige starrt ihn an wie hypnotisiert und tritt näher, um zuzusehen. Frankie sieht das Mädel mit dem Lippenstift an und sie ihn. Dann schüttelt er den Kopf, und schwupp ist sie draußen, schnell wie eine Kugel.

Das ganze Publikum feuert ihn nun an: »Whoo! Whoo! Whoo! Whoo!« Der Kleine presst die Lippen aufeinander, jetzt ist er bei den allerhöchsten Tönen. Die Gitarre klingt wie ein weinendes Baby, so lässt er sie jammern. Der Bärtige steht an der Ecke der Bühne, und Frankie schüttelt den Kopf dauernd in seine Richtung wie ein Maschinengewehr: Bangadedy, bangadedybang – und dann ist auf einmal Schluss. Aus. Er wirbelt die Gitarre über den Kopf, und im Club bricht die Hölle los. Frankie aber rennt zur Tür hinaus, dem Mädel hinterher.

Aber das Seltsame kommt erst noch:

Ich gucke mir seine Gitarre an, und ich schwöre: Eine der Saiten ist blau geworden. Blau wie das Herz einer Flamme. Und ich denke bei mir: »Ich weiß nicht, woher er kommt. Und ich will's auch gar nicht wissen.«

2

Tja. Das war schon ein erster Hinweis. Das junge blonde Mädchen mit dem Lippenstift wäre tot, hätte Frankie nicht getan, was er getan hat. Aber er war noch viel zu jung, um das zu verstehen. Er wusste nicht, dass er diese Macht besaß …

Entschuldigung. Hallo, hier bin ich. Auf dem Fenstersims. Ich höre dem Küchenradio zu, das Blondies »Heart of Glass« spielt. Das Radio steht am Fenster und tönt in die kleine Straße hinter der Kirche hinaus. Ist Ihnen schon mal aufgefallen, wie anders Musik klingt, wenn man sie draußen spielt? Ein Cello bei einer Gartenparty? Eine Dampforgel im Vergnügungspark?

Das liegt daran, dass ich, die Musik, sozusagen als Freiluftbaby zur Welt gekommen bin: im Brechen der Meereswellen, im Pfeifen der Sandstürme, im Schrei der Eule, im Schnarren der neuseeländischen Tui-Vögel. Ich schwinge im Echo, reite auf der Brise. Ich wurde in der freien Natur geboren. Nur der Mensch glättet meine Ecken und Kanten, um mich zu verschönern.

Durchaus mit Erfolg, ich streite es ja gar nicht ab. Aber ihr Menschen habt auch eine Menge merkwürdiger Behauptungen aufgestellt. Zum Beispiel, dass ich umso reiner sei, je stiller die Umgebung ist. So ein Unsinn. Einer meiner Schüler, ein hoch aufgeschossener Saxophonist namens Sonny Rollins, spielte sein Instrument drei Jahre lang auf einer Brücke in New York City, wo seine sachten Jazzweisen sich mit dem Verkehrslärm verflochten. Ich war oft dort und habe, auf dem Träger sitzend, zugehört.

Oder mein geliebter Frankie, der inmitten einer Kakophonie höllischer Verwüstung und himmlischen Glockengeläuts auf die Welt gekommen ist. Erinnern Sie sich? Die Nacht in der brennenden Kirche? Carmencita, Frankies Mutter, musste ihr Neugeborenes am Schreien hindern, sonst wären sie von den Brandstiftern entdeckt worden. Sie lagen eng aneinandergeschmiegt auf der grauen Decke, und Frankies Mutter summte ihm ein Lied ins Ohr. Ein Lied, das sie aus den Vierteln von Villareal kannte. Es war von einem der berühmten Söhne der Stadt geschrieben worden, meinem wunderbaren Gitarristen Francisco Tárrega. Carmencita summte es so rein, wie nur je ein Lied erklang, während ihre Tränen die Wangen ihres Jungen benetzten.

Er schrie nicht.

Und das war gut so, denn die Revolutionäre hatten mittlerweile den Hauptaltar erreicht und schlugen alles kurz und klein. Sie kamen immer näher. Bald würden sie die Treppe entdecken, die nach oben führte. Die Nonne mit den haselnussbraunen Augen und dem Spalt zwischen den Vorderzähnen zitterte. Sie wusste, dass sie die junge Mutter nicht einfach wegbringen konnte. Carmencita war wegen des Blutverlusts zu schwach. Die Revolutionäre würden sie als Nonne mit Sicherheit töten. Also murmelte sie ein Gebet, zog das Nonnengewand über den Kopf und löschte mit den Fingern die Kerzen.

»Silencio«, flüsterte sie. »Still.«

Carmencita hielt inne in dem einzigen Lied, das sie je für ihren Sohn gesungen hatte.

Das Lied hieß »Lágrima«.

Das bedeutet »Tränen«.

All das erscheint völlig aus der Luft gegriffen, wenn Sie Frankie Presto nur während der Jahre gekannt haben, in denen seine Berühmtheit ihren Höhepunkt erreicht hatte. Das war Ende der Fünfziger-, Anfang der Sechzigerjahre. Als man ihn den »nächsten Elvis Presley« nannte, er Schallplatten aufnahm, im Fernsehen auftrat und Konzerte gab. Als dieses Foto von ihm gemacht wurde, das heute jeder kennt: Er in ockerfarbenem Sakko und Hemd mit pinkfarbenem Kragen, wie er sich aus dem Wagenfenster lehnt und seinen Namen auf den Arm einer hübschen Brünetten schreibt.

Dieses Foto, das von einem Fotografen des berühmten *LIFE*-Magazins geschossen wurde, zierte das Cover seines meistverkauften Albums: *Frankie Presto Wants To Love You*. Es hat sich mehrere Millionen Mal verkauft und brachte ihm mehr Geld ein, als er es sich als Junge in den ärmlichen Straßen von Villareal, wo Männer mit Pferdewagen Orangen in Kisten ausgeliefert haben, je erträumt hatte.

Aber zur Zeit des Fotos war Frankie schon ein amerikanischer Künstler mit amerikanischem Manager, und in seinem Gesang war auch nicht ein Hauch von spanischem Akzent. Sogar die Gitarre war in den Hintergrund getreten. Die Lieder, die man ihn singen ließ, waren offen gestanden weit unter seinem Niveau.

Aber ich habe Ihnen ja auch noch nichts von seinem ersten Instrument, von dem haarlosen Hund, dem Mädchen im Baum, von El Maestro, dem Krieg oder Django, Elvis und Hank Williams erzählt. Oder warum Frankie verschwand, als er auf dem Gipfel seiner Popularität war.

Und auch nicht, wie er starb und wie er sich über sein staunendes Publikum erhob.

Frankies Reise. Eine unglaubliche Geschichte. Ja, jetzt werden Sie neugierig, nicht wahr? Und das gefällt mir. Ich werde immer schwach, wenn ich irgendwo ein geeignetes Publikum entdecke.

Jetzt werden es mehr Autos. Die Sonne erhebt sich hoch über der Stadt. Der Priester legt in der Sakristei seine Gewänder an. Ein bisschen Zeit haben wir wohl noch. Dann halten wir uns mal ran. Schließlich heißt unser lieber Frankie nicht umsonst Presto. Heute kennt den Ausdruck ja wohl kaum noch jemand. Früher aber stand er für das schnellste Tempo: fröhlich, flott, energiegeladen. *Presto* eben. Im Spanischen heißt es aber auch »bereit« oder »fertig«. Und in Amerika ist es das Codewort für jede Art von Verwandlung. Wie »Simsalabim«.

Sind Sie bereit? Dann erzähle ich jetzt Frankies Kindheit zu Ende.

3

Jeder schließt sich im Laufe seines Lebens einer Band an.

In die erste Band werden Sie hineingeboren. Ihre Mutter übernimmt die Führung. Sie teilt die Bühne mit Ihrem Vater und Ihren Geschwistern. Möglicherweise ist der Vater abwesend, ein leerer Stuhl im Lichtkegel des Scheinwerfers. Aber er gehört zu den Gründungsmitgliedern, und wenn er eines Tages auftaucht, müssen Sie ihm seinen Platz geben.

Während das Leben voranschreitet, werden Sie sich anderen Bands anschließen – durch Freundschaft, Liebschaften, Nachbarschaften, die Schule, die Armee. Vielleicht werden Sie und die Band sich gleich kleiden oder Ihren eigenen Jargon entwickeln, über den Sie sich köstlich amüsieren. Vielleicht werden Sie backstage auf dem Sofa herumlungern, oder Sie sitzen fein gewandet um einen Tisch im Besprechungsraum. Oder Sie hängen alle am selben Ruderbalken in einem Boot. Aber in jeder einzelnen Band, der Sie sich anschließen, werden Sie eine ganz bestimmte Rolle spielen. Und diese Rolle wird Sie genauso formen, wie Sie Ihrerseits die Rolle prägen.

Und wie das bei Bands nun mal so ist: Die meisten werden sich wieder auflösen – aufgrund von Distanz, Differenzen, Trennung, Tod.

Frankies erste Band war ein Duo – Mutter und Kind. Die Gnade des Herrn verbarg sie in dieser Nacht vor den Revolutionären. Sie konnten aus der Kirche entkommen. Doch die Frau zog sich, traumatisiert durch ihre schlimmen Erfahrungen, ans andere Ende der Stadt zurück, um nie wieder über diese Nacht reden zu müssen. In Spanien begegneten sich die Bürger damals mit Misstrauen. Am besten behielt man seine Geheimnisse für sich. Wenn Leute aus der Stadt vorübergingen, senkte die junge Mutter den Blick.

»Que niño más guapo!«, sagten sie. »Was für ein hübscher Junge!«

»Gracias«, sagte sie dann und ging schnell weiter.

Bald hatte das Kind einen dichten, schwarzen Haarschopf. Die Monate vergingen, und der jungen Frau fiel auf, dass es sich jedes Mal den Glocken zuwandte, wenn ihr Klang in den Lüften schwang. Wann immer sie an einem Straßenmusikanten vorbeikamen, öffnete der kleine Francisco die Hände, als wolle er nach mir (der Musik) greifen. (Dabei hatte er schon genug von mir in sich.)

Eigentlich war er ein ganz normales Kind, nur weinte er lange Zeit nicht. Eigentlich gab er überhaupt keinen Laut von sich. Die beiden lebten in einem Zimmerchen oberhalb der *panadería* des Dorfs. Wann immer sie hungrig waren, und das kam oft vor, ging die junge Mutter nach unten zum Bäcker und wartete, bis er sie nach ihrem stillen Kind fragte. Dann schlug sie die Augen nieder, und er seufzte mitfühlend. »Machen Sie sich keine Sorgen, junge Frau. Ich bin sicher, er wird irgendwann zu reden anfangen.« Und dann gab er ihr einen Teller mit Brot und Olivenöl. Manchmal konnte sie sich ein paar Groschen verdienen, indem sie für jemanden nähte oder wusch. Doch das Land litt unter dem Bürgerkrieg, und Geld war rar. Allein schaffte sie es mit dem Baby kaum, sich ihren Lebensunterhalt zu verdienen. Monat um Monat brachte sie sich und ihr Kind nur mit Mühe durch.

»Gehen Sie doch zur Kirche. Dort wird man Ihnen helfen«, sagten die Nachbarn. Doch sie wollte nicht. Sie wollte keine Kirche mehr von innen sehen.

An Frankies erstem Geburtstag trug sie ihn auf die einzige gepflasterte Straße der Stadt, die Calle Mayor, da er einmal etwas anderes sehen sollte. Sie marschierte mit ihm in die Casa Medina, den größten Laden dort, nur damit er Dinge sehen konnte, die sie niemals besitzen würden. Sie sah sich die Kinderwagen an und wünschte, sie könnte sich einen kaufen. Es gab sogar ein Grammofon zum Aufziehen. Auf dem Weg nach draußen blieb sie stehen, um es zu bewundern. Der Besitzer, ein gut gekleideter Mann mit einem dünnen Schnurrbart, trat auf sie zu. Vermutlich hatte er gesehen, dass sie keinen Ehering trug. Er lächelte, als er eine neue Schellackplatte auflegte.

»Hören Sie doch mal, Señora«, sagte er stolz. Der Künstler, dessen Platte er auflegte, war der spanische Gitarrist Andrés Segovia. Bei diesen Klängen wurde der kleine Frankie ganz still. Er hielt sein Köpfchen schief, presste die Hände zusammen und lauschte. Und als das Stück zu Ende war, fing er an zu schreien. Zum ersten Mal. Und ziemlich laut.

Die Stimme des Babys war so laut wie die eines erwachsenen Mannes. Der Besitzer schnitt eine empörte Grimasse. Die Kunden ebenfalls. Entsetzt schüttelte die Mutter den Kleinen und zischte: »Silencio!« Doch er schrie immer weiter, so laut, dass man ihn bis in den hintersten Winkel des Ladens hörte. Ein Verkäufer nahm ein Bonbon vom Ladentisch und steckte es dem Jungen in den Mund, doch Frankie fuchtelte wie wild mit seinen Händchen und schrie nur noch lauter.

Schließlich hob der Besitzer den Arm des Grammofons erneut an. Erneut erklang Segovia. Und Frankie lauschte.

Ich muss Ihnen wohl nicht sagen, welches Stück er gespielt hat.

»Lágrima«.

Von diesem Tag an war das Kind nicht mehr zu beruhigen. Es schrie und schrie zu jeder Tages- und Nachtzeit. Egal, ob es im Bett oder auf der Decke lag. Es schrie lauter als alle Hähne im Viertel, lauter als die Straßenhunde bellen konnten. Irgendwie schien es nach etwas zu verlangen, was es nicht bekam.

»Ruhe!«, brüllten die Nachbarn aus den Fenstern. »Geben Sie ihm doch endlich Milch, damit er aufhört zu schreien!«

Aber nichts konnte den Jungen beruhigen. Nacht für Nacht heulte er, sodass die Nachbarn mit Fäusten gegen die Wände hämmerten und mit dem Besenstiel an die Decke klopften. »Tun Sie doch etwas!« »Wir brauchen unseren Schlaf!« Niemand konnte sich an ein Baby erinnern, das je so laut geschrien hätte. Selbst der Bäcker im Erdgeschoss hörte auf, der Mutter Brot zu schenken, in der Hoffnung, dass sie dann ausziehen würde.

Ohne Hilfe wurde das Essen immer knapper. Die arme Frau wusste nicht mehr ein noch aus. Sie konnte nicht mehr schlafen und verfiel in tiefe Depressionen. Der Hunger tat weh, und ihre Gesundheit verschlechterte sich. Als der Winter kam, wurde sie krank. Sie bekam Fieber und verfiel immer wieder ins Delirium. Mit einem roten Handtuch um den Hals verließ sie die Wohnung und ging allein durch die Straßen. Francisco ließ sie zu Hause weinen. Manchmal murmelte sie einzelne Worte, weil sie glaubte, jemand hätte etwas zu ihr gesagt.

An einem kalten Wintermorgen, an dem sie keinen einzigen Bissen Brot mehr für das Kind hatte und der Kleine immer weiter und weiter schrie, packte sie ihn und trug ihn hinaus vor die Stadt, wo der Mijares ins Meer mündet. Sie ging den Hügel hinab bis ans Wasser. Der Wind pfiff und wirbelte trockene Blätter von der Sandbank auf. Sie sah das Kind an, das sie in seine graue Decke eingewickelt hatte. Einen Augenblick lang hörte es auf zu weinen, und ihr Gesicht nahm einen weichen Ausdruck an. Dann aber läuteten in der Ferne die Kirchenglocken, und sein Geheul ging wieder los. Entschlossen warf sie den Kopf zurück und stieß selbst einen lauten Schrei aus.

Sie schleuderte das Bündel ins Wasser.

Dann lief sie weg.

Eine Mutter sollte so etwas nicht tun. Doch diese Frau tat es. Tränen strömten aus ihren Augen. Sie lief, bis ihre Lungen zu platzen schienen, und blickte nicht einmal zurück. Nicht aufs Kind und nicht auf den Fluss.

Eine Mutter sollte so etwas nicht tun. Doch diese Frau war nicht Frankies Mutter. Die war, ins Gewand einer Nonne gehüllt, in dem Kämmerchen in der Kirche gestorben.

Clem Dundridge

Backgroundsänger bei den Kingtones, den Jordanaires und der Frankie-Presto-Band.

Wie geht's denn so? … Sind Sie für einen Fernsehsender hier oder so was? … Haben Sie eine Ahnung, wann diese Beerdigung losgehen soll?

Ich! Ach … Ich war noch nie in Spanien – aber die Musik find ich toll. Ha! Kennen Sie dieses Lied? … Wer ist das noch gleich? Dang … Drei irgendwas … Ja, genau: »Three Dog Night!« Komischer Name, nicht?

Keine Sorge. Wo ich lebe – nun in Greenville, im Süden von Carolina, in Amerika – fangen Beerdigungen nie pünktlich an. Echt nie …

Nein, ich habe Frankie schon seit 20 Jahren nicht mehr gesehen. Wir haben uns einfach aus den Augen verloren, wissen Sie. Die meisten Leute haben ihn irgendwann aus den Augen verloren, oder etwa nicht? So war das einfach. Ich wusste nicht mal, dass er noch spielt, bis ich gehört habe, wie er gestorben ist …

Wie ich ihn kennengelernt habe? Ja, das ist eine coole Geschichte. Ich habe ihn 1956 bei Elvis Presley kennengelernt, beim *Louisiana Hayride*, der Country-Show. Ja, das ist eine wahre Geschichte. Jetzt kann ich sie ja erzählen, ich musste versprechen, dass ich die Klappe halte, bis Elvis tot ist und Frankie auch. Aber jetzt sind sie ja beide von uns gegangen, und ich bin 82. Ich soll erzählen? Na ja, vielleicht erzähle ich die Geschichte ja in der Kirche. Dürfen wir während des Gottesdienstes eine Rede halten? Der hier ist katholisch, oder? Die lassen einen vielleicht gar nicht über den Verstorbenen reden …

Jetzt gleich? … Ich sage Ihnen was: Wenn Sie mir was von dem Kaffee abgeben, den Sie da schlürfen, dann erzähle ich's Ihnen … Danke … Sehr verbunden.

Also, das war so: Ich sang damals bei den Jordanaires, die Elvis' Backgroundgruppe waren. Über die Jahre haben ziemlich viele Jungs für die Jordanaires gesungen, meistens Gospelsänger. Einige von ihnen waren Geistliche, die irgendwann doch zurück zur Kirche gegangen sind. Ich war nur kurz bei ihnen, aber es war gerade zu der Zeit, als Elvis anfing, bekannt zu werden. Jede Show war größer und besser besucht als die letzte.

Frankie sah Elvis ziemlich ähnlich, das ließ sich nicht leugnen. Beide entblößten beim Lächeln stets die ganze Zahnreihe, und dann dieser dichte, dunkle Haarschopf. Obwohl Elvis seine Haare ja gefärbt hat, seine Naturfarbe war eher rötlich-braun. Frankie war auch ein bisschen größer und schlanker. Und damals wusste noch keiner, dass Frankie nicht nur gut Gitarre spielen konnte. Ich weiß gar nicht, wie er nach Louisiana gekommen ist. Jemand hat mir mal erzählt, er sei im Kofferraum eines Wagens aus Detroit mitgefahren. Ernsthaft. Aber er hielt sich hübsch für sich, rauchte nicht, soff nicht. Und wenn Sie das in einer Band nicht machen, kennt Sie am Ende niemand …

Aber was soll's, also, an einem Nachmittag hatten wir unsere Show in der Stadthalle von Shreveport. Dort wurde immer *Louisiana Hayride* aufgezeichnet. Das war eine echt bekannte Radiosendung, die damals jeder gehört hat. Wir machten uns also nachmittags an den Soundcheck für abends, aber Elvis war noch nicht da, er war noch mit irgendeinem Mädchen Gott weiß wo unterwegs. Colonel Parker, Elvis' Manager, war deswegen so sauer, dass er am liebsten jemandem an die Gurgel gegangen wäre. Der Colonel war immer ziemlich streng, er hasste es, wenn jemand zu spät kam, sogar Elvis. Wir warteten also fünf oder zehn Minuten, dabei sah er ununterbrochen auf seine Uhr, und schließlich brüllte er: »Spielt einfach irgendwas! Wir müssen jetzt anfangen!« Nun, dem Colonel widersprach man nicht, also fingen wir mit der ersten Nummer an: »I Want You. I Need You. I Love You.« Die Jordanaires sangen die Backgroundparts, aber ohne Elvis hörte sich das natürlich blöd an, immer nur: »Whoooo, whoooo!« Man spürte förmlich, wie sich der Colonel immer mehr aufgeregt hat. Sein Gesicht wurde röter und röter. Er sah immer wieder zur Tür und rannte auf und ab wie ein Tiger im Käfig. Auf einmal hörten wir eine Stimme, die Elvis' Part sang. Es hörte sich an wie Elvis, nur dass Frankie am Mikro stand. Und er sang die Nummer absolut perfekt. Ich warf den anderen einen Blick zu. Wir waren uns einig, dass der Colonel ihn gleich erwürgen würde! Elvis zu imitieren, vor den Augen des Bosses? So was machte man einfach nicht. Dem Colonel jedenfalls gingen die Augen über, er kaute auf seiner Zigarre herum, die immer zwischen seinen Lippen hing, und ich dachte mir: »War nett, mit dir gearbeitet zu haben, Frankie!« Aber der Colonel scheuchte ihn nicht weg vom Mikro. Wir spielten die Nummer zu Ende, und er sagte lediglich zu dem Typen vom Sound: »Sind wir hier dann fertig?«

Also hörten wir auf, schüttelten ungläubig die Köpfe, und Hoot, unser Klavierspieler, überreichte Frankie ein Bier. Frankie fragte ihn: »Wofür das denn?«, worauf Hoot antwortete: »Weil du noch in einem Stück bist, mein Junge.«

Jetzt spulen wir ein paar Monate vor, bis zum Sommer 1957.

Wir waren mit Elvis auf Festivaltour im Nordwesten und sollten in Vancouver spielen, in Kanada. Ein ganzes Footballstadion, ausgebucht. Da hörten wir, dass der Colonel mit der Army in Verhandlungen stand, weil Elvis eingezogen werden sollte. Elvis sollte seinen Dienst sofort antreten, doch der Colonel wollte, dass er vorher noch ein paar Platten aufnahm. Ihm lag gerade ein Millionen-Dollar-Vertrag vor, und er würde den Teufel tun und Elvis an die Armee abtreten, bevor der diesen Vertrag erfüllt hatte.

Die von der Army waren eigentlich recht nett. Sie stimmten einem geheimen Treffen in Virginia zu ... blöderweise genau an dem Tag, an dem wir in Vancouver spielen sollten. Und das Ganze ließ sich nicht verschieben, weil sich irgendein hohes Tier von General extra dafür Zeit genommen hatte. Er wollte Elvis kennenlernen, und das hieß: Entweder ihr seid an diesem Tag da, oder der Junge bekommt seinen Einberufungsbefehl. Nun, die meisten Menschen hätten die Show dann wahrscheinlich einfach abgesagt, doch Colonel Parker gehörte nicht zu diesen meisten Menschen. Er wollte nicht einfach die Einnahmen von einem ganzen Footballstadion sausen lassen, nicht für alles in der Welt. Es sollten gut 20 000 Leute kommen. Das bedeutete damals viel Geld. Am Abend vor dem Konzert ließ uns der Colonel antreten. Er bestellte uns etwa um Mitternacht in ein kleines Theater. Es war leer, auf der Bühne war unsere ganze Ausrüstung aufgebaut, Elvis war nicht da, dafür der Colonel und raten Sie mal, wer noch? Frankie. Die beiden flüsterten, und Frankie nickte. Wir fragten uns, was das Ganze sollte. Schließlich drehte sich der Colonel zu uns um und sagte: »Ich möchte, dass ihr die ganze Show durchgeht, und der Junge wird singen.« Wir haben uns angesehen, sagten aber kein Wort. Wir machten einfach, was uns gesagt wurde. Wir spielten. Frankie sang. Und so wahr ich hier stehe: Am Ende der Show konnte ich bei geschlossenen Augen nicht sagen, wer am Mikro war: Frankie oder Elvis. Der Junge war einfach unglaublich musikalisch. Unter seinen Händen hörte sich eine Kickdrum an wie eine Nachtigall, wenn Sie wissen, was ich meine?

Aber natürlich fragten wir uns am Ende der Show immer noch, was das Ganze sollte: Frankie mochte ja wie Elvis aussehen, aber er *war* nicht Elvis! Kaum waren wir fertig, meinte der Colonel: »Hört mal zu. Der Junge wird bei euch hinten stehen, er wird nicht nach vorne an die Bühne gehen! Merkt euch das! Und zwischen den einzelnen Songs wird nicht geredet. Ihr geht einfach von einem Song in den anderen über. Und zwar ein wenig flott.«

Und dann kam es: »Wenn einer von euch Vögeln auch nur einen Pieps von dieser Sache ausplaudert, dann werde ich euch vor Gericht zerren und euch fertigmachen, bis euer Gesicht nach hinten guckt.« Das hätte er nicht zu sagen brauchen. Niemand von uns wollte auf den Elvis-Gig verzichten. Schließlich hatten auch wir hier einen Tiger im Tank.

Und dann kam der schicksalhafte Abend. Der echte Elvis war irgendwo in Virginia mit den Jungs von der Regierung, und wir waren in Vancouver. Der schwarze Sedan mit unserem Elvis fuhr aufs Stadion zu. Frankie saß hinten zwischen uns. Er hatte das goldene Satinjackett an, trug eine Sonnenbrille und war ganz still. Ich konnte wirklich nicht erkennen, ob er einfach nur extrem entspannt war oder Todesangst hatte. Wir sollten ihn in die Mitte nehmen, wenn wir auf den Bühneneingang zugingen, und nur ja niemanden, nicht mal die Polizei, in seine Nähe lassen. Gesagt, getan. Als wir auf die Bühne gingen, noch bevor der Vorhang hochgezogen wurde, hörten wir die Menge draußen und haben gedacht, dass wir damit nie und nimmer durchkommen würden.

Aber dann ging der Vorhang auf, und die Fans waren echt weit weg. Vor der Bühne standen jede Menge Holzböcke, wie man sie zum Sägen von Brettern benutzt. Zu Elvis' Sicherheit, hieß es. Da waren also mindestens 15 Meter zwischen uns und den Fans. Genau so hatte es der Colonel haben wollen. Es war immer noch hell draußen, wir hatten ja Sommer. Die Punktstrahler waren nicht an. Das machte es schwieriger, aus der Ferne etwas zu erkennen. Ich flüsterte Bill zu, einem der anderen Sänger: »Was denkst du?« Und er meinte: »Clem, wenn es schiefgehen sollte, renn einfach nach rechts, dort stehen die Autos.«

Und dann der Ansager: »Ladies and Gentlemen, Elvis Presley!« Und alles kreischte. Frankie trat heraus in goldenem Jackett und schwarzem Hemd, die Gitarre am Riemen um den Hals, genau wie Elvis sie immer trug. Ich hielt den Atem an und wartete darauf, dass die Menge anfängt zu buhen, aber nichts. Sie nahmen uns das Ganze ab! Frankie blieb auf der Bühne weit hinten bei uns, wie es der Colonel befohlen hatte, und er redete nicht, sondern fing gleich an mit *Well, since my baby left me* aus »Heartbreak Hotel«. Von diesem Moment an war es, glaube ich, egal, ob Frankie, ich oder Pearl Bailey gesungen hätten, die Leute kreischten so laut, dass man ohnehin nichts verstand. Natürlich rannten nun die Teenies nach vorne, aber Frankie machte einfach weiter mit »I Got a Woman« und »Rip It Up« und »Ready Teddy«. Wir haben uns angesehen und gegrinst wie die Schuljungs, denn er war echt gut. Ab da waren wir fast sicher, dass wir mit dem Bluff durchkommen. Die Polizei trieb die Teenies wieder zurück hinter die Absperrung, aber natürlich rannten wieder ein paar nach vorn. Frankie ist mit jedem Song in seine Rolle hineingewachsen. Er imitierte Elvis' Leg Shakes und kreiste sogar mit den Hüften wie er. Ich habe versucht, seinen Blick einzufangen und ihn zu warnen. Schließlich wollte ich hier sicher rauskommen. Aber dann kam »Hound Dog«, und das ging einfach mit ihm durch. Er hat die volle Show abgezogen. Er stand nun ganz vorne und ruderte mit den Armen, ging auf die Zehenspitzen und twistete über die Bühne. Mit demselben verächtlichen Lächeln, das Elvis immer auf den Lippen getragen hat. Und das war's: Die Menge stürmte übers Feld, die Polizei versuchte, sie zurückzuhalten, blies in ihre Pfeifen, was das Zeug hielt, der ein oder andere bekam sogar eine übergebraten.

Sobald »Hound Dog« zu Ende war, haben uns die Sicherheitsleute von der Bühne geführt. Und Frankie grinste und winkte der Menge zu: »Good bye, wir sehen uns noch!«

22 Minuten. So lange hat die Show gedauert. 22 Minuten. Wir haben es durchgezogen. Und die Leute reden bis zum heutigen Tag davon, dass das Konzert eines der wildesten und verrücktesten war, die Elvis je gegeben hat. Und sein letztes in Kanada. Und nur die Bank, die Jordanaires, der Colonel und Elvis selbst haben gewusst, was damals wirklich abgelaufen ist.

Und Frankie natürlich. Er hat die Band schon am nächsten Tag verlassen. Ich glaube, er wollte Elvis einfach nicht gegenübertreten. Vielleicht wollte auch Elvis ihn nicht sehen. Wie auch immer, er war jedenfalls weg, und ich habe ihn erst wiedergesehen, als er mich Monate später gebeten hat, mit ihm auf Tournee zu gehen. Da hatte er sich verändert, war selbstsicherer geworden. Mehr wie ein Star, wissen Sie. Ich glaube, dieses Konzert hat auf ihn großen Eindruck gemacht. Er hat da irgendwie Blut geleckt. Nun wollte er das Ganze für sich selbst haben.

Niemand hat je etwas über diesen Abend vor 50 Jahren gesagt. Aber ich bin jetzt 82, und Frankie ist tot, also zum Teufel damit, er hat die Lorbeeren wirklich verdient. Denken Sie nur mal, wie viele Leute Elvis-Imitatoren geworden sind und einen Haufen Geld damit verdient haben. Aber Frankie war der erste – und der beste, könnte man sagen. Wenn er die Leute davon überzeugen konnte, dass er der King war, dann war er doch der Einzige, der Elvis tatsächlich spielen konnte.

4

Vermutlich gibt es noch mehr Geschichten wie die von Mr. Dundridge. Aus diesem Grund ist wohl auch das Fernsehen hier. Ein großer bärtiger Mann mit einer Kamera und diese hübsch frisierte junge Dame mit dem Mikro neben ihm, die die Trauergäste auf den Stufen zur Kirche anspricht. Ein so spektakulärer Tod wie der von Frankie erregt natürlich das Interesse der Öffentlichkeit. Doch wie viele Geschichten auch erzählt werden mögen, keine von ihnen wird je die ganze Wahrheit enthüllen. Ganz einfach, weil niemand die ganze Wahrheit kennt. Außer mir natürlich. Nun ja, eine Person gibt es da noch. Doch diese Person wird nicht anwesend sein.

Wo waren wir doch gleich stehen geblieben? Ah ja, am Mijares-Fluss. An jenem Wintermorgen. Die Frau, die einfach wegläuft. Und das Kind, das jemand – in eine graue Decke gewickelt – ins Wasser schleudert. Ohne Schutz, ohne Hilfe.

Daran erinnerte sich der Junge nicht. Für Frankie Presto setzte die Erinnerung erst in der nächsten Phase seines Lebens ein, die er als »meine Anfänge« bezeichnen würde.

Doch selbst Anfänge haben ihre Hinführung. Ein Präludium zum Beispiel, eine verbreitete kompositorische Form. Heute kann das Präludium ein perfekt ausgearbeitetes eigenständiges musikalisches Werk sein, ursprünglich aber, in *seinen* Anfängen, hießen so die Fingerübungen der Lautenspieler der Renaissance, mit denen sie sich einspielten, »die Saiten testeten«, »tastar de corde«. Nicht sehr poetisch vielleicht, aber richtig. Man sollte tatsächlich die Saiten seines Lebens prüfen, den Bogen spannen, das Mundstück befeuchten und sich auf die innere Musik einstimmen, die man vortragen wird.

Das Präludium für Frankie Presto begann mit seiner turbulenten Geburt und endete mit dem Platschen, mit dem er im Mijares auftraf. In einem Jahr hatte er Tod, Bedrängnis, Hunger und Verlassenheit erlebt. Und nun drang ihm das kalte Wasser des Flusses in die Augen und ließ ihn zwinkern, während die Strömung ihn flussabwärts trug. Er hätte eigentlich schnell sinken und ertrinken müssen. Ich war da, um sein ungenutztes Talent wieder an mich zu nehmen, wäre es so weit gekommen. Doch es gibt in eurer Welt einfach immer wieder diese Momente, in denen etwas absolut Unerklärliches geschieht. Ich kann nur erzählen, was ich sah: Die graue Decke, auf der einst Frankies leibliche Mutter Carmencita lag, saugte sich einfach nicht voll. Sie trug den Jungen mindestens drei Minuten lang, während er wieder auf die Stadt zutrieb, während er sich die Äuglein rieb und aus Leibeskräften schrie – so laut, dass nicht einmal Gott ihn überhören konnte.

An dieser Stelle will ich Ihnen ein Geheimnis enthüllen, das Sie eines Tages noch verstehen werden: Die Gabe der Musik ist nicht nur dem Menschen eigen, sondern auch den Tieren. Eigentlich ist das offensichtlich, wenn man sich mal die Mühe macht, dem Gesang der Vögel zu lauschen oder dem Geschnatter von Delfinen und dem tiefen Brummen der Buckelwale. Tiere machen aber nicht nur Musik, sie haben auch ein einzigartiges Gehör.

Frankies Geschrei im Fluss traf auf ein nichtmenschliches Ohr. Ein haarloser Hund mit dünnen, krummen Beinen und schwarzer Haut, die wie aufgemalt wirkte, rannte auf das Flussufer zu, die Leine hinter sich herziehend. Als der schreiende Frankie näher kam, sprang der Hund bellend ins flache Wasser, und zwar an der Biegung, wo die Strömung etwas langsamer war. Die Kinderhand griff nach dem Gebell und erwischte die Leine. Der Hund biss in die Decke und zog, so gut er konnte, bis schließlich beide sicher ans Ufer gelangten.

Das Kind rollte aus der Decke heraus, der Fluss nahm sie mit sich fort. Der Hund aber stellte sich mit den Vorderpfoten über Frankies Köpfchen und ließ, schwer atmend, den Kopf sinken.

Damit endet das Präludium.

Und ich musste kein Talent zurücknehmen.

5

Nun wollen wir unsere Erzählung aber ein bisschen vorantreiben. (Der Priester braucht schließlich nicht ewig, um seine Gewänder anzulegen, und die Autos der Trauergäste füllen längst die Straße vor der Kirche.) Machen wir also einen kleinen Sprung vorwärts in der Zeit, an den Ort, wo Frankie dann wohnte: Ein Haus in der Calle del Calvario mit einem Ziegeldach, einem kleinen Vorbau und zwei tiefen Rinnen im Boden, die durch das Tor in den Hof führten. Dort haben sich die Räder zahlloser Karren eingegraben. Es war dies das Haus von Baffa Rubio, dem Eigentümer einer kleinen Sardinenfabrik, eines italienischen Wagens und eines haarlosen Hundes. Der Mann, der Frankie schließlich am Flussufer fand.

Baffa war unverheiratet und um die 40. Er ging regelmäßig zur Kirche, und in seinem Schlafzimmer hing ein Kreuz. Als er das Kind am Flussufer entdeckte, deutete er dies als Fingerzeig der göttlichen Vorsehung. Er dachte an den kleinen Moses im Schilf, und so nahm er den Jungen bei sich auf. Er badete ihn, fütterte ihn, wiegte ihn abends in den Schlaf. Nicht viele Männer würden so etwas tun. Ich achte immer gerne darauf, welche Namen im Spiel sind. (In meinem Fall heißt zum Beispiel *allegro*, dass man mich schnell spielt, *adagio* langsam und so weiter.) *Rubio* bedeutet »blond« oder »hellhaarig« – obwohl sein Haupt mit dünnen, schwarzen Haaren bedeckt war. Das zeigte also, dass dieser Mann nötigenfalls dem Lauf der Dinge eine kleine Korrektur zu verpassen wusste.

Er nannte das Kind Francisco Rubio. Das Kind nannte ihn Papa.

Baffa hatte einen ordentlichen Bauch, über den sich eine schlaffe Männerbrust wölbte. Dies zusammen mit seinen Stirnfalten und den nach unten zeigenden Schnurrbartspitzen ließ ihn aussehen wie einen ganzen Stapel Sorgenfalten, wenn er sich abends in seinen Sessel fallen ließ. Der Junge aber machte ihn glücklich. Baffa hatte seine Sardinenfabrik geerbt, und als Fischkonservenfabrikant war er in Villareal, der Stadt der Orangenpflanzer, -pflücker, -packer und -fuhrmänner ohnehin eine Ausnahmeerscheinung. Er hatte sich ans Alleinsein gewöhnt, schließlich roch er immer nach Fisch. Und da war nun plötzlich dieses Menschlein, das sein Leben mit ihm teilte. Wochentags fuhren sie beide in seinem italienischen Automobil in die Arbeit. Am Wochenende saßen sie gemeinsam im Garten und lauschten dem Radio, während der haarlose Hund unter dem Granatapfelbaum schlief. Das Radio war immer an, von morgens bis abends, und solange er Musik hörte, war der kleine Frankie ruhig und zufrieden. Er hockte sich immer neben den Lautsprecher und trällerte mit seinem hohen, angenehmen Stimmchen jedes Lied mit. Wenn Baffa den Sender wechselte, um Nachrichten zu hören (schließlich tobte in Europa ein schlimmer Krieg), brüllte der Junge, bis der Mann nachgab und wieder einen Sender suchte, der Musik spielte: ein Konzert, eine Oper oder eine spanische Jota, einen lebhaften Volkstanz im 6/8-Takt. Der schien Frankie überhaupt am allerbesten zu gefallen.

Kurz vor Frankies fünftem Geburtstag (der natürlich nicht sein richtiger Geburtstag war, aber der Sardinenfabrikant hatte einfach einen Tag bestimmt) beobachtete Baffa, wie Frankie einen komplizierten Flamenco mit den Fingern auf der Tischplatte mittrommelte. Und er blieb perfekt im Rhythmus, obwohl ein 6/8-Takt nun wirklich nicht leicht zu halten ist.

»Komm mal her, Kleiner«, sagte Baffa stolz. Der Junge mit seinem schwarzen Haarschopf drehte sich um, lächelte und marschierte stracks auf ihn zu. Leider stolperte er dabei über das Stuhlbein, fiel hin und weinte. Baffa hob ihn auf und drückte ihn liebevoll an sich. »Tut ja gar nicht weh, tut ja gar nicht weh«, flüsterte er ihm ins Ohr. Allem Anschein nach waren die Augen des Jungen immer noch nicht in Ordnung. Er hatte sich vom Flusswasser eine Infektion geholt, die seine blauen Augen trübte. Schon der kleinste Sonnenstrahl genügte, dass sich seine Bindehaut rötete. Manchmal konnte er rechts und links von sich gar nichts sehen. Die Ärzte hatten Baffa gewarnt, dass der Junge möglicherweise sein Augenlicht verlieren würde. Jedenfalls waren seine Augen dauernd entzündet, und die Nachbarskinder lästerten deswegen: »Heulst du *schon wieder*, Francisco?« Und verpassten ihm gleich einen Spitznamen: *Llorica*, Heulsuse. Während alle in der Straße Ball spielten, saß Francisco allein zu Hause und summte vor sich hin.

Baffa, der ein praktisch denkender Mensch war, machte sich Sorgen um die Zukunft seines Sohnes. Was war, wenn er ganz ohne Freunde aufwuchs? Welche Arbeit konnte er mit seinen schlechten Augen finden? Wie sollte er sich einmal durchbringen? An jenem Tag saßen die beiden abends im Garten, und plötzlich hatte Baffa eine Eingebung. Ein gut ausgebildeter Musiker konnte immer arbeiten, auch wenn er nichts sehen konnte. Er erinnerte sich, wie er vor einigen

Jahren in einer Taverne einen blinden Gitarristen gesehen hatte. Das Publikum hatte ihm trotzdem zugejubelt. Nach seinem Auftritt war eine schöne, junge Frau gekommen und hatte ihn an der Hand von der Bühne geführt. Sie hatte ihn sogar geküsst. Erst da hatte Baffa gemerkt, dass der Mann blind war.

Dies, entschied Baffa, war die Zukunft für dieses gottgesandte Kind. Musik – dann würde er Arbeit haben. Und die Liebe finden. Da Baffa nie viel Zeit verlor (Effizienz mochte er, selbst in seiner Sardinenfabrik), nahm er den Jungen mit zu einer kleinen Musikschule in der Calle Mayor, der gepflasterten Straße im Stadtzentrum. Der Besitzer hatte ein langes Kinn und runde Brillengläser.

»Kann ich Ihnen helfen, Señor?«

»Ich möchte, dass mein Sohn Gitarre spielen lernt.«

Der Mann sah auf Frankie hinunter, der sich die Augen rieb.

»Er ist zu jung, Señor.«

»Er singt den ganzen Tag.«

»Er ist zu jung.«

»Er kann sogar den Takt halten, wenn er ein Musikstück mit den Fingern mittrommelt.«

Der Mann nahm die Brille ab.

»Wie alt ist er?«

»Fast fünf.«

»Zu jung.«

Frankie rieb sich wieder die Augen.

»Warum macht er das ständig?«

»Was?«

»Sich die Augen reiben.«

»Er ist ein Kind.«

»Weint er?«

»Er hat eine Infektion.«

»Er kann nicht Gitarre spielen, wenn er sich dauernd die Augen reibt.«

»Aber er singt den ganzen Tag.«

Der Mann schüttelte den Kopf.

»Zu jung.«

Das war übrigens nicht das erste und einzige Mal, dass einer von euch Menschen einen der Meinen zu entmutigen versucht. Wenn ich für jedes zungenschnalzende Individuum, das Kinder für zu jung, Instrumente für zu groß und Musizieren überhaupt für einen müßigen Zeitvertreib hält, ein Kettenglied bekäme, könnte ich die ganze Welt in Ketten legen, ob diese Glieder nun von unwilligen Eltern, herablassenden Plattenproduzenten oder rachsüchtigen Kritikern stammen.

Manchmal denke ich, das höchste Talent von allen ist die Beharrlichkeit.

Aber nur manchmal.

Denn als Baffa noch mit dem Leiter der Musikschule stritt, zeigte mir Frankie, worum es wirklich ging. Er ließ die beiden stehen und ging in die hinteren Räumlichkeiten, wo die Instrumente aufbewahrt wurden. Seine Augen weiteten sich, als er all die Schätze sah, die er in seinem jungen Leben noch nicht zu Gesicht bekommen hatte – ein Spinett, eine alte Laute, eine Tuba, eine Klarinette, eine Wirbeltrommel – und eine Gitarre. Die Gitarre lag auf dem Fußboden. Er trat zu ihr und setzte sich neben das Instrument. Es hatte einen einfachen Holzkorpus mit einer rot-blauen Rosette um das Schallloch. Die meisten Kinder hätten sie wohl am Hals angefasst, an ihren Saiten gezupft und an den Wirbeln herumgespielt. Frankie sah sie einfach nur an. Er studierte ihre Form. Er legte den Kopf schief, als würde er darauf warten, dass die Gitarre den Mund aufmacht. Ich fand den Respekt, den er dem Instrument bezeugte, köstlich. Und da der Kleine durch den Neinsager mit dem langen Kinn durchaus einiges auszustehen gehabt hatte, wollte ich ihm einen kleinen magischen Moment schenken. Hin und wieder kann das Talent in einem Menschen sozusagen »aufwallen« und etwas Unglaubliches (zumindest in euren Augen) zuwege bringen. Ihr nennt das dann »Geniestreich«.

Frankie presste seinen Finger auf die dritte Saite, genau auf einen der Bundstäbe. Dann ließ er schnell los, und ein sanfter Laut ertönte. Er lächelte und machte es noch mal. Wieder erklang dieser sanfte Ton. Gitarrenspieler nennen dies die »Hammertechnik« – man drückt schnell nieder und lässt dann unvermittelt los. Eine Note. Und noch eine. Er kam schnell dahinter, dass er unterschiedliche Noten hervorbringen konnte, indem er die Finger auf die verschiedenen Bünde legte. Einfacher ausgedrückt: Er brachte sich gerade eine Tonleiter bei.

Also gab ich ihm noch einen kleinen Schubs.

Bald fand er zu einer Melodie. Seine Augen weiteten sich bei jeder neuen Note, denn zum ersten Mal ein Lied zu spielen ist die größte Offenbarung, die ich euch Menschen schenken kann. Das ist so, als würden Sie entdecken, dass Sie auf einem Regenbogen laufen können. Frankie begann leise mitzusummen. Hätten die beiden Männer im Vorderzimmer auch nur einen Augenblick aufgehört zu streiten, hätten sie das kleine Wunder vernommen: Francisco Asís Pascual Presto bzw. Francisco Rubio, noch nicht einmal fünf Jahre alt, tastete sich mit seinen Fingern zu einem Lied vor, das er fast jeden Samstagmorgen im Radio gehört hatte: ein Abzählreim, der heute zu den Klassikern des Jazz gehört:

A tisket, a tasket
A brown and yellow basket
I wrote a letter to my love
And on the way, I dropped it.

Es war Frankies erste Vorstellung auf der Gitarre. Und niemand bekam sie mit – außer mir. Denn vorne verlor Baffa gerade die Geduld mit dem Musikschulenbesitzer. Er rief: »Francisco! Wir gehen!« Das Kind erhob sich, legte zum Abschied noch mal die Hand auf die Gitarre, und weil Frankie gefunden hatte, was er suchte, rieb er sich nicht mal mehr die Augen.

Aber natürlich hatte er immer noch keinen Lehrer. Die Musikschule fiel flach, und leider war sie die einzige, die es in Villareal gab. Baffa ließ den Kopf hängen, doch auf dem Heimweg kaufte er eine Tüte voller Orangen. Er schälte eine für Francisco und gab auch dem Hund ein Stück, der laut schmatzend darauf herumkaute. Dann marschierten sie zusammen die Straße hinunter, Frankies zweite Band, ein Trio mit acht Beinen.

»Der Mann ist ein Idiot«, murmelte Baffa.

Der haarlose Hund bellte zustimmend.

»Idiot«, plapperte Frankie nach.

Baffa lachte und wuschelte Frankies Haarschopf durcheinander. Das Wort gefiel dem Jungen, auch wenn er nicht wusste, was ein Idiot war. Sie gingen heim, und Frankie summte »A tisket, a tasket« vor sich hin, während der haarlose Hund lautlos mitsang. In jener Nacht machte sich Baffa auf in die Taverne, wo er damals den blinden Gitarristen gesehen hatte. Der Barmann erinnerte sich noch, doch der Mann war schon vor einigen Jahren gefeuert worden. Er hatte zu viel getrunken und war immer zu spät gekommen. Aber der Barmann glaubte, dass der Kerl über der Wäscherei in der Crista-Senegal-Straße wohnte, wenn er noch nicht gestorben war.

»Gestorben?«, fragte Baffa.

Der Barmann zuckte mit den Schultern. »Er soff wie einer, der sein Leben loswerden will.«

Am nächsten Tag war Sonntag. Baffa nahm den Jungen und den haarlosen Hund mit in die Crista-Senegal-Straße, wo er hoffte, den Gitarristen zu finden. Selbst wenn er ein Säufer war, so sollte er doch wenigstens am Sonntag gute Laune haben.

Er fand die Wäscherei. Die blau gestrichenen Fensterläden darüber waren geschlossen. Der Klingelknopf war mit Klebeband zugeklebt, also blieb den dreien gar nichts anderes übrig, als einfach die Treppen hinaufzusteigen. Es war heiß, und Baffa, der seinen Kirchgängeranzug trug, lief der Schweiß in Strömen übers Gesicht. Er wischte sich die Schweißperlen mit einem Taschentuch ab und klopfte. Nichts. Er klopfte wieder. Nichts.

Baffa zuckte mit den Schultern, Frankie aber versuchte es noch einmal. Er schlug zweimal mit seiner kleinen Faust gegen die Tür, als spiele er auf einer Conga.

»Sí … Que pasa? Was gibt's?«, fragte eine Stimme. Sie war heiser und rau, als wäre die Person noch nicht ganz wach.

»Señor, ich möchte mit Ihnen über Unterricht sprechen.«

»Welchen Unterricht?«

»Gitarre?«

»Gehen Sie weg.«

»Es ist wichtig.«

»Ich werde Sie bezahlen.«

»Wen soll ich unterrichten?«

»Mein Kind.«

»Junge oder Mädchen?«

»Junge.«

»Mädchen sind bessere Schüler.«

»Er ist ein Junge.«

»Wie alt?«

Baffa hielt inne. Er dachte an die Musikschule.

»Sieben.«

Frankie sah ihn an.

»Er ist ein bisschen klein für sein Alter.«

»Keine Jungen.«

»Er ist sehr talentiert.«

»Keine Jungen.«

»Er ist wirklich sehr talentiert.«

»Ich auch.«

»Ich werde Sie bezahlen.«

»Natürlich werden Sie mich bezahlen.«

»Also unterrichten Sie ihn?«

»Nein.«

»Señor …«

»Gehen Sie weg.«

Baffa sah Frankie an. »Sing irgendwas«, flüsterte er.

Frankie schüttelte den Kopf.

»Jetzt *sing* doch was«, wiederholte Baffa.

Die meisten Kinder singen nicht gern, wenn man sie dazu auffordert. In jungen Jahren schweigt das Talent oft aus Angst. (Manchmal auch noch später.) Aber dieser Augenblick war, wie ich wohl wusste, für Frankies Leben viel zu wichtig. Also gab ich dem Kleinen wieder einen winzigen Schubs.

»Da-da-da, duh …«, begann er verhalten.

Baffa runzelte die Stirn. Er hatte diese Melodie noch nie gehört.

»Da-da-da, duh …«, fuhr der Junge fort.

Es war eine einfache Melodie, aber sie ging einem nicht mehr aus dem Kopf. Sie wurde hoch, nur um sich bei den Hauptnoten gleich wieder herabzuschwingen, als würde sie auf einem Xylofon gespielt.

»Duh, duh, duh, da-da-da, deh duh, dah dahhh …«

Frankie hörte auf.

»Was ist das für ein Lied?«, fragte Baffa erstaunt.

Plötzlich öffnete sich die Tür. Ein großer Mann mit Sonnenbrille und dichten, ungekämmten, schwarzen Haaren stand vor ihnen. Sein ärmelloses Unterhemd war von einem großen Kaffeefleck auf dem Bauch verunziert. Er stand mitten im Türrahmen, als wollte er ihnen den Weg verstellen.

»Es heißt ›Lágrima‹«, sagte er, »von Francisco Tárrega.«

Dann deutete er mit dem Kinn auf den Jungen.

»Er hört sich nicht an wie sieben.«

Darlene Love

Sängerin, Solokünstlerin. Mitglied der Blossoms und der Crystals. Aufgenommen in die Rock and Roll Hall of Fame.

Sehen Sie dieses Bild? Das bin ich mit Frankie in der Hollywood Bowl, der gewaltigen Freilichtbühne. Ich habe es all die Jahre aufgehoben. Irgendwie kindisch, nicht wahr? Aber wenn man in dem Alter ist und die Liebe einen erwischt hat, dann will man einfach alles behalten, was einen an diese Zeit erinnert: jeden Ticketabschnitt, jedes Blütenblatt, jede Puppe, die man beim Volksfest gewonnen hat.

Wann ich Frankie begegnet bin? Ich war gerade 18, immer noch an der Highschool und im Musikgeschäft völlig neu. Ich sang mit ein paar Mädels von meinem Kirchenchor, und wir gewannen einen Wettbewerb: Wir durften für Nat King Cole den Background singen bei seinem Auftritt in der Hollywood Bowl. Es war das erste Mal, dass wir bei so einem wichtigen Konzert auftreten durften. Schon als wir dorthin fuhren, durch all die piekfeinen Häuser in der Nachbarschaft, staunten wir mächtig. Wir wussten nicht, dass es Leute gibt, die in so riesigen Häusern wohnen!

Ich lernte Frankie backstage kennen, als wir auf unseren Auftritt warteten. Die Mädels und ich lachten in einem fort, so aufgeregt waren wir. Wir zischten uns dauernd an: »Pst, pst!« Und dann lachten wir wieder. Plötzlich hörten wir aus einer der anderen Garderoben, wie ein Mann ebenfalls »Pst« zischte und dann wieder lachte. Er ahmte uns ganz offensichtlich nach. Natürlich lachten wir da noch lauter. Seine Stimme klang jung, aber trotzdem tief. Sexy, selbst als er lachte. Ich rief: »Wer ist da?« Und er: »Frankie.« Dann kicherten wir wieder, und meine Freundin rief: »Frankie wer?« Da ging wie aufs Stichwort die Tür auf, er trat ein und sagte: »Presto.«

Ich wäre fast in Ohnmacht gefallen. Einen Jungen wie ihn hatte ich noch nie gesehen. Niemand von uns. Nicht dort, wo wir herkamen jedenfalls. Diese dunklen, dichten Brauen, die babyblauen Augen, der Haarschopf, wahrscheinlich der schwärzeste, den ich je gesehen habe.

»Presto?« Meine Freundin lachte wieder. »Wie beim Zaubern?« – Bei uns sagt man nämlich »Presto« für »Simsalabim«. – »Presto wie beim Zaubern«, bestätigte er, und sie hörte auf zu lachen. Bei seinem Anblick blieb einem buchstäblich die Spucke weg. Er trug ein hellgelbes Sakko und dazu Hemd und Hose in Schwarz. Er meinte, er gehöre zu den Vorgruppen, müsse aber nur einen Song singen, denn die Plattenfirma habe ihn sozusagen in letzter Minute eingeschoben – ich glaube, es war Capitol, dieselbe Firma, für die Nat King Cole gearbeitet hat. – Ich sagte, er würde beinahe wie Elvis aussehen. Da senkte er den Blick und meinte: »Es gibt nur einen Elvis!« Und dann bemerkte jemand, es sei echt Pech, dass Elvis eingezogen worden sei.

Schließlich ist einer der Fotografen gekommen, um ein Foto von uns zu machen. Frankie wollte schon gehen, aber wir protestierten alle. Wir wollten, dass er mit aufs Foto kommt. Und ich bat ihn, dass er eins mit mir allein machen lässt. – Das ist es. Ich habe es immer noch, nach so vielen Jahren. Ich wusste damals natürlich nicht, dass er mal ein Star werden würde, aber irgendwie fand ich, dass er so etwas Besonderes an sich hatte. Manchmal spürt man das einfach.

Aber zurück: Nachdem die Show vorüber war und wir den Hollywood Boulevard entlangfuhren, sagte meine Freundin plötzlich: »Guck mal, da ist der verträumte Sänger!« Und tatsächlich, da schlenderte Frankie ganz allein über den Boulevard, seinen Gitarrenkasten in der einen Hand, den gelben Mantel in der anderen. Wir kurbelten unser Fenster runter und riefen: »Wo willst du denn hin?«

»Ans Meer«, sagte er.

»Zu Fuß?«

»Ja.«

Da lachten wir wieder, denn wir wussten, dass das Meer weit entfernt war. Und so fragte ich unsere Anstandsdame: »Können wir ihn nicht hinbringen? Wir kennen ihn.« Sie war einverstanden, also stieg Frankie zu uns in den Wagen.

Es war Samstagnacht, und das Wetter wunderbar. Wir fuhren zum Santa Monica Pier und versprachen unserem Anstandswauwau, dass wir in einer halben Stunde zurück sein würden. Das war natürlich Blödsinn. Am Strand wurden Partys gefeiert, überall leuchteten kleine Feuerstellen. Die jungen Leute hatten Radios dabei, tanzten und knutschten, was das Zeug hielt. Wir trafen dann Leute, die wir kannten. Die anderen Mädchen setzten sich zu ihnen, ich aber bin mit Frankie weiter über den Sand gegangen. Ich konnte einfach meine Augen nicht von ihm lösen. Wir waren beide barfuß. Er hatte die Hosenbeine aufgerollt, aber ich bin immer zurückgesprungen, wenn eine Welle kam – er nicht.

»Der Ozean ist so riesig«, sagte ich dann – oder irgendetwas anderes wenig Intelligentes. Er meinte nur: »Ich habe schon mal den Ozean überquert.« Ich fragte: »Diesen?« Und er: »Nein, einen anderen.« Ich wollte wissen, woher er kam, aber er antwortete nur: »Von vielen Orten.« Ich fragte, wo seine Eltern leben. Und er: »Sie sind tot.«

Und die ganze Zeit hielt er seinen Gitarrenkasten in der Hand. Er ließ ihn nicht ein einziges Mal los, dabei hatte er in der Hollywood Bowl gar nicht gespielt. Er hatte nur mit einer Band gesungen. Also zog ich ihn auf: »Trägst du immer eine Gitarre mit dir rum, damit du Mädchen beeindrucken kannst?« Da lächelte er (Himmel, was für schöne Zähne!) und sagte: »Nein.«

Und dann bekam ich mein ganz privates Frankie-Presto-Konzert, am Strand beim Santa Monica Pier. Es ist mir bis heute unvergesslich geblieben.

Frankie nahm die Gitarre heraus und schaute auf den Ozean hinaus: »Horch«, sagte er. Draußen funkelten die Lichter eines weit entfernten Schiffs, doch Frankie schloss die Augen. Langsam begann er dann, sachte mit dem Finger auf die Gitarre zu klopfen, einmal, zweimal. Da merkte ich, dass er den Takt der Wellen suchte.

Dann fing er an zu spielen. Ich glaubte ja, dass er einen Rock-'n'-Roll-Song hinlegen würde. Jeder, der damals eine Gitarre hatte, hat das gemacht. Aber nein, Frankie spielte etwas Klassisches. Langsam, zärtlich, mit den Fingern auf den hohen Bünden. Als er aufhörte, hatte ich Tränen in den Augen. Ich hatte noch nie etwas so Schönes gehört. Ich fragte ihn, wie der Song heißt, und er meinte: »Träumerei!« Ich wollte wissen, wer ihn geschrieben hat, und er sagte: »Schumann.« Dann sah er die Tränen in meinen Augen und meinte – ich weiß, das hört sich jetzt seltsam an, aber er meinte: »Weine nicht. Du bist eine große Sängerin.« Da musste ich plötzlich lachen.

»Woher willst du das wissen?«, fragte ich.

»Ich habe dich gehört.«

»Aber wir haben im Chor gesungen.«

Er meinte, er könne einzelne Stimmen heraushören, und meine Stimme sei wunderschön. Also könne ich gut eine berühmte Sängerin werden.

Nun, ich habe mich in der Zeit damals gerade gefragt, was ich mit meinem Leben anfangen sollte, ob ich mit der Musik weitermachen oder die

Highschool fertig machen und mir einen Job suchen sollte. Und was er da gesagt hat, war genau das, was ich an diesem Punkt gebrauchen konnte. Es hat mir das Selbstbewusstsein gegeben, mit dem Singen weiterzumachen.

Doch zurück: Nachdem Frankie mir das gesagt hatte, schauten wir uns in die Augen, total berührt. Ich wette, jetzt glauben Sie, er hätte mich dann geküsst, denn so läuft das normalerweise. Aber ich habe Frankie nie geküsst. Ich dachte daran. Ich wollte es auch. Aber er legte nur den Arm um mich, und ich lehnte meinen Kopf an seine Schulter. Und so saßen wir da, ineinander verflochten, während immer wieder die Wellen heranrollten. Aber ganz ehrlich, an diesem Abend war das perfekt. Ich fühlte mich so gelassen und sicher, als würde ich ihn schon mein ganzes Leben lang kennen. Und ich liebte ihn heiß und innig. Und musikalisch natürlich.

Wir versprachen uns, miteinander in Kontakt zu bleiben. Ich gab ihm meine Telefonnummer, und als ich nach Hause kam (und Mom und Dad mir die Leviten gelesen hatten), schloss ich die Tür hinter mir und schrieb in mein Tagebuch: »Heute habe ich den Jungen kennengelernt, den ich heiraten werde.« Und Jahre später wurde dieser Satz der Titel von einem meiner größten Hits. Als mir damals der Schreiber den Text zeigte, musste ich unwillkürlich lächeln. Ich wusste, dass ich dazu bestimmt war, dieses Lied zu singen.

Natürlich habe ich Frankie nicht geheiratet. Ich habe ihn 40 Jahre lang nicht mehr gesehen. Aber als ich gehört habe, dass er gestorben ist, ist mir alles wieder eingefallen. Wahrscheinlich bin ich deshalb gekommen. Man liebt nie mehr wieder so wie mit 18, glaube ich, wenn man nachts barfuß über den Strand schlendert.

Ich kann immer noch nicht glauben, dass er tot ist.

6

Ah, die Liebe und Frankie Presto. Vielleicht werde ich später noch erklären, warum sich die Frauen immer in ihn verliebt haben. (Vielleicht haben sie sich ja auch in mich verliebt?) Aber unsere Geschichte ist mittlerweile an einem entscheidenden Punkt angelangt.

Im Leben jedes Künstlers gibt es einen Menschen, der ihn in die Geheimnisse künstlerischen Schaffens einweiht. Näher wie an diesem Punkt kommt man mir zu Lebzeiten gewöhnlich nicht.

Wenn ihr Menschen mich zum ersten Mal seht, bin ich eine von vielen bunten Farben, die den Regenbogen menschlicher Talente ausmachen. Und eine dieser Farben wählt ihr aus. Später, wenn ein ganz besonderer Mensch für euch das Geheimnis lüftet, habt ihr dieses Talent schon in euch und spürt es als Drang zu singen, zu malen, zu tanzen oder zu trommeln. Danach seid ihr nicht mehr dieselben.

Für Frankie war dieser besondere Mensch der blinde Gitarrenspieler, der ihn am Sonntagnachmittag in der Küche einer kleinen Wohnung in der Crista-Senegal-Straße einweihte, während Baffa und der haarlose Hund unten in der Wäscherei warteten.

»Stell zwei Stühle einander gegenüber«, sagte der blinde Mann an jenem Tag. Sein ärmelloses Unterhemd hing ihm lose über die schmutzige braune Hose. Schuhe trug er nicht.

»Und jetzt, Herr Lehrer?«, fragte Frankie.

»Bist du bereit für deine erste Lektion?«

»Ja, Herr Lehrer.

»Gut. Du wirst lernen, wie man eine Zigarette anzündet.«

Der Mann zog ein verknautschtes Päckchen aus der Hose. Seine Finger fummelten eine einzelne Zigarette heraus, die er sich in den Mund steckte. Dann nahm er ein silbernes Feuerzeug und ließ die Kappe aufschnappen. Eine Flamme erschien.

»Hast du gesehen, was ich getan habe, Junge?«

»Ja, Herr Lehrer.«

»Dann mach du es jetzt.«

Frankie nahm nervös das Feuerzeug. Baffa hatte ihm gesagt, er solle die Finger vom Feuer lassen. Aber er hatte auch gesagt, er solle tun, was immer der Mann ihm auftrage.

»Los, mach schon, Junge.«

Frankie schnappte die Kappe auf.

»Ist da jetzt ein Feuer?«

»Ja.«

»Nimm jetzt die Zigarette und zünde sie am einen Ende zwei Sekunden lang an … eins, zwei … dann mach die Kappe wieder zu.«

Frankie tat wie geheißen und ließ die Kappe zurückschnellen. Das Feuerzeug fiel zu Boden.

»Gib mir die Zigarette«, sagte der Mann.

Frankie gab ihm die Zigarette.

»Heb das Feuerzeug auf.«

Frankie hob das Feuerzeug auf.

»Gratuliere. Du hast deine erste Lektion hinter dir.«

»Danke, Herr Lehrer.«

»Wie heißt du eigentlich?«

»Francisco.«

»Francisco.« Er schnappte sich einen Stuhl und stützte sich darauf ab, bevor er sich hinsetzte. »Wie unser großer Francisco Tárrega, dessen Musik du gesungen hast.«

»Ich kenne ihn nicht.«

»Was? Dummes Kind!«

Er schob die Hand über den Küchentisch, bis er eine offene Flasche ertastet hatte. Diese zog er zu sich, kippte sich einen Schluck hinter die Binde und knallte die Flasche dann wieder auf den Tisch.

»Warum singst du seine Musik, wenn du nicht mal seinen Namen kennst?«

»Ich weiß nicht …«

»Und noch mal: Du dummes Kind! Hat sich das Lied vielleicht selbst geschrieben?«

»Nein …«

»Ist es vom Himmel gefallen?«

»Nein …«

»Nein. Das ist richtig. Es ist nicht vom Himmel gefallen.«

Er drückte die Zigarette auf dem Küchentisch aus (dessen Platte voller Brandflecken war) und griff dann nach der Gitarre, die auf ihrem Ständer stand – wobei er sie fast umgeworfen hätte.

Frankie tat der Mann leid, wie er da nach allem tasten musste. Er fragte sich, warum er eine Sonnenbrille trug, wenn er ohnehin nicht sehen konnte.

»Und jetzt hörst du ganz genau zu«, befahl der Mann, während er sich über das Instrument beugte, den Hals lang machte und seine Finger auf die Bünde legte. »Lausche dem großen Francisco Tárrega.«

Dann holte der Alte tief Luft. Und begann zu spielen.

Natürlich war es »Lágrima«, das Lied, das Frankie an seiner Tür gesungen hatte. Der blinde Mann spielte es leidenschaftlich und mit großer Sorgfalt. Manchmal hielt er einen Sekundenbruchteil inne, nach manchen Noten neigte er den Kopf, als wolle er ihren Duft in sich einsaugen. Frankie starrte die Finger an, die gewandt über den Hals der Gitarre wanderten. Er hörte die süßen, warmen Töne der Saiten, vernahm, wie sich die hohen Noten sachte über die tieferen legten. Manchmal hörte es sich an, als spielten zwei Menschen gleichzeitig. Ihm blieb der Mund offen stehen.

Als der blinde Mann zu Ende gespielt hatte, fragte er ihn: »Und jetzt sage mir, Junge: Hat dieser Komponist es verdient, dass sein Name genannt wird?«

Da fühlte der Mann, wie sich zwei Ärmchen um seinen Hals schlangen. Frankie hatte den Kopf an die Schulter des Mannes sinken lassen, wie er einst an der Schulter seiner Mutter geruht hatte. »Lágrima« hatte ihm nicht nur den Weg in die Zukunft gezeigt, sondern auch den Vorhang vor seiner Vergangenheit ein Stück weit gelüftet.

»Geh weg«, schimpfte der blinde Mann. Doch Frankie umarmte ihn nur noch inniger. Der Lehrer roch die Seife in seinen Haaren.

»Hör mal, Junge, es tut mir leid, dass ich dich angeschrien habe. Aber du wirst nicht vorwärtskommen, wenn du deine Geschichte nicht kennst. Verstehst du das?«

»Sí«, flüsterte Frankie.

»Lern die Namen der Musiker, die du studierst.«

»Sí.«

»Sag ›Tárrega‹.«

»Tár-re-ga.«

»Er hieß Francisco, so wie du.«

»Francisco.«

»Woher kennst du dieses Lied, ›Lágrima‹?«

»Ich kenne es einfach.«

»Hat dein Papa es dir beigebracht?«

»Nein.«

»Deine Mama?«

»Ich habe keine Mama.«

Der blinde Mann schluckte. Seine eigene Geschichte schnürte ihm den Hals zu.

»Es tut mir leid, das zu hören.«

»Können Sie überhaupt etwas sehen?«, fragte Frankie.

»Nein«, antwortete der Mann.

»Wie kommt das?«

»Ich kann es einfach nicht.«

»Manchmal tun mir die Augen weh.«

»Meine Augen tun nicht weh.«

»Ich reibe immer an ihnen herum.«

»Meine Augen schmerzen mich nicht. Ich bin blind. Das ist alles.«

»Heißen Sie auch Francisco?«

»Nein.«

»Wie heißen Sie?«

»Jetzt geh endlich runter.«

Das Kind lehnte sich zurück und fasste mit dem Finger unter die Sonnenbrille. Die Haut unter den Augen war nass von Tränen. Frankie ging zu seinem Stuhl zurück, während der Mann sich mit dem Ärmel die Wangen trocknete. Dann suchte er die Flasche.

»Du wirst mich El Maestro nennen«, sagte er.

7

Talent ist ein Stück vom Schatten Gottes. Und in diesem Schatten überkreuzen sich die Schicksale.

Der junge Francisco Presto teilte seine Geschichte mit einem anderen Francisco – Francisco Tárrega, dem großen spanischen Gitarristen, der im Jahr 1852 in derselben Stadt geboren worden war wie er. Genau hinter dieser Kirche hat man sogar eine Straße nach ihm benannt. Zwei Statuen hat man ihm gewidmet: Eine davon stellt ihn dar, wie er mit der Gitarre auf den Knien auf einem Stuhl sitzt, die Finger zum Spiel bereit. Die Kinder von Villareal spielen heute rund um die Statue Fangen und halten sich dabei an Tárregas Bronzefüßen fest.

Wie Frankie hatte auch Tárrega ordentlich zugepackt, als es galt, sein Talent zu wählen. Wie Frankie war er in seiner Jugend von einer Person misshandelt worden, die sich um ihn hätte kümmern sollen – ein Kindermädchen, vor dem er weggelaufen war. Dabei war er in einem Abflussgraben gelandet und hatte sich am Auge verletzt. Wie Frankie war er zur Gitarre gekommen, weil sein Vater gedacht hatte, er könnte sich damit wohl noch am ehesten seinen Lebensunterhalt verdienen, sollte er blind werden.

Als Kind lebte Tárrega in einem Kloster gleich neben der Kirche, in dem seine Eltern den Nonnen dienten. Vielleicht stellten sie sich für ihren Sohn ja ein ähnliches Leben vor. Doch sobald sich der Junge in mich verliebt hatte, dachte er (natürlich) an nichts anderes mehr. Er lief weg nach Barcelona, wo er in Tavernen spielte, bis ihn jemand zu seinem Vater zurückbrachte. Damals war er erst zehn.

Ein paar Jahre später rannte er wieder weg, diesmal nach Valencia, wo er mit Zigeunern als Straßenmusikant durch die Stadt zog. Aber wieder brachte ihn jemand nach Villareal zurück.

Nach wenigen Jahren lief er wieder weg.

Sein Wanderleben prägte schließlich auch seine Musik. Tárrega – der in ganz Europa bekannt und berühmt wurde – kam auch einmal nach London, wo er sich allein fühlte und immer depressiver wurde. Er vermisste den Sonnenschein seines Heimatlandes. Irgendjemand meinte damals, er sollte seine Traurigkeit doch in Noten fassen, und so schrieb er ein Stück, in das er all seine Sehnsucht einfließen ließ. Dieses Stück war »Lágrima« – die Träne, jene wundervolle Melodie, die Frankies Mutter ihm ins Ohr summte, damit er in der Kirche nicht weinte. Jene Melodie, die ihm das Leben rettete. Seine leibliche Mutter, Carmencita, liebte diese Weise, denn als echte Tochter von Villareal kannte sie natürlich die Stücke des berühmtesten Sohnes der Stadt.

Dasselbe galt für El Maestro, den blinden Lehrer im ärmellosen Unterhemd, der Frankie viele Tárrega-Kompositionen vorspielte. Auf diese Weise wird ein Talent von Generation zu Generation weitergesponnen. Der Schatten wird immer länger, und so kann es kommen, dass ein Künstler, der vor mehr als 100 Jahren geboren wurde, die Seele eines Kindes erfüllt, das seinen Namen trägt.

Lange Zeit tat El Maestro nichts anderes als spielen, wenn der Junge zum Unterricht kam. Er spielte einfach nur. Frankie saß auf einem der Küchenstühle und hörte wie gebannt zu. Er saugte jede Note in sich auf und beobachtete fasziniert das Spiel der Finger seines Lehrers, das so sicher war, dass er sich mehr als einmal fragte, ob der alte Mann nicht doch sehen konnte. Nach jedem Lied nahm der Mann einen Schluck aus der Rotweinflasche oder rauchte eine Zigarette. Manchmal trank er auch den billigen *aguardiente*, den »brennendes Wasser« genannten Schnaps. Immer wenn er den Kopf in den Nacken legte und die Arme sinken ließ, stand Frankie vom Stuhl auf.

»Auf Wiedersehen, Maestro.«

»Ja, ja, auf Wiedersehen.«

Dann ging der Junge nach unten, wo Baffa und der haarlose Hund auf ihn warteten, damit sie zu dritt nach Hause gehen konnten. Er bekam keine Noten zum Lernen und keine Übungen als Hausaufgabe. Keine Gitarre.

»Señor«, fragte Baffa El Maestro eines Tages, »warum spielt der Junge kein Instrument?«

»Gehen Sie runter in die Wäscherei«, grummelte El Maestro.

Zwei Wochen später fragte Baffa wieder.

»Señor, sollte der Junge nicht endlich spielen lernen?«

»Gehen Sie weg. Ihr Hund stinkt.«

Baffa wollte nicht wütend werden, denn er hatte großen Respekt vor dem Talent des alten Mannes. Ich hatte den Sardinenfabrikanten wirklich gern, aber er war hartnäckig. Zwei Wochen später brachte er Frankie zu dem alten Mann und schnitt das Thema wieder an.

»Señor, ich muss wirklich darauf bestehen …«

»Nein, müssen Sie nicht.«

»Aber ich bezahle Sie für Musikunterricht.«

»Wollen Sie, dass er ein Künstler wird oder ein Affe?«

Frankie musste lächeln. *Ein Affe*.

»Natürlich möchte ich, dass er ein Künstler wird, Señor, aber …«

»Dann hören Sie auf zu reden. Ich bekomme davon Kopfweh.«

Der Alte kratzte sich unter der Achsel.

»Haben Sie mein Geld dabei?«

Baffa seufzte. »Ja.«

Frankie sah zu, wie Baffa dem Alten ein paar Scheine in die Hand drückte, die El Maestro mit den Zigaretten in die Hosentasche steckte.

»Sie können nicht schreiben, wenn Sie nicht lesen«, sagte der alte Mann. »Sie können nicht essen, wenn Sie nicht kauen. Und Sie können nicht spielen, wenn Sie nicht …«, und da griff er nach Frankies Hand, »zuhören.«

Dann schob er den Jungen nach drinnen und schlug die Tür zu.

8

Alles in allem dauerte es wohl ein ganzes Jahr, bevor El Maestro Frankie eine Saite berühren ließ.

»Zuerst kommen die Ohren, dann die Hände«, sagte er immer wieder.

In der Zwischenzeit *erklärte* er dem Jungen die Musik. Er erklärte sie ihm auf Spanisch – und auf Englisch, das er selbst gelernt hatte, als er noch jünger war, und das er für unverzichtbar für Frankies Zukunft hielt, denn seiner Ansicht nach stärkte es den Sinn für Musik, wenn man sich mit Rhythmus, Bau und Klang einer Sprache auseinandersetzte. Woche um Woche erklärte er dem Jungen in zwei Sprachen meine Akkorde, Tonleitern und Harmonien. Er legte sie vor Frankie aus wie feinstes Silber, bis der Junge sie allein vom Klang her identifizieren konnte. Er ließ Frankie die Namen aller Komponisten und die Titel aller Stücke auswendig lernen. Manchmal hörten sie beide einfach nur am Radio Musik. Dann drückte El Maestro Frankies Hand und sagte zum Beispiel: »Das ist jetzt Moll … Das ist eine Triole …«

Soweit Frankie wusste, hatte El Maestro keine anderen Schüler. Wenn Frankie ankam, schlief er oft noch auf dem Sofa, die Tür stand offen, und Frankie musste ihn an der Schulter rütteln, bis der alte Mann grunzte und sich umdrehte. Dann wusste Frankie, dass er wach war.

Während die Monate vergingen, wurde der alte Mann immer weniger ärgerlich auf seinen Schüler und hörte auf, ihn »dummer Junge« zu nennen, was Frankie wirklich freute. Baffa hingegen hörte auf, ihn nach der Gitarre zu fragen. Stattdessen nahm er jetzt immer seine Wäsche in die Crista-Senegal-Straße mit und nutzte die Zeit des Wartens. So kam er jede Woche mit einem Paket sauberer Socken und ordentlich gefalteter Unterwäsche nach Hause.

Als dann doch der große Moment kam, dass Frankie selbst mit einer Gitarre spielen sollte, war er so aufgeregt, dass er kaum still sitzen konnte. El Maestro hieß ihn, sich auf den Stuhl zu setzen, damit er das Instrument korrekt halten konnte, doch die Gitarre war viel zu groß für ihn. Sie reichte bis an Frankies Kinn.

»Du bist ziemlich klein für einen Achtjährigen«, sagte El Maestro und streckte die Hand nach ihm aus. »Bekommst du von deinem Vater auch genug zu essen?«

»Ja, Maestro, er gibt mir genug.«

»Gib mir deine linke Hand.«

Was Frankie tat.

»Deine Nägel sind zu lang. Du musst sie schneiden.«

»Schneiden?«

»Die linke Hand. Jeden Tag.«

»Ja, Maestro.«

»Du kannst nicht Gitarre spielen, wenn deine Nägel nicht geschnitten sind.«

»In Ordnung, Maestro.«

»Weißt du, warum das so ist?«

»Nein, Maestro.«

»Nein, du weißt es nicht. Die meisten Leute denken, das liegt daran, dass die Nägel stören, wenn man die Finger auf die Saiten legt, doch es steckt noch mehr dahinter.«

»Und was, Maestro?«

»Die Nägel schützen normalerweise die Fingerkuppen. Die Fingerkuppen sind sehr sensibel. Aber nur wenn du die Nägel ganz zurückschneidest, kommst du ganz mit der Musik in Kontakt.«

»Ja, Maestro.«

»Nur dann kannst du den Schmerz in jeder Note fühlen.«

»Ja, Maestro.«

»Es gibt keinen Schutz.«

»Ja, Maestro.«

»Musik tut weh. Verstehst du mich, Junge?«

»Ja, Maestro.«

»Und jetzt führ mich zum Schrank.«

Frankie stand auf und führte seinen Lehrer durch die Wohnung. Dabei machte er ganz kleine Schritte.

»Geh schneller, Junge, ich bin schließlich kein Krüppel.«

Frankie ging schneller.

»Wir sind am Schrank, Maestro.«

»Öffne die Tür.«

Frankie zog am Türknopf. Im Schrank standen mehrere Schuhkartons, ein paar Sachen zum Anziehen hingen von einer Stange herunter. Und hier standen vier Gitarren, eine kleiner als die andere.

»Gib mir die kleinste«, sagte El Maestro.

Frankie nahm das Instrument mit beiden Händen und gab es seinem Lehrer. Dann sah er noch mal in den Schrank und bemerkte ein paar Schuhe, aber Frauenschuhe. Tatsächlich hingen auch mehrere Kleider im Schrank und eine Handtasche.

»Haben Sie denn eine Frau, Maestro?«

»Bring mich zum Stuhl zurück«, sagte der Lehrer.

Frankie schloss die Schranktür.

Die Gitarre, die Frankie Presto seinem Schicksal entgegenführen sollte, war in Wirklichkeit keine Gitarre, sondern eine Braguinha, ein Instrument, das der Ukulele ähnelt. Sie hatte nur vier Saiten. Doch ihr Hals passte gut in Frankies kleine linke Hand, und die Kurve des Körpers passte genau auf das knochige linke Knie des Jungen, das aus den kurzen Hosen hervorsah, die er bei der Hitze im Sommer trug. Das Instrument schien wie geschaffen, um mit seinem Körper zu kommunizieren.

»Winkle den rechten Arm an und entspanne die rechte Hand«, befahl El Maestro. »Quetsch die Gitarre nicht an dich. Du willst sie ja nicht erwürgen. Und drück sie nicht nach unten, ertränken willst du sie auch nicht. Die Finger deiner rechten Hand sprechen mit den Saiten. Würdest du mit jemandem reden, während du ihn erwürgst oder ertränkst?«

»Nein, Maestro.«

»Nein, das würdest du nicht.«

»Und was mache ich mit der linken Hand?«

»Die linke Hand sucht die Schönheit. Sie macht die Noten und Akkorde. Du kannst mit deiner rechten Hand so richtig angeben, aber ohne deine Linke bist du nichts, hast du verstanden?«

»Ja, Maestro.«

»Behandle deine linke Hand mit Achtung. Jedes Mal, wenn du spielst, streckst du sie aus. Siehst du, so!« Er strich über Frankies Handfläche, bis sie ganz gerade war. »Als würdest du um etwas bitten.«

Frankie erinnerte das an die Menschen in der Kirche, die mit erhobenen Händen beteten.

»So, als würde ich Gott um etwas bitten?«

El Maestro schlug auf Frankies Hand.

»Dummer Junge. Gott gibt dir nichts. Gott nimmt nur.«

Alles, was Frankie bis zu diesem Zeitpunkt über Gott wusste, war, dass er ein großes Haus hatte und viel schlief. Auf die Idee mit dem großen Haus war er gekommen, als Baffa ihm erzählt hatte, dass seine Mutter nun bei Gott lebte – und all die anderen guten Menschen, die gestorben waren. Gott musste also in einem wirklich großen Haus wohnen, oder etwa nicht?

Dass Gott viel schlafen musste, war Frankie klar geworden, als Baffa ihm die Basilika in Villareal gezeigt hatte, die von bösen Menschen niedergebrannt und zerstört worden war. So etwas hätte Gott nie erlaubt, hätte er nicht gerade geschlafen, dachte Frankie. Er stellte sich das so ähnlich vor wie die Situation mit ihm und dem haarlosen Hund, wenn der manchmal winselte, weil er nach draußen wollte. Wenn Frankie dann schlief, fand er beim Aufwachen unweigerlich eine Pfütze auf dem Boden vor. Während man schlief, konnten schlimme Dinge geschehen, spekulierte Frankie. Und manchmal kamen böse Menschen mit schlimmen Dingen davon, wenn Gott gerade die Augen geschlossen hatte. Vielleicht aber trug Gott auch manchmal eine Sonnenbrille wie sein Gitarrenlehrer.

»Haben Sie je sehen können?«, fragte Frankie El Maestro eines Tages.

»Würde meine Antwort dich zu einem besseren Gitarristen machen?«

»Nein, Maestro.«

»Warum fragst du dann?«

»Es tut mir leid, Maestro.«

»Was würde ich sehen, wenn ich dich sehen könnte?«

Frankie lächelte bei der Vorstellung.

»Einen Jungen.«

»Einen Jungen, der seine Lektion nicht spielt.«

Frankies Lächeln war wie weggewischt. Er hatte monatelang geübt, Tag für Tag im Garten, wo er dem haarlosen Hund vorspielte. Er wollte Stücke spielen wie El Maestro. Aber im Augenblick durfte er nur Übungen machen.

»Meine Finger tun weh, Maestro.«

»Musik tut weh.«

»Aber sie sehen total komisch aus.«

»Das nennt man Schwielen.«

»Was sind Schwielen?«

»Wenn du zu spielen anfängst, sind die Finger nicht daran gewöhnt, die Saiten niederzudrücken. Die Fingerkuppen haben jetzt Linien, nicht wahr?«

»Ja, Maestro.«

»Und sie fühlen sich dick an?«

»Ja, Maestro.«

»Vielleicht bluten sie ja auch?«

Frankie schluckte. Er hatte das seinem Lehrer eigentlich nicht sagen wollen. Anfangs hatte er so viel gespielt, dass er manchmal das Blut von den Fingern an seinem Hemd abwischen musste.

»Ja, manchmal bluten sie, Maestro.«

Seine Stimme zitterte.

»Weinst du, Francisco?«

»Nein, Maestro.«

»Weine nicht, wenn du Blut verlierst. Nicht, wenn du es für etwas tust, was du liebst.«

Er tastete in einem Schränkchen neben dem Spülbecken herum und holte eine kleine Flasche und eine Schale heraus.

»Bade deine Finger hier drin«, sagte er.

»Was ist das?«

»Was juckt dich das, Junge? Wenn ich dir sage, dass es hilft, musst du dann noch wissen, was es ist?«

»Lo siento, Maestro.«

»Sag es auf Englisch: ›I am sorry.‹«

»I am sorry.«

El Maestro tastete sich zum Tisch zurück und griff nach der Flasche mit dem *aguardiente*.

»Da draußen tobt ein gewaltiger Krieg, Junge. Wir werden bald alle entweder Englisch oder Deutsch sprechen. Ich persönlich ziehe Englisch vor. Deutsch hört sich immer so an, als würde man ausgeschimpft.« Er nahm einen Schluck und verzog das Gesicht. »Außerdem sind die Deutschen mörderische Verbrecher. Und unser Land tut nichts, um sie aufzuhalten.«

Frankie hatte das vom Krieg schon einmal gehört. Baffa sprach darüber mit den Leuten in der Fabrik. Es klang nicht gut. Und Frankie wollte keine Sprache lernen, die sich anhörte, als würde man ausgeschimpft. Die Schwielen waren schlimm genug. Er beschloss, genau das zu tun, was sein Lehrer von ihm verlangte: nur an die Musik denken. Und er fragte sich, ob er El Maestro sagen sollte, dass er erst sechs Jahre alt war.

Leonard »Tappy« Fishman

Musikagent und Manager einer Plattenfirma.

Wo? In die Kamera oder zu Ihnen? ... Gut ... Ja ... Sicher. Mein Name ist Leonard Fishman, ich komme aus Brooklyn in New York. Ich bin jetzt 86, für mich war diese Reise eine echte Höllentour. Bis rüber nach Europa. Natürlich in einer Kabine. Aber ich wollte unbedingt hierherkommen. Es hat mir das Herz gebrochen, als ich davon hörte. Der arme Frankie. Ich war sein erster Agent, in den Fünfziger- und Sechzigerjahren. Ja, unser Bruch war nicht gerade vom Feinsten. Er ist da ein klein bisschen durchgedreht. Weiß der Himmel wieso. Ich glaube nicht die Hälfte von dem Scheiß, den sie über ihn schreiben. Sie sollten das auch nicht tun. Und das Zeug über mich schon gar nicht. Seine Ehe? Der Film, der floppte? Natürlich sagt jetzt jeder, ich sei schuld gewesen. Was wissen die denn?

Wollen Sie die Wahrheit hören? Ich habe ihn entdeckt. Es gibt Leute, die das anders darstellen, aber ich habe Frankie entdeckt, da war er einfach nur ein Pischer. Wissen Sie, was das heißt? Ein Pischer? Das ist Jiddisch und heißt: ein Bettnässer, ein kleiner, unschuldiger Junge.

Unschuldig. Dass ich nicht lache. *So* unschuldig war Frankie Presto nie.

Hm? ... Ja, natürlich, ich kann Ihnen schon ein Beispiel nennen. Die Geschichte finde ich überhaupt toll. Wir waren damals in Kalifornien, das war im Februar 1959. Ich sage Ihnen gleich, warum ich mich überhaupt daran erinnere. Ich hatte Frankie im Jahr davor unter Vertrag genommen, als er zu mir ins Büro kam und mir erzählte, er sei in Elvis Presleys Band gewesen. Ich vertrat damals eine Reihe von Künstlern, aber wer Elvis erwähnte, hatte seinen Vertrag sicher.

Frankie konnte wirklich singen – er stand damals vor meinem Tisch und sang mit vor der Brust zusammengelegten Händen »You Are My Special Angel«. Das hat mich echt umgehauen. Und außerdem sah er ziemlich gut aus. Ich wusste, dass ich mit diesem Gesicht Geld machen konnte. Ich hatte eine Sekretärin, und jedes Mal, wenn Frankie hereinkam, fiel sie halb in Ohnmacht. Später hat er sich mit ihr eingelassen und ihr natürlich das Herz gebrochen, aber das war bei ihm so üblich.

Über die Jahre habe ich ihn mit vielen solchen Frauen gesehen, Sekretärinnen, Kellnerinnen, Rezeptionistinnen. Er war wie eine Maschine, ehrlich. Ich wünschte, ich hätte diese Energie gehabt. Sein Mädel, mit dem er lange zusammen gewesen war, hatte ihn verlassen, gerade bevor seine Karriere Fahrt aufnehmen konnte, und ich sagte immer zu ihm: »Junge, wenn das deine Art ist, dich an ihr zu rächen, dann machst du das super.«

Und er sagte: »Ach, Leonard, lass gut sein.«

So war Frankie. Er nannte mich Leonard. Jeder andere nannte mich Tappy, weil ich immer mit der Fußspitze oder mit dem Finger auf irgendwas herumtrommelte. Ein nervöser Tick, sehen Sie, jetzt auch. Ich mache das immer noch. Aber Frankie war anders. Verrückt irgendwie, *meschugge*. Aber ich mochte ihn. Er hatte wirklich Herz. Die Welt hat ihn vergessen, und das ist eine Schande. Und dass er so sterben musste? Eine Tragödie …

Über was haben wir gerade geredet? … Ach ja. In Kalifornien gab es damals eine Reihe von Volksfesten mit Zootieren – Ziegen, Pferden und so was – und allerlei Fahrgeschäften, und abends, da mussten sie die Teenager bei Laune halten, und deshalb gab's diese Rock-'n'-Roll-Shows. Ich buchte Frankie für eine dieser Shows, ich glaube, das war mit den Drifters und mit den Everly Brothers, mit Eddie Cochran, Buddy Knox, Fats Domino und ein paar anderen. Jeder hatte zwei Songs abzuliefern, ein bisschen wie am Fließband.

Na, egal. Der Veranstalter war ein Rumäne, ein großer, haariger Kerl mit einem Schnurrbart. Ihm gehörten auch die Fahrgeschäfte und die Tiere und so weiter. Er bekam jedenfalls das ganze Geld. Jeden Tag nach den Vorstellungen stellten sich die Leute in einer langen Schlange an, um ihren Lohn abzuholen. Sie warteten im Zelt, bis er alle verkauften Eintrittskarten gezählt hatte. Das Geld bewahrte er in einer großen, grauen Schatulle auf. Hinter der saß er dann, mit seiner dicken Zigarre im Mund, und zahlte jeden Dollar extra aus. In der Zwischenzeit wurde es im Zelt kochend heiß. Er ließ sogar extra die Heizstrahler laufen, damit die Leute es nicht mehr aushielten und gingen. Frankie aber blieb. Er und die Everly Brothers, Phil und Donald oder Don, wie sie ihn immer nannten. Da standen sie nun an jenem Abend und warteten, völlig durchgeschwitzt, bis sie an der Reihe waren. Doch als es so weit war, hatte der Rumäne jeden Dollar ausgegeben, den er in seiner Schatulle hatte.

»Ich zahle euch morgen aus«, sagte er.

So ging das volle vier Tage lang. Immer dasselbe. »Ich zahle euch morgen aus.« Schließlich kam der Tag mit der letzten Show. Frankie und die Everly Brothers waren außer sich. Frankie liebte die Everlys. Er sagte, sie seien viel bessere Musiker, als sie auf der Bühne zeigen dürften. Das traf natürlich auch auf ihn zu. Ich hörte Frankie mal einen Song von den Brüdern singen: »All I Have to Do Is Dream«. Ganz ehrlich, dabei kamen einem die Tränen. Seine Stimme? Dieser Song? Ich sagte zu ihm: »Frankie, lass mich das mit dir aufnehmen«, aber er weigerte sich, weil – und das muss man sich mal vorstellen – er das Ehepaar kannte, das diesen Song geschrieben hatte. Dann erzählte er mir die Geschichte dazu: Die Frau habe das Gesicht ihres Mannes im Traum gesehen, als sie acht Jahre alt war. Und als sie 19 war, entdeckte sie es plötzlich auf der anderen Seite des Zimmers. Seitdem waren sie zusammen. Die Geschichte ist wirklich wahr. Das steckt hinter »All I Have to Do Is Dream«.

Frankie meinte, ein Song wie dieser solle nur genau eine Heimat haben, so, wie das Paar genau zueinandergehöre. Also nahm er das Lied nicht auf. Und weil die Everly Brothers es schon getan hatten. Natürlich haben es seitdem noch gefühlt tausend andere aufgenommen. Er hatte einfach mehr Herz als Hirn, der gute Frankie, aber was hätten Sie da machen wollen?

Was? Ach ja. Der Rumäne und das Geld. Der letzte Abend also. Frankie riss alle von den Stühlen. Ich war dabei. Er sang »I Want To Love You«. Davon hatte er zu jener Zeit noch nicht mal eine Platte gemacht, aber man konnte schon sehen, dass es ein Riesending war, schon an der Art, wie die Mädels hüpften und kreischten. Als die Show zu Ende war, stellten sich die Musiker wieder im Zelt auf. Ich bin auch hingegangen, weil es einfach die letzte Gelegenheit war, um das Geld zu bekommen. Es war heiß wie in der Hölle. Frankie war nirgendwo zu sehen. Wir warteten alle auf den großen Rumänen. Auf einmal hörte man draußen Geschrei und Geplärre. Alle schienen durcheinanderzurennen, denn – und das müssen Sie sich mal vorstellen – die *Elefanten waren los*!

Haben Sie je so etwas Meschuggenes gehört? Die Elefanten waren los? Alle rannten davon. Schließlich wollte man sich ja nicht von einem Elefanten niedertrampeln lassen, oder? Die Polizei kam, Sirenen heulten, ein irrer Krach, und plötzlich hielt ein Auto vor dem Zelt. Es war Frankie, neben ihm saß ein Mädchen, und er schrie mich und die Everly-Jungs an: »Springt rein!« Und weg waren wir. Jeder war erschrocken, bis auf Frankie, der die Ruhe selbst zu sein schien. Er fuhr uns zum Hotel.

»Woher hast du denn diesen Wagen?«, fragte ich ihn. Er aber lächelte nur. Sie kennen ja dieses Frankie-Lächeln, nicht wahr? Diese wunderschönen weißen Zähne, eine Gottesgabe. Ach, ich wünschte, ich hätte solche Beißerchen. Meine sind ja fast hinüber, lauter Brücken und so …

Nun ja, ich fragte jedenfalls nicht weiter. Die Everly Brothers stiegen beim Hotel aus, doch Frankie lief ihnen hinterher: »He, wartet mal.« Dann drückte er ihnen einen Umschlag in die Hand. Offensichtlich Geld. Er flüsterte ihnen etwas zu, und sie umarmten ihn herzlich. Als sie weg waren, sagte ich zu ihm: »Aha, du bist also doch noch bezahlt worden!« Er grinste und sagte wieder: »Ach, Leonard, lass gut sein.« Dann fiel ihm plötzlich das Mädchen wieder ein, und ich habe ihn die ganze Nacht nicht mehr gesehen.

Aber ich habe das eigentlich wegen des Datums erzählt, Februar 1959. Denn am nächsten Morgen saß ich in meinem Büro, und das Telefon läutete. Es war Frankie, und er fragte mich: »Wo liegt Pacoima?«

Nun, Pacoima war eine kleine Stadt im San Fernando Valley. Er meinte, er müsse unbedingt dorthin. Sofort. Ich sagte: »Okay, soll ich mitkommen?« Und er antwortete, er habe ja kein Auto. Ich sagte: »Was ist denn mit dem Wagen von gestern?« Er aber antwortete, den habe er nicht mehr und ich solle nicht so neugierig sein.

Ein paar Stunden später holte ich ihn ab und stellte das Radio an. Da kamen die Nachrichten. Buddy Holly, Ritchie Valens und der Big Bopper waren bei einem Flugzeugabsturz ums Leben gekommen. Sie kennen die Geschichte? Ja, in Iowa.

Nun, Frankie ließ mich nach Pacoima fahren, weil Ritchie Valens von dort stammte. Valens war ein Teenie, als er starb, vielleicht 17. Aber er hatte Frankie bei einer Roadshow kennengelernt. Und da er Mexikaner war und Frankie Spanier, waren sie einander sympathisch. Frankie fand Ritchies spanischen Hit toll: »La Bamba«. Für ihn war er der Größte überhaupt.

Also fuhren wir nach Pacoima. Wir hielten an der Tankstelle. Dort gab man uns die Adresse. Es war das Haus von Ritchie Valens' Mutter. Wir fuhren hin, und natürlich standen schon eine Menge Reporter vor dem Haus. Also warteten wir. Wir saßen ungefähr vier Stunden im Auto, bis alle weg waren. Es war schon dunkel, da sagte er: »Wart mal 'ne Minute, ich bin gleich wieder da.« Dann schnappte er sich seinen Koffer von der Rückbank und öffnete ihn. Jetzt raten Sie mal, was drin war.

Die graue Schatulle.

Ja. Der »Geldschrank« des Rumänen. Frankie hatte ihn. Ich schwöre zu Gott.

Er ging hinüber zu dem Haus, stieg die Verandastufen hinauf, öffnete die Doppeltür und stellte die Schatulle hinein. Er schloss die äußere Tür wieder, klopfte nicht mal, sondern kam einfach zurück zum Wagen und sagte: »Jetzt können wir fahren.«

Ich sagte zu ihm: »Frankie, was hast du nur getan?« Aber er antwortete mir nicht. Er sagte nur, es sei hart, ein Kind zu verlieren, und Ritchies Mutter brauche jetzt Hilfe. Können Sie sich das vorstellen? Er hatte diesen ganzen Zirkus angezettelt – mit den Elefanten und so –, nur damit wir unser Geld bekamen. Und dann schenkte er den ganzen Rest einfach her.

Ich guckte die ganze Rückfahrt über in den Spiegel, weil ich Angst hatte, der irre Rumäne könnte hinter uns her sein.

9

Geld. Ist mir ein Rätsel, ich gebe es zu. Den Menschen bedeutet es offenbar sehr viel, ich empfinde es nur als Last. Ich hatte nie welches. Seine Vorteile sind mir fremd. Ich weiß nur, dass einige meiner Schüler wahnsinnig reich geworden sind, während andere, die Geld brauchten, mich schließlich im Stich ließen. Warum nur? Geld hat mit Musik gar nichts zu tun. Was man aus dem Herzen heraus spielt, kann man überall spielen. Auf allem und jedem.

Frankie machte zum ersten Mal Musik auf seiner billigen Braguinha. Dann, als El Maestro es ihm erlaubte, durfte er auf sechs Saiten spielen. Er gab ihm wieder eine Gitarre aus seinem Schrank, mit einem karamellfarbenen Korpus und einem Mahagonihals. Da Frankie mittlerweile mehrmals die Woche zum Unterricht kam und Baffa dann häufig noch in der Fabrik war, kaufte ihm sein Vater ein apfelgrünes Wägelchen, auf dem er seine Gitarre durch die Straßen ziehen konnte.

Der Junge mit der Gitarre im Leiterwagen bildete einen merkwürdigen Kontrast zum Krieg, der das Land und die Welt mittlerweile überzogen hatte. Ich hatte damals viel damit zu tun, die Talente wieder einzusammeln, die vor der Zeit nicht mehr gebraucht wurden, weil die Menschen, die sie ausgeliehen hatten, auf Schlachtfeldern starben, mit Schiffen untergingen oder vom Himmel geschossen wurden. Was für eine Verschwendung. Warum ihr Menschen euch gegenseitig umbringt, ist mir vollkommen unverständlich, aber ich kann bezeugen, dass ihr das vom ersten Tag an getan habt. Nur die Waffen haben sich geändert.

Der Krieg veränderte vieles. Baffa hatte Ärger in der Sardinenfabrik, denn einige seiner Arbeiter wurden einfach in eine blaue Uniform gesteckt und auf die Schlachtfelder geschickt. Andere lagen sich aufgrund ihrer Parteizugehörigkeit in den Haaren. Die Regierung erteilte Baffa den Befehl, einen Teil seiner Sardinen zur Unterstützung der spanischen Kriegsbemühungen an die Armee abzugeben. Wenn ich das Ganze recht verstanden habe, hat sich Baffa geweigert. Am Abend kam er heim, fiel erschöpft in seinen Sessel und legte sich ein nasses Handtuch auf die Stirn. Und der haarlose Hund rollte sich zu seinen Füßen zusammen.

»Geh bitte raus zum Üben«, bat er Frankie. Der Junge war traurig, als er seinen Vater so sah. Er machte ihm ein Käsesandwich mit Senf, bevor er mit seiner Gitarre in den Garten ging. Jeden Tag, bevor er zu spielen anfing, schnitt er sich die Nägel seiner linken Hand ganz kurz. Dann übte er die Arpeggien, die El Maestro ihm beigebracht hatte. Er teilte jeden Akkord in einzelne Noten auf und spielte diese in unterschiedlicher Abfolge. Er übte sämtliche Tonleitern und ließ die Finger über die Bünde gleiten wie Spinnenbeine, schneller und schneller, ohne dass sie sich je gekreuzt hätten.

»Hast du je eine Spinne stolpern sehen?«, hatte El Maestro ihn gefragt.

»Nein, Maestro.«

»Nein, hast du nicht. Und deine Finger dürfen auch nicht stolpern.«

»Sí, Maestro.«

»Sag ›yes‹, mein Junge.«

»Yes.«

»Sprich Englisch.«

»Aber meine Lehrer sagen, wir dürfen nur Spanisch sprechen.«

»Dann redest du mit ihnen eben Spanisch. Aber mit mir sprichst du Englisch. Und erzähl ihnen nichts von mir und vom Unterricht. Verstanden?«

»Sí.«

»Das ist unser Geheimnis.«

»Sí.«

»Sag ›yes‹.«

»Yes.«

»Üb weiter.«

»Yes.«

El Maestro hatte seine Gründe für diese Heimlichtuerei. Die Politik ist nicht meine Sache, aber ich bemerkte, dass die Repressionen in Spanien zunahmen. Die Monate vergingen, und in Villareal wurden immer mehr Menschen verhaftet, weil sie gegen die Regierung waren. Darunter viele Künstler. Ein Klavierspieler, dem ich mein Talent gegeben hatte, wurde mitten am Tag aus seiner Wohnung gezerrt und ins Gefängnis geworden. Und zwei Cellisten, ein Flötenspieler und mehrere Sänger. Soweit ich es begriffen habe, hatte ein spanischer Führer – ein kahler Mann namens Franco – eine Tyrannenherrschaft errichtet, in der jede ihm nicht genehme Meinung als Verbrechen galt. Es war nicht das erste Mal, dass ich solche Regierungen erlebt habe. Ihre Bürger sehen immer gleich aus. Müde. Und sie blicken sich ständig verstohlen um. Weil sie gegen die Angst ankämpfen müssen, die ihr Leben erstickt.

Die Kunst leidet unter solchen Verhältnissen, ganz sicher litt sie zu jener Zeit in Spanien. Die Menschen hatten Angst, sich zu äußern. Angst zu schreiben, zu tanzen. Dichter wanderten ins Gefängnis. Jede Form regionaler Volksmusik war verboten. Die Radioprogramme, einst so verschieden, spielten nur noch klassische spanische Stücke.

»Dieser Franco«, schimpfte El Maestro. »Wenn er sich durchsetzt, werden wir nur noch Flamenco spielen.«

Doch manchmal findet sich inmitten all des Bösen auch ein Körnchen Gutes, so, wie man Dur-Töne auch über einem Moll-Akkord spielen kann. Eines Tages war Frankie mit seinem Wägelchen zur Crista-Senegal-Straße unterwegs und rollte gerade an einem Schild vorbei, auf dem es hieß: »Spanier, sprecht Spanisch!« Das hing vor dem größten Laden der Stadt, und dort gab es in dem Moment einen Aufruhr. Polizisten in grauen Uniformen zogen Leute aus dem Laden heraus und warfen Waren auf die Straße. Frankie stellte sich hinter die Leute, die Dinge flüsterten, welche er nicht verstand. Andere schrien laut Beifall: »Franco! Franco! Franco!« Die Leute schubsten sich, das Geschrei wurde lauter, doch Franco sah auf dem Stapel etwas, was seine Aufmerksamkeit erregte. Ein Grammofon. Er hatte es schon einmal im Schaufenster gesehen, und Baffa hatte ihm erklärt, dass man darauf runde Scheiben abspielen konnte, die Musik in sich trugen. Als Frankie ihn fragte, ob sie so etwas nicht kaufen könnten, meinte er nur: »Das ist viel zu teuer.«

Aber nun lag da das Grammofon ganz oben auf dem Stapel, und Schallplatten waren auch dabei. Musik aus Amerika, England, Frankreich und den spanischen Grenzgebieten. Frankie war zu jung, um zu begreifen, dass unter der Herrschaft dieses Franco solche Dinge nun verboten waren. Er dachte, wenn sie da auf der Straße lagen, dann hatte sie vermutlich jemand weggeworfen.

Als die Polizisten kamen und auf die Leute einhieben, nutzte Frankie einen unbeobachteten Augenblick, um das Grammofon auf sein Wägelchen zu laden. Auch die Schallplatten nahm er mit. Da seine Gitarre ohnehin immer auf einer Decke lag, hatte er auch etwas, womit er die Sachen zudecken konnte. So zog er den vollen Wagen weg vom Ort des Geschehens.

Was er nicht merkte, war, dass man ihn beobachtet hatte.

10

Ich sollte vielleicht mal über Frankies abwesende Mutter sprechen und über den Schatten, den sie auf sein junges Leben geworfen hatte.

Natürlich konnte sich Frankie nicht an Carmencita erinnern, die Frau mit dem dunklen Haar, die sich in die Kirche gerettet hatte, als sie mit ihm schwanger war. Baffa, der sie auch nicht gekannt hatte, brachte es nicht übers Herz, Frankie die Wahrheit zu sagen: Dass er am Flussufer von seinem haarlosen Hund gefunden worden war. Welches Kind würde schon wissen wollen, dass seine Mutter es verlassen hatte?

Also dachte er sich eine Geschichte aus. Wie ihr Menschen es eben immer macht, wenn ihr eure Geschichte ändern wollt. Baffa erzählte Frankie, seine Mutter sei eine Heilige gewesen, Baffas einzige wahre Liebe, die auf tragische Weise kurz nach Frankies Geburt auf Reisen bei einem Autounfall gestorben sei. Das würde wohl erklären, dachte Baffa, warum sie kein Grab auf dem Friedhof von Villareal hatte.

Das war keine besonders geschickte Lüge. Zu Baffas Ungemach war Frankie nämlich fast so neugierig wie musikalisch.

»Wo seid ihr denn hingefahren, Papa?«

»Nach Amerika.«

»Wo ist das?«

»Weit weg.«

»Wie ist Mama dann gestorben?«

»Bei einem Autounfall.«

»Ist sie gefahren?«

»Natürlich nicht.«

»Bist du gefahren?«

»Ja.«

»Wurdest du auch verletzt, Papa?«

»Nein. Nun ja, ich wurde verletzt, aber nicht schwer.«

»Hast du versucht, Mama zu retten?«

»Natürlich.«

»Hast du dich auch richtig angestrengt?«

Baffa seufzte. Es ist schwer, eine Lüge gegen die Fragen eines Kindes zu verteidigen. Das ist, als würde man eine Komposition schreiben, die auf den Klängen einer Zimbel aufbaut.

»Ja, ich habe alles versucht.«

»Wo war ich denn damals?«

»Du warst hier.«

»Ganz allein?«

»Mit einem Freund.«

»Welchem Freund?«

»Den kennst du nicht.«

»Wie das denn?«

»Er ist gestorben.«

»Wie?«

»Bei einem Autounfall.«

»Ist er selbst gefahren?«

Baffa rieb sich die Stirn. Er war ein praktischer Mensch und hatte ein gutes Herz, aber ich glaube, als er zur Welt kam, haben seine Hände nicht nach dem Talent zum Geschichtenerzählen gegriffen.

»Ich weiß nicht mehr, Francisco. Das ist alles schon so lange her.«

»Was ist denn mit Mama passiert?«

»Wann?«

»Nachdem sie gestorben war.«

»Sie wurde beerdigt.«

»Was heißt das?«

»Wenn du tot bist, legt man dich in die Erde.«

»Aber wieso wohnt sie dann beim lieben Gott?«

»Wenn du beerdigt worden bist, *dann* lebst du beim lieben Gott.«

»Wo ist Mama denn beerdigt?«

»Auf einem Friedhof.«

»Wo?«

»In Amerika.«

»Aber wo da?«

Baffa wusste nichts von Amerika. Seine Schwester Danza war vor Jahren nach Mexiko gegangen und hatte einen Amerikaner aus Detroit geheiratet.

»Detroit.«

»Was ist das?«

»Eine Stadt.«

»Wo?«

»In Amerika.«

»Und du warst dort?«

»Ja.«

»Wieso bist du da hingefahren?«

»Um ein Auto zu kaufen.«

»Unser Auto?«

»Ein anderes Auto.«

»Das, das dann den Unfall hatte?«

»Ja, das Auto.«

»War Mama hübsch?«

»Sehr hübsch.«

»Hat sie mich geliebt?«

»Ja, sehr.«

In dieser Hinsicht sagte Baffa die Wahrheit, auch wenn er sich dessen nicht bewusst war. Und dann, als sein Kopf zu explodieren schien, beendete er die Geschichte.

»Jetzt ist Schluss mit den Fragen, Francisco.«

»Wie hat sie denn ausgesehen?«

»Bitte.«

»Ist sie das?«

Frankie hielt ein Foto in den Händen, auf dem der noch jüngere Baffa seinen Arm um Danza, seine Schwester, legte, eine kräftige Frau mit hellem Haar und dunklem Lippenstift. Das Foto musste vor Jahren aufgenommen worden sein, kurz bevor sie nach Mexiko gegangen ist.

»Wo hast du das gefunden?«

»Im Kleiderschrank.«

»Was hast du dort gesucht?«

»Ist das Mama?«

Und Baffa seufzte. »Ja. Das ist sie. Und jetzt ist Schluss mit der Fragerei, in Ordnung?«

Frankie sah das Foto an. Diese kräftige Frau, die seinen Vater umarmte, war also seine Mutter, die Heilige, die in einem fernen Land bei einem Autounfall getötet und in der Erde begraben worden war, damit sie bei Gott leben konnte.

Jetzt hatte er seine Geschichte. Jahre später schrieb er seine erste Gitarrenkomposition darüber: »Lágrimas por mi madre« – Tränen für meine Mutter.

Wahrheit ist Licht. Lügen aber sind Schatten. Und die Musik ist beides.

11

Doch da wir gerade über mich sprechen: Ihr habt viele Wörter dafür, wie man mich spielen sollte. In der klassischen Musik kommen sie fast alle aus dem Italienischen. *Adagio. Moderato.* Dieser Brauch hat seine Wurzeln in der Renaissance, als Italien der Mittelpunkt des künstlerischen Schaffens war und Musiker Bezeichnungen für meine Tempi erfanden. *Vivace. Andantino. Prestissimo.* Bis jetzt haben wir Frankies Story *largo* erzählt, langsam, genauer gesagt *larghissimo*, so langsam, wie es die Geschichte erfordert. Doch da die Beerdigung bald beginnen wird, müssen wir ein *accelerando* einfügen und ein wenig schneller machen, bis wir uns zum *adagietto* oder *allegro* steigern.

In den nächsten drei Jahren von Frankies Leben – von dem Tag an, an dem er das Grammofon an sich nahm, bis zu dem Tag, an dem er Spanien auf einem Schiff verließ – trug sich in Stichworten notiert Folgendes zu: Er wuchs um 22 Zentimeter, verlor sechs Milchzähne, wurde in der Schule in vier Raufereien verwickelt, erhielt die heilige Kommunion, meisterte einen bestimmten Kick im Fußball, lernte, sich Pomade ins Haar zu schmieren, ließ sich von einem Mädchen aufs Ohr küssen (das dann lachend weglief), lernte Fahrradfahren, auf Lateinisch zu beten und Bocadillos mit Wurst und Olivenöl zu machen. Er trug seine erste Badehose, sah seinen ersten Panzer und bat Baffa ständig, ihm doch auf dem Globus zu zeigen, wo Amerika liege. Und er schlief mit dem Foto der hellhaarigen Frau, die er für seine Mutter hielt, unter dem Kissen.

Außerdem übte er jeden Tag mindestens drei Stunden Gitarre, lernte mehr als 100 Lieder und unterhielt den haarlosen Hund mit Arpeggien und Fingerübungen.

Was seinen Unterricht bei El Maestro anging, kann ich nur sagen, dass er ganz außerordentliche Fortschritte machte, die sich schon daran zeigten, dass sein blinder Lehrer gelegentlich lächelte, wenn Frankie spielte. El Maestro hörte sogar mit dem Rauchen auf. Das könnte allerdings auch daran gelegen haben, dass Frankie einmal versehentlich mit dem Feuerzeug die Tischdecke in Brand gesteckt und, ehe der Meister ihn noch warnen konnte, versucht hatte, das Feuer mit dem Wein zu löschen. Der blinde Mann schrie, dass er damit die ganze Wohnung abfackeln würde (was nicht passierte, aber der Schock kurierte ihn vermutlich).

Frankie verbrachte immer mehr Zeit in der Wohnung oberhalb der Wäscherei in der Crista-Senegal-Straße. Dort lernte er klassische Techniken. Er lernte, den Gitarrenhals weg von der linken Schulter zu halten, schön nach oben, und er lernte, seinen Fuß beim Spielen auf einen Schemel zu stellen. Stundenlang ließ El Maestro ihn eine Orange in der rechten Hand halten, um ihm die richtige Haltung der rechten Hand beizubringen. Immer wieder ergriff er die Hand des Jungen und bog sie zurecht, bis der fleischige Part des Daumens und die Nägel der rechten Hand genau in der richtigen Position waren, um einen vollkommen reinen Ton hervorzubringen. Er lernte jeden Zentimeter seiner Gitarre kennen: die hohen, hellen Töne, wenn er in die hohen Bünde griff, und wie Klang und Ton sich veränderten, je nachdem, wie die Hand zum Schallloch lag. Er zeigte ihm, wie jede Saite vibrierte, wie sie gezupft, geklopft, gedrückt, geschlagen oder geschrubbt wurde.

Daneben lernte Frankie, das Grammofon in Bewegung zu setzen, das er von dem Stapel vor dem Laden mitgenommen hatte. El Maestro war deswegen zuerst stockwütend auf ihn. Frankie sollte diese Maschine sofort wegwerfen. (»Wenn die Polizei den Laden geschlossen hat, was glaubst du, werden sie dann mit mir machen, du dummer Junge?«) Aber als Frankie eine der Platten auflegte – es war das Duke Ellington Orchestra, das »Don't Get Around Much Anymore« spielte –, blieb El Maestro der Mund offen stehen. Er setzte sich auf seinen Stuhl und ließ den Jungen die Platte ganze 13 Mal hintereinander abspielen.

Schließlich hörten sie alle Platten an, die Frankie mitgebracht hatte, und zwar immer und immer wieder. El Maestros Lieblingsstück war eine Schellackplatte von einem Zigeuner, der Gitarre spielte. Er hieß Django Reinhardt, und sein Lehrer sagte über ihn: »Der Mann ist nicht von dieser Erde.« Frankie mochte Louis Armstrong am liebsten und das Lied »Bill Bailey, Won't You Please Come Home?«. Dieses Lied lernte er auswendig. Eines Tages, als El Maestro eine von Frankies Bocadillos mit Wurst aß, ahmte der Junge es für seinen Lehrer perfekt nach:

»Won't you come home, Bill Bailey?
Won't you come home?«

She moans the whole day long.
»I'll do the cookin', honey; I'll pay the rent.
I know I've done you wrong ...«

Als Frankie aufhörte, verspeiste der blinde Mann seinen letzten Bissen und rieb sich das Kinn.

»Francisco, du wirst ein Problem bekommen.«

»Was für ein Problem?«

»Du singst gut.«

»Danke, Maestro.«

»Zu gut. Du musst dich entscheiden, was du werden willst: ein großer Sänger oder ein großer Gitarrespieler.«

»Kann ich beides werden?«

El Maestro seufzte. »Beides zu sein heißt, keins von beiden zu sein.«

Frankie sah seinen Lehrer an, die dunklen Gläser, die unrasierten Bartstoppeln. Er wollte ihn nicht im Stich lassen, indem er sich jetzt dem Singen zuwendete.

»Es tut mir leid, Maestro.«

Der blinde Mann schmatzte genüsslich.

»Und hör auf zu singen wie Louis Armstrong. Du ruinierst dir sonst den Hals.«

12

Ich habe beschlossen, dass wir Frankies letzte Jahre in Spanien in aller Kürze abhandeln. Daher möchte ich mich auf ganze zwei Tage konzentrieren: den Tag, an dem sich Frankie verliebte, und den Tag, an dem er das Land verließ.

Das erste dieser beiden Ereignisse fand im Herbst 1944 statt, an einem wolkenlosen Nachmittag, an dem Baffa Frankie zur Sardinenfabrik in der Nähe von La Vilavella mitgenommen hatte. Bald nach ihrer Ankunft wurde Baffa in einen Streit zwischen Arbeitern verwickelt, und so bat er Frankie, doch ein wenig mit dem haarlosen Hund spazieren zu gehen. Frankie wusste, dass das bedeutete, dass sein Vater ihn nicht dabeihaben wollte. Für ihn war das in Ordnung, er hatte sowieso das Lied lernen wollen, das El Maestro ihm zuletzt beigebracht hatte.

Mit der Gitarre am Rücken führte er den haarlosen Hund an der Leine aus der Stadt. Er pfiff bei dem Spaziergang munter vor sich hin, sang sich das Lied immer wieder vor und ließ dann den Hund los, um ihm Stöckchen zu werfen.

Schnell hatte er die letzten Häuserreihen hinter sich gelassen und tauchte ins Dunkel des Waldes ein. Bald entdeckte er einen Baumstumpf, auf dem er üben konnte. Er setzte sich, richtete seine Gitarre her, hielt die linke Hand ausgestreckt vor sich hin (wie El Maestro es ihm gezeigt hatte) und begann, seine Tonleitern zu üben.

»Pssst!«

Er sah auf.

»Psssttt!«

Frankie konnte nicht ausmachen, woher das Geräusch kam. Er ließ seine Augen über das Grün streifen, bis er in einem Baum eine Gestalt entdeckte, die rittlings auf einem großen Ast saß: ein Junge, etwa so groß wie er. Er trug eine braune Hose, ein gelbes Hemd und eine Kappe, die er in die Stirn gezogen hatte.

»Quién anda ahí?«, fragte Frankie. »Wer ist da?«

»Ich kann nicht Spanisch. Sei leise!«

»Ich kann Englisch«, sagte Frankie.

Das Kind blinzelte ihn an.

»Willst du ein paar tote Leute sehen?«

Frankie packte seine Gitarre am Hals.

»Ich muss üben.«

»Hast du Angst?«

»Nein.«

»Ist schon in Ordnung. Die meisten Leute sind nicht so mutig wie ich.«

Das Englisch des Jungen hörte sich seltsam an. (Es war Frankies erste Begegnung mit dem britischen Akzent.)

»Ich habe keine Angst.«

»Beweis es.«

»Wie soll ich das beweisen?«

»Klettere rauf zu mir.«

Ein Teil von Frankie wäre jetzt gerne weggelaufen. Er hatte keine Lust, tote Leute zu sehen. Andererseits hatte er noch nie ein Englisch sprechendes Kind getroffen. Und er hatte nicht viele Freunde, da die meisten Kinder ihn immer hänselten, wenn er sich die Augen rieb. Ob der Junge wohl ein paar neue Lieder kannte?

»Gut«, meinte Frankie. »Ich komme rauf.«

Frankie schlang seine Arme um den Baum und versuchte hinaufzuklettern. Er schob sich ein wenig nach oben, dann aber fiel er nach hinten.

Der andere Junge lachte: »Das war ganz schön blöd.«

Frankie klopfte sich den Schmutz von der Hose. Der haarlose Hund leckte an seinem Bein.

»Da, fang.«

Der Junge warf ihm ein Seil zu, das um den Ast gewunden war. Frankie sprang in die Höhe und schnappte sich das Seil. Während er sich daran mit den Armen hochzog, stützte er sich mit den Füßen am Stamm ab. Auf diese Weise konnte er den Stamm hinaufklettern. Als er oben war, keuchte er.

»Pfffff«, meinte der andere Junge.

Erst in diesem Moment merkte Frankie, dass die Gestalt gar kein Junge war, sondern ein Mädchen, das ihr blondes Haar fast ganz unter der Kappe versteckt hatte. Ihre Zähne beschrieben ein bezauberndes weißes Halbrund unter den Lippen, und ihre Haut war weißer, ihre Wangen rosiger, als Frankie es je bei jemandem gesehen hatte. Ihre Augen waren blau wie das Wasser im Pool, was ihr ein verträumtes Aussehen gab, auch wenn sie ihn geradewegs ansah.

»Du hast bewiesen, dass du mutig bist«, sagte sie sachlich. »Nun kannst du mein Freund sein.«

Frankie spürte eine Wärme in sich, die er so nicht kannte. Er fühlte sich so mutig, wie das Mädchen gesagt hatte.

»Hilf mir, das Seil hochzuziehen«, sagte sie.

»Wieso sitzt du überhaupt auf diesem Baum?«

»Ich spioniere.«

»Was heißt das?«

»Du weißt nicht, was spionieren bedeutet?«

Frankie zuckte mit den Schultern.

»Ich sehe geheime Dinge, die niemand sehen soll.«

»Warum?«

»Damit ich sie meinem Vater erzählen kann. Er ist ein sehr bedeutender Mann, weißt du.«

Frankie zuckte erneut mit den Achseln.

»Nur sehr mutige Menschen können Spione sein. Wie mein Vater.«

»Wo ist er denn?«

»Ich weiß nicht. Er ist in geheimer Mission unterwegs. Aber wenn er zurückkommt, sage ich ihm, was ich gesehen habe.«

»Und was hast du gesehen?«

»Die Toten. Schau mal.«

Die hatte Frankie fast vergessen. Er blickte in die Richtung, in die ihr Finger zeigte, und sah eine große Lichtung mitten im Wald, wo die Erde anders aussah als darum herum. Man hatte dort ein Loch gegraben und es wieder zugeschüttet, als läge etwas darunter. Gleich dahinter war noch ein tiefes Loch, neben dem sich ein Erdhügel erhob.

»Sie haben es heute Morgen gegraben«, flüsterte das Mädchen. »Da legen sie sie rein.«

»Was legen sie da rein?«

»Die Neuen.«

Bevor sie noch weiter ausholen konnte, kam ein Militärlaster in den Wald gefahren und walzte mit seinen dicken Reifen Zweige und Gräser nieder. Das Mädchen erstarrte und fasste nach Frankies Arm. Er konnte den Blick kaum von ihrer kleinen weißen Hand abwenden. Ihre Finger waren so zart und ihr Griff ganz leicht. Frankie sah sich häufig die Finger der Menschen an, wie viele Gitarristen es tun. Er würde nie vergessen, wie ihre Finger ausgesehen hatten.

»Kein Wort«, zischte sie.

Der Lastwagen blieb stehen. Der Motor lief weiter, als einige junge Männer in Uniform heraussprangen. Sie trugen Tücher über Mund und Nase. Sie arbeiteten schnell, öffneten die hintere Klappe an der Ladefläche und zogen sechs Leichen hervor – barfuß, aber noch in ihren Kleidern, auch wenn diese an manchen Stellen dunkle Flecken trugen. Frankie schienen sie zu schlafen. Sie schliefen so tief, dass sie sich durchbogen, als die Männer sie schulterten wie lange Reissäcke. Und doch wünschte er sich sehr, dass sie anfingen, sich zu bewegen. Sie könnten zum Beispiel sagen: »He, lass mich runter. Ich bin wieder aufgewacht.« Aber sie verzogen keine Miene.

Der Motorenlärm überdeckte ohnehin jedes Wort, auch das, das die Soldaten möglicherweise sagten. Sie warfen die Körper in das Loch, schichteten einen über den anderen wie Hafenarbeiter, die Orangenkisten ausluden. Dann gingen sie zum Laster zurück und holten lange Schaufeln heraus.

Ein paar Minuten später waren die Körper mit einer dünnen Schicht Erde bedeckt, sodass Frankie und das Mädchen sie nicht mehr sehen konnten. Die Männer klopften die Erde mit der Schaufel fest und traten dann noch mal mit den Stiefeln darauf. Sobald sie fertig waren, kletterten sie wieder in den Lastwagen und verschwanden.

Dann war es auf einmal ungeheuer still, als würde die Erde selbst erschrocken Atem holen. Ich kenne diesen Laut. Die Stille gehört zur Musik. Dass etwas still ist, heißt nicht, dass man es nicht hören kann.

Frankie sah das Mädchen an. Eine einzige Träne floss über ihre Wange. Als sie auf die frisch geschaufelten Gräber blickte, legte sie die Hände vor der Brust zusammen und sprach leise ein Gebet aus der katholischen Sancta Missa:

»Eilt herbei, ihr Heiligen des Herrn. Kommt und nehmt sie mit euch, ihr Engel des Herrn. Berget ihre Seelen in euren Armen und tragt eure Last himmelwärts zum Allerhöchsten.«

Sie drehte sich zu Frankie um.

»Das muss man für sie sagen, sonst kommen sie nicht in den Himmel.«

Sie wischte sich die Träne mit der Faust weg.

»Jetzt können wir runterklettern, dann kannst du mir etwas auf der Gitarre vorspielen.«

Das jedenfalls weiß ich von der Liebe: Sie verändert die Art, wie ihr Menschen mit mir umgeht. Ich spüre es in euren Händen. Euren Fingern. Euren Kompositionen. Plötzlich finden sich da flotte Phrasen, muntere Septimen, Melodien, die hübsch aufgehen wie eine Valentinskarte, die genau in ihren Umschlag passt. Euch Menschen wird schwindlig von diesem neuen Gefühl, und unserem Frankie war schon schwindlig, als er und das Mädchen vom Baum stiegen.

Sie gingen schweigend nebeneinander her. Das Mädchen führte ihn an den Rand des Massengrabs.

»Nicht so dicht«, sagte sie, als er ihr fast auf den Fuß trat.

»Entschuldige.«

Sie lächelte.

»Du hast immer noch Angst.«

»Nein, habe ich nicht.«

»Die Soldaten kommen nicht zurück.«

»Woher weißt du das?«

»Sie kommen nie zurück.«

»Waren diese Menschen alle tot?«

»Ja.«

»Wie sind sie umgekommen?«

»Wahrscheinlich hat man sie erschossen.«

»Warum?«

»Weil Krieg ist. Mein Daddy sagt, der Generalísimo lässt jeden umbringen, der ihm nicht passt.«

Diesen Namen hatte Frankie schon öfter gehört. Generalísimo. Er jagte ihm einen Schauder über den Rücken.

»Ich mag den Krieg nicht«, sagte er.

»Ich hasse den Krieg.«

»Ich ebenso.«

»Du redest komisch.«

»Nein, tu ich nicht.«

»Wo hast du Englisch gelernt?«

»Von meinem Lehrer.«

»In der Schule?«

»Nein, von meinem Gitarrenlehrer.«

Frankie schluckte, weil ihm in diesem Moment klar wurde, dass er El Maestros Vertrauen gebrochen hatte.

»Das darfst du aber niemandem sagen.«

»Mach ich nicht.«

»Es ist ein Geheimnis.«

Sie warf einen Blick auf seine Gitarre. Der haarlose Hund sah sie an.

»Kannst du wirklich spielen?«

»Ja.«

»Spiel was.«

»Für dich?«

Sie drehte sich zu dem Grab um.

»Für sie.«

»Was soll ich spielen?«

»Ich weiß nicht. Etwas, was ihnen sagt, dass wir sie nicht vergessen werden.«

Frankie wollte nichts lieber, als ihr zu gefallen. Also überlegte er, welche Musikstücke er bisher gelernt hatte. Da fiel ihm ein Lied von den Philippinen ein, das auf einer der Schallplatten war. Sein Lehrer hatte gesagt, es sei »so traurig, dass es die Nadel des Grammofons zum Schmelzen bringt«. Es hieß »Maalaala Mo Kaya« und war von einem philippinischen Komponisten namens Constancio de Guzman geschrieben worden. (»Ein eleganter Name«, hatte El Maestro gesagt.) Es ging dabei um zwei Leute aus ganz unterschiedlichen sozialen Schichten, die einander schwören, ihre Liebe nie zu vergessen. Auf dem Plattencover hatte man den Titel übersetzt mit »Wirst du dich erinnern?«.

Frankie setzte sich auf den Felsen und legte die Gitarre auf seinem Knie ab. Er spürte förmlich die Blicke seiner neuen Freundin, und so versuchte er, möglichst vollkommen zu spielen. Ich merkte es daran, wie er die Saiten berührte, mit welcher Zärtlichkeit er über jede Note strich.

Hätten Sie die Szene aus der Ferne beobachtet, hätte sie recht seltsam angemutet: zwei Kinder neben einem Massengrab, eines spielt Gitarre, das andere hört zu. Die Sonne schien auf sie beide herab und trocknete auch die Spuren des Armeelasters im schlammigen Boden.

Ich aber sah etwas ganz anderes. Da war ein Junge, der seine Saiten ganz für ein Mädchen klingen ließ. Es war das erste Mal, dass Frankie Presto seine Musik jemand anderem schenkte.

Schon deshalb wusste ich, dass er verliebt war.

»Wieso kannst du so gut spielen?«, fragte sie, als das Lied verklungen war.

»Ich weiß nicht.«

»Das war richtig gut.«

»Ehrlich?«

»Ja.«

»Glaubst du, sie haben es gehört?«

Sie blickte auf die Begräbnisstätte. »Ich weiß nicht. Das ist schließlich kein angemessenes Grab.«

»Was heißt *angemessen*?«

»Nun, wenn man etwas richtig macht.«

»Und was wäre richtig?«

»Bei einem Grab? Nun, man macht es hübsch. Der tote Körper kommt in einen Sarg. Die Familie kommt und sagt ›Auf Wiedersehen‹. Und dann legen sie Blumen darauf.«

»Warum Blumen?«

»Damit die toten Leute etwas Hübsches anzuschauen haben, wenn sie in den Himmel aufsteigen.«

»Oh.«

»Hast du denn noch nie ein Grab gesehen?«

»Meine Mutter hat eins.«

»Deine Mutter ist gestorben?«

»Ja.«

»War sie nett?«

»Ich habe sie nie kennengelernt.«

»Wo ist ihr Grab?«

»In Amerika.«

»Du hast es also noch nie gesehen?«

»Nein.«

Frankie fragte sich, wie das Grab seiner Mutter wohl aussah und ob ihr jemand Blumen hinstellte. Er wünschte, er hätte Baffa danach fragen können. Plötzlich vermisste er seinen Vater sehr.

»Wir sollten Blumen auf dieses Grab legen«, sagte das Mädchen plötzlich.

»Na gut.«

»Siehst du irgendwo Blumen?«

»Wie wär's denn mit denen?«

»Das ist Unkraut.«

»Unkraut kann man nicht verwenden?«

»Nein, das ist hässlich.«

Beide standen schweigend da. Frankie sah auf seine Gitarre.

»Es waren doch sechs Leute, oder?«

»Ja.«

»Ich weiß, was wir tun können.«

Er machte sich an seiner Gitarre zu schaffen und drehte einen der Wirbel locker. Dann löste er die Saite vom Steg und nahm sie ab. Er hockte sich auf den Boden, das Mädchen ließ sich neben ihm nieder. Dann schlug er die silberne Saite ein paar Mal um, sodass sie mehrere Schleifen bildete. Schließlich knickte er sie ab und formte dazu einen Stiel. Er hatte das mit den alten Saiten von El Maestro gemacht, wenn sein Lehrer schlief und er wartete. Er konnte aus den Saiten alle möglichen Formen machen. Aber von seiner Gitarre hatte er noch nie Saiten genommen.

Er steckte das Ende in den Boden und stützte den Stiel mit zwei Steinen, damit er aufrecht stand.

»Eine Blume«, sagte das Mädchen lächelnd.

»Jetzt können diese Toten auch in den Himmel aufsteigen«, meinte Frankie.

»Aber du kannst nicht mehr spielen.«

Frankie wusste, dass sie recht hatte. Trotzdem nahm er eine weitere Saite ab und dann noch eine und noch eine.

»Darf ich es auch mal versuchen?«, fragte das Mädchen.

Sie hockten einträchtig nebeneinander. Dieses Mal sagte sie ihm nicht, er solle nicht so dicht aufrücken. Sie machten fünf weitere Saitenblumen und verteilten sie auf der Erde, unter der die Toten lagen. Dann standen sie auf und klopften ihre Kleidung ab. Die Sonne stand schon tief. Das Mädchen murmelte ein Gebet, und Frankie wiederholte ihre Worte, obwohl er sie nicht verstand.

Als sie gemeinsam auf das Grab blickten, schob sie ihre Finger in Frankies Hand. Er drückte sie.

Es gibt Augenblicke auf Erden, in denen selbst der Herr unwillkürlich lächeln muss, weil seine Schöpfung sich so unerwartet zauberhaft zeigt. Dies war ein solcher Moment.

»Wie heißt du?«

»Francisco.«

»Und mit Nachnamen?«

»Rubio.«

»Heißt das etwas? Francisco?«

»Das ist der Name eines berühmten Gitarristen.«

»Oh.«

»Wie heißt du denn?«

»Aurora.«

»Und mit Nachnamen?«

»York. Aurora heißt Morgenröte. Das ist, wenn die Sonne morgens aufgeht. Du spielst sehr gut, Francisco.«

Frankie errötete.

»Ich glaube, du bist der beste Gitarrenspieler der Welt.«

»Wirklich?«

»Ich würde dich nicht anlügen.«

Der haarlose Hund winselte.

»Bist du je von einem Mädchen geküsst worden?«

»Einmal.«

»Wo?«

»In der Schule.«

Sie lachte. »Nein, wohin? Auf die Wange?«

»Nein, aufs Ohr.«

»Auf welches Ohr?«

Er deutete darauf.

»Dann küsse ich dich jetzt auf das andere«, sagte sie.

Und sie tat es. Sachte. Schnell. Und dann tätschelte sie den Kopf des haarlosen Hundes, als freue sie sich selbst über das, was sie getan hatte.

Frankie blinzelte.

»Aurora«, sagte er, als müsse er üben. »Au-ro-ra.«

Sie lächelte, als er ihren Namen sagte, und er lächelte zurück. Ohne es zu merken, war er zu einer anderen Band gestoßen. Von diesem Augenblick an lebte Aurora York in Frankies Musik. An jenem Tag. Und auch am Abend. Überhaupt für immer und ewig.

13

Sie müssen wissen, dass man in meiner Welt recht schnell von Dur nach Moll springen kann. Das ist ein einfacher Akkordwechsel, einfach die Terz einen Halbton tiefer. Eine winzige Bewegung des Fingers, und schon wechselt die Stimmung. Frankie schwelgte in seinen Träumen, als er den Wald verließ, den haarlosen Hund an seiner Seite. Doch als er bei der Fabrik ankam und die Polizeiautos davor sah, wusste er sofort, dass etwas nicht stimmte. Männer in grauen Uniformen lehnten an der Wand. Der haarlose Hund knurrte.

»Was suchst du, Junge?«, fragte ein Polizist.

Frankie schluckte.

»Meinen Papa.«

»Wo ist dein Papa?«

»Da drin.«

»Ja? Da drin? Wirklich?« Der Polizist richtete sich auf. Ein Lastwagen hielt vor dem Haus. Frankie sah, dass es derselbe LKW war, den er gerade im Wald gesehen hatte. Die Soldaten, die noch vor nicht allzu langer Zeit tote Körper verscharrt hatten, stiegen aus und zündeten sich Zigaretten an. Frankies Herz fing an zu rasen.

»Wo ist dein Papa?«, fragte der Polizist nochmals.

Der haarlose Hund begann zu bellen.

»Halt's Maul, du Hundsvieh!«

Der Mann zog seine Pistole.

»Nein!«, schrie Frankie.

Der Mann schoss, traf aber nicht. Sand spritzte zur Seite, als die Kugel in die Erde schlug. Der Hund rannte davon.

»Also«, fragte der Polizist noch einmal, »wo ist denn jetzt dein Papa?«

In diesem Moment ging das vordere Tor auf, und einer von Baffas Arbeitern kam heraus. Er trug Handschellen. Hinter ihm gingen zwei Polizisten.

»Luis!«, schrie Frankie auf. »Luis! Wo ist …«

Luis warf Frankie einen lodernden Blick zu und machte ihm mit dem Kopf ein Zeichen. Frankie verstummte.

»Ist dieser Mann dein Vater?«, fragte der Polizist.

»Sein Vater ist nicht da!«, schrie Luis. »Er hat sich heute krank gemeldet.«

»Ruhe!«, brüllte der Soldat hinter ihm und stieß ihm seinen Stock zwischen die Rippen. Dann zerrte er Luis zum Lastwagen und schob ihn hinein. Frankie sah, dass dort schon zwei andere Arbeiter saßen. Sie waren vor Angst weiß im Gesicht.

»Stimmt das, Musikerknabe?«

Frankie spürte, dass ihm die Tränen über die Wangen liefen.

»Jetzt red schon! Stimmt das? Ist dein Vater krank und zu Hause?«

»Sí«, flüsterte Frankie endlich.

»Warum hast du dann gesagt, er sei da drin?«

Frankie richtete den Blick auf seine Fußspitzen. »Ich wollte … Wasser.«

»Du kannst dir woanders Wasser holen. Und gib mir diese Gitarre. Ich werde dir zeigen, wie ein echter Spanier spielt.«

Ohne abzuwarten, riss der Polizist Frankie die Gitarre vom Rücken und drehte sie um.

»Was soll das denn? Die hat ja keine Saiten.«

Er spuckte aus.

»Du brauchst Saiten, um Gitarre spielen zu können, Junge. Hat dir dein Vater das nicht beigebracht?«

Er warf die Gitarre achtlos weg. Sie landete im Staub. Die anderen lachten.

»Francisco, geh nach Hause!«, rief Luis aus dem Laster heraus.

Die Soldaten lachten wieder.

»Ja, Francisco, geh nach Hause. Sag deinem Vater, dass er morgen nicht zur Arbeit zu kommen braucht. Und übermorgen auch nicht.«

Frankie drehte sich um und fing an zu laufen. Seine Füße machten auf dem Kies ein knirschendes Geräusch. Doch nach neun oder zehn Schritten blieb er stehen. Er machte kehrt, lief zurück und schnappte sich seine Gitarre. Die Soldaten lachten wieder.

»Am besten besorgst du dir ein paar Saiten!«, spottete einer von ihnen, aber da war Frankie schon weg. Sein Atem ging so schnell, dass er das Gefühl hatte, er allein würde alle Luft wegatmen.

Er lief lange – in irgendeine Richtung. Als seine Beine ihm den Dienst versagten, ging er weiter. Dann lief er wieder. Ein Zigeunerwagen hielt neben ihm. Sie boten Frankie an, ihn nach Villareal mitzunehmen, wenn er ihnen sein ganzes Geld gäbe – und seine Gitarre.

Widerstrebend händigte er sie ihnen aus. Er kroch in den Wagen. Im Innern spürte er die Blicke der Zigeuner auf sich ruhen und quetschte sich zwischen einen Sack Kartoffeln und eine schnarchende Frau in einem schwarzen Schal.

Als der Zigeunerwagen an der Fabrik vorbeikam, hielt dort gerade ein Militärfahrzeug. Ein Offizier sprang heraus. Als er hörte, dass ein Junge hier gewesen und weggelaufen war, schlug er dem Soldaten am Eingang ins Gesicht und brüllte. »Das war der Bastard! Der Rubio-Junge!«

Frankie zuckte im Wagen zusammen und kämpfte gegen die Tränen. Er sollte Baffa nie wiedersehen. Am selben Tag, an dem Frankie die Liebe fand, verlor er sein Zuhause.

Dur zu Moll.

Abby Cruz

Songschreiberin. Produzentin.

Ich habe Frankie Presto in einer dieser Bürozellen kennengelernt. Das ist wahr. Ich war 20 und hatte gerade angefangen, für Aldon Music in New York City zu arbeiten, in einem Bürogebäude am Broadway. Songschreiber wie mich hat man damals in solche Bürozellen gesteckt, einen neben den anderen. Neil Sedaka hat in einer solchen gearbeitet. Carole King. Gerry Goffin. Cynthia Weil. Barry Mann.

Unser Job war es, Hits zu produzieren. Man hatte sein Klavier und seinen kleinen Tisch und natürlich einen Aschenbecher, weil damals jeder rauchte. Und dort hat man dann vor sich hin gewurstelt. Heute scheint das seltsam, weil wir uns ja über die Trennwände hinweg hören konnten. Aber das hat uns inspiriert. Es war wie ein Wettbewerb. Eine Menge Musik wurde in diesen Zellen geboren. »On Broadway« zum Beispiel. Oder »Breaking Up Is Hard to Do« oder »Will You Still Love Me Tomorrow«.

Ich hatte damals noch keinen Hit geschrieben. Ich habe gekämpft und gehofft, dass sie mich nicht feuern. Sie haben pro Woche 50 Dollar bezahlt und erwartet, dass man für sie jede Menge Geld machte.

Ich war die einzige Latina, die damals dort arbeitete, also hörte man nie auch nur ein Wort Spanisch. Aber dann eines Tages, irgendwann 1961 – ich war damals schwanger und hoffte inbrünstig, dass sie mich nicht feuern würden –, waren mal alle zum Essen draußen, nur ich nicht. Ich war so verzweifelt und wollte unbedingt einen großen Hit schreiben. Ich klimperte also auf dem Klavier herum, diese eine Melodie, die ich für gut hielt. Dann hörte ich plötzlich eine Gitarre. Ich horchte, denn zum einen spielten bei uns nicht viele Leute Gitarre, und zum anderen legte die Gitarre ein Solo zu meinem Klavierspiel hin.

Ich hielt inne. Die Gitarre hielt inne.

Also fing ich wieder an. Und die Gitarre auch, ein schnelles kleines Solo. Also habe ich versucht, sie auszutricksen. Ich spielte ein Lied, das meine kolumbianische Großmutter mich gelehrt hatte: »La Malagueña«. Aber die Gitarre nahm das Thema auf und spielte wie verrückt.

Also hörte ich auf und fragte auf Spanisch: »Okay, wer ist da?« Und aus der Arbeitszelle neben mir trat der bestaussehende Mann, den ich je gesehen hatte – schwarzes Haar, blaue Augen, in einem pinkfarbenen Hemd und schwarzen Hosen. Und er sagte: »Hola, me llamo Frankie.« Ich erkannte ihn sofort. Er war in der *Ed Sullivan Show* gewesen – zweimal sogar – und in *American Bandstand*, wo man junge Talente vorstellte. »I Want To Love You« stand damals an der Spitze der Charts. Jedermann im Musikgeschäft kannte Frankie Presto. Aber ich wusste nicht, dass er Spanisch sprach. Wir dachten alle, er käme aus Kalifornien.

Also stand ich da mit meinem Schwangerenbauch und sagte: »Hi, ich bin Abby.« Und er: »Woher kennst du denn ›La Malagueña‹?« Ich fragte: »Was tun Sie denn hier?« Und er: »Ich verstecke mich.« Er zeigte aufs Fenster, ich ging in seine Kabine hinein und warf einen Blick hinunter: Unten stand eine Menge kreischender Mädchen, die seine Platten hochhielten und den Eingang versperrten.

Es stellte sich heraus, dass er mit seinem Manager da war, Tappy Fishman, der mit unserem Unternehmen über Songs auf Frankies nächster Platte verhandelte. Ich war ganz aufgeregt, weil ich dachte, dass ich vielleicht für ihn einen Song schreiben könnte. Er aber sagte mir, dass er nicht gerne die Songs anderer Leute singen würde. Er sei nur mitgekommen, weil er nicht unhöflich sein wollte.

»Ich finde, ein Künstler sollte seine eigenen Songs singen«, sagte er.

»Sie haben ›I Want To Love You‹ selbst geschrieben, nicht wahr?«

»Ja.«

»Für ein Mädchen?«

»Mhhmm.«

»Hat es ihr gefallen?«

»Ich weiß nicht«, sagte er, »sie ist verschwunden.«

Ich konnte einfach nicht glauben, dass ich tatsächlich allein mit ihm war. Ich fragte ihn, wie es denn so sei, berühmt zu sein. Schließlich waren über ihn Artikel im *LIFE*-Magazin erschienen, er kannte Frank Sinatra und Bobby Darin und überhaupt. Er lachte und meinte, im Allgemeinen sei es ganz amüsant, wenn er nicht gerade vor kreischenden Frauen weglaufen müsse. Er habe sich sogar mal den Knöchel verletzt, als er über die Feuerleiter abhauen musste.

Er wandte sich schon zum Gehen, da fragte er plötzlich: »Wann kommt denn Ihr Baby?« Ich fand das echt nett, denn die meisten Männer reden einen sofort darauf an. Ich sagte ihm, ich habe noch sechs Wochen und hoffe, dass man mich nicht vorher vor die Tür setzt. Er antwortete: »Sie werden Sie nicht feuern. Sie schreiben echt gute Hooks.« So nennen wir den Ohrwurm-Part eines Songs. Und dann fügte er noch hinzu: »Eines Tages möchte ich meinen Kindern Musik beibringen.«

Später, als meine Tochter zur Welt kam, nahm ich mir ein paar Monate frei. Und als ich ins Büro zurückkam, entdeckte ich in meiner Kabine einen Korb voller Spielzeug und eine Karte, auf der stand: »Der Gitarrenspieler von nebenan.« Im Korb lag ein Notenblatt mit einem Song. Unter dem Titel »No, No, Honey« stand: »Geschrieben von Frankie Presto und Abby Cruz.«

Ich glaube, ich habe das Blatt eine halbe Ewigkeit lang angestarrt. Dann stellte ich es aufs Klavier und spielte es. Es war tatsächlich die Melodie, die ich gespielt hatte, als ich ihn kennengelernt habe. Mein Hook war der Refrain geworden. Ich weiß nicht, wieso er sich daran erinnert hat! Aber er hat mich für das ganze Stück als Koautorin genannt. Und wie Sie ja vermutlich wissen, kam »No, No, Honey« unter die Top Ten. Meine erste Goldene Schallplatte. Und sie hat mich tatsächlich davor bewahrt, gefeuert zu werden. Carole und Gerry hatten Hits für die Shirelles und die Drifters geschrieben, Neil Sedaka für Connie Francis, Barry und Cynthia für die Crystals. Aber ich hatte einen Hit mit Frankie Presto. Das war echt eine Bombensache!

In den nächsten Jahren schickte er mir immer wieder kleine Briefchen ins Büro und gratulierte mir zu diesem oder jenem Song, den ich geschrieben hatte. Darunter stand immer derselbe Satz: »Singen Sie Ihre eigenen Songs!« Und unterschrieben war das Ganze stets mit: »Der Gitarrenspieler von nebenan.« Irgendwann hörte das mit einem Mal auf. Ich hörte jahrelang nichts mehr von ihm. Ich habe mitbekommen, dass er einiges durchzustehen hatte und lange Zeit keine Musik mehr machte.

Doch als ich hörte, wie er gestorben war, war ich schockiert. Ich wollte kommen und ihm die letzte Ehre erweisen. Er war so unglaublich nett zu mir damals. Ohne ihn wäre ich vielleicht gar nicht mehr im Musikgeschäft. »No, No, Honey« hat mein Mädchen durchs College gebracht. Aber ich finde es seltsam, dass er in Spanien beerdigt werden soll, denn ich kann mich noch gut erinnern, dass er über dieses Land mal etwas wenig Schmeichelhaftes gesagt hat.

Es war bei unserem letzten Treffen 1964 in New York, bei so einem Treffen mit den Musikbaronen in einem riesigen Hotel. Damals waren schon viele seiner Songs wie »Shake, Shake« oder »Our Secret« Hits geworden, aber er schien nicht so unbeschwert wie sonst. Er trug einen gelben Anzug, Sonnenbrille und stand da mit seinem Manager und seiner Verlobten, dieser Schauspielerin, ich weiß nicht mehr, wie sie hieß. Ich hatte meine Kleine dabei, also wollte ich ihn nicht stören. Doch sobald er uns sah, kam er auf uns zu.

»Ist das Ihr Baby?«, fragte er.

»Ja, das ist sie«, sagte ich.

»Wie alt?«

»Drei.«

»Wow!«

»Ihre Verlobte ist sehr schön.«

»Danke.«

»Ist sie es, für die Sie ›I Want To Love You‹ geschrieben haben?«

»Nee.«

Er beugte sich zu meiner Tochter hinunter und sang für sie »Do Re Mi«. Als er aufgehört hatte, fiel sie ihm um den Hals.

»Wo wollen Sie denn heiraten?«, fragte ich.

»Auf Hawaii.«

»Tatsächlich?«

»Tappy kümmert sich um alles.«

»Haben Sie Familie in Hawaii?«

»Ich komme aus Spanien, erinnern Sie sich?«

»Warum heiraten Sie dann nicht in Spanien?«

Sein Gesicht verhärtete sich.

»Dort will ich nie wieder hin«, sagte er.

14

Der zweite Tag, von dem ich Ihnen erzählen wollte, ist der, an dem Frankie sein Heimatland verließ. Das war elf Monate und neun Tage, nachdem Baffa für irgendetwas verhaftet worden war, was ihm unzufriedene Arbeiter angehängt hatten und was ich, ehrlich gesagt, nie so recht verstanden habe. Ihr Menschen sperrt euch ja immer gegenseitig ein. Gefängniszellen. Kerker. Einige eurer frühesten Gefängnisse waren Abwasserschächte. Dort verfaulten die Inhaftierten dann inmitten ihrer eigenen Fäkalien. Kein anderes Geschöpf auf Gottes Erdboden besitzt diese Arroganz, seine Mitgeschöpfe wegzusperren. Können Sie sich einen Vogel vorstellen, der einen anderen Vogel einsperrt? Ein Pferd? Ich werde dies nie begreifen. Ich kann nur sagen, dass manche meiner traurigsten Weisen an solchen Orten erklingen. Ein Lied in einem Käfig ist kein Lied. Es ist eine Bitte.

Am Abend des Tages, an dem die Fabrik durchsucht worden war, kam Frankie nach Hause und hoffte, Baffa in der Calle del Calvario zu finden, doch das Haus war leer, als er eintrat, und immer noch leer, als er morgens aufwachte. Er sah, dass die Vordertür eingeschlagen worden war und jemand die Möbel verschoben hatte. Ihm war flau im Magen. Wäre Baffa hier, hätte er ihm Frühstück gemacht. Frankie spähte vorsichtig aus dem Fenster und sah, dass draußen Menschen vorübergingen, doch nachdem Luis bewusst gelogen hatte, um ihn zu schützen, war Frankie klar, dass er besser niemandem traute. Er blieb im abgedunkelten Haus und betete für seinen Vater. Vorher wusch er sich noch das Gesicht und sogar hinter den Ohren. Es hätte ja sein können, dass Baffa zurückkam, wenn er sich gut benahm. Ohne Gitarre konnte er keine Musik machen. Das Radio wagte er nicht einzuschalten, es hätte ihn schließlich jemand hören können. Bald wurde die Stille so laut, dass Frankie sich die Ohren zuhielt.

Ich wollte ihn trösten. Ihm eine tröstende Melodie schenken. Doch ich wusste, dass jemand über ihn wachte, und wagte nicht, in sein Schicksal einzugreifen.

Frankie versteckte sich zwei Tage lang. Er trank Wasser aus der Leitung und aß, was er finden konnte. Wann immer er die Augen schloss, sah er Baffas gütiges Antlitz vor sich. Er hörte ihn summen, wie wenn er am Steuer seines italienischen Wagens saß, vernahm das Klopfen seiner Schuhspitze, wenn Frankie Gitarre übte. Und vor dem Einschlafen spürte er seinen Schnurrbart, wenn er sich über ihn beugte und ihm einen Gutenachtkuss gab.

Am dritten Morgen hörte Frankie ein Kratzen an der Tür. Er hatte Angst, dass es die Soldaten sein könnten, und lief in den Garten hinaus. Dort versteckte er sich unter dem Tisch, auf dem er einst den Flamenco mit den Fingern mitgetrommelt hatte. Er wartete. Ob wohl wieder jemand die Tür aufbrechen würde? Stattdessen vernahm er ein leises Wimmern. Der haarlose Hund kroch auf ihn zu, schwer schnaufend. Die Zunge hing ihm fast bis zum Boden.

Ich weiß nicht, wie es der Hund bis zum Haus geschafft hatte, doch Frankie war noch nie so glücklich gewesen, ein anderes Geschöpf zu sehen, als an diesem Tag. Er legte seine Arme um den Hund und drückte ihn. Er legte sein Gesicht auf dessen Rücken und weinte lange, lange Zeit. Da lagen sie nun im Garten, die beiden Mitglieder eines Trios, die ihren dritten Mann vermissten.

Jeder schließt sich im Leben einer Band an. Und aus irgendwelchen Gründen löst sich die Band dann manchmal auf.

An jenem Nachmittag wechselte Frankie das Hemd, putzte seine Schuhe, setzte eine Tweedmütze auf und nahm den haarlosen Hund mit sich. Sie verließen das Anwesen durch die Hintertür im Garten. Eine Stunde später kam ein Polizeiwagen, und zwei Männer durchsuchten das Haus. Das scheint ein glücklicher Zufall gewesen zu sein, doch wenn eine höhere Macht Pläne für einen hat, ist das Leben voll von solchen Zufällen.

Frankie marschierte mit gesenktem Kopf durch die Straßen. Die Kappe hatte er tief ins Gesicht gezogen, damit niemand ihn erkannte. So ging er zur Wäscherei in der Crista-Senegal-Straße. Er stieg die Stufen hinauf und klopfte an El Maestros Tür. Keine Antwort. Er klopfte ein zweites Mal.

»Quién es?«, erklang es von drinnen. »Wer ist da?«

»Ich bin es, Maestro.«

»Deine Gitarrenstunde war gestern.«

»Ja, Maestro.«

»Ist heute gestern?«

»Es tut mir leid, Maestro.«

»Geh weg.«

»Bitte, Maestro.«

»Heute ist nicht dein Tag.«

»Kann ich reinkommen, Maestro?«

»Geh zurück zu deinem Vater.«

»Ich kann nicht, Maestro.«

»Warum *nicht*, Junge?«

Frankie konnte kaum atmen.

»Ich will jetzt schlafen …«

»Mein Papa ist weg!«

Frankie kamen die Tränen, als er »weg« sagte. Alles, was er bis jetzt zurückgehalten hatte, brach sich nun Bahn. Seine Knie zitterten. Er sank zu Boden und schluchzte. Der haarlose Hund stieß ihn mit der Schnauze an und winselte mit ihm, als würde er in seine erstickte Klage einstimmen.

Schließlich ging die Tür auf. Frankie schlang die Arme um die Füße seines Lehrers und hielt ihn fest. Der blinde Mann stand da, die dunklen Augengläser auf der Nase, und reckte das Kinn in die Luft.

»Komm herein und iss etwas«, sagte er sanft. »Dann erzählst du mir, was passiert ist.« Er schüttelte den Kopf. »Dieses Land ist wahrhaft zum Teufel gegangen.«

Frankie und der haarlose Hund lebten bei El Maestro bis zu dem Tag, an dem Frankie aufs Schiff ging. Ich werde ein paar Einzelheiten überspringen (schließlich fängt die Beerdigung bald an), aber ich möchte Ihnen nicht vorenthalten, dass Schüler und Lehrer sich gegenseitig beeinflussten, was ja bei Menschen, die ein schreckliches Schicksal zusammengeführt hat, häufig der Fall ist. Frankie schlief auf einem Leintuch unter dem Küchentisch. Am Morgen kehrte er die Wohnung und wischte den Staub von den Gitarren. Er kaufte auf den Märkten ein, bis das Geld aus El Maestros Schublade aufgebraucht war. Dann fing er an, an den Obstständen und den Auslagen der Bäckereien zu klauen. Er rückte ganz allmählich vor, bis er knapp danebenstand und steckte das Essen in die Jackentasche. Als El Maestro entdeckte, was sein Schüler trieb, schimpfte er ihn aus.

»Du hast schon genug verloren, Junge. Verlier nicht auch noch deine Seele.«

»Aber was sollen wir denn essen?«

»Bist du schon wieder hungrig?«

»Ja, Maestro.«

Der blinde Mann tastete nach der Weinflasche. Da er nie Kinder gehabt hatte, wusste er nicht, wie viel sie zu essen brauchten. Er hörte, wie Frankie unter den Tisch kroch und »Gute Nacht, Maestro« murmelte. Er hörte den haarlosen Hund winseln, als wollte er ihn nachahmen. El Maestro blieb sitzen, bis er auch den letzten Tropfen ausgetrunken hatte. Dann stand er auf und ging schlafen.

Am nächsten Tag stand er früh auf, nahm ein Bad, rasierte sich und zog ein paar Lederschuhe an. Er holte ein weißes Hemd heraus und zog es an. Dann fragte er Frankie, wie er aussehe. Als der Junge meinte: »So, als gingen Sie zur Arbeit«, sagte er Frankie, dass sie nun ausgehen würden.

»Wohin gehen wir, Maestro?«

»Bring mich nur einfach dorthin, wohin ich uns führe.« Er hielt inne. »Und nimm den Hund mit.«

Einige Minuten später führte Frankie ihn durch die Straßen von Villareal, zuerst über die Calle Mayor, vorbei an Läden und Markisen. Sie gingen zur alten Taverne – zu dem Ort, an dem Baffa den blinden Mann zuerst spielen gehört hatte. Als sie eintraten, hob El Maestro die Nase und wandte das Gesicht zuerst nach rechts, dann nach links, als wolle er den Ort am Geruch erkennen. Dann sagte er laut: »Ich will den Besitzer sprechen!« Als ein Mann näher kam, fühlte El Maestro dies und streckte die Hand aus, noch bevor der andere auch nur ein Wort gesagt hatte.

»So treffen wir uns also wieder«, sagte El Maestro.

»So treffen wir uns wieder«, meinte der Besitzer zurückhaltend.

»Ich komme mit einem Vorschlag. Ich biete Ihnen an, dass Sie meine Musik wieder auf die Bühne holen.«

»Warum sollte ich das tun?«

»Weil ich gut bin.«

»Nicht, wenn Sie betrunken sind.«

»Das ist kein Problem mehr.«

»Sagen Sie.«

»Sage ich.«

»Wie sieht Ihr Angebot aus?«

»Zwei Auftritte jeden Abend. Gegen eine faire Gage natürlich.«

»Wir spielen nicht mehr dieselbe Musik wie früher.«

»Das weiß ich.«

»Nur das, was der Generalísimo gut findet.«

»Auch das weiß ich.«

»Und Sie wollen immer noch auftreten?«

»Stehe ich hier nicht vor Ihnen?«

»Was ist mit dem Trinken?«

»Ich trinke nicht mehr. Das Kind achtet darauf. Nicht wahr, Junge?«

Er klopfte Frankie auf die Schulter, und Frankie zwang sich zu einem Lächeln.

»Mein Neffe«, sagte El Maestro. »Und unser lieber, kleiner Hund.«

Der Hund winselte.

Der Besitzer schürzte die Lippen.

»Sie haben Ihr Leben ganz schön umgekrempelt.«

»Wie Sie sehen.«

»Sie haben sich sogar rasiert.«

»Genau.«

»Nun … Sie *sind* wohl der Beste, der hier je gespielt hat.«

»Ich stimme Ihnen zu.«

»Aber es geht nicht, dass Sie die Gäste beschimpfen.«

»Natürlich.«

»Und Sie müssen auch pünktlich hier sein.«

»Vielleicht sogar früher.«

»Wenn Sie trinken, sind Sie draußen, verstanden?«

»Verstanden.«

Er sah das neue Trio an: Mann, Junge, Hund. »Sie fangen morgen an.«

»Wie Sie wollen«, sagte El Maestro.

Als sie wieder zu Hause waren, sammelte Frankie alle Wein- und Schnapsflaschen ein und warf sie in den Mülleimer.

»Was treibst du da?«, fragte El Maestro.

»Es ist nicht richtig zu lügen«, antwortete Frankie. »Und Sie haben ihm gesagt, dass Sie nicht mehr trinken.«

El Maestro knurrte unwillig, aber er ließ Frankie gewähren. Stattdessen ließ er sich aufs Sofa sinken, als akzeptiere er ergeben sein neues Los. Er stützte das Gesicht in die Hände, dann aber griff er nach seiner Gitarre. Frankie seinerseits war ganz froh, dass der Alkohol aus ihrem Leben verschwinden sollte. Er mochte El Maestro lieber, wenn er nichts trank. Als sein Lehrer anfing, eine Komposition von Segovia zu spielen, trug Frankie die Flaschen nach unten und gab sie der Frau, die die Wäsche machte. Dafür handelte er mehrere Monate kostenloses Waschen aus. Und ein Abendessen für diesen Tag.

Und so wirkte Frankie Presto in seiner neuen Band auf den Bandleader ein, den blinden Mann, der trotz seines Schwurs, nie wieder zu spielen, auf die Bühne zurückkehrte, um wieder wundervolle Musik zu machen.

15

Vielleicht haben Sie sich ja gefragt, was aus Baffa geworden ist, dieser armen Seele von einem Menschen. Natürlich wollte auch Frankie das wissen. Anfangs fragte er El Maestro jeden Tag nach seinem Vater, aber auch der konnte ihm nichts sagen. Ich habe schon erwähnt, dass die Angst vor den Tyrannen die Zunge der Menschen verstummen lässt. Selbst nach einem »Verschwundenen« nur zu fragen konnte in jenen Tagen heißen, dass man der Nächste war. Die Welt war im Krieg, in Spanien herrschte Kriegsrecht, und alles, was den politischen und religiösen Grundsätzen des Generalísimo zuwiderlief, wurde mit Gefängnis oder mit dem Tod bestraft. El Maestro sagte dem Jungen, es sei zu gefährlich, außerhalb ihrer vier Wände über Baffa zu sprechen. Und mit der Zeit hörte Frankie auf, Fragen zu stellen.

Aber sein Schweigen war nicht gleichbedeutend mit Vergessen. Das Kind vergaß seinen Vater nie. Jeden Abend, bevor er unter den Küchentisch krabbelte, stellte er das geklaute Grammofon an und hörte Ella Fitzgeralds »A tisket, a tasket«, das Lied über den verlorenen braun-gelben Korb. In dem Lied sucht Ella nach ihrem Korb und fragt sich, wo er hingekommen sein könnte. Und die Jungs ihrer Band singen im Chor: *So do we! So do we!* Genauso empfand Frankie, was Baffa anging: *Ich auch! Wo kann er nur sein?* Das Lied schenkte ihm Trost. Ist das nicht einer der Hauptgründe, weshalb ihr Menschen euch der Musik zuwendet? Damit ihr euch nicht so alleine fühlt?

Tagsüber übte Frankie intensiv mit seinem neuen, nüchternen Lehrer. Es sollte Frankies wichtigste Periode musikalischen Wachstums werden. Da er nicht mehr länger zur Schule ging (was Frankie absolut nicht kümmerte), konnten die beiden stundenlang Gitarre spielen. Noch bevor er neun Jahre alt war, beherrschte Frankie alle möglichen Musikstile von Jazz bis Flamenco. Er lernte, die Fingernägel in den Handballen zu graben, um bei der Rasgueo-Technik den richtigen Anschlag zu meistern. In der klassischen Musik konnte er mit großer Geschwindigkeit schwierige Arpeggien spielen, die sich anhörten, als schlüge eine Hand den Bass an, während die andere die Noten abwärtsperlen ließ. El Maestro lehrte Frankie akribisch Notenlesen, indem er beschrieb, zuhörte, erneut beschrieb, wieder zuhörte. Der Lehrer hörte jede falsche Note und ließ Frankie das Notenblatt überprüfen und beschreiben, wo jeder Punkt, jede Linie, jedes Kreuz und jedes B stand.

Obwohl Frankies Wangen die Weichheit der Jugend zeigten und sein Haar den vollen Glanz der Kindheit, verriet seine Musik eine Reife, die über die seiner Lebensjahre weit hinausging. Manche Menschen nennen das »eine alte Seele«. Talente wie das meine liegen seit Anbeginn der Schöpfung in euch Menschen. Jeder Künstler ist in gewisser Weise alt.

Bald konnte Frankie die viel bewunderten zwölf Etüden von Heitor Villa-Lobos spielen, die unglaublich viel verlangen, was die Streckung der linken Hand angeht. Wenn er sich beschwerte, wie schwierig sie doch seien, sagte El Maestro nur: »Herr Lobos lebte mit Kannibalen im brasilianischen Dschungel, um seine Musik zu lernen. *Das* war schwierig. Was du tust, ist es nicht.«

»Ist das wirklich wahr, Maestro?«

»Was?«

»Diese Geschichte?«

»Natürlich.«

»Kannibalen?«

Der Maestro seufzte. »Der Mensch leidet für seine Kunst, Francisco. Das solltest du nie vergessen. Manchmal sind es Kannibalen, manchmal ist es noch schlimmer.«

Obwohl Frankie immer wieder darum bat, verbot El Maestro ihm, mit zur Taverne zu kommen. »Du brauchst deinen Schlaf«, sagte der Lehrer. Stattdessen kam jeden Abend ein schnurrbärtiger Congaspieler namens Alberto und brachte den blinden Mann zur Arbeit.

»Tu tío es un gran artista«, sagte Alberto häufig. *Dein Onkel ist ein großer Künstler*.

»Yo sé«, antwortete Frankie dann. *Ich weiß*.

Manchmal wachte der Junge am Morgen auf und erschnupperte einen Hauch Parfüm in der Luft. Er dachte an die Kleider im Schrank und fragte sich, ob eine Dame hier gewesen war, während er geschlafen hatte. Er erinnerte sich an die rosigen Wangen und dünnen weißen Finger von Aurora York und an den Nachmittag, den sie miteinander verbracht hatten, bevor alles anders geworden war.

»Maestro?«, fragte er eines Tages beim Frühstück. »Wann ist denn das richtige Alter, um zu heiraten?«

»Willst du mir damit etwas sagen, Francisco?«

»Nein.«

»Hast du ein Mädchen kennengelernt?«

»Einmal.«

»Und du willst sie heiraten?«

»Vielleicht.«

»Wo bist du ihr begegnet?«

»Im Wald.«

»War sie eine Fee?«

»Ich glaube nicht.«

»Hatte sie seltsame Augen?«

»Ja.«

»War sie lieb und hilfreich?«

»Ja.«

»Hast du sie je wiedergesehen?«

»Nein.«

»Dann war es eine Fee. Eine *anjana*. Verlieb dich nicht in Feen, Francisco. Sie sind nicht real.«

»Diese war real.«

»Aber das hört sich ganz nach einer Fee an.«

»Sie war keine Fee.«

»Gut, dann war sie keine Fee.« Er kaute weiter, schluckte und tastete dann auf dem Tisch herum, bis er seine Kaffeetasse fand. »Wenn sie real war, wirst du sie wiedersehen.«

»Wann?«

»Wenn es an der Zeit ist.«

Er trank seinen Kaffee. Frankie blickte finster drein.

»Wem gehören denn die Kleider im Schrank?«

Eigentlich hatte er das gar nicht fragen wollen. Er war nur wütend, und so rutschte es ihm heraus. Der blinde Mann stellte die Tasse hin.

»Iss fertig, Francisco.«

Jeder Verlust hinterlässt ein Loch im Herzen. Wie Sie vermutlich schon erraten haben, hatte El Maestro in frühen Jahren einen schweren Verlust erlitten, der ihn in die finstere Verzweiflung des Trinkens geführt hat. Seine Frau war gestorben. Die schöne Frau, die ihn immer auf die Bühne geführt und geküsst hatte. Nachdem er sie verloren hatte, wünschte er sich nichts mehr vom Leben. Er ließ sich gehen und versank in Melancholie, im Alkohol, in einem gequälten, unruhigen Schlaf. Hätte er sein Herz einfach abstellen können und die Lichter seiner Erinnerung löschen, dann hätte er es sicher getan.

Doch die Monate mit seinem Schützling heilten auch den Lehrer. Er konnte wieder besser gehen. Sein Bauchumfang nahm ab. Seine Kopfschmerzen wurden leichter. Er bekam wieder Farbe. Und als er aus dem Alkoholdunst heraustrat, sah er wieder einen Sinn im Leben. Er freute sich fast, wenn er morgens die Augen aufschlug und den Duft des Toasts wahrnahm, den Francisco für sie beide zubereitete. Er freute sich über die Achtung, die der Junge ihm entgegenbrachte. Dieser rückte ihm den Stuhl zurecht, gab ihm seine Gitarre. Er liebte Frankies Stimme, wenn er in der Wohnung zu singen anfing. Und er liebte die Stunden, die sie damit zubrachten, ihre Schellack-Plattensammlung auf dem Grammofon anzuhören. Widerwillig akzeptierte er sogar den Hund. Manchmal legte das Geschöpf seinen haarlosen Kopf in El Maestros Schoß, und dieser kraulte ihn hinter den Ohren.

»Er mag Sie«, sagte Frankie.

»Er riecht wie ein Rinnstein«, sagte El Maestro.

Tief drin wusste der blinde Mann, dass Frankies Herz gebrochen war, weil er nichts über seinen Vater erfuhr. Und da er den Jungen mittlerweile gern hatte, fragte er sich selbst, was Baffa wohl widerfahren sein mochte. Deswegen wagte er sich eines Tages vor, als er in der Taverne war. El Maestro fragte den Besitzer, ob Soldaten im Publikum seien.

Ja, hieß es, einige von ihnen säßen direkt vor der Bühne.

»Stellen Sie mich vor«, bat El Maestro.

Den ganzen Abend lang spielte er fast nur Flamenco, die Art von Musik, die der Generalísimo liebte. Und er widmete sein Spiel »den Männern, die unserem Führer dienen«. Die Leute klatschten, der Besitzer strahlte, und die Soldaten wurden aufmerksam. Später luden sie den Gitarrenspieler ein, sich doch zu ihnen zu setzen. Er gab eine Runde aus und erzählte allerlei Geschichten. Dann gab er noch mehr Runden aus und lachte auf eine Weise, wie er sonst nie lachte. Im Grunde tat dies El Maestro in der Seele weh. Er hatte schlimme Dinge erlebt und hasste den Krieg ebenso wie Soldaten oder Generäle. Doch er sagte sich, dass er ja irgendwann auch Tonleitern geübt hatte, obwohl es ihm keinen Spaß gemacht hatte. Manche Dinge rechtfertigten sich eben vom Zweck her. Als die Soldaten dann so richtig betrunken waren, schob er ein oder zwei Fragen zwischen seine Geschichten. Und am Ende der Nacht wusste er, was aus dem Sardinenfabrikanten namens Baffa Rubio geworden war.

Am 3. August 1945, zwei Tage, bevor Frankie das Land verließ, besuchte El Maestro ein Gefängnis viele Meilen außerhalb von Villareal. Um Zutritt zu bekommen, hatte er lügen und betrügen müssen. Er hatte Schmiergelder gezahlt und saß am Ende auf dem Motorrad eines Zigeuners. Aber mehr müssen Sie über diese Reise gar nicht wissen. Wichtiger ist, dass an jenem Nachmittag ein letztes Gespräch stattfand zwischen dem unverheirateten Mann, der ein Baby am Fluss gefunden hatte, und dem blinden Gitarristen, der dieses Kind seinem Schicksal entgegenführen sollte.

Sie redeten nur 24 Minuten lang, leise. Man könnte die Stimmung wohl als *mosso*, bewegt, bezeichnen. Ein gehetzter 7/4-Takt. Baffa Rubio, blass, viel dünner, als er je gewesen war, und mit blauen Flecken übersät, sah den Mann mit den dunklen Gläsern und begann zu zittern. Er wartete, bis die Wachen weg waren. Seine ersten Worte waren: »Mein Sohn?«

»Er ist bei mir …«

»Dem Himmel sei Dank.«

Tränen. Schwere Atemzüge in der Stille.

»Geht es ihm gut?«

»Ja, es geht ihm gut.«

»Fragt er nach mir?«

»Natürlich.«

Tränen. Atmen. Stille.

»Ich bin ein schlechter Vater. Ich habe keine Vorkehrungen getroffen, falls mir etwas passieren sollte.«

»Ich achte auf ihn, Señor Rubio.«

»Sie dürfen niemandem sagen, dass er zu mir gehört.«

»Warum?«

»Die Fabrik. Drei Arbeiter, die mich nicht mochten, haben der Polizei erzählt, ich sei Sozialist und ihre Kollegen alle Männer von der Gewerkschaft. Als ich das bestritt, hieß es, ich sei ein Lügner. Sie sagten, der Junge sei dafür der beste Beweis. Dass ein guter Katholik nie im Leben einen Bastard aufgenommen hätte. Dass seine Mutter eine Linke gewesen sei …«

»Moment mal, er ist nicht Ihr Kind?«

Tränen. Atmen. Stille.

»Ich habe nichts Unrechtes getan.«

»Natürlich nicht.«

»Ich habe ein Leben gerettet.«

»Natürlich.«

»Diese Schweine …«

»Leise, Señor Rubio.«

»Dieser Franco …«

»Sagen Sie nichts über ihn, Señor Rubio.«

»Ich habe nichts Unrechtes getan.«

»Ich verstehe.«

Tränen. Atmen. Stille.

»Lehren Sie ihn das Gitarrespielen?«

»Jeden Tag.«

»Und wie spielt er so?«

»Außergewöhnlich.«

»Ich wünschte, ich könnte ihn hören.«

»Wie lange müssen Sie denn hierbleiben?«

»Zwölf Jahre und einen Tag.«

»Zwölf Jahre?«

»So lautet mein Urteil. Was wird dann sein? Wenn ich herauskomme, ist Francisco ein Mann!«

»Es tut mir wirklich leid.«

»Ich muss Sie um einen Gefallen bitten. Können Sie mir das versprechen?«

»Ja, mache ich.«

»Schicken Sie den Jungen weg.«

El Maestro spürte, wie sich etwas in ihm zusammenzog.

»Weg?«

»Ja.«

»Wohin?«

»Nach Amerika. Ich habe eine Schwester.«

»Amerika?«

»Dort ist er in Sicherheit.«

»So eine weite Reise.«

»Er hat hier keine Zukunft.«

»Aber ich kann auf ihn aufpassen ...«

»Es ist zu gefährlich.«

»Er kann bei ...«

»Bitte, Maestro. Irgendjemand wird reden. Ich habe gehört, was sie mit den Kindern von Verrätern machen. Sie werden geschlagen, und dann lässt man sie hungern.«

»Aber Sie sind doch kein Verräter.«

»Und doch bin ich hier.«

El Maestro strich sich über die Stirn. Er schwitzte.

»Wie soll ich das anfangen?«

»Ich habe Geld. Versteckt. Holen Sie es. Zahlen Sie den Männern am Hafen ein Schmiergeld.«

»Welchen Männern? In welchem Hafen?«

»Geld kauft jeden Mann in jedem Hafen.«

»Aber wie ...«

»Hören Sie zu. Wir haben wenig Zeit. Nehmen Sie das.«

Er fasste nach der Hand des blinden Mannes und ließ ein Stück Stoff hineingleiten, das er offensichtlich von seinem Hemd abgerissen hatte. Auf das Stoffstück waren Zeichen gekritzelt.

»Das ist die Adresse in Amerika. Wo er hinsoll.«

»Ist gut.«

»Und geben Sie ihm einen neuen Namen. Der meine ist Gift für ihn.«

»In Ordnung.«

»Sagen Sie ihm, dass ich ihn eines Tages finden werde.«

»Ja.«

»Und dass er mich nicht vergessen soll.«

»Ja.«

»Und dass ich ihn liebe.«

»Das werde ich ihm sagen, Señor Rubio.«

Tränen. Ein Keuchen.

»Ich habe nichts Unrechtes getan, Maestro. Sie müssen mir glauben.«

»Tue ich.«

»Er ist alles, was ich habe.«

»Es tut mir leid.«

»Tun Sie, worum ich Sie gebeten habe.«

»Das werde ich.«

»Und behalten Sie das restliche Geld.«

»Ich will Ihr Geld nicht, Señor Rubio.«

»Ich wollte Sie nicht beleidigen. Sie können ja nicht wissen, wie es ist, wenn man ein Kind verliert.«

Unter den dunklen Gläsern begannen Tränen zu fließen.

»Nein«, sagte der blinde Mann. »Natürlich nicht.«

16

Einen Tag später schlichen sich El Maestro und Alberto, kaum hatten sie ihren letzten Auftritt in der Taverne absolviert, in das Haus an der Calle del Calvario (das längst geplündert worden war). Unter einem Fußbodenbrett fanden sie die Blechschachtel, ganz wie Baffa Rubio es El Maestro noch gesagt hatte. Sie enthielt einen samtenen Beutel mit 600 000 Peseten, Geld, das die Sardinenfabrik über die Jahre abgeworfen hatte. Das war mehr als genug, um mehrere Dutzend Leute zu bestechen. Die beiden Männer schlichen mit ihrem Fund hinten zum Garten hinaus und marschierten schnurstracks zur Wäscherei an der Crista-Senegal-Straße. Dort setzten sie sich im Schein einer Kerze zusammen, und Alberto wickelte das Geld zu Rollen von je 10 000 Peseten. Dann spannte er ein Gummiband darum, sodass El Maestro genau wusste, wie viel er ausgab.

»Nimm dir auch drei Rollen«, sagte er zu Alberto.

»Maestro, ich kann doch nicht …«

»Doch, du kannst. Bitte. Und dann hol dir ein Blatt Papier und schreib genau auf, was ich dir jetzt sage.«

Er diktierte dem anderen seine Anweisungen. Als El Maestro nach fast zehn Minuten geendet hatte, stieß Alberto hörbar die Luft aus. Dann nahm er den Arm des alten Mannes.

»Das ist eine ganze Menge, um es in so kurzer Zeit zu erledigen, Maestro.«

»Der Junge ist in Gefahr.«

»Dann werde ich tun, was Sie verlangen.«

»Danke, Alberto.«

Alberto starrte den Geldsack an. Natürlich konnte der alte Mann den Ausdruck auf seinem Gesicht nicht sehen. Ich dagegen erkannte ihn sofort. Diesen Blick, wenn der Reichtum plötzlich zum Greifen nahe zu sein scheint. Albertos Augen verengten sich zu Schlitzen. Die Lippen auch.

»Machen Sie sich keine Sorgen, Maestro«, meinte Alberto. »Gott ist mit Ihnen.«

In jener Nacht tat El Maestro kaum ein Auge zu. Am Morgen, während Frankie noch schlief, stand er auf und kleidete sich an. Seine Sachen lagen, ordentlich übereinandergeschichtet, auf der kleinen Kommode im Badezimmer. (Das machte Frankie jeden Abend für ihn.) Dann tastete sich der alte Mann vor zum Schrank, öffnete ihn und fand einen Lederbeutel, der von einem Kleiderbügel baumelte. Er machte ihn auf und holte etwas heraus: ein Set neuer Saiten, aufgerollt zu einem Ring. Er blieb eine Zeit lang vor dem Schrank stehen, bewegungslos wie eine Statue. Dann schloss er die Schranktür und ging zurück in die Küche.

»Steh auf, Francisco«, sagte er.

Der Junge öffnete die Augen, und der haarlose Hund hob den Kopf.

»Habe ich zu lange geschlafen, Maestro?«

»Nein«, sagte der blinde Mann und nahm die Saiten in die Hand. »Aber wir haben heute viel zu tun.«

Die Stunden des 5. August 1945 waren voller geschäftiger Aktivität. Wie ein Trompetenspieler, der auf jeden Schlag Achtelnoten-Triolen bläst. El Maestro sagte Frankie, er solle Zahnbürste, Kamm, Seife und all seine Sachen in eine Tasche packen. Vor allem dürfe er die Unterwäsche nicht vergessen.

»Wo fahren wir denn hin?«

»In ein Abenteuer.«

»Und wo ist Ihre Tasche, Maestro?«

»Ich packe später. Jetzt beeil dich.«

Sie verließen die Wohnung. Der blinde Mann hielt den Jungen an der Hand und ging mit ihm in einen Laden in der Calle de San Miguel, wo Gitarren und Violinen an der Wand hingen. Frankie war noch nie an solch einem Ort gewesen. Es roch dort nach Holz und Öl. Als ein bärtiger Mann aus dem Hinterzimmer kam und El Maestro erkannte, umarmte er ihn herzlich. Die beiden unterhielten sich flüsternd. Frankie verstand kein Wort von der Unterhaltung.

»Maestro, sind Sie das?«

»Es ist eine ganze Zeit her, alter Freund.«

»Wie kann ich Ihnen helfen?«

»Ich brauche Ihre beste Gitarre. Und sie soll robust genug sein, dass sie auf Reisen gehen kann.«

»Ich habe eine Estruch. Fichte, Palisander, mit einem Ebenholzhals.«

»Ausgezeichnet.«

»Aber die ist wirklich sehr teuer.«

»Holen Sie sie. Und dazu den stabilsten Gitarrenkasten.«

»Spielen Sie denn wieder, Maestro?«

»Sie ist für den Jungen.«

»Diesen Jungen?«

»Ja. Und noch eine Bitte. Überdecken Sie das Siegel des Gitarrenbauers.«

»Aber dadurch verliert die Gitarre an Wert.«

»Er soll nicht wissen, wie viel sie wert ist.«

»Und die Menschen, denen er begegnet, wohl auch nicht?«

»Ganz genau.«

»Und die Saiten?«

»Keine Saiten.«

»Wie Sie wünschen, alter Freund. Aber darf ich Sie etwas fragen?«

»Aber sicher.«

»Ist das nicht eine zu gute Gitarre für einen so jungen Knaben?«

»Nein. Sie soll ihn für den Rest seines Lebens begleiten.«

»Warum?«

»Weil ich es nicht kann.«

El Maestro steckte dem Mann eine Rolle Geldscheine zu, die er aus der Jackentasche zog. Dann verschwand der Mann für einige Minuten. Frankie kam herzu und berührte seinen Lehrer am Ellbogen.

»Was sind denn das für schwarze Kästen, Maestro?«, fragte er und studierte die Verstärker an der Wand.

»Haben sie Knöpfe?«

»Ja.«

»Und ein Kabel?«

»Ja.«

»Das ist reine Zeitverschwendung.«

»Was machen sie denn?«

»Sie machen die Gitarre sehr laut, sodass sie auch noch in der Ferne gehört wird.«

»Ist das schlecht, Maestro?«

Der blinde Mann griff nach Frankies Schulter.

»Vergiss eines nicht, Francisco«, sagte er. »Das Geheimnis ist nicht, wie man die Musik lauter machen kann, sondern wie man mit Musik die Welt stiller werden lässt.«

Nun kam der Ladenbesitzer mit einem Gitarrenkasten zurück. Er rief El Maestro zu sich. Wieder flüsterten die beiden miteinander und umarmten sich dann noch einmal. Dann ging El Maestro mit der Gitarre unter dem Arm weg. Die andere Hand streckte er Frankie hin, der ihn aus der Tür führte.

»Haben Sie eine neue Gitarre gekauft, Maestro?«

»Ja.«

»Und wann werden Sie diese spielen?«

»Geh mehr nach rechts.«

Sie machten bei drei weiteren Läden halt. Immer wieder musste Frankie erstaunt feststellen, dass El Maestro mit vielen Menschen bekannt war, die ihn freudig begrüßten. Seit der Junge seinen Lehrer kannte, hatte er ihn kaum mit irgendjemandem sprechen hören. Die einzige Person, mit der er in dieser Zeit je geredet hatte, war Isabel, die Frau, der die Wäscherei unten gehörte und die für sie beide manchmal *peladillas* zubereitete, Zuckermandeln.

An diesem Tag aber begegnete der blinde Mann Menschen, die ihn liebevoll umarmten, als freuten sie sich, dass er zurück war. Frankie konnte das nicht wissen, aber vor Jahren, lange vor dem Krieg, war El Maestro ein bekannter Gitarrist gewesen, der oft in Nachtclubs gespielt hatte. Dabei hatte er Männer kennengelernt, die gerne bis in die Nacht hinein feierten, tranken und mit Frauen flirteten. Musiker sind häufig mit denen befreundet, die in den Lokalen bis zum Schluss bleiben. Solche Freundschaften werden meist in den frühen Morgenstunden geschlossen, wenn der Rest der Welt schläft. Manche dieser Männer fand Frankie ein bisschen furchteinflößend mit ihren rauen Gesichtern und den dicken Bäuchen. Doch wenn El Maestro eine seiner Rollen aus der Jackentasche zog, beeilten sie sich, seine Wünsche zu erfüllen. Jedes Gespräch wurde im Flüsterton geführt und endete mit einem Handschlag. Dann drehte sich der Maestro um und streckte die Hand aus. Frankie ergriff sie, und weiter ging es.

Zwischen zwei Läden, die sie besuchten, kaufte El Maestro dem Jungen etwas zu essen. Vor der Bäckerei bat er Frankie, dort noch einen Laib Brot und ein paar Gläser Honig zu holen.

Es war also alles in allem ein aufregender Tag für den Jungen. Trotzdem fiel Frankie auf, dass El Maestro seine Tasche noch nicht gepackt hatte. Außerdem klebte ihm der haarlose Hund an den Fersen. Einmal wäre er fast über ihn gestolpert.

Am späten Nachmittag wollte El Maestro plötzlich wissen: »Wo steht jetzt die Sonne?«

»Sie ist fast ganz verschwunden«, antwortete Frankie.

Der blinde Mann befahl dem Jungen, ihn in ein bestimmtes Restaurant zu führen. Frankie und der Hund warteten draußen. Der Junge ließ seine Hand sachte über den neuen Gitarrenkasten gleiten. Er hoffte, El Maestro würde ihm ein wenig Essen herausbringen. Er war schon wieder hungrig.

Eine Stunde verging. Es war fast schon dunkel, als sein Lehrer schließlich wieder herauskam, doch zu essen hatte er nichts dabei. Seine Stimme klang dunkel, als er zögernd sagte:

»Lass uns gehen, Francisco.«

»Wohin, Maestro?«

»Zur Taverne.«

»Darf ich Ihnen beim Spielen zuhören?«

»Ja. Dieses eine Mal. Ja.«

Anfangs war Frankie so aufgeregt, dass er seinen knurrenden Magen fast vergaß. Doch El Maestro schien seine Begeisterung nicht zu teilen. Er atmete schwer und schwankte immer wieder. Frankie merkte, dass sein Lehrer im Restaurant nicht gegessen, sondern getrunken hatte.

»Welche Farbe hat deine Hose heute, Junge?«

Frankie runzelte die Stirn.

»Ich habe dich etwas gefragt.«

»Braun, Maestro.«

»Und deine Schuhe?«

»Auch braun.«

»Und dein Haar?«

Frankie wollte darauf nicht antworten. Er war enttäuscht, dass der alte Mann sein Versprechen gebrochen hatte. Das fühlte sich so an, als wäre dem Unglück jetzt erneut Tür und Tor geöffnet.

»Dein Haar, Junge?«

»Es sieht schwarz aus.«

»Und deine Augen? Ich weiß nicht mal, welche Farbe sie haben.«

»Meine Augen sind blau, Maestro.«

»Ah. Blau.«

Er sog die Luft durch die Nase ein. Dann ließ er das Kinn auf die Brust sinken und sang halblaut vor sich hin:

»*Am I blue? … Am I blue?*«

Er hustete.

»Das ist ein Song, Junge. Du wirst ihn eines Tages lernen.«

Menschen versuchen, sich Mut anzutrinken, doch sie schaffen sich dadurch keinen Mut. Sie verlieren und vergessen nur ihre Angst. Ein betrunkener Mann stürzt sich schon mal von einer Klippe. Das macht ihn aber nicht zu einem mutigen Menschen. Er war nur einfach vergesslich.

An jenem Abend auf der Bühne der Taverne half der Alkohol dem blinden Maestro zu vergessen, welche Einschränkungen den Künstlern im Spanien jener Zeit auferlegt waren. Und so spielte er die furchtloseste Vorstellung seiner Karriere. Ohne Pause spielte er, hauptsächlich amerikanische Kompositionen wie den »Saint Louis Blues« oder den »Tiger Rag«. Und er spielte »Parfum« vom legendären Zigeunergitarristen Django Reinhardt. Er legte eine grandiose Interpretation des französischen Klassikers »Parlez-moi d'amour« hin, *Sprich mir von der Liebe*. Dazwischen spielte er Schumann, Vivaldi und Ferdinando Carulli. Seine Gitarre erklang mächtig und leidenschaftlich. Ich gestehe: In jener Nacht wallte das Talent in ihm auf wie eine in die Höhe schießende Fontäne eines Springbrunnens. Er wiegte sich vor und zurück, spürte jede Note im Körper vibrieren. Das Publikum war so still, dass man hätte glauben können, das Lokal wäre leer. Diese Musik war von der Regierung verboten worden. Doch wenn ich so virtuos gespielt werde, bezaubere ich jede Menschenmenge. In den nächsten zwei Stunden rührte sich nichts, schon gar kein Protest. Nicht einmal die schwarz gekleidete Gestalt in der Ecke bewegte auch nur einen Finger.

Am Ende seiner Vorstellung rieb sich El Maestro unter den dunklen Gläsern die Augen. Dann ergriff er das Wort, zum ersten Mal an diesem Abend.

»Dieser letzte Song, meine lieben Landsleute, ist für den besten Schüler, den ich je hatte.«

Er wandte das Gesicht dorthin, wo er Frankie zurückgelassen hatte, auf einem Stuhl neben dem Eingang zur Küche.

»Komm, mein Junge. Lass uns zusammen spielen.«

Er begann mit den ersten Akkorden von »Avalon«, einem Jazzsong von Al Jolson, den Frankie immer gern auf dem gestohlenen Grammofon gehört hatte. Die Zuschauer sahen sich um. Einige deuteten mit dem Finger auf das Kind in der Ecke.

Frankie spürte, wie ein Schauer seinen ganzen Körper durchzog. Er rutschte von seinem Stuhl herunter und marschierte nervös auf seinen Lehrer zu. Sachte berührte er ihn an der Schulter, damit dieser wusste, dass er da war.

»Komm jetzt«, flüsterte El Maestro. »Nimm die andere Gitarre und sing das Lied.«

»Aber ich möchte nicht.«

»Warum nicht?«

»Ich habe Angst.«

»Ja. Und du wirst wieder Angst haben. Dein ganzes Leben lang. Mit der musst du fertigwerden. Stell dich hin, tu so, als wären sie nicht da.«

»Maestro …«

»Du kannst das. Vergiss nie, was ich dir sage: Du kannst das.«

Frankie war vor Angst wie versteinert, doch er vertraute seinem Lehrer blind. Also nahm er die Gitarre, legte sich den Riemen über die Schulter und begann, die Akkorde anzustimmen, die er und El Maestro geübt hatten. Schließlich, als das Intro zu Ende war, sang er zum ersten Mal vor Publikum.

I found my love in Avalon
Beside the bay …

Die Menge erschrak. Er sang Englisch!

I left my love in Avalon
And I sailed away …

Ich gebe es zu: Ich genoss es, die Reaktion des Publikums zu beobachten. Frankies Stimme war so voll, so wahr, dass sie einfach nicht anders konnten, als ihn zu bewundern (und damit mich). Seine Gitarre und die seines Meisters klangen perfekt zusammen. Frankie führte den Rhythmus, und sein Lehrer flocht Solonoten ins Ganze, als würde er ein Plätzchen mit Zuckerstreuseln bestreuen. Eine ganze Strophe lang hörte die Menge hingerissen zu. Eine ganze Strophe lang übertrumpfte die Kunst die Politik, die Schönheit siegte über die Angst.

I dream of her in Avalon
From dusk till dawn
So I think I'll travel on
To Avalon

Frankies Stimme war wie ein starker Drink. Für einen Moment hatte sie die Zuhörer ihre Angst vergessen lassen. Doch wie der Alkohol hielt dieser Zauber nicht an. Ein Mann im beigen Anzug war der Erste. Er hämmerte protestierend mit seinem Glas auf den Tisch. Einmal. Noch einmal. Andere schlossen sich an. Bald hämmerten alle Gäste der Taverne mit ihren Gläsern auf die Tische ein. Die Angst ließ den Vorhang fallen. Frankie hörte zu singen auf. Tränen traten ihm in die Augen. Er drehte sich zu seinem Lehrer um, der aufhörte zu spielen, als habe er diese Reaktion erwartet.

»Hilf mir auf«, sagte El Maestro.

Er stand auf und hielt Frankie an der Hand. Die Gäste buhten ihn aus. El Maestro aber flüsterte Frankie zu: »Und jetzt verneigen wir uns. So.«

Er beugte sich mit dem gesamten Oberkörper nach vorne. Frankie tat es ihm nach. Die Leute fingen an zu pfeifen. Jemand rief: »Traidor!« *Verräter*.

»Du musst dich immer beim Publikum bedanken«, flüsterte El Maestro und drückte Frankies Hand.

»Und jetzt lass uns durch den Hinterausgang verschwinden.«

Der Rest verschwamm in Frankies Erinnerung in dichten Nebelschleiern. Alberto, der Congaspieler, wartete draußen im Auto auf sie. Sie fuhren lange durch die Dunkelheit. Er wusste noch, dass er meistens geweint hatte, weil er dachte, er habe die Leute wütend gemacht. Er erinnerte sich an El Maestro, der den neuen Gitarrenkasten zwischen den Knien hielt. Der blinde Mann sagte nicht viel. Er spürte, wie das Auto über eine Bodenwelle holperte, und fragte Alberto: »Wie lange noch?« Alberto antwortete: »20 Minuten, mein Freund.«

Frankie erinnerte sich noch, dass sein Lehrer ihm eine silberne Flasche in die Hand drückte und ihm befahl zu trinken, denn sie hätten eine lange Reise vor sich und Frankie müsse unbedingt ein wenig schlafen. Die Flüssigkeit schmeckte süßlich, hatte aber einen bitteren Nachgeschmack. Dann drückte ihm El Maestro den Gitarrenkoffer in die Hand.

»Das ist nun deine, Junge. Es ist ein schönes Instrument, aus Fichte und Palisander und mit einem Hals aus Ebenholz. Der Mann, der sie gemacht hat, kommt aus einer traditionsreichen Gitarrenbauerfamilie. Das ist wichtig. In allem, was du spielst, sollte immer ein Hauch Geschichte liegen.«

Frankie wollte glücklich sein. Eine neue Gitarre. Aber er war hin- und hergerissen von allerlei Emotionen.

»Warum musste ich singen, Maestro?«

»Eines Tages wirst du es verstehen.«

»Aber sie haben mit ihren Gläsern auf die Tische geschlagen.«

»Und du hast Mut bewiesen. Den wirst du im Leben noch öfter brauchen.«

»Wo fahren wir denn hin?«

Der blinde Mann wandte sich ab.

»Erinnerst du dich an deine erste Stunde?«

»Ja, Maestro.«

»Was hast du da gemacht?«

»Ich habe zugehört.«

»Richtig. Und dort, wo du jetzt hingehst, wirst du ebenfalls zuhören müssen. Wenn du zuhörst, lernst du. Vergiss das nie. In der Musik und im Leben.«

»Aber, El Maestro …«

»Und woran erinnerst du dich bei deinem ersten Spiel?«

»Dass es wehgetan hat.«

»Ja«, sagte der blinde Mann mit erstickter Stimme. »Und das wird auch wehtun.« Er räusperte sich. »Aber dann bekommst du schöne Schwielen, und es wird leichter.«

Wieder sauste das Auto über eine Bodenwelle. Der blinde Mann rieb sich die Wange.

»Francisco.«

»Ja, Maestro.«

»In dem Gitarrenkasten findest du Saiten. Du wirst sie auf diese Gitarre spannen.«

»In Ordnung, Maestro.«

»Für mich sind sie etwas ganz Besonderes.«

»Wieso, Maestro?«

»Sie sind von meiner Frau.«

»Sie haben eine Frau, Maestro?«

»Nicht mehr.«

»Wo ist sie denn hingegangen?«

»Sie ist in den Himmel aufgestiegen. Die Saiten waren ein Geschenk. Ich habe sie nie benutzt.«

»Weil sie gestorben ist?«

»Ja. Und zwar bevor sie mir die Saiten geben konnte. Ich fand sie in ihrer Tasche.«

Frankie versuchte, sich vorzustellen, wie diese Frau ausgesehen haben mochte.

»Sind das ihre Kleider im Schrank?«

»Ihre Kleider. Ihre Schuhe. Ein Fläschchen ihres Parfüms. Man braucht nicht viel, um sich an einen Menschen zu erinnern, Francisco. Ein einziges Ding genügt schon.«

Er klopfte dem Jungen aufmunternd aufs Knie.

»Du hast diese Saiten von mir. Das reicht.«

Frankie wurde vor Schreck kalt ums Herz.

»Gehen wir denn von zu Hause weg, Maestro?«

»Es ist nur eine Wohnung.«

»Kommen Sie denn mit?«

»Über einer Wäscherei.«

»Kommen Sie mit?«

Keine Antwort.

»Aber wo gehen wir denn *hin*?«

Der blinde Mann beugte sich über ihn. »Was siehst du draußen?«

Frankie spähte durch die Windschutzscheibe. Es war sehr dunkel. Aber als sie die nächste Anhöhe überwunden hatten, fuhr Alberto langsamer, und in der Ferne wurde ein Glitzern am Horizont sichtbar.

»Das Meer«, flüsterte Frankie.

Dizzy Gillespie, der Jazztrompeter, sagte einmal: »Ich habe ein ganzes Leben gebraucht, um herauszufinden, was ich nicht spielen sollte.« Er war einer meiner Lieblinge. Und er hatte recht. Stille unterstreicht die Musik. Was man nicht spielt, lässt die Noten, die man spielt, umso deutlicher hervortreten.

Mit Worten ist es das genaue Gegenteil. Was Sie nicht sagen, kann Sie ein Leben lang verfolgen. El Maestro war ein Künstler (seine Seele war mein), doch seine Sinne waren zu sehr der Musik verpflichtet. Er ließ Worte weg, wie er Noten ausließ.

Und so ließ er in jener Nacht am Hafen von Valencia zu, dass Frankie in den Schlaf fiel, ohne ihm alles gesagt zu haben. Eine Stunde später, als sie das Signal hörten, trug er den Jungen auf seinen Armen. Er ging eine lange Rampe hinauf zu einem Schiff dicht hinter Alberto her, der die Tasche und die Gitarre trug und flüsterte: »Immer geradeaus, Maestro ... Vorsicht, die Planke, Maestro ...« Der alte Mann hob den Kopf des Kindes an, sodass er seine Wange an Frankies Nase und Kinn reiben konnte, als wolle er sich für immer an diese Form erinnern.

Er hatte ihm so vieles nicht gesagt. Dass sie diese Reise nicht gemeinsam machen würden. Dass der Junge aufwachen würde, irgendwo im Bauch eines Schiffs in der Gemeinschaft von Männern, die bestochen worden waren, um ihm die Überfahrt zu ermöglichen. Dass er in seinem Gitarrenkoffer eine Rolle Geldscheine finden würde, seine Reisedokumente, ein Stück Stoff mit einer Adresse in Amerika und einen Brief in der krakeligen Schrift eines blinden Mannes:

Francisco,

es ist Zeit, dass Du losziehst. Hier ist es zu gefährlich für Dich. Dies ist der Wunsch Deines Vaters. Er liebt Dich und wird Dich eines Tages finden. Es tut mir leid, dass ich Dich nicht weiter unterrichten kann. Aber Du bist jetzt fähig, Dich selbst zu unterrichten. Such Deine Tante in Amerika. Wenn Du Geld brauchst, spiel Gitarre. Wenn Du mich vermisst, so, wie ich Dich vermissen werde, dann schließ die Augen und spiel auf den Saiten, die ich Dir gegeben habe. Ich werde für immer in Deiner Musik sein.

Maestro

Mehr sagte er ihm nicht. Nicht, was er im Gefängnis erlebt hatte. Nicht, wie lange Baffa dort bleiben musste. Er gab ihm auch jetzt keine Antwort auf seine zahllosen Fragen. Zum Beispiel, ob er, El Maestro, je hatte sehen können. Die Wahrheit war: Ja, sein Lehrer hatte einst sehen können. Er hatte sein Augenlicht im ersten spanischen Bürgerkrieg verloren, als er den jüngeren Bruder seiner Frau beschützt hatte, der weggelaufen war, um sich den Republikanern anzuschließen. Er war ihm nachgereist, und während eines besonders heftigen Kampfs hatte El Maestro den jungen Mann vor einer Granate gerettet, die in der Nähe von ihm explodiert war und ein Gas enthalten hatte, das wie Senf roch. In den Tagen danach war Maestros Haut plötzlich fleckig geworden, und seine Augen hatten immer weniger sehen können, als senkte sich ein Vorhang über sein Leben. Der Bruder war voller Scham aus dem Land geflohen, El Maestro aber war als Blinder nach Hause zurückgekehrt.

»Wir sind angekommen, mein Freund«, sagte Alberto.

»Wo sind unsere Kontaktmänner?«

»Sie stehen direkt vor uns«, antwortete er. Zwei unrasierte Seeleute traten aus dem Maschinenraum.

»Ist er blind?«, fragte der eine.

»Er ist ein großer Künstler«, sagte Alberto.

»Ihr wisst, was ihr mit diesem Jungen tun sollt?«, fragte El Maestro.

»Ja, ja. England, dann Amerika. Beeilt euch.«

»Alberto? Kann man diesen Leuten trauen?«

»Sie können diesen Leuten trauen, Maestro.«

»Wir haben das schon öfter gemacht«, sagte einer der Männer. »Wo ist das Geld?«

»In meiner Tasche. Nehmt das Kind. Vorsichtig.«

El Maestro hielt ihnen den schlafenden Frankie hin und fühlte, wie man ihn von seiner Last befreite. Fast erschrocken tat er einen tiefen Atemzug. Er war auf diese neue Leere nicht vorbereitet.

»Warten Sie. Wo ist er? *Wo ist er?*«

»Hier, um Himmels willen.«

»Francisco!«

»Beruhigen Sie sich doch! Wir haben ihn ja. Sehen Sie?« Der Matrose nahm El Maestros Hand und führte sie über Frankies Gesicht. »Alles in Ordnung? Und sprechen Sie nicht so laut.«

»Ja, natürlich. Vergeben Sie mir.«

»Er ist in Sicherheit.«

»Gut.«

»Es ist schwer für ihn«, unterbrach Alberto das Gespräch.

»Das Geld. Und zwar gleich.« Der Matrose spuckte aus. »Ich kann doch nichts dafür, dass der Typ nicht sehen kann.«

Die Geschichte wäre anders verlaufen, hätte El Maestro sein Augenlicht noch besessen. Denn dann hätte er in Frankies Haar, das die Farbe dunkler Trauben hatte, in seinen tiefblauen Augen und dem Schwung seiner Lippen etwas gesehen. Er hätte das Gesicht seiner Frau wiedererkannt, die den Namen Carmencita trug. Er hätte irgendwie bemerkt, dass Frankie ihr Sohn war. Und gewusst, dass mit dem verkohlten Leichnam in der Kirche nur ein Mensch getötet worden war, nicht zwei. Er hätte spätestens nach Baffas Geständnis, dass er nicht Frankies Vater war, geahnt, dass er selbst dafür infrage kam. Und dass er jahrelang eben dies Kind unterrichtete, das er seit jenem Tag in der Kirche stets betrauert hatte.

Doch diese Note hat das Schicksal beschlossen wegzulassen und stattdessen in die Melodie einen herzzerreißenden Akkord gelegt. Denn der blinde Mann übergab, ohne es zu wissen, seinen einzigen Sohn zwei Matrosen, die aus dem Maschinenraum gekommen waren. Er gab ihnen zehn Rollen Peseten aus dem samtenen Beutel in seiner Tasche. Diese nahmen den Jungen, seine Tasche und den Gitarrenkoffer, in dem das Instrument mit den geschenkten Saiten lag. Und die Reisepapiere, die von einem Carlos Andrés Presto unterschrieben waren. Und so hieß der Junge nicht mehr Rubio, sondern Francisco Presto.

Frankie verlor seinen Vater, aber er bekam dessen Namen.

Minuten später lief das Schiff aus. El Maestro hörte das Stampfen der Motoren, die Wellen, die gegen den Schiffsrumpf schlugen, all die Geräusche, die ein Schiff macht, wenn es ablegt. Er blieb an der Rampe stehen, hoch über dem Wasser, bis wieder Stille eingekehrt und das Schiff weit draußen war. Dann nahm er die dunklen Gläser ab und rieb sich die Augen. Plötzlich konnte er die Tränen nicht mehr zurückhalten.

»Warum weinen Sie, Maestro?«, fragte Alberto.

Aber der alte Mann hatte keine Worte dafür. Er wusste nur, dass er sich so hohl fühlte wie das Innere einer Gitarre. Also streckte er den Arm aus und stützte sich auf der Schulter des Congaspielers ab.

»Mein Freund … danke für deine Hilfe.«

Er konnte den Ausdruck auf Albertos Gesicht nicht sehen. Er sah nicht, wie sich dessen Augen zu Schlitzen verengten. Wie sein Kiefer vor Anspannung weiß wurde. Er fühlte nur, wie die Hand des Mannes in seine Jackentasche glitt und den samtenen Beutel herausfischte.

»Gern geschehen«, sagte Alberto. »Und tschüs.«

Er stieß den alten Mann über die Kante des Hafenbeckens. Acht Meter stürzte er in die Tiefe. Dort unten, im Meer, vermischten sich seine Tränen mit dem salzigen Wasser.

Teil II

Niles Stango

Musikhistoriker. Autor.

Frankie Presto litt unter Lampenfieber. Wussten Sie das? Es ist wahr. Er sagte, das gehe auf seine Kindheit zurück, auf irgendeinen Auftritt, bei dem er in Spanien als Kind vom Publikum ausgebuht worden war. Er ist nie darüber hinweggekommen. Er musste sich vor jeder Show hinknien und Atemübungen machen. Aber viele große Künstler haben das. Die Streisand zum Beispiel. Adele. Carly Simon. David Bowie. Sie alle schwitzen und kotzen vor ihrem Auftritt.

Doch sobald Frankie Presto auf der Bühne stand, merkte man davon nichts mehr. Er konnte singen, spielen, und vor allem konnte er tanzen. Wirklich tanzen. Ich würde ihn unter die besten fünf Performer des Rock 'n' Roll zählen. Welche das waren? James Brown. Elvis. Chuck Berry. Frankie Presto. Little Richard. Das ist meine eine Liste. Aber ich habe jede Menge Listen.

Wann ich ihn zum ersten Mal gesehen habe? Im Buffalo Municipal Auditorium. Ich hatte gerade angefangen, für das *LIFE*-Magazin zu schreiben. Ich kam frisch vom College, und man brummte mir gleich eine Story über den Twist auf, ja genau, über den Chubby-Checker-Twist. Also bin ich nach Buffalo gefahren, um Chubby zu interviewen. Der sollte zusammen mit einer Reihe anderer Künstler das Abendprogramm bestreiten, unter anderem mit Frankie Presto. Und ich kann Ihnen sagen, Presto hat ihnen allen die Show gestohlen. Er trug vier Songs vor und spielte nur bei einem Gitarre, aber er war damals eindeutig der beste Musiker auf der Bühne. Er legte mit einer schnellen Version von »My Girl Josephine« ein Solo hin, das einfach umwerfend war. Sein Bending war unglaublich, er synkopierte wie ein Jazzer, und dabei *tanzte* er noch. Er wippte nach links und nach rechts, ging in die Knie und schwang die Gitarre wie ein Schwert. Ich sah, wie sich die Jungs von der Band ansahen und den Kopf schüttelten. Daran merkt man, ob jemand wirklich gut ist: Wenn nicht einmal die *Band* glauben kann, was da abläuft.

An jenem Abend ging ich hinter die Bühne und fragte ihn: »Wieso spielen Sie nicht immer Gitarre? Sie sind großartig!« Er lachte nur und sagte: »Ach, ich muss mit dieser Gitarre vorsichtig sein. Sie ist mächtig stark.«

Ich erinnere mich noch genau an seine Worte »mächtig stark«, denn das sagt man, wenn man aus Mississippi stammt, aber nicht, wenn man aus Spanien kommt, oder? Aber wie wir später festgestellt haben – ich habe in meinem zweiten Buch darüber geschrieben, in *Profiles of Rock* –, ist Frankie Presto mehr oder weniger überall aufgewachsen: in England, Detroit, Nashville, Louisiana, Kalifornien. Ich bin nie dahintergekommen, wie seine Zeit in seinem ersten Heimatland wirklich ausgesehen hat. Er sagte immer: »Ich erinnere mich kaum noch an Spanien.« Und ich hatte immer das Gefühl, dass er lügt. Wer erinnert sich denn schon an *gar nichts*?

Aber Sie wollten ja etwas über seine größten Hits wissen, oder? Nun, die habe ich auf einer anderen Liste. Das sind meine Top Three:

Nummer eins ist natürlich »I Want To Love You«. Es hat sich über zwei Millionen Mal verkauft – was zu jener Zeit eine unglaubliche Zahl war. Niemand nahm damals Platten mit nackten Drumbeats auf. Presto schon. Der Rhythmus der Trommeln. *Ba-bump-bump*. Und dann dieser kreischende Gitarrenlick. Und die Stimme, die einsetzt: »Aaah-ahhhh want to love you …« Die Menge tobte jedes Mal. Oh yeah. Das war mein Top-Rock-'n'-Roll-Song 1960.

Nummer zwei war für mich »No, No, Honey«, das er mit Abby Cruz geschrieben hat. Das war ein hübscher kleiner Song über einen Mann, der eine Frau bittet, ihn nicht zu verlassen, obwohl er Mist gebaut hat. Und am Ende erklang ganz kurz eine weibliche Stimme, die sagte: »Yes, Yes, Honey.« Die Frau nimmt ihn also zurück. Bis heute fragen sich die Leute, wem diese Stimme gehört hat. Ich dachte damals, es wäre Darlene Love. Sie hörte sich an wie Darlene, aber sie meinte, sie sei es nicht gewesen. Wie auch immer: »No, No, Honey« ist meine klare Nummer zwei. Und hat sich auch unzählige Male verkauft.

Platz drei gehört meiner Ansicht nach »Our Secret«. Das ist ein echter Ohrwurm. Burt Bacharach hat es produziert, ausgerechnet er. Er hat Prestos Stimme mit einem Halleffekt unterlegt, das hört sich echt gespenstisch an. Der Song hat sich nicht so gut verkauft wie die anderen beiden, aber ich finde, das ist seine beste Ballade. Ich fragte Frankie mal, wer ihn zu »Our Secret« inspiriert habe, und er meinte nur: »Die kennst du sowieso nicht.«

Freunde? Ich würde nicht sagen, dass wir Freunde waren. Er war immer sehr nett zu mir, aber seien wir mal ehrlich: Die Aufgabe eines Journalisten ist es, hinter die Dinge zu gucken. Und Frankie Presto hatte eine Menge

Geheimnisse. Daher war er meist nicht gerade begeistert, wenn er mich kommen sah, vor allem, nachdem ich angefangen hatte, für den *Rolling Stone* zu arbeiten. Er sagte mal: »Niles, was ich spiele, kannst du nicht schreiben, und was du schreibst, kann ich nicht spielen.«

Ich konnte nie irgendwelche Informationen zu seinen Eltern finden oder wie er nach Amerika gekommen war, ja nicht einmal, welche Schule er besucht hatte – wenn er überhaupt je eine besucht hatte. Er war wie ein Geist, der sich plötzlich als Rock-'n'-Roll-Star materialisiert hat. Das letzte Mal habe ich ihn vor etwa 40 Jahren interviewt, so in den späten Sechzigern, bevor er so lange in der Versenkung verschwunden ist. Er war schwer auf Drogen, wie damals jeder von uns, und wir trafen uns in irgendeinem Club in New York. Da sagte er etwas sehr Merkwürdiges: »Niles, ich habe noch drei Saiten übrig.« Ich dachte damals, damit meinte er irgendwie sein Alter.

Ich? 72. Und im Ruhestand, jedenfalls meistens. Ich lebe jetzt in Paris und arbeite an einem neuen Buch. Als ich hörte, dass Presto gestorben ist – und wie er gestorben ist, wie er sich über die Menge erhoben hat, als würde er fliegen, und dann einfach runterfiel wie im Zirkus –, da habe ich sofort den nächsten Flieger nach Barcelona genommen und bin den Rest mit dem Auto gefahren. Ich glaube, irgendwie ist mein alter Reporterinstinkt wieder erwacht. Ich habe gedacht, ich könnte vielleicht einen Artikel schreiben, für die *Newsweek* oder für *Time*. Sie wissen schon: »Leben und Sterben eines geheimnisvollen Pop-Stars.« Aber die meisten Zeitungsleute, mit denen ich geredet habe, wollten eigentlich nur wissen, ob er vielleicht ermordet worden ist. Sein Leben als Musiker hat die gar nicht interessiert. Ihr Team ist ja wohl auch wegen seines Abgangs hier, nicht wahr? Der Tod verkauft sich nun mal gut, die Musik schon deutlich weniger.

Aber ich sage Ihnen was: Hier riecht es förmlich nach einer guten Story. Nach irgendetwas ganz Seltsamem. Ich habe so ein bisschen herumgefragt. Ein paar Leute haben mir erzählt, sie hätten Presto am Morgen vor seinem Tod gesehen, und zwar bei der Statue von Francisco Tárrega. Er hätte seine Gitarre mitgehabt, und jemand wäre bei ihm gewesen.

Ich wünschte, ich hätte ihn noch einmal spielen hören. Er hat ja jahrzehntelang kein Album mehr aufgenommen – außer natürlich, Sie glauben an das »nicht veröffentlichte« Album, dem man den Titel *The Magic Strings of Frankie Presto* gegeben hat. Wer weiß, ob es wirklich von ihm ist? Um Frankie ranken sich so viele Gerüchte. Ein Journalist hat ihn mal gefragt, welches sein mutigstes Spiel war, und er antwortete, das, das er spielte, als er sich allein im Bauch eines Schiffs befand. »Ja, klar«, denke ich, »im Bauch eines Schiffs!« Wofür hält er sich denn? Für einen Piraten? Das ist so wie dieser Song aus *The Sound of Music*. Wie löst man ein Problem wie Maria, die Hauptfigur des Musicals? Wie erzählt man eine Geschichte wie Frankie Presto? Wer weiß da schon, was man glauben soll?

17

1969

»Kann ich Ihnen helfen?«, fragte der Mann hinter der Theke.

»Eier«, flüsterte Frankie.

Der Mann legte die Hand an die Ohren. »Ich hab Sie nicht verstanden, Kumpel.«

Frankie war unrasiert, die Augen hinter seiner Sonnenbrille waren ganz glasig. Er beugte sich vor, dabei fiel ihm eine Strähne seines dichten, dunklen Haars über die hohen Wangenknochen. Man konnte sein Gesicht kaum sehen.

»Ich brauche … ein paar Eier.«

Ein grinsender Teenager mit einem grünen Schlapphut kam herein und schubste Frankie beiseite.

»He, Mann, verkaufen Sie auch Bier?«

»Die Eier sind dort drüben«, sagte der Mann und ignorierte den Teenager. Er deutete auf das Kühlregal ganz hinten, das von ein paar jungen Leuten verdeckt wurde: Männern mit langen Bärten und geflochtenen Lederbändern um die Stirn, Frauen in langen, geblümten Kleidern oder Jeans. Die meisten trugen keine Schuhe. Ihre Füße hinterließen Abdrücke auf dem Boden des Ladens.

»60 Cent für die Eier.« Der Mann schob seine Brille auf die Stirn. »Hast du 60 Cent, Kumpel?«

Jemand schrie: »Ich bin so high!« Die anderen lachten beifällig. Über der ganzen Szenerie drehte ein Deckenventilator träge seine Kreise. Frankie fasste in seine Tasche, wobei er ins Schwanken kam. Er spürte die Gitarre in ihrem Kasten auf seinem Rücken, aber den Mann, der vor ihm stand, konnte er kaum noch sehen. Er fühlte sich, als stecke er in der Mitte eines Luftballons, der von allen Seiten zusammengedrückt wurde.

»Hier«, murmelte Frankie und holte ein Bündel Geldscheine heraus. Er fingerte eine 20-Dollar-Note heraus und hielt sie dem Mann hin.

»Kann ich auch eine haben?«, fragte der Teenager.

Frankie legte einen weiteren Schein auf die Theke.

»Dann nehm ich 20 Bier«, sagte der Jüngling.

Frankie fand den Karton mit Eiern und stolperte aus dem Laden. Der Besitzer rief hinter ihm her: »He, Mann, Ihr Wechselgeld!« Aber Frankie war schon eingetaucht in die stickige Sommerhitze draußen.

Das war Amerika im Jahr 1969, im Monat August, im Staat New York, während eines dreitägigen Musikfestivals, das später als »Woodstock« bekannt wurde. Damals trafen sich eine halbe Million Menschen auf einer Farm mit 240 Hektar Land. Frankie war mittlerweile 33, hochgewachsen, ein Schlaks mit blauen Augen, schmalen Schultern, großen Händen und einem dichten, schwarzen Schatten auf Kinn und Wangen. Sein Leben war – um wieder einen musikalischen Ausdruck zu gebrauchen – *lontano*, fern. Und sein Takt wechselte ständig, sodass sich dafür keine Angabe finden lässt. Das lag an all dem Zeug, das er eingeworfen hatte. Ich kann nicht sagen, was es war. Ich glaube, Frankie wusste das auch nicht.

Gleich werde ich erklären, warum wir in unserer Geschichte einen so weiten Sprung nach vorne machen. Ich werde erzählen, warum Woodstock ein Wendepunkt in Frankies Leben war, in seiner Musik und seiner Liebesgeschichte mit Aurora York, dem kleinen Mädchen aus dem Baum, das er ständig gesucht hatte.

Aber zunächst möchte ich etwas zu dem veränderten Bewusstseinszustand sagen, in dem sich Frankie befand. So ein Zustand bringt euch Menschen mir nicht näher. Mir wird davon nur schwindlig.

Musiker suchen mich seit jeher in der Spitze einer Nadel oder auf dem Boden einer Flasche. Aber das ist eine Illusion. Die meist böse endet. Nehmen wir mal meinen geliebten russischen Schüler, Modest Mussorgsky. 1881 legte er sich in einer Schänke in St. Petersburg mit dem Gesicht nach unten auf den Boden. Dieser Mann hat so wunderbare Werke komponiert wie »Bilder einer Ausstellung« und »Eine Nacht auf dem kahlen Berge« (das später durch den Trickfilm *Fantasia* zu Berühmtheit gelangte). Auf dem Boden einer Schänke komponierte er nichts, aber er glaubte, dass es der Alkohol war, der ihn zum Künstler machte. Er starb mit 42 Jahren. Ich war da, um sein Talent einzusammeln.

Ich war am Sterbebett meiner geliebten Billie Holiday, die mit nur 44 Jahren starb, weil ihre Leber vom Trinken total kaputt war. Ich war in dem Hotelzimmer, in dem der einzigartige Jazzsaxophonist Charlie Parker starb.

Er war erst Mitte 30, doch sein Körper war von den Drogen so zerstört, dass der Leichenbeschauer glaubte, er wäre 60. Tommy Dorsey, der Bandleader, erstickte mit 51 im Schlaf, weil er so viele Tabletten eingeworfen hatte, dass er nicht mehr aufwachte. John Allen Hendrix (den ihr Jimi nennt) schluckte eine Handvoll Barbiturate und starb. Er war 27.

Die Vorstellung von euch Menschen, dass euch in den Drogen eine reinere Form der Kunst erwartet, ist nicht neu. Aber sie ist naiv. Ich war schon auf der Welt, lange bevor die ersten Trauben vergoren wurden. Lange bevor der erste Whisky destilliert wurde. Ob es nun Opium ist oder Absinth, Marihuana oder Heroin, Kokain oder Ecstasy und was auch immer danach noch kommen mag: Ihr Menschen könnt euren Bewusstseinszustand verändern, aber die Wahrheit nicht. Ich bin Musik. Ich lebe in euch. Warum sollte ich mich hinter einem Pülverchen, einem Rauchwölkchen verstecken? Haltet ihr mich wirklich für so trivial?

Aber kehren wir zu Frankie zurück, wie er völlig benebelt durch den Schlamm auf dem Farmgelände wankte. Er hatte seine Gitarre und nun ein Dutzend Eier bei sich. Eine Band namens Santana stand auf der Bühne, und die Stimme des Leadsängers schien direkt vom Himmel zu kommen:

You've got to change your evil ways … baby

Frankie war irgendwo im Nirwana. Die Chemie in seinem Gehirn, das Zeug, das er vor Sonnenaufgang eingeworfen hatte, machte ihn orientierungslos. Er lief weit am Bereich der Musiker vorbei. Und erinnerte sich nur noch an Folgendes:

Er war mit Aurora York zusammen gewesen, die jetzt seine Frau war. Sie schlief auf einer Baumwolldecke und trug ihr erstes Kind im Bauch. Er wollte sie nicht aufwecken, aber natürlich tat er es doch.

»Francisco?«

»Aurora«, flüsterte er.

»Das heißt Morgenröte.«

»Ich weiß.«

»Ich bin hungrig, Francisco. Wenn du mich liebst, holst du mir Frühstück.«

Sie zwinkerte ihm zu und lächelte. Frankie meinte, sie solle warten, er würde ihr Eier holen und zubereiten. Aber danach versank alles irgendwie im Nebel. Er war sich nicht sicher, wie lange das nun wirklich her war.

»War sie eine Fee?«

»Ich glaube nicht, El Maestro.«

»Hatte sie merkwürdige Augen?«

»Ja.«

»War sie lieb und hilfreich?«

»Ja.«

»Dann war sie eine Fee.«

Er schüttelte den Kopf, um El Maestros Stimme loszuwerden, die sich immer wieder in seinem Gehirn meldete. Wo hatte er Aurora gelassen? Er sah nur ein Meer von Zuschauern, die einen wahren Kometenschweif hinter sich herzogen, wenn sie sich bewegten. Ungeschickt stolperte er über Schlafsäcke und Decken.

Die Stimme eines Mannes klang über die Lautsprecher.

»WIR HABEN EINIGE ANKÜNDIGUNGEN ZU MACHEN, LEUTE … OKAY, DAS IST JETZT ECHT COOL … DIE NEU GEBAUTE ZUFAHRTSTRASSE IST GESCHLOSSEN! WIR HABEN DEN NEW YORK-STATE-THRUWAY GESCHLOSSEN, MANN!«

Tosender Applaus brandete auf, und Frankie legte den Kopf zur Seite. Alles war viel zu laut. Inmitten all der feiernden Menschen und klatschenden Hände starrte er auf seinen Eierkarton. Da hörte er plötzlich die Musik.

Lord knows you got to change …

Er stolperte auf den Sound zu und versuchte, mich (die Musik) als Kompass zu nehmen und sich zu erinnern, wann und mit welcher Band er spielen sollte.

18

1946

»Spiel etwas. *Joue*!«

Frankie blickte auf. Er war zehn Jahre alt und trug abgetragene Sachen. Seinen Gitarrenkasten hatte er offen neben sich gelegt. Er saß in den Docks von Southampton an der Südküste Englands, zwei Stunden südlich von London. Und ein Französisch sprechender Mann mit dünnem Schnurrbart redete ihn an.

»*Joue*«, sagte der Mann noch einmal und bewegte das Handgelenk. »*Pompe*.«

»Wie bitte, Sir?«

»Pompe. Deine Giiitar. So …«

Der Mann machte eine pumpende Bewegung mit der Hand, als wolle er sich an der Brust kratzen. Es war schon dunkel, und Frankie blickte auf die zwei Münzen in seinem Gitarrenkoffer. Dafür würde er nicht mal eine Kartoffel bekommen, und so eine hatte er schon heute früh gegessen. Mehr allerdings nicht. Die Schiffe lagen zur Nacht vor Anker. Dieser Fremde war seine letzte Hoffnung.

»Bitte, Sir. Ich bin hungrig. Für einen Schilling spiele ich Ihnen was.«

Der Mann biss auf seine Zigarette, dann holte er eine Münze aus der Tasche.

»*Joue*«, sagte er wieder und ließ die Münze in den Gitarrenkasten fallen. »Etwas Fröhliches, *oui*?«

Etwas Fröhliches. Schon die Idee schien Frankie seltsam. Es war nun mehr als ein Jahr her, dass er Spanien per Schiff verlassen hatte. Nach drei Tagen unter Deck hatte man ihn nachts geweckt und ihm befohlen, unter eine schmutzige rote Decke zu kriechen.

»Zu deinem Schutz«, sagte der Matrose.

»Wo ist mein Lehrer?«

»Er kommt noch.«

»Meine Gitarre …?«

»Wir bringen dir deine Sachen. Es ist ein Spiel, ja?«

»Ich will zu El Maestro!«

»Schrei nicht so! Das Spiel geht so: Du versteckst dich, damit er dich finden kann.«

»Aber …«

»Still jetzt! Wenn du redest, kommt er nicht!«

Frankie seufzte, als es um ihn herum finster wurde. In die Decke gehüllt wurde er von zwei Männern von Bord getragen. Er hörte Wasser spritzen, Holz knirschen, die Segel schlagen, und er vernahm seinen eigenen Atem. Man legte ihn auf eine harte Unterlage, sein Gitarrenkasten wurde unter die Decke geschoben. Er legte seinen Arm darum und schmiegte sich eng an ihn.

»Dein Lehrer wird bald kommen«, flüsterte ihm ein Matrose zu. »Du bleibst einfach unter der Decke, bis du ihn hörst.«

Natürlich kam sein Lehrer nie. Und auch niemand anders. Die Matrosen ließen ihn in diesem englischen Hafen zurück.

In den folgenden Monaten tat Frankie dasselbe wie eine ganze Reihe seiner talentierten Vorgänger: Er spielte, damit er etwas zu essen hatte. Wie lange reicht diese Tradition wohl zurück? Francesco Corbetta, der italienische Meister auf der Barockgitarre, spielte im 17. Jahrhundert in den Straßen von Florenz. 300 Jahre später sang Irving Berlin für ein paar Pennys auf der Lower East Side von Manhattan. Ihr Menschen solltet euch schämen, meine Kinder so zu behandeln. Wie Hunde, die um Essensreste betteln.

Frankie ließ seine Gitarre nicht aus den Augen und verließ die Docks nur selten. Er wusste aus dem Brief, den er gefunden hatte, dass er seine Tante in Amerika suchen sollte. Doch die Matrosen hatten ihm sein Geld weggenommen, eine Überfahrt nach Amerika war daher nicht möglich. Jede Nacht träumte er, er sähe El Maestro, wie er eines der Schiffe verließ und von Alberto, dem Congaspieler, geführt wurde. Frankie lief dann zu seinem Lehrer, und der blinde Mann fragte: »Hast du auch hübsch geübt, Francisco?« Und dann wäre alles wieder gut. Also blieb der Junge am Hafen und wartete. Er spielte für die Reisenden, tanzte auch, wenn sie das wünschten. Und so wurde aus dem Musiker ein Darsteller. An manchen Tagen trug ihm das genug zu essen ein, an anderen nicht.

Jetzt aber stützte er die Gitarre auf dem Knie ab, das ziemlich knochig war. Auch seine Fingernägel waren nicht mehr korrekt geschnitten. Er musste sie abbeißen, um spielen zu können. *Etwas Fröhliches.* Er wählte ein munteres Lied mit dem Titel »Billets Doux«. Es stammte von dem belgischen Musiker Django Reinhardt, dem berühmten Zigeuner, der mittlerweile als der größte Jazzgitarrist Europas galt. (El Maestro hatte ja einmal über ihn gesagt: »Er ist nicht von dieser Welt.«)

Der Song war flott und lebhaft wie ein Kind, das übers Pflaster hüpft. Frankie musste ziemlich aufpassen, als er ihn spielte, daher sah er den verblüfften Ausdruck auf dem Gesicht seines Zuhörers nicht. Dem aber war vor Überraschung die Zigarette aus dem Mund gefallen.

»Wie heißt dieser Song?«, fragte er den Jungen.

»Das ist ›Billets Doux‹.«

»Und wer hat ihn geschrieben?«

»Django Reinhardt.«

»Wer ist das?«

»Ein großer Gitarrist.«

»Und was heißt ›Billets Doux‹?«

»Ich weiß nicht. Ich kenne nur den Titel.«

»Du spielst hübsch.«

»Danke, Sir.«

»Wo ist deine Mutter?«

»Tot, Sir.«

»Und dein Vater?«

»Ich weiß nicht, Sir?«

Der Mann zündete sich noch eine Zigarette an und blickte übers Wasser.

»Ich mache eine Reise. Weit weg.«

»Da haben Sie Glück, Sir.«

»Ich will nicht dorthin.«

»Warum nicht, Sir?«

»Ich habe ein Baby. Einen Jungen wie dich.«

»Das ist gut, Sir.«

»Baby gestorben. Vor zwei Monaten. Ich will nicht fort.« Er klopfte mit der Hand auf das Geländer. »Ich will gar nichts mehr tun.«

Frankie wusste nicht, was er sagen sollte. Das Wasser schlug gegen die hölzernen Pflöcke.

»Parles-tu français?«, fragte der Mann. *Sprichst du Französisch?*

»No, Sir. Nur Englisch.«

»Du bist aber kein Engländer.«

»Doch, Sir. Bin ich.«

»Hablas español?«

Frankie antwortete nicht.

»Bueno«, sagte der Mann und sprach von da an mit Frankie nur noch gebrochen Spanisch. »Wo kommst du jetzt wirklich her?«

Frankie zuckte mit den Schultern.

»Aus Spanien, nicht wahr? Aus welchem Teil?«

»Ich komme nicht mehr von dort.«

Der Mann zeigte mit dem Fuß auf Frankies Gitarrenkoffer.

»Hör zu. Wo ich hingehe, brauche ich jemanden, der Englisch spricht. Mein Englisch ist schlecht.«

»Und?«

»Dein Englisch ist gut. Willst du mitkommen? Für mich übersetzen? Dann fahre ich vielleicht dorthin.«

»Nein, danke.«

»Ich bezahle dich.«

»Nein, danke.«

»Du wirst einen Platz zum Schlafen haben.«

»Nein, danke.«

»Und genug zu essen.«

»Warum fahren Sie denn überhaupt weg?«

»Um Musik zu machen.«

»Sind Sie Musiker?«

»Oui. Aber vielleicht nicht ganz so gut wie du.«

Der Mann deutete auf Frankies Gitarre.

»Lass mich mal versuchen.«

»Aber machen Sie sie nicht kaputt.«

Der Mann legte sich den Riemen um die Schulter und die linke Hand auf den Hals des Instruments. Erst da merkte Frankie, dass die Finger des Mannes verstümmelt waren. Zwei waren kürzer als die anderen. Nur Zeige- und Mittelfinger lagen auf den Bünden.

»Ist gute Gitarre.«

»Ich weiß.«

»Wo hast du diese Saiten her?«

»Von meinem Lehrer.«

»Woraus sind sie gemacht?«

»Ich weiß nicht.«

Er gab einen schnurrenden Laut von sich, als striche er über Samt. »Magnifique.«

»Und Sie können wirklich spielen?« Frankie hatte seine Zweifel, als er die beiden Finger sah.

»Ich versuch's mal mit ›Billets Doux‹«, sagte der Mann.

Er zog das Kinn an, atmete lange aus und spielte dann dasselbe Lied – aber so schnell, dass Frankie der Atem stockte. Die zwei langen Finger schossen über die Bünde, hielten eine Note, während sie schon zur nächsten sprangen. Ganze Oktaven glitten unter ihnen hervor, geschmeidig wie Öl. In diesen beiden Fingern steckte mehr Musik als in so mancher ganzen Hand. Am Ende fegte die Rechte in der Sweeping-Technik über die Saiten. Dabei hörte sich seine Gitarre an wie eine Lokomotive.

»›Billets Doux‹, oder etwa nicht?«, sagte der Franzose und gab die Gitarre zurück. »Das heißt übrigens ›Liebesbriefe‹.«

»Woher wissen Sie das?«

»Ich hab's geschrieben.«

Und zum ersten Mal lächelte der Mann. Die Enden seines Schnurrbarts wanderten nach oben.

»Ich bin Django.«

»Sie?«

»Oui. Habe ich doch gesagt.«

Frankie nahm die Gitarre. Er hatte eine Gänsehaut.

»Was ist mit Ihrer Hand passiert?«

»Ein Feuer.«

»Sie haben sie verbrannt?«

»Als ich noch jung war.«

»Sie spielen mit zwei Fingern?«

»Ich spiele damit«, sagte er und legte die Hand aufs Herz.

Frankie konnte es nicht glauben. Er hatte die Schallplatten dieses Mannes so oft gehört, während er neben El Maestro in der Wohnung über der Wäscherei gesessen war. Sie hatten sich beide stets einen Gitarristen mit großen, starken Händen und einer unglaublichen Griffweite vorgestellt. Zum ersten Mal wurde ihm klar, dass zwischen dem Körper eines Menschen und der Musik, die er damit macht, nicht notwendig ein Zusammenhang besteht.

»Bist du Zigeuner?«, fragte Django Frankie.

»Nein.«

»Ich schon. Komm mit mir. Ich zeige dir, wie man spielt wie ein Zigeuner.«

Frankie biss sich auf die Lippe. Er war so hungrig. Und das war immerhin Django Reinhardt.

»Wann?«

»Wir fahren morgen früh ab.«

»*Morgen* früh?«

»Ja.«

»Warum so plötzlich?«

»Ich spiele mit einer Band. Die warten auf mich.«

»Welche Band?«

»Duke Ellington.«

»*Der* Duke Ellington?«

»Oui.«

»Wo?«

»In Amerika.«

Frankie fuhr zusammen. Amerika? Wo seine Tante war?

Django streckte ihm die Hand hin. »Wenn du fährst, fahre ich auch!«

»In Ordnung«, sagte Frankie.

Sie schüttelten sich die Hand. Frankie sah seine Gitarre.

Die unterste Saite war blau angelaufen.

19

1969

»Whip, whop! Whip, whop! WHOOOO!«

Als die Sonne über Woodstock versank, kam Frankie an einer großen Gruppe von Zuschauern vorbei. Sie tanzten, riefen und trommelten laut.

»Whip, whop! Whip, whop! WHOOO!«

Einige trugen Ponchos, andere hatten überhaupt kein Hemd an. Zwei blonde Männer, die möglicherweise Brüder waren, hatten sich grüne Badetücher wie Capes um den Hals gebunden. Sie reichten eine offene Flasche herum. Einer der beiden gab sie Frankie und bedeutete ihm zu trinken.

»Whip, whop, Mann!«

Frankie nahm einen Schluck. »Whip, whop«, sagte er.

»Mach mit! Spiel!«

Der Mann deutete auf Frankies Gitarre.

»Komm schon, Mann. Heiz uns ein!«

»Heiz uns ein! Heiz uns ein!«, fingen plötzlich alle an zu schreien. Die Trommel gab den Rhythmus vor.

»He, ich kenne dich! Du bist Frankie Presto!«

»Whoa!«

»Echt jetzt?«

»Wer?«

»Frankie Presto, Mann! Shake, shake! Erinnerst du dich?«

Trotz seines benebelten Zustands spürte Frankie einen plötzlichen Drang zur Flucht. *Du bist Frankie Presto*! Er wollte doch gehen, wann immer jemand diesen Satz aussprach.

»Shake, shake, Frankie! Shake, shake, Frankie!« Sie ließen die Flasche herumgehen und schlugen die Trommeln, und nun sangen alle und riefen ihn: »Shake, shake, Frankie!«

Er drehte sich um und wankte davon. Hinter ihm wurden Buhrufe laut. Jemand schrie ihm nach: »Der tickt aus!« Er spürte sein Herz rasen. Kaum war er in sicherer Entfernung, ließ er sich zu Boden sinken. Rundherum standen lauter gelbe Busse, die mit bunten Bildern und Parolen besprüht waren. Er atmete schwer. Seine Ohren suchten nach der Musik im Himmel. Es spielte eine Band, die er zwar hören, aber nicht sehen konnte: Canned Heat mit »Going Up the Country«. War das eine Flöte? Frankie dachte: »Ja, das ist eine Flöte.«

»He, Mann«, sagte eine Frauenstimme. »Take it easy!«

Er drehte sich um. Da saß eine attraktive dunkelhaarige Frau in einem violetten VW-Bus. Sie trug ein ärmelloses orangefarbenes Top, dazu Jeans-Shorts. Ihre Haut war honigbraun, und ihre Zehennägel leuchteten in bunten Farben. Ihr Anblick rief ihm Aurora wieder ins Gedächtnis. Wo hatte er sie nur zuletzt gesehen? Die Eier. Er musste die Eier zu ihr bringen. *Wenn du mich liebst, dann holst du mir Frühstück.*

»Wie heißt du denn?«, fragte die Frau.

»Frankie.«

»Komm her, Frankie …«, sagte sie.

20

1946

»Komm her, Francisco«, rief Django. »Da sind sie!«

Frankie lief zu dem Franzosen, der eine breite rote Krawatte und ein blaues Sakko trug. Er stand an der Absperrung des Bahnhofs in New York City, den man Grand Central nannte. Frankie hatte mit den Lichtflecken, die durch das Dach des Bahnhofs hereinfielen, ein Hüpfspiel gespielt. Er hatte noch nie so hohe Wände gesehen. Bis er neun Jahre alt war, bestand Frankies Welt aus den Straßen von Villareal. Dann erweiterte sie sich um die Docks von Southampton. Als er aber in Amerika landete, explodierte sie förmlich. Was er dort sah, war unweigerlich größer als alles, was er je zuvor gesehen hatte. Die Autos. Die Häuser. Die Taschen der Menschen. Die Hüte.

»Schau, Francisco. Sie kommen.«

In der Woge der Reisenden, die auf die Bahnsteige flutete, sah Frankie zwei Männer näher kommen. Einer groß mit einem dünnen Schnurrbart und nach hinten gekämmtem Haar. Frankie kannte sein Gesicht vom Cover einer Schallplatte. Für ihn war es, als würde Papier plötzlich zum Leben erwachen.

»Monsieur Django, nehme ich an?« Mit diesen Worten trat Duke Ellington auf Django zu und streckte ihm die Hand hin.

»Monsieur Duke. Groß ist meinige Freude.«

Frankie war zur Salzsäule erstarrt. Er erinnerte sich an die Nacht, als El Maestro ihn immer wieder die Platte des Künstlers hatte spielen lassen, bis er schließlich sagte, dass er das geklaute Grammofon behalten dürfe.

Django berührte Frankie leicht an der Schulter und murmelte *chavo* (das Zigeunerwort für »Junge«). Dann fuhr er in seinem spanisch-französischen Kauderwelsch fort. Frankie übersetzte für ihn ins Englische.

»Mr. Django sagt, er freut sich und fühlt sich geehrt, Sie kennenzulernen und in Ihrem Orchester spielen zu dürfen«, sagte Frankie. »Er würde auch gern Dizzy Gillespie spielen hören.«

»Und du, junger Mann?«, fragte Duke Ellington lächelnd.

»Ähm?«

»Bist du sein Sohn?«

»Nein. Ich bin …« Frankie wusste nicht, was er war. »Ich bin sein Sprecher.«

»Sehr gut, Sprecher. Dann sag ihm, wir fahren in einer Stunde los. Nach Cleveland.«

Frankie tat, wie ihm geheißen, obwohl er das Wort für Cleveland nicht kannte. Also sagte er einfach »Cleveland«. Der Mann bei Duke Ellington meinte: »Ich kann Mr. Reinhardts Gitarre tragen.«

»Das ist meine«, sagte Frankie.

»Wo ist die von Mr. Reinhardt?«

»Er hat keine dabei.«

»Er hat keine Gitarre dabei?«

Frankie übersetzte. Django sah peinlich berührt vor sich hin. Fast wäre er wütend geworden. Er überschüttete Frankie mit Worten.

»Er sagt, er habe geglaubt, man würde ihm hier eine geben.«

Im Zug nach Cleveland war Frankie viel zu aufgeregt, um lange still sitzen zu können. Er trug einen neuen Mantel, den Django in einem Laden am Bahnhof für ihn gekauft hatte. Und er reiste mit echten Musikern! Schon ihr Gepäck faszinierte ihn: Trompeten, Trommeln, sogar ein Kontrabass. Manche öffneten ihren Instrumentenkasten und spielten ein paar Töne für ihn.

»Was spielen Sie denn?«, fragte Frankie eine Gruppe Männer.

»Saxophon«, antworteten sie.

»Sie spielen alle dasselbe Instrument?«

»Tenor.«

»Alt.«

»Bariton.«

Frankie war tief beeindruckt. Die Musiker ließen Frankie verschiedene Blasinstrumente halten, goldene, silberne und sogar eine Posaune, bei der ein gebogenes Rohr vor- und zurückgeschoben werden konnte. Er fühlte sich, als hätte jemand extra für ihn seine Schatzkiste geöffnet. Und das Beste war: Man hatte ihm den Plan für die Tour gegeben, und da stand doch tatsächlich *Detroit* drauf. Eben die Stadt, in die er wollte! Die auf dem Stück Stoff stand, das er in seinem Gitarrenkoffer aufbewahrte! Er würde dort seine Tante kennenlernen, und sie würde ihm helfen, nach Spanien zurückzukehren. Zu seinem Vater und El Maestro.

Er war zurück in der Spur. Diesmal erlaubte sich Frankie dieses euphorische Gefühl, als würde einem schwindlig werden, ein Kitzeln in der Magengrube, das jeden Tag noch schöner erscheinen lässt als den vorhergehenden. Ein Gefühl, das er seit Villareal nicht mehr gehabt hatte.

Man hatte ihm im Schlafwagen eine der tieferen Kojen gegeben, aber als er sah, wie ein recht schwergewichtiger Trompeter sich anschickte, in die obere zu klettern, fragte er schnell: »Kann ich nicht die obere haben?«

»Oh ja, Junge«, sagte der Mann. »Ich klettere ohnehin nicht gerne.«

Also stieg Frankie nach oben und ließ sich auf die Matratze sinken. Er verschränkte die Hände hinter dem Kopf und überließ sich dem Rütteln und Schütteln des Zugs. Von unten drang das Gelächter der Musiker zu ihm herauf, gelegentlich summte auch einer ein Lied. Er genoss die Kameradschaft, die unter den Männern herrschte. Sie waren wie Kinder. Ganz anders als die Männer in Spanien. Die Musiker hatten sogar kindische Namen wie »Cat« oder »Taft« oder »Shorty«. Frankie lag in seiner Koje und lächelte.

Nun war er Mitglied einer anderen Band, einer, in der er nicht mal spielen musste.

In jener Nacht kam Django, um nachzusehen, wie Frankie untergebracht war. Die Musiker machten sich gerade fertig zum Schlafen. Django bemerkte, dass sie alle Boxershorts mit Blumenmuster trugen.

»Que están usando?«, fragte er lachend. *Was tragen die denn?*

»Er möchte wissen, was ihr da anhabt«, übersetzte Frankie.

Die Männer sahen ihn überrascht an.

»Hat er denn noch nie schicke Unterwäsche gesehen?«

»Ihr habt echt einen Knall«, entfuhr es Django.

»Er sagt, ihr seid verrückt.«

»Wir haben's gehört.«

»Wir brauchen ja keinen Mini-Übersetzer.«

»Geh und sag's Duke.«

Frankie folgte Django in das Abteil, das er mit Mr. Ellington teilte. Als sie eintraten, zog sich auch der Bandleader aus. Django war entsetzt, als er sah, dass dessen Unterwäsche noch farbenprächtiger war als die seiner Musiker. Herzchen und Blüten verwoben sich zu einem bunten Reigen.

»Stimmt irgendwas nicht?«, fragte Duke.

»Non, non«, versicherte Django eilig.

Er beugte sich zu Frankie und sagte auf Spanisch zu ihm: »Chavo, das ist ein merkwürdiges Land.«

21

»Willst du diese Eier kochen?«, fragte die Frau im Van. Sie trug blauen Lidschatten, Gloss auf den Lippen und drei Halsketten, die sich schlangengleich um ihre Schlüsselbeine wanden.

»Kochen?« Frankie blickte fragend auf den Karton. »Ja.«

»Wo?«

Er deutete dorthin, wo die Musik herkam – oder wo er dachte, dass die Musik herkomme.

»Dort drüben.«

»Wo kommst du denn her?«

»Ich?«

»Ja, mein Hübscher.« Sie lächelte wieder. »Du.«

Normalerweise, wenn ihn jemand danach fragte, sagte Frankie immer, dass er aus Kalifornien käme. Dieses Mal aber sagte er: »Spanien.«

»Ganz schön weit weg«, gurrte die Frau. »Bist du hergekommen, um gute Musik zu hören?«

»Um sie zu spielen.«

»Auf der Bühne?«

»Ja.«

»Du bist ganz schön weit weg von der Bühne.«

»Ich habe diese Eier.«

»Das hast du schon gesagt ...«

»Fürs Frühstück.«

»Kommst du wirklich aus Spanien?«

»Sí.«

»Du bist echt lustig.«

Er spürte, wie seine Knie wieder wacklig wurden, und stützte sich an der Tür des VW-Busses ab.

»Warum kommst du nicht rein?«

»Wo rein?«

»Hier, zu mir.«

Frankie trat in den Bus. Er würde nur eine Minute bleiben, sagte er sich.

»Wie bist du hierhergekommen?«, fragte sie.

»Ich bin vom Laden hergelaufen.«

»Nein«, lachte sie. »Du sagtest, du kommst aus Spanien. Wie bist du *hierhergekommen?*« Sie breitete die Arme aus. »Nach Amerika.«

Frankie ließ den Kopf auf ein besticktes Kissen sinken. Er sah ihr zu, wie sie eine Zigarette drehte.

»Mit einer Band«, sagte er.

22

1946

Die Ellington-Band tourte drei Monate durch Amerika. In diesen drei Monaten sah Frankie seine erste Kuh (aus dem Zugfenster), bekam sein erstes Eis in der Waffel und sah zum ersten Mal ein amerikanisches Kino von innen. Er lernte von Django, Gitarre zu spielen wie ein Zigeuner. Und er perfektionierte sein Spanizösisch, das französisch-spanische Kauderwelsch, in dem sie sich unterhielten. Er erfuhr, dass Django einen Sohn gehabt hatte, Jimmy, der schon nach wenigen Wochen gestorben war. Er war auf einem französischen Friedhof beigesetzt worden. Für den Trauergottesdienst hatte Django Musik von Bach, Händel und Mozart ausgewählt.

Frankie hörte nun schon zum zweiten Mal davon, dass Menschen auf Friedhöfen beerdigt wurden (Aurora York hatte ihm das auch erzählt), und wollte unbedingt das Grab seiner Mutter besuchen, wenn er nach Detroit kam.

Django erzählte ihm auch, dass er die Reise nach Amerika – die seine einzige bleiben sollte – schon hatte absagen wollen, bevor er Frankie kennengelernt hatte. Doch die Vorstellung, mit einem kleinen Jungen zu reisen, nachdem gerade sein Sohn gestorben war, hatte die Reise für ihn erträglicher gemacht.

Ich sehe alle Wege, die sich in der Zukunft auftun. Jene, die meine Schützlinge nehmen, und jene, von denen sie sich abwenden. (So, wie ich alle Melodien hören kann, ob sie nun gespielt werden oder nicht.) Daher weiß ich: Wäre Frankie nicht zur richtigen Zeit am richtigen Ort gewesen, wäre Django nicht auf diese Tournee gegangen. Sein Leben und seine Kunst wären von Amerika nicht beeinflusst worden.

Aus diesem Grund hatte sich die eine Saite auf Frankies Gitarre blau verfärbt, nachdem sich Frankie und Django begegnet waren.

Doch bevor wir uns mit der blauen Saite beschäftigen, will ich vom ersten Konzert erzählen. Als sie nach Cleveland kamen, musste Django sich erst einmal eine neue Gitarre für seinen Auftritt kaufen. Das erboste ihn. »Das ist wohl ein Witz«, sagte er zu Frankie, als er seine neue Gitarre stimmte. »Warum bekomme ich hier keine Gitarre? Eine Selmer, wie ich sie liebe? Ich bin Django. Sie sollten mir eine goldene Gitarre geben.«

»Sie können gerne meine haben für Ihren Auftritt«, sagte Frankie.

»Wirklich?«

Er legte die neue Gitarre weg und nahm das Instrument, das Frankie ihm reichte. Nachdem er einige Akkorde gespielt hatte, hielt er inne.

»Ist perfekt. Hast du sie gestimmt?«

»Ja, Sir.«

Django sah Frankie an. »Ich werde heute Abend mit deiner Gitarre spielen, um denen zu zeigen, mit wem sie es zu tun haben. Dann aber werde ich sie dir zurückgeben. Gib sie niemals her. Verkauf sie unter keinen Umständen. Du darfst sie nicht verlieren. Und leih sie niemals her, auch wenn du glaubst, du wirst sie schon wieder zurückbekommen. Wende dich nie von deiner Musik ab, *chavo*. Denn dann kehrst du dir selbst den Rücken.«

»Ja, Mr. Django.«

An jenem Abend erlebte Frankie auf der Bühne der Cleveland Music Hall etwas, was er nie mehr vergessen sollte: die ungeheure Druckwelle, die ein Orchester entfalten kann, eine Big Band. Die synkopierten Stöße der Bläser. Die eleganten Schnörkel der Klarinetten und Saxophone. Die mitreißende Macht der Bläser. Schon das Äußere der Musiker – alle trugen einen eleganten schwarzen Smoking – war total beeindruckend. Und die Menge! Fast 2000 Menschen! Ihr jubelnder Beifall war mehr, als Frankie sich je hatte vorstellen können. Er fuhr ihm in die Glieder, pulste durch sein Blut. Er begriff vielleicht nicht, wie sich Schallwellen ausbreiten, aber von dem Moment an, an dem er diesen Applaus hörte, wusste er, dass er sich ihn auch für sich selbst wünschte.

Django kam erst am Ende der Vorstellung auf die Bühne und wurde nur von Duke Ellington am Klavier und einem Bassisten begleitet, der versuchte, ihm zu folgen. Dabei hatten sie so gut wie nie zusammen gespielt. Aber hatte nicht mal jemand von Reinhardt gesagt: »Dieser Mann ist fleischgewordene Musik«? Ja, dieses Kompliment nehme ich gerne an. Er war ein echter Hauptgewinn. Was er an diesem Abend auf Frankies weitgereister Gitarre spielte, war so außergewöhnlich, dass selbst die Bandmitglieder ihn anfeuerten: »Go to it, Master! Go to it!« Er spielte vier Songs und übertraf sich mit jedem selbst.

Am nächsten Morgen bat Django Frankie, ihm doch eine Zeitung zu holen, weil er wissen wollte, was man über ihn geschrieben hatte. Frankie blätterte die Zeitung durch, bis er den Artikel fand. Die Schlagzeile lautete: »Französischer Gitarrist stiehlt Duke Ellington die Show!«

»Hm«, meinte Django, während er seinen Kaffee schlürfte. »So soll es sein.«

Ihre gemeinsame Zeit war so ereignisreich und so schnell vorüber, dass sie Frankie Jahre später eher wie ein Traum als eine Erinnerung vorkam. Doch eines Abends in Chicago schaute Frankie der Band zu, wie sie die Instrumente aufbaute, und dabei fiel sein Blick auf die Basstrommel und den Aufkleber mit dem Signet von RCA Victor, einer Plattenfirma. Es zeigte einen Hund, der neugierig in ein Grammofon sieht.

Frankie sank das Herz in die Hose. Er dachte an den haarlosen Hund und an das Grammofon in El Maestros Wohnung. Plötzlich fiel ihm all das wieder ein, was er hatte zurücklassen müssen. Und das machte ihn zutiefst unglücklich. Natürlich war die Reise aufregend, aber er war doch immer noch ein Kind, und alle Kinder wollen am Ende immer nur eins: nach Hause.

Als die Band in Detroit eintraf, zog er los, um sein Zuhause zu finden.

23

1969

Die Frau im Van fuhr sich mit der Zunge über die Lippen.

»Das ist echt eine unglaubliche Geschichte«, sagte sie. »Du bist herübergekommen, als du noch ein Kind warst? Mit Duke Ellington?«

»Ja.«

»Das ist so cool.« Sie zog an ihrer selbst gedrehten Zigarette und gab sie dann Frankie. Sie hatte sich über seine Beine gebeugt.

»Diese Gitarre würde ich gerne mal sehen.«

Sie klappte die Verschlüsse nach oben und öffnete den Gitarrenkoffer.

»Vorsichtig«, mahnte Frankie.

»Warum vorsichtig?«

»Sie macht seltsame Sachen.«

»Zum Beispiel?«

»Magie. Zauberei. So was halt.«

Die Frau grinste.

»Du bist witzig.«

»Bin ich nicht.«

»Ich finde schon.«

Frankie sah auf seine Hand herunter. Sie schien riesengroß zu sein. Der Rauch der Zigarette brachte ihn zum Blinzeln. Die Frau glitt näher an ihn heran.

»Nimm mal eine von denen.«

»Was ist das?«

»Eine Zitrone. Echt, die heißen Lemmons.«

Sie schob ihm eine kleine grüne Pille in den Mund – etwas, was ihr Quaaludes nennt – und schluckte danach selbst eine. Dann kuschelte sie sich an ihn.

»Und was war das jetzt mit den Eiern?«

»Meine Frau. Die sind für meine Frau. Ich habe eine Frau. Wir bekommen ein Baby.«

»Wo ist sie jetzt?«

»Ich weiß nicht …«

»Du weißt es nicht?«

»Auf der Bühne.

Sie lächelte.

»Dann ist sie nicht hier, oder?« Sie schob ihr Gesicht ganz nah an seines.

»Und was ist danach passiert?«

»Danach?«

»In der Geschichte. Nachdem du die Band verlassen hast?«

»Ich erinnere mich nicht.«

»Versuch's doch.«

Frankie schloss die Augen.

»Es war kalt.«

24

1946

Es war kalt. Schnee fiel vom Himmel. Frankie zog den Wollmantel, den Django ihm gekauft hatte, enger um sich und setzte sich auf dem Betonboden der Veranda zurecht. Nun war er schon Oktober, November und einen Teil des Dezembers in Amerika. Er begriff nicht, wie die Leute bei so einem Wetter überleben konnten. Wieder einmal, zum tausendsten Mal, öffnete er den Gitarrenkoffer, nahm das Stück Stoff mit Baffas Handschrift heraus und las die Adresse von dessen Schwester: 467 Claret Street in Detroit, Michigan.

Frankie hatte schon unzählige Male an die Tür geklopft. Niemand hatte geöffnet. Er wartete schon den ganzen Nachmittag vor der Tür. Django hatte ihm angeboten mitzukommen, aber Frankie war stolz auf seine Unabhängigkeit, und so sagte er dem Gitarristen, seine Tante würde wahrscheinlich alles über ihren Bruder wissen wollen. Sein Besuch könne also ganz schön lang dauern. Vermutlich würde sie wollen, dass er bei ihr wohne, bis sie ihn nach Spanien zurückbringen könne.

»Wenn das so ist, dann musst du zurückkommen und Goodbye sagen, *chavo*«, sagte Django. »Wir fahren nämlich morgen.«

»Ist gut«, antwortete Frankie.

Er wickelte seinen Mantel noch enger um sich. Das kleine Haus sah aus wie die anderen in diesem Viertel. Jedes hatte eine kurze, schnurgerade Einfahrt wie die Bünde auf dem Gitarrenhals. In jeder Einfahrt standen Autos, auf denen sich der Schnee sammelte. Große Autos. Lange Autos. Frankie kam es so vor, als besitze in Amerika jeder ein Auto. In Villareal war das anders. Da hatten die Leute noch Pferde und Karren.

Der Junge schloss die Augen und stellte sich Baffas Haus an der Calle del Calvario vor. Dort hatten sie zusammen im Garten gesessen und Radio gehört, während der haarlose Hund mucksmäuschenstill war. In seiner Erinnerung waren diese Tage voller Wärme und Sanftheit.

»Hast du dich verlaufen, Junge?«

Frankie öffnete die Augen. Ein Postbote in blauer Uniform und mit einer großen Ledertasche stand vor ihm. Sein Käppi hatte einen weißen Rand aus Schneeflocken.

»Nein, Sir.«

»Was machst du dann da?«

»Ich warte.«

»Im Schnee?«

»Ja.«

»Auf wen?«

»Meine Tante.«

Frankie streckte ihm das Stück Stoff hin.

»Nun, du hast auf jeden Fall das richtige Haus erwischt. Sie ist also deine Tante?«

»Ja, Sir.«

»Wie bist du hierhergekommen?«

»Mr. Django hat ein Auto bezahlt.«

»Ein Taxi, meinst du?«

»Ich glaube schon.«

»Weiß sie denn, dass du kommst?«

»Ich bin zu spät.«

»Hättest du heute Morgen hier sein sollen?«

Frankie rutschte unbehaglich auf dem Betonboden hin und her. »Nein, später.«

Der Mann presste skeptisch die Lippen aufeinander und musterte den Jungen. Dann gab er ihm ein paar Briefumschläge.

»Möchtest du ihnen ihre Post geben?«

Frankie nahm die Briefe an sich.

»Pass auf, dass du dich nicht erkältest«, sagte der Mann. »Aber sie dürften jetzt wirklich bald von der Arbeit nach Hause kommen.«

Wer »sie« wohl waren? Frankie sah dem Mann nach, der seine Route wieder aufnahm. Er blieb vor jedem Haus stehen und warf Briefe ein. Frankie sah ihm nach, bis er außer Sichtweite war. Langsam wurde es dunkel, und er fragte sich, ob er hier wohl würde übernachten müssen.

In diesem Moment bog ein hellgrüner Chevrolet in die Straße ein und erhellte sie mit seinen Scheinwerfern. Als er langsamer wurde, begann Frankies Herz laut zu klopfen.

Bitte halt hier an, wünschte er sich im Stillen. *Halt an. Bitte halt an.*

Und tatsächlich hielt der Wagen vor dem Haus. Frankie stand auf. Er verstand nicht recht, was die Aufgabe einer Tante war. Er hatte ja noch nie eine gehabt. Doch seitdem er im Bauch des großen Schiffs El Maestros Nachricht gelesen hatte, hatte er auf dieses Treffen gewartet und gehofft, dass sie alles in Ordnung bringen würde, dass sie ihn mit seiner ersten und ursprünglichen Band vereinen würde.

Was er aber nun sah, änderte alles.

Als sich die Autotür öffnete, stieg auf der einen Seite ein Mann aus, auf der anderen eine stämmige Frau mit blondem Haar. Frankie kannte dieses Gesicht. Er hatte es zahllose Male auf dem Foto bewundert, auf dem sie Arm in Arm mit Baffa zu sehen war. Er hatte das Foto jede Nacht unter sein Kissen gelegt. Ein Schauer lief ihm über den Rücken. In seinem Kopf krachten laut die Zimbeln aufeinander. Er ließ die Briefe fallen, sprang von der Veranda herunter. Die Frau sah ihn verblüfft an, er aber rannte über den schneebedeckten Rasen auf sie zu und schrie laut: »Mama! Mama!«

In der westlichen Musik löst sich am Ende alles auf. Ein Quartvorhalt rutscht zurück auf die Terz. Ein verminderter Akkord kehrt zurück zur Tonika. Dissonanz wird Konsonanz. Auf diese Weise schließe ich Frieden.

Die Menschen aber folgen diesen Regeln nicht. Danza Rubio, die Frau, die aus dem hellgrünen Chevrolet stieg, erschrak zutiefst, als plötzlich ein wildfremder Junge auf sie zustürmte. Da sie zu ihrem Bruder Baffa jahrelang keinen Kontakt gehabt hatte, fand sie das plötzliche Auftauchen dieses Kindes höchst merkwürdig. Ungerührt stand sie da, als Frankie versuchte, sie zu umarmen. Und als er ausrief »Ich bin dein Sohn!« und ihr erzählte, was Baffa ihm gesagt hatte (über seine Frau, das Auto, den Unfall in Amerika), wurde sie zornig und ließ mit harschen Worten die Wahrheit auf Frankie niederprasseln wie eine Serie von Paukenschlägen:

Sie sei nicht seine Mutter.

Bamm!

Sie sei nicht Baffas Frau.

Bamm!

Baffa habe nie eine Frau gehabt.

Bamm!

Er konnte keine Frau finden.

Bamm!

Er sei nie in Amerika gewesen.

Bamm!

Es habe nie einen Unfall gegeben.

Bamm!

Es gebe kein Grab.

Bamm!

Baffa sei ein Lügner.

Bamm!

Er habe seit Jahren keinen Kontakt zu ihr.

Bamm!

Sie habe geglaubt, dass er tot sei.

Der kalte Guss dauerte keine drei Minuten. Jeder Paukenhieb stürzte den Jungen in noch tieferes Schweigen. Am Ende fiel Danzas Gatte schroff ein und schnauzte: »Hör mal, Junge! Wenn du glaubst, dass wir dir Geld geben, dann hast du dich getäuscht.« Das Kind steckte diesen letzten Schlag wie betäubt ein. Es griff nach seiner Gitarre und fing an zu laufen. Danza rief noch hinter ihm her, doch der Junge schaute sich nicht mehr um. Er verschwand zwischen den fallenden Schneeflocken, zwischen den Lichtkegeln der Straßenlaternen, blind vor Tränen.

Ich habe gesagt, dass Musik in wenigen Augenblicken eine Welt erschaffen kann. Doch das ist nichts gegen die Kraft der Zerstörung, die Worte in derselben Zeit entfalten können.

Burt Bacharach

Songschreiber. Bandleader. Komponist. Produzent.

Frankie Presto liebte das Studio. Hätte es dort Betten gegeben, wäre er eingezogen.

Ah ja ... natürlich ... mein Name ist Burt Bacharach ... Amerika ... Los Angeles. Aber ich habe Frankie in New York kennengelernt. Ich habe 1964 seinen Song »Our Secret« produziert. Eine großartige Ballade. Ich habe da diesen Halleffekt über seine Stimme gelegt. Das hat es richtig gruslig klingen lassen. Und dann die Streicher, darauf sind wir erst gegen Mitternacht gekommen. Ich habe angefangen herumzutelefonieren und konnte tatsächlich ein paar Geiger auftreiben, die um drei oder vier Uhr morgens kommen wollten. Frankie und ich kamen aus unterschiedlichen Ecken der Welt, doch wir hatten eines gemeinsam: Wir haben das Studio nicht eher verlassen, bis alles hundertprozentig perfekt war. Einige Musiker mögen das nicht. Ich lasse sie etwas 20-mal spielen, 30-mal, wenn's sein muss. Wozu macht man Kunst, wenn man es nicht richtig macht?

Frankie war genauso, wissen Sie. Er war einfach eine schöngeistige Seele. Wenn ich gewusst hätte, dass er immer noch Gitarre spielt, wäre ich um die halbe Welt geflogen, um ihn noch mal zu hören. Ich hatte echt keine Ahnung, wohin er verschwunden war oder ob er noch lebte. Bis ich dann vor wenigen Tagen hörte, dass er gestorben ist. War das wirklich auf der Bühne? ... Mein Gott ... Das ist ja furchtbar.

Das erste Mal, dass ich ihn spielen hörte? ... Doch, doch, ich erinnere mich. So haben wir uns ja kennengelernt. Ich war in den Bell Sound Studios in New York, unmittelbar vor einer Aufnahmesitzung mit Dionne Warwick. Ich war früh dran, und der große Raum war leer bis auf diesen Kerl, der mit dem Rücken zu mir stand. Er trug Kopfhörer und hatte eine elektrische Gitarre in der Hand. Ich bat den Tontechniker, den Soundcheck zu machen, und noch bevor ich dem Typen sagen konnte, dass er sich verdrücken soll, fing er an zu spielen. Und er spielte verdammt gut. Er switchte zwischen Klassik und Jazz hin und her. »Body and Soul«, sagte ich. »Wer zum Teufel ist das?« Und der Tontechniker meinte: »Das glaubst du nicht. Das ist Frankie Presto.« Und ich sagte: »Der Sänger?« Darauf er: »Der Sänger spielt eine heiße Gitarre!«

Vermutlich hatte er vor uns eine Aufnahme gemacht, und alle seine Leute waren schon verschwunden. Er aber blieb noch gut zwei Stunden im Studio und spielte an allen Instrumenten herum, von den Drums übers Klavier bis zu den Gitarren. Allmählich trafen meine Jungs ein, und so klickte ich gegen das Mikro der Sprechanlage und sagte: »He, Genie! Es tut mir ja leid, dass ich dich unterbrechen muss, aber jetzt sind wir dran.«

Er nahm den Kopfhörer ab und winkte in die Kabine herüber, als wolle er sich entschuldigen. Ich sagte über den Lautsprecher: »Das war fantastisch. Du hättest es ins ganze Gebäude übertragen sollen!« Er sprach ins Mikro: »Ich habe nur ein bisschen rumgespielt.«

Er kam in die Kabine, und ich stellte mich vor. Er wusste sofort, wer ich war, was mich überraschte, weil ich damals ja noch kein Produzent war, sondern nur Songs schrieb; aber er meinte, ihm hätten einige Sachen, die ich gemacht hatte, gut gefallen. »Baby, It's You« von den Shirelles zum Beispiel und »Only Love Can Break a Heart«, der Hit von Gene Pitney. Er sagte etwas über Trompeten und Flügelhörner – was für einen Rock 'n' Roller ungewöhnlich war. Daher fragte ich ihn: »Wo haben Sie denn so viel über Bläser gelernt?« Er antwortete: »Als ich mit Duke Ellington unterwegs war.« Ich lachte und sagte: »Und was waren Sie damals? Sein Wasserträger?« Er war für Duke einfach viel zu jung.

Frankie war größer, als ich gedacht hatte, und sah unglaublich gut aus. Als die Jungs von der Band hereinkamen, starrten ihn alle an. Er hatte einfach Ausstrahlung, verstehen Sie? Und er trug ein knallrotes Sakko, was sicher auch für Aufmerksamkeit gesorgt hat. Als ich ihm erzählte, dass wir Dionne Warwick aufnehmen würden, sagte er, dass er ihre Stimme liebe, und fragte, ob er bleiben dürfe. Normalerweise mag ich es nicht, wenn mir beim Arbeiten jemand auf die Finger guckt, aber Frankie hatte einfach gute Vibes. Er war musikalisch, das spürte man. Also sagte ich: »Wenn Sie wollen, können Sie hier in der Kabine bleiben.« Und er meinte, das sei okay.

Wir nahmen einen Song für den Film *Madame P. und ihre Mädchen* auf. Der Song hieß »A House Is Not a Home«, der Text stammte von Hal David. Ich hatte die Musik geschrieben. Ganz ehrlich: Wir machten die Aufnahme, weil Brook Benton das Original gesungen hatte, aber ich wollte, dass sich Dionne mal dran versucht. Wir haben eine ganze Reihe von Aufnahmen gemacht mit dem ganzen Orchester, mit Streichern, mit Backgroundsängern und so weiter. So habe ich, wie gesagt, nun mal gearbeitet. Am Ende habe ich Frankie fast vergessen. Dann aber drehte ich mich bei einem Playback um, als Dionne gerade sang:

But a room is not a house,
And a house is not a home
When the two of us are far apart
And one of us has a broken heart.

(Doch ein Zimmer ist kein Haus
Und ein Haus ist keine Heimat,
Wenn wir beide so weit voneinander entfernt sind
Und einer ein gebrochenes Herz hat.)

Und ich sah Frankie weinen.

»Alles in Ordnung?«, fragte ich.

»Ja«, sagte er.

Aber man konnte richtig sehen, wie es ihm naheging. Er hat sich nicht mal die Mühe gemacht, seine Tränen wegzuwischen. Ich habe erst viel später erfahren, dass er ein Waisenkind ist. Keine Mutter. Kein Vater. »Ein Haus ist keine Heimat.« Kein Wunder, oder? Was kann sich für ein Waisenkind schlimmer anhören?

25

1950

»Habt ihr nicht gehört?«, schrie die Nonne. »Ich sagte: In einer Reihe aufstellen!«

Die Kinder reihten sich auf.

»Und los!«

Sie marschierten zur Cafeteria. Ein großer Junge stieß Frankie in den Rücken.

»Hör auf«, flüsterte Frankie.

»Tu doch was dagegen«, sagte der Größere.

An diesem Punkt unserer Geschichte war Frankie entweder 13 oder 14. Darüber hatte er noch nicht entschieden. Seit er entdeckt hatte, dass Baffa nicht sein wahrer Vater war, ignorierte er auch sein Geburtsdatum, denn das konnte ja ebenso eine Lüge sein.

»Anfangen!«, bellte die Nonne.

Die Kinder standen vor den Cafeteria-Tischen und rezitierten laut ihre Gebete. Dann setzten sie sich hin. Die Nonnen gossen Orangensaft in ihre Gläser und gaben einen Esslöffel Lebertran hinzu.

»Das schmeckt furchtbar«, beschwerte sich einer der Jungs.

»Sei froh, dass du es bekommst. Trink!«

Frankie hob den Saft an die Lippen. Der süße Duft der Orangen erinnerte ihn an Villareal, wo die Orangenkarren über die Straßen rollten. Doch diese Erinnerungen machten Frankie nur noch wütend. Baffa war also nie sein Vater gewesen. Die Frau auf dem Foto war nicht seine Mutter. Die Papiere, die er bei sich trug, nannten als Nachnamen »Presto« – ein Name, den er nicht kannte. Es war alles gelogen. Und so hatten die Orangen ihren süßen Duft verloren.

An diesem Punkt seines Lebens musste Frankie im rigiden 4/4-Takt marschieren. Das Tempo würde man wohl am besten als *mosso* bezeichnen – bewegt. Er lebte nun seit über drei Jahren im Waisenhaus, im Greater Detroit

Catholic Home for Orphans. Dort teilte er einen Schlafraum mit neun anderen Jungs. Man hatte ihn dorthin gebracht, als ihn zwei Polizisten schlafend in einer Straße hinter einem Restaurant entdeckt hatten.

Den Zug, der Django und Ellington zur nächsten Station ihrer Tour trug, verpasste Frankie damals. Als er den Bahnhof endlich fand, war der Zug längst abgefahren. Als er das begriff, setzte er sich hin und weinte, die Ellbogen auf den Gitarrenkasten gestützt, bis ein Mann in Uniform kam und zu ihm sagte, er dürfe dort nicht sitzen: »Geh heim zu deiner Mutter.«

Er kam zum Bahnhof zurück, um zu betteln und die Mülleimer nach Essbarem zu durchsuchen. Die beste Beute machte er immer am Hintereingang von Restaurants. Als die Polizisten ihn aufgriffen, war er zuerst überrascht gewesen – denn er hatte einiges Geschick darin entwickelt, sich vor Vertretern des Gesetzes zu verstecken –, doch als die Nonnen ihm sagten, er würde sein eigenes Bett bekommen, war er zufrieden. Er zog ihre blauen Hosen, schwarzen Schuhe und das weiße T-Shirt an. Nicht einmal, als sie seine Sachen wegwarfen, weil sie – anders als er – nicht mehr gerettet werden konnten, erhob er Einspruch.

Frankie war spindeldürr gewesen, als er ankam, doch in den Jahren im Waisenhaus war er zu einem schlaksigen Teenager herangewachsen. Er hatte strahlend weiße Zähne, große Hände (was seinem Gitarrenspiel zugutekam) und tiefblaue Augen, was die Mädchen in seiner Klasse dazu veranlasste, ihm so manches nervöse Lächeln zu schenken.

Mit den Jungs war das etwas anders. Waisenhauskinder registrieren selbst die geringste Bevorzugung. Die anderen Jungs hassten Frankie, der so gut auf der Gitarre war, dass die Nonnen ihn bei den Weihnachts- und Ostergottesdiensten spielen ließen. Er durfte auch jeden Abend in der Bibliothek üben. Er war anders als sie, also verspotteten sie ihn bei jeder Gelegenheit. Besonders gern machten sie sich über seinen Akzent lustig.

»He, Nix«, sagten sie zum Beispiel. »Nix sprecken Spracke, oder?«

»He, Kokosnuss. Bist du jetzt braun oder weiß?«

»He, Gyppo. Erzähl doch noch mal von deinem Zigeunerfreund.«

Eines Nachts verteilte der große Junge namens Rafael nach seiner Geburtstagsfeier Cupcakes. Nur Frankie bekam keinen.

»In der Straße, aus der du kommst, isst man so was nicht«, flüsterte er.

»Ich will deinen Cupcake sowieso nicht«, gab Frankie zurück, »vielleicht werde ich davon ja so blöd wie du.«

In Nullkommanichts wälzten sich die beiden auf dem Boden. Die anderen Jungs feuerten sie an. Frankie rammte Rafael den Finger ins Auge. Der heulte auf. Er stieß Frankie beiseite, rannte zu seinem Bett, zog den Gitarrenkasten hervor und griff sich das Instrument. Frankie war sogleich über ihm. Sie rangen, die Gitarre wurde dabei heftig gebeutelt. Als man die Jungs endlich auseinanderbrachte, sah Frankie, dass die unterste Saite, die, die auf den Docks von Southampton blau geworden war, gerissen war. Frankie heulte vor Wut und schrie: »Ich bring dich um! Ich bring dich um!« Er stürzte sich auf Rafael, doch die anderen konnten ihn zurückhalten.

Zur Strafe mussten beide Jungs an jenem Abend auf dem Boden schlafen. Rafael in der Pfarrerwohnung, Frankie in der Küche. Frankie starrte an die Decke und fühlte eine Leere in sich, die er so nicht kannte – doch das hatte nicht etwa mit dem Kampf zu tun. Bis zu diesem Moment war ihm noch nie eine Saite gerissen. Das war ungewöhnlich, denn häufig reißen Saiten, nachdem man ein paar Monate darauf gespielt hat. Frankie hatte immer geglaubt, das läge daran, dass er so vorsichtig, ja sachte spielte, wie sein Lehrer es ihm beigebracht hatte.

»Du sollst die Saiten nicht angreifen, Francisco.«

»Nein, Maestro.«

»Umschmeichle sie.«

»Ja, Maestro.«

»Mach, dass sie nach der nächsten Note dürsten. Wie im Leben auch.«

»Im Leben, Maestro?«

»Wenn du willst, dass dir Leute zuhören, wirst sie dann attackieren?«

»Nein, Maestro.«

»Nein, das wirst du nicht tun. Du wirst dafür sorgen, dass sie die Schönheit begreifen, die du ihnen anbietest. Dann wollen sie diese auch für sich haben.«

Frankie vermisste diese Stunden. Ihm fehlte sogar, für El Maestro die Zigaretten anzuzünden und den verschütteten Wein vom Tisch zu wischen. Er liebte die Gitarre. Sie war, wie Django gesagt hatte, sein kostbarster Besitz. Die Saiten waren alles, was ihm von seinem Lehrer noch geblieben war. Und nun hatte jemand eine davon kaputtgemacht.

In jener Nacht konnte Frankie nicht schlafen. Er dachte an El Maestro. Und an Aurora York, das Mädchen im Baum. Ob sein Lehrer wohl recht gehabt hatte und sie wirklich eine Fee war? Es schien alles schon so lange zurückzuliegen. Er betete nicht oft für sich allein (da die Nonnen ohnehin ständig mit ihnen beteten), doch nun schloss er die Augen und bat Gott, ihn doch heim nach Spanien zu bringen. Er hatte Amerika satt. Er kroch unter einen langen Tisch und legte sich auf die Seite.

Ein paar Minuten später öffnete er die Augen. Er hörte ein Kratzen an der Mauer, also stellte er einen Stuhl an die Wand und kletterte zum Fenster über der Spüle. Was er draußen sah, überraschte ihn völlig. Er stieß das Fenster ganz auf, stemmte sich mit geschlossenen Augen durch die schmutzige Öffnung hindurch und ließ sich draußen auf den Boden fallen.

Was als Nächstes geschah, mag Ihnen unglaublich vorkommen. Aber ich kann nur sagen: Es ist die reine Wahrheit. Als Frankie die Augen wieder öffnete, spürte er etwas Feuchtes in seinem Gesicht. Der haarlose Hund leckte ihm die Wangen.

26

Wir sollten jetzt mal über diese Saiten reden.

Ihr wisst ja, dass sie von Carmencita stammen, Frankies schöner, schwarzhaariger Mutter.

Ihr wisst, dass sie für ihren Mann bestimmt waren, El Maestro, der in Wirklichkeit Frankies Vater war.

Ihr wisst, dass sie neun Jahre lang nicht benutzt wurden, weil sie in einem Beutel in El Maestros Schrank hingen, bis er sie Frankie gab – an dem Tag, an dem der Junge Spanien verließ.

Aber ihr wisst nicht, woher Carmencita sie hatte.

Oder von wem.

Es geschah am letzten Morgen ihres Lebens. Sie hatte unruhig geschlafen, weil das ungeborene Kind in ihr sie wach hielt. Carmencita stand im Morgengrauen auf und zog sich leise an, um ihren Mann nicht zu wecken. Sie nahm ein Tuch und ging zum Mijares-Fluss hinunter. Nebel hing über der Erde und legte einen weißen Schleier über ihre Farben. Fast hätte Carmencita die Zigeunerfamilie übersehen, die am Ufer saß. Der Mann hatte große Ohren, sein Haarwuchs war schon recht spärlich. Die Frau neben ihm schien noch älter zu sein. Hinter ihnen saß ein kleines Mädchen mit langen kastanienbraunen Zöpfen. Sie bürstete ein Pferd.

»Möge Gott mit Ihnen sein, Señora«, sagte der Mann.

Das waren in jenen Zeiten gefährliche Worte. Doch Carmencita antwortete: »Möge Gott auch mit euch sein.«

»Ihr Baby wird bald kommen«, sagte die Frau.

Carmencita legte die Hand auf den Bauch.

»Darf ich euch einen Schal anbieten?«, fragte die Frau und begann, in einer Holztruhe herumzustöbern.

»Ich habe kein Geld bei mir«, sagte Carmencita.

»Wir verkaufen diese Dinge nicht«, meinte der Mann. »Wir verschenken sie.«

»Mein Mann denkt immer an andere …«

»Wir brauchen sie nicht mehr …«

»Er ist ein Mann Gottes …«

»Aber ich bin auch Pferdehändler …«

»Sie wollen ihn töten, Señora!«

Die Frau fing an zu weinen. Carmencita ließ die Hand von ihrem Bauch sinken. So viele in ihrem Land lebten nun wie diese Leute hier. Sie flohen von einem Ende Spaniens zum anderen. Der Krieg zerstörte das Leben der Menschen. Ihr Ehemann hatte sein Augenlicht verloren. Ihr Bruder war verschwunden. Priester wurden gejagt, und Familien wie diese waren auf der Flucht. Sie fragte sich, in welche Welt ihr Baby hineingeboren wurde.

»Sie können bei uns bleiben, wenn Sie wollen«, kam es aus Carmencitas Mund.

Die Zigeuner sahen einander an.

»Wo?«

»In unserem Haus. Wir haben nicht viel Platz, aber Sie können gerne mitkommen.«

»Aber wir sind für Sie doch Fremde.«

»Sagen Sie mir Ihre Namen, dann werden Sie keine Fremden mehr sein.«

Der Mann lächelte: »Macht der Name so einen großen Unterschied?«

»Natürlich nicht«, entgegnete Carmencita. Sie wusste, dass es im Krieg manchmal besser war, nicht zu genau zu wissen, mit wem man es zu tun hatte.

»Danke, gütige Frau«, antwortete der Mann. »Aber wir würden Sie in Gefahr bringen.«

Er hielt seine Frau bei der Hand und rief seine Tochter, die den Pferdestriegel beiseitelegte.

»Wir haben Ihnen wenig zu geben für so viel Großzügigkeit. Vielleicht ein Lied?«

Das Mädchen begann zu singen, eine sanfte Zigeunerweise.

»So eine schöne Stimme«, sagte Carmencita.

»Sie mögen Musik?«, fragte der Mann.

»Mein Mann ist Gitarrist.«

»Wie ich. Zumindest früher mal. Ich habe Lieder für den Herrn gesungen. Leider ist meine Gitarre weg.«

»Man hat sie ihm weggenommen«, sagte seine Frau.

»Das tut mir leid«, meinte Carmencita betroffen.

»Ihr Mann, wird er Kindern das Gitarrespielen beibringen?«

»Er redet über nichts anderes.«

»Dann müssen Sie dies hier als Geschenk annehmen.«

Der Mann griff in die Truhe und holte einen Satz Saiten heraus, die von einem gelben Band zusammengehalten wurden. Sie schienen nagelneu zu sein, zumindest glänzten sie noch.

»Das kann ich nicht annehmen«, protestierte Carmencita.

»Für Ihre Güte.«

»Das ist doch nicht nöt…«

»Bitte. Um Kind und Vater zu verbinden. Das sind ganz besondere Saiten.« Er senkte die Stimme. »Sie haben Leben in sich.«

Seine Frau schlug ihn auf den Arm. »Er meint, sie wurden aus Seide gemacht, und die Seide kam von Würmern, die mal lebendig waren.«

Sie blitzte ihren Mann wütend an. »Hör auf, in Rätseln zu sprechen.«

Er lächelte und wiegte sich langsam vor und zurück. Als seine Frau wegging, um das Pferd zu füttern, beugte er sich zu Carmencita vor.

»Ich habe nicht von Würmern gesprochen«, flüsterte er.

Dann holte er einen Rosenkranz aus seiner Tasche. Er war aus einfachen schwarzen Perlen gemacht und trug ein kleines, schwarzes Kreuz. Carmencita sah, dass die Perlen auf eine Gitarrensaite aufgefädelt waren, die genauso aussah wie jene, die er ihr gerade gegeben hatte. Als er an beiden Enden der Saite zog, fing sie an, blau zu leuchten, in diesem ungreifbaren Blau, das im Innern der Flammen lebt.

»Le duy vas xalaven pe«, sagte er. – In der Sprache der Zigeuner bedeutet das: »Eine Hand wäscht die andere.« Was heißen soll, dass wir letztlich alle miteinander verbunden sind.

Als seine Frau zurückkam, ließ er den Rosenkranz wieder in die Tasche gleiten und richtete den Blick ausdruckslos in den weißen Himmel.

»Sie sollten jetzt gehen, Señora.«

»Sind Sie sicher, dass Sie nicht mitkommen wollen?«

»Gott wird uns schützen. Und ich bete, dass er auch Sie schützen möge.«

»Ich werde für Ihre Familie in der Basilika eine Kerze anzünden.«

»San Pascual?«

»Sie kennen die Kirche?«

Die Augen des Mannes nahmen einen abwesenden Ausdruck an.

»Wir waren mal dort. Mit unserer anderen Tochter. Seien Sie vorsichtig. Dies sind gefährliche Zeiten für Menschen, die beten.«

Carmencita sah auf die Saiten.

»Dürfte ich Ihren Namen wissen?«, fragte sie. »Selbst wenn er nicht von Belang ist?«

»Man nennt ihn El Pele«, sagte die Frau.

Mit diesem Wissen ging Carmencita davon, in den Nebel hinein. Als sie sich eine Minute später umdrehte, waren die drei verschwunden.

Auf dem Weg nach Hause steckte Carmencita die Saiten in einen kleinen Beutel. Sie wollte sie El Maestro nach der Geburt ihres Kindes schenken.

Doch an diesem Tag brach der Sturm los. Als sie an jenem Abend zur Kirche ging, um nicht nur für ihr Kind, sondern auch für die Zigeunerfamilie ein Licht anzuzünden, hatte sie die Saiten immer noch bei sich. Sie sprach ihre Gebete, als sie der Schmerz überfiel. Sie griff in die Rocktasche, doch alles, was sich darin befand, war ihr Beutel mit den Saiten. Sie ließ ihn zu Boden fallen und sollte ihn nie wieder sehen. Auch den Kerzenständer, den die Revolutionäre umwarfen, sah sie nie wieder. Die Flamme, die sie selbst entzündet hatte, trug mit dazu bei, dass das Feuer ausbrach und alles fraß, was sich ihm in den Weg stellte.

Als die Polizei von Villareal am nächsten Tag die Ruinen der Kirche durchsuchte, fand sie die verkohlten Überreste von Carmencitas Leichnam. Die Revolutionäre hatten sie für eine Nonne gehalten, weil ein Nonnenhabit ihren blutenden Körper bedeckte. Sie hatten sie grausam misshandelt. Da sie kaum zu identifizieren war, wurden ihre Gebeine in einem namenlosen Grab bestattet.

Zwei Tage später durchwühlte ein Junge die Ruinen. Er fand einen kleinen Beutel, der aus unerfindlichen Gründen das Feuer überstanden hatte. Darin lag ein Pass. Der Junge brachte den Beutel zu der Adresse, die darauf stand. Er gab ihn dem Mann, der die Tür öffnete. Einem großen, blinden Mann namens Carlos Andres Presto. Besser bekannt als El Maestro.

Dieser nahm den Beutel an sich und stolperte in seine Wohnung zurück, wo er sich auf einen Stuhl fallen ließ. Er wusste sofort, was das bedeutete, wusste, warum seine Frau nun seit drei Tagen verschwunden war. Er leerte den Beutel auf die Tischplatte und tastete alles ab. Da fanden seine Finger einen zusammengerollten Gegenstand.

»Was ist das?«, fragte er den Jungen.

»Sieht aus wie Saiten.«

»Für eine Gitarre?«

»Ja.«

El Maestro biss sich auf die Lippen.

»Lass mich allein. Sofort!«

Der Junge verschwand auf der Stelle.

Als er das Geschenk in Händen hielt, das sie ihm nicht mehr hatte übergeben können, diesen letzten Akt der Güte seiner geliebten Frau, brach El Maestro zusammen. Er weinte, bis die Nacht hereinbrach, und erhob sich nicht einmal vom Stuhl. Dann stand er auf, packte alles wieder in den Beutel und versteckte diesen im Schrank. Diese Saiten, die »Leben« in sich trugen, sollten jahrelang ungenutzt bleiben. So, wie die Geschichte der tiefen Güte einer völlig fremden Frau nicht erzählt worden war.

Wochen später kam der Mann, der El Pele hieß, einem Priester zu Hilfe, als jener von republikanischen Soldaten verprügelt wurde. El Pele wurde festgenommen, und man befahl ihm, seinen Rosenkranz herauszugeben. Als er sich weigerte, wurde er erschossen. Die Mörder sahen, wie sich sein Körper krümmte, doch sie sahen auch etwas anderes: In dem Moment, in dem der Mann starb, begann sein Rosenkranz, blau zu leuchten.

Jahrzehnte später wurde El Pele als erster Zigeuner von der katholischen Kirche heiliggesprochen. Die Menschen reden heute noch über seinen Mut, seine Demut und natürlich über seinen Rosenkranz. Niemand aber hat je von den Saiten gehört, die er verschenkt hatte. Denn diese haben ihre eigene Geschichte.

27

1969

Die Frau im Van arbeitete sich mit ihren Lippen an Frankies Hals hinauf. Er fühlte sich so schwer, dass er sich nicht bewegen konnte. Er sah auf ihren Körper hinunter, das orange Baumwoll-Top, die Jeans-Shorts, die gebräunten Beine. Und die bemalten Zehennägel, rot, schwarz, violett.

»Kein Blau«, murmelte er.

»Hmmm?«

»Du hast kein Blau.«

»Blaue Zehennägel? Du bist echt witzig.«

»Am I blue?«, sang Frankie halblaut.

»Ich weiß, wer du bist.«

»Hmmm?«

Sie küsste ihn weiter.

»Du bist dieser Sänger ...«

»Meine Frau wartet auf mich ...«

»Frankie Presto ...«

»Frühstück ...«

»Wirst du wirklich spielen?«

»Ich muss diese Eier kochen.«

»Du hast die Geschichte noch nicht zu Ende erzählt. Was ist passiert, nachdem du weggelaufen bist?«

»Ich habe Gitarre gespielt.«

»Du warst doch noch ein Kind.«

»Ich war gut.«

»Wie gut?«

»Ich habe ihr das Leben gerettet.«

»Wem?«

»Aurora.«

»Wer ist Aurora?«

Frankies Augen wurden glasig.

»Sing mir was vor …«, bat die Frau.

Aber Frankie war mit seinen Gedanken bei den blauen Saiten und Aurora York. Er fragte sich, wo er sie zurückgelassen hatte, schwanger, schlafend auf einer Decke. Er wusste, dass er zurückmusste. Schließlich wollte er sie nicht enttäuschen, nicht verantwortungslos sein, wie er es in so vielen Nächten davor gewesen war.

»Ich muss gehen …«, sagte er unvermittelt.

Er stand so schnell auf, dass die Frau hinfiel. Er schnappte sich seine Sachen und stolperte durch die Schiebetür hinaus, die ein lautes Knurren von sich gab, als er sie aufstieß. Wie ein Löwe.

»He, was soll das denn?«, schrie die Frau hinter ihm her.

28

1951

»Was soll das denn?«, schrie der Mann, nachdem er den Kofferraum geöffnet hatte. Sein Name war Hampton Belgrave, und er starrte auf den jugendlichen Frankie, der seine Arme um seinen Hund geschlungen hatte.

»Ich kann das erklären«, meinte Frankie blinzelnd.

»Mensch, ich hätte fast 'nen Herzinfarkt gekriegt.«

»Ist das hier Tennessee?«

»Ist das mein Auto?«

»Ja, Sir.«

»Dann stelle ich die Fragen!«

»Ja, Sir.«

»Wer zum Teufel bist du?«

»Frankie, Sir.«

»Frankie wer?«

»Presto, Sir.«

»Wem gehört der Hund?«

»Mir, Sir.«

»Was tust du in meinem Kofferraum?«

»Marcus Belgrave, Sir.«

»Mein Cousin Marcus?«

»Ja, Sir.«

»Der Musiker?«

»Ja, Sir.«

»Er hat dich in den Kofferraum gesteckt?«

»Nein, Sir.«

»Wieso bist du dann drin?«

»Um nach Tennessee zu kommen, Sir.«

»Warum hast du nicht den Zug genommen?«

»Kann ich mir nicht leisten.«

»Oder den Bus?«

»Kann ich mir auch nicht leisten.«

»Und da hast du dich in meinem Kofferraum versteckt?«

»Ja, Sir.«

»Mit einem verdammten Hund?«

»Verzeihung, Sir.«

»Wie lange bist du schon da drin?«

»Seit Detroit, Sir.«

»Ich habe Detroit gestern verlassen!«

»Ja, Sir.«

»Und seitdem hast du nichts gegessen?«

»Nein, Sir.«

»Oder getrunken?«

»Nein, Sir.«

»Oder gepinkelt?«

»Nein, Sir.«

»Du glaubst, das interessiert mich?«

»Nein, Sir?«

»Genau. Es interessiert mich nicht! Du bist ein blinder Passagier …«

»Nein, Sir …«

»… und willst nach Tennessee.«

»Ja, Sir …«

»Ich hoffe für dich, dass du nicht in meinen Kofferraum gepinkelt hast.«

»Nein, Sir.«

»Und der Hund auch nicht!«

»Nein, Sir.«

»Woher hast du gewusst, wohin ich fahre?«

»Sind wir denn da, Sir?«

»Ich habe nicht gesagt, wo wir sind. Aber ich habe eine Knarre im Handschuhfach …«

»Das hat Marcus mir erzählt, Sir!«

»Woher weiß Marcus davon?«

»Sie sind sein Cousin! Ihr Name ist Hampton! Und Sie haben ihm gesagt, dass Sie nach Tennessee zurückwollen!«

»Warum hätte Marcus dir so etwas sagen sollen?«

»Ich arbeite für ihn.«

»Ein weißer Junge, der für Marcus arbeitet? Jetzt mach mal halblang. Was machst du denn?«

»Ich spiele Musik.«

»Die Wahrheit bitte!«

»In seiner Band.«

»Du spielst mit Marcus?«

»Ja, Sir.«

»Aber du bist ein Kind!«

»Ich bin ungefähr 15, Sir.«

»Ungefähr?«

»Ich weiß das nicht genau, Sir.«

»Was spielst du denn?«

»Gitarre. Hier, sehen Sie, Sir.«

»Wart mal …«

»Sehen Sie?«

»Nimm mal die Mütze ab!«

»Warum …«

»Du bist der Junge! Der so schnell gespielt hat!«

»Ja, Sir.«

»Ich war dort! Ich hab's mit eigenen Augen gesehen! Du hast den Kerl mit dem Messer beinahe hypnotisiert!«

»Ja, Sir …«

»Du bist der Teufel!«

»Nein, Sir!«

»In meinem Kofferraum!«

»Bitte …«

»Der Teufel in meinem Kofferraum!«

»Nein …«

»Mit seinem Teufelshund!«

»Ich spiele nur …«

»Kein Mensch auf Erden kann so spielen …«

»Sie war in Gefahr, Sir …«

»Was willst du von mir, Teufel?«

»Ich bin nicht der Teufel!«

»Schwöre!«

»Ich schwöre!«

»Schwöre bei Jesus!«
»Ich schwöre bei Jesus!«
»Warum bist du dann hier, Junge?«
»Wo?«
»Tennessee?«
»Wir sind also da?«
»Verdammt noch mal, jetzt nimm mich nicht auf den Arm!«
»Das Mädchen, Sir.«
»Welches Mädchen?«
»Das Mädchen mit dem Mann.«
»Das Mädchen, dem er fast die Kehle aufgeschlitzt hätte?«
»Ja, Sir.«
»Was ist mit ihr?«
»Sie lebt hier.«
»Sagt wer?«
»Der Mann.«
»Der mit dem Messer?«
»Ja, Sir.«
»Na und?«
»Ich kenne sie.«
»Das Mädchen?«
»Ja, Sir.«
»Du kennst *dieses* Mädchen?«
»Ihr Name ist Aurora.«
»Aurora.«
»Glaube ich.«
»Glaubst du?«
»Es ist schon eine Weile her.«
»Wie lange?«
»Wir waren noch Kinder.«
»Lieber Gott …«
»In einem anderen Land …«
»Raus da.«
»Ehrlich, Sir?«
»Du bist nicht der Teufel.«
»Nein, Sir …«

»Nur ein verdammter Narr.«

»Nein, Sir.«

»Die schlimmste Art von Narr …«

»Nein, Sir …«

»Ein verliebter Narr nämlich.«

»Nein, Sir, ich …«

»Geh zu den Bäumen dort hinüber, pinkeln. Und nimm den verdammten Hund mit. Dann kommst du zu mir nach vorne. Wir fahren jetzt in die Stadt und besorgen dir was zu essen.«

»Danke, Sir. Vielen, vielen Dank.«

»Wofür bedankst du dich, Junge? Du hast zwei Tage lang in einem Kofferraum verbracht – für ein *Mädchen*.«

Er wieherte: »Wenn du der Teufel wärst, wärst du besser dran!«

29

1952

Hier müssen wir nun einen Auftakt einschieben (oder eine Arsis, wie man das in der Metrik nennt, wenn nämlich ein Lied oder ein Gedicht mit einem unbetonten Takt, einer unbetonten Silbe beginnt. Wie bei *happy* in »Happy Birthday to you«).

Frankie lief aus dem Waisenhaus weg, nachdem der haarlose Hund ihn gefunden hatte. In den folgenden Monaten arbeitete er im Black-Bottom-Viertel von Detroit, wo er trotz seines noch jugendlichen Alters Nacht für Nacht mit Jazzgruppen spielte – für einen Teller Essen für ihn und den Hund und eine Matratze zum Schlafen im Keller des Clubs. Dort schloss er Bekanntschaft mit dem Trompeter Marcus Belgrave, schloss sich seinem Quartett an und rettete eines Nachts das Leben eines jungen blonden Mädchens, indem er ihren Angreifer durch sein schnelles Spiel auf der Gitarre ablenkte.

Und obwohl sie natürlich viel älter aussah als damals, glaubte Frankie, in dem blonden Mädchen Aurora York wiedererkannt zu haben, das Mädchen im Baum. Von dem Mann mit dem Messer erfuhr er, dass der sie erst kurz kannte und dass sie ihm erzählt hätte, sie käme aus Nashville/Tennessee. Daher kletterte Frankie in ein Auto, das nach Süden fuhr.

Das Nächste, woran er sich erinnerte, war, dass er auf dem Sofa von Hampton Belgrave einschlief, Marcus' Cousin.

Jeder schließt sich im Leben einer Band an. Manchmal passiert das durch puren Zufall.

Sechs Monate nach dem Trip im Kofferraum bekam Frankie sein erstes Solo-Engagement. Er hoffte, dass er so Aurora finden würde: Er sang in einem Autohaus in Nashville.

Cars, cars, cars,
We've got cars, cars, cars …

Der Besitzer von Vinces Fine Cadillacs war Mr. Rutland Vines, ein kahlköpfiger Geschäftsmann mit Doppelkinn, der seine Finger gerne in seinen Hosenträgern verhakte. Er engagierte Frankie in der Hoffnung, Kunden anzulocken. Den Jungen empfohlen hatte ihm Hampton Belgrave, sein Mechaniker (der den Jungen ohne sein Wissen nach Tennessee gebracht hatte).

»Meine Cadillacs sind auch nicht anders als die Cadillacs von Shimey Motors«, sagte Rutland. »Der einzige Unterschied ist die Konsumerfahrung, die ich meinen Kunden ermögliche, kapiert?«

Frankie hat das nicht wirklich verstanden. Doch Hampton meinte, der Typ würde ihn bezahlen, und das kapierte der Junge schnell.

»Spiel so ein bisschen Kirchenmusik, Gospelsongs wie Red Foley, aber auch ein bisschen Hillbilly-Boogie wie Tennessee Ernie Ford und vielleicht noch ein wenig Honky-Tonk«, befahl Rutland. »Sorg einfach dafür, dass die Leute gut drauf sind. Verstanden?«

Frankie nickte.

»Und du musst was Richtiges anziehen. Besorg dir eine hübsche Krawatte. Und Brillantine für die Haare. Deine Haare stehen zu stark ab. Hast du gehört?«

An jenem Abend setzte sich Frankie neben das Radio, während Hampton einen Eintopf aus Schweinefleisch, Mais und Zwiebeln kochte. Die beiden wohnten nun schon seit Monaten zusammen, nachdem Hampton seinen Cousin Marcus angerufen und sich hatte versichern lassen, dass Frankie nicht der Teufel war.

Hampton war ein vierschrötiger Kerl mit einem kurzen Hals und kräftigen Ellbogen. Er liebte Kuchen, Bowlerhüte und den Blues. Er hatte immer schon davon geträumt, Musik zu machen, obwohl er sich seinen Lebensunterhalt mit dem Reparieren von Autos verdiente. Er spielte ein bisschen Mundharmonika (bei der Geburt hatte er ein wenig von meinem Talent erhascht) und legte abends Platten auf, zu denen Frankie spielte.

»Du hast verdammt gute Ohren, mein Junge«, sagte er zu Frankie. »Du hörst einmal was, und schon kannst du es nachspielen.«

An jenem Abend stellte Frankie am Radio eine Station nach der anderen ein, um sich ein kleines Country-Repertoire anzueignen. Die Musik, die die Moderatoren als Honky-Tonk oder Hillbilly ankündigten, war nicht schwer zu spielen. Drei oder vier Akkorde, Aufnahme der Basslinie und dann schrubben.

Der Gesang war schon schwerer nachzumachen, weil die Leute manche Worte seltsam in die Länge zogen, wie es im Süden der USA üblich war. Aber Frankie gefiel die Musik, weil sie Geschichten von Herzschmerz, Liebe und Trunkenheit erzählte. Außerdem war sie viel einfacher zu spielen als die zwölf Etüden von Heitor Villa-Lobos, die El Maestro ihm einst aufgegeben hatte.

»Yodel-liii-hii-ho«, sang Frankie und versuchte, den Jodelpart in einem Song namens »Chime Bells« von Elton Britt zu imitieren. »Yodel-liii-hiiiii …«

Hampton kam herein, mit einem Suppenlöffel bewaffnet, und stellte das Radio ab.

»Schluss jetzt! Du treibst mich noch in den Wahnsinn!« Er schüttelte den Kopf. »Zieh dich an, Junge. Ich nehm dich mit, damit du mal hörst, was richtige Musik ist.«

Der haarlose Hund stand auf.

»Hunde sind dort nicht erwünscht«, sagte Hampton.

Der Hund setzte sich wieder.

»Jodeln«, grummelte Hampton. »Herr, schütze dieses Haus.«

In jener Nacht schlenderten Hampton und Frankie durch die Straßen Nashvilles. Sie kamen an einem großen Gebäude vorbei, das man als Ryman Auditorium kannte. »Hier wird die *Grand Ole Opry Show* übertragen«, sagte Hampton. »Die wird im Radio gesendet, im ganzen Land. Die kann einen so richtig berühmt machen.«

»Und? Kann ich dort spielen?«, fragte Frankie.

»Ich denke mal, du könntest, wenn die Leute erst mal sehen, wie schnell du bist.«

Hampton rieb sich das Kinn.

»Würdest du das gerne?«

»Klar doch.«

»Ist gut. Vielleicht klappt es ja.«

Er marschierte mit Frankie weiter in die Printer's Alley, wo man Countrymusik in Nachtclubs spielte. Sobald sich die Türen öffneten, drang der Klang von Geigen, Gitarren und Kontrabässen heraus.

»Hast du diesen Sound jetzt intus?«, fragte Hampton.

»Können wir reingehen?«

»Du schon. Die Clubs für Farbige sind ein paar Blocks weiter oben.«

Frankie verstand nicht, was das mit der »Farbigen-Regel« auf sich hatte, aber Hampton sprach immer wieder davon. Frankie wusste nur eines: dass das unfair war. Er kam noch nicht mal aus Amerika, und er durfte sich an Orten aufhalten, die Hampton verboten waren.

»Dann gehen wir in die anderen Clubs«, meinte Frankie gelassen.

Hampton lächelte. »Okay, Junge. Aber die Musik, die du dort hörst, kannst du nicht vor den Autokäufern spielen. Sonst wirft Rutland dich gleich raus.«

In jener Nacht nahm Hampton Frankie mit in die Jefferson Street, an Orte mit Namen wie Club Baron, Del Morocco, Maceo's, Sugar Hill und Pee Wee's. Bei der Musik, die er dort hörte, wuchsen dem Jungen fast die Ohren aus dem Kopf. Dort brummten die Bässe, fauchten die Gitarren, die Stimmen grölten, und die Finger der Klavierspieler schienen gleichzeitig zu laufen und zu gehen. Man lachte und weinte. Die Menschen erhoben sich von ihren Sitzen, schwangen die Hüften und riefen: »Go, go, go!« Frankie fand es wunderbar. Es fühlte sich an, als stünden Musik und Menschen gemeinsam auf der Bühne. Selbst Hampton mit seinem Bowlerhut stand auf und tanzte eine Weile vor sich hin. Als er zurückkam, schwitzte er und fächelte sich mit der Hand Luft zu.

»Hampton, wer ist denn der Junge da?«, fragte ein Mann, der einen Drink in der Hand hielt. »Oder hast du dir auf die Schnelle einen weißen Sohn zugelegt?«

Hampton lachte. »Petey, der Junge spielt besser Gitarre als die meisten Jungs in dieser Stadt. Ich will ihn managen, ihn in die Opry bringen.«

»Ihn managen?«

»Ja, genau.«

»Du bist Automechaniker.«

»Im Moment noch.«

»Du kennst dich mit Musik aus?«

»Ich weiß genug.«

»Und wann fängst du an, ihn zu managen?«

»Wenn er gefunden hat, was er sucht.«

»Und was sucht er?«

»Was suchen denn Jungs in seinem Alter so?«

Plötzlich brachen alle in schallendes Gelächter aus. Und Frankie wurde rot.

Natürlich hatte Frankie nicht vergessen, warum er nach Nashville gekommen war: um Aurora York zu finden. Er war sich sicher, dass sie das Mädchen in jenem Nachtclub in Detroit gewesen war. Aber er hatte keinen blassen Dunst gehabt, wie groß Nashville war. Die Welt wurde für Frankie immer größer und größer, und es wurde immer schwerer, darin Menschen zu finden.

Jeden einzelnen Wochentag ging er morgens in den geschäftigen Straßen im Zentrum auf und ab. Er ging in die Läden hinein und fragte nach einem Mädchen namens Aurora. Die meisten wollten wissen, ob er ein Foto von ihr hätte.

»Nein«, sagte er dann, »aber sie redet komisch. Mit britischem Akzent.«

»Junge, du redest auch komisch«, hieß es dann gewöhnlich. Und niemand konnte sich an ein solches Mädchen erinnern.

Als er die Geschäfte durchhatte, fing er an, an den Haustüren zu klingeln. Er fragte Mütter und alte Damen, ob sie ein blondes Mädchen seines Alters gesehen hätten.

Er nahm den Job bei dem Cadillac-Händler an und erzählte jedem dort, er komme aus Spanien. Vielleicht würde Aurora ja mal von ihm hören. Ein Gitarrist aus Spanien würde sie sicher neugierig machen.

Als es wärmer wurde, bemerkte Frankie, dass viele junge Leute in Cabrios zu Vergnügungsparks oder an die Seen fuhren. Allmählich begann er, sich einsam zu fühlen. Hampton war nett, aber er war alt. Seine Kinder waren in der ganzen Welt verstreut, und seine Frau war tot. Auch bei der Arbeit redete niemand wirklich mit Frankie. Nur der haarlose Hund schenkte ihm Hoffnung auf bessere Tage. Frankie spielte ständig mit dem Tier, rollte sich mit ihm über den Boden und kraulte es hinter den Ohren.

War er jedoch wirklich traurig, griff er zu seiner Gitarre. Stunde um Stunde. Tag um Tag. Er übte, übte und übte wieder. Allmählich ging ihm der Blues, der in den Clubs an der Jefferson Street gespielt wurde, in Fleisch und Blut über.

Für meine Schüler ist die Landkarte immer einfach zu lesen. Alle einsamen Straßen führen zurück zur Musik. Ich hülle sie in meine Umarmung. Ich vergebe ihnen. Ich werde sie nie verlassen.

Können Menschen von sich dasselbe behaupten?

Eines Tages stand Frankie vor dem Autohaus und sang einen Gospelsong, den Rutland besonders liebte: »By and By«.

Temptations, hidden snares
Often take us unawares,
And our hearts are made to bleed
For a thoughless word or deed;
And we wonder why the test
When we try to do our best,
But we'll understand it better by and by.

(Versuchungen und geheime Fallstricke
erwischen uns oft, wenn wir nicht auf der Hut sind,
und unser Herz weint bitterlich
ob unserer gedankenlosen Worte und Taten.
Dann fragen wir uns, warum prüft man uns,
wo wir doch unser Bestes tun.
Doch mit der Zeit verstehen wir es dann.)

Ein Auto fuhr heran, und ein großer, dünner Mann mit Cowboyhut stieg aus. Er nahm einen Schluck aus einem Flachmann und wischte sich den Mund mit dem Handrücken ab. Frankie fielen sofort seine Ohren auf, die auf beiden Seiten abstanden, und die dünne Linie seiner Lippen, die einen geraden Strich zwischen den beiden Wangen bildete.

Der Mann stützte sich auf der Motorhaube des Wagens ab und bewegte zu Frankies Song den Kopf hin und her.

»Kommst du jetzt?«, fragte der Fahrer.

»Geh mal rein und schau, was sie so haben«, antwortete der Mann. »Ich hör mir noch ein bisschen die Musik an.«

Also ging der Fahrer hinein, um mit Rutland zu sprechen. Frankie beendete den Song. Der große Mann klatschte.

»Das ist ja ein seltsamer Job: Musik machen vor einem Autohaus.«

»Ja, Sir.«

»Darf man sich auch was wünschen?«

Frankie sah sich um. Es waren keine anderen Kunden da.

»Gern, Sir. Wenn ich den Song kenne.«

»Spiel mir das traurigste Lied, das du kennst.«

Frankie zögerte. Es war heiß, der Schweiß rann ihm die Schläfen hinab.

»Warum wollen Sie ein trauriges Lied hören?«

Der Typ nahm noch einen Schluck aus dem Flachmann. »Sie sind wahrhaftiger als die glücklichen Songs, findest du nicht?«

»Glückliche Songs können auch wahrhaftig sein, wenn man glücklich ist.«

Der Mann schnaubte lachend. »Wo kommst du denn her, Sohn?«

»Aus Spanien«, antwortete er und dachte an Aurora. Er sah sich um, ob Rutland in der Nähe war. »Das ist ein trauriges Lied aus dem Land, aus dem ich komme.«

Und er spielte »Lágrima«, die Komposition seines Namensvetters Francisco Tárrega. Das Lied, das ihm seine Mutter vorgesungen hatte, das er Segovia hatte spielen hören, das Tárrega aus Heimweh selbst geschrieben hatte. Das Lied, dessen Titel übersetzt »Träne« heißt.

Der große Fremde hörte aufmerksam zu, den Blick auf den Asphalt gerichtet, als starre er in ein großes Loch.

Als Frankie aufgehört hatte, kratzte er sich an der Stirn. »Nun, Sohn, das war gut, wirklich gut.« Er blickte auf. »Du weißt, dass du viel zu gut bist, um hier zu arbeiten, oder?«

»Bitte sagen Sie Mr. Rutland nicht, dass ich das gespielt habe«, bat Frankie flehentlich.

Der große Mann lächelte schief. »Keine Angst, dein Geheimnis ist bei mir sicher.« Er näherte sich Frankie. »Darf ich mir mal die Gitarre ansehen?«

Frankie schielte in den Verkaufsraum hinein.

»Es ist schon in Ordnung, Sohn«, sagte der Mann. »Dein Boss hat nichts dagegen.«

Frankie reichte ihm die Gitarre.

»Ein robustes Instrument«, sagte der Mann, nachdem er sie in Augenschein genommen hatte.

»Ja, Sir.«

»Gutes Holz. Starker Hals. Allerdings ist das Siegel überklebt. Wie kommt das?«

»Ich weiß nicht, ich habe sie so bekommen.«

Der Mann zuckte mit den Schultern. »Na gut. Das hier ist das traurigste Lied, das ich kenne.«

Und er sang einen Song mit dem Titel »I'm So Lonesome I Could Cry«. Darin ging es um das Pfeifen eines Zugs, um lange Nächte und weinende Vögel. Und um den Mond, der sich hinter einer Wolke verbirgt. Jede Strophe endete damit, dass der Sänger seine Einsamkeit beklagt. Am Ende war Frankie so weit, dass er weinen musste.

»Wie findest du's?«, fragte der Mann, nachdem der letzte Ton verklungen war.

»Haben Sie das geschrieben?«

»Ja, davon kannst du ausgehen.«

»Es ist traurig.«

»Hab ich ja gesagt.«

»Für wen haben Sie's geschrieben?«

»Für meine Frau. Aber sie ist nicht mehr mit mir verheiratet.« Er hustete. »Hast du ein Mädel?«

»Ich warte auf sie.«

»Hier?«

»Ja.«

»Da musst du vielleicht ganz schön lange warten.«

»Sie singen wirklich gut.«

Der Mann lachte gackernd. »Junge, du weißt wirklich nicht, wer ich bin, oder?«

»Nein, Sir. Wer sind Sie?«

Der Mann richtete seinen Blick auf den Verkaufsraum und winkte seinem Freund zu. Dann sah er Frankie an und grinste.

»Luke«, sagte er und hielt ihm die Hand hin. »Luke the Drifter steht auf meinen Platten.«

»Sie machen Platten?«

»Manchmal.«

Frankie schüttelte ihm die Hand. »Ich bin Frankie Presto.«

»Hilfst du mir, einen Wagen auszusuchen, Frankie Presto?«

Plötzlich kam Rutland aus dem Laden geschossen. Sein Lächeln war breiter, als Frankie es je gesehen hatte. Er sah aus wie ein Kind, dachte Frankie, als er auf seinen kurzen, dicken Beinen auf sie zuwackelte.

»Ho-leee!«, rief er aus und packte den Mann bei der Hand. »Ich kann es nicht glauben! Mr. Williams, es ist mir eine Ehre! Ich meine, ich bin ein Fan – ein begeisterter Fan Ihrer Musik. Sie sind der größte Künstler unserer Zeit! Ja, Sir! Lieber Himmel! Lieber Himmel! Hank Williams!«

Der große Mann drehte sich zu Frankie um und zwinkerte ihm zu.

»Ich bin außer mir – geehrt – ich habe das schon gesagt, nicht wahr? Aber es ist wahr«, blubberte Rutland weiter. »Ich fühle mich geehrt, Ihnen einen Wagen verkaufen zu dürfen, Sir! Einen Cadillac natürlich! Den besten, den wir haben!«

Der Mann schob seinen Hut in den Nacken. »Was haben Sie denn so in Blau?«

Bald schlenderten sie durch die Reihen der Autos. Rutland redete und redete. Er fragte nach diesem Song und nach jenem, nach »Hey, Good Lookin'« und »Move it On Over«, nach »Cold, Cold Heart« und »I Saw the Light«. Rutland meinte, das letzte Lied hätten sie versucht, im Kirchenchor zu singen.

»Eine wunderbare Weise, Hank, so voll vom Geist!«

Der Mann mit dem Cowboyhut ließ seine Hand nachlässig über die Motorhaube jedes Wagens gleiten, bis er zu einem babyblauen Modell kam. Dort hielt er inne.

»Wow, sieh mal an, der sieht ja gut aus«, sagte er.

»Das könnte der Richtige sein«, meinte sein Kumpel.

»Etwas Besseres finden Sie nicht, Hank«, meinte Rutland eilig.

»Was denkst du, Frankie Presto?«, fragte der Mann.

Frankie spürte, wie alle ihn ansahen. Er schob seine Gitarre auf den Rücken und legte seine Hand auf die Motorhaube. Da fühlte er etwas Kaltes, Erschreckendes, und zog schnell die Hand zurück.

»Was ist los, Kleiner?«, fragte Luke – oder Hank – den Jungen.

»Nehmen Sie den Wagen nicht«, murmelte Frankie.

»Was meinst du damit?«

»Nehmen Sie diesen Wagen nicht. Der hat etwas Unheimliches an sich.«

»Guter Gott, was weiß der denn! Er ist doch nur ein dummer Teenager«, sagte Rutland und schoss Frankie einen erbosten Blick zu. »Außerdem ist heute sein letzter Tag. Also geh zurück auf deinen Posten, Junge.« Er zwang sich zu einem Lächeln. »Tut mir leid, Hank. Ich bin sicher, wir können Ihnen einen sehr guten Preis machen. Das ist ein toller Wagen. Ein Cadillac. Nur das Beste!«

Der Mann im Cowboyhut zuckte mit den Schultern. Frankie ging schweren Schrittes weg, die Gitarre über der Schulter.

Eine Stunde später hatten sie den Papierkram erledigt, und die beiden Männer traten wieder aus dem Büro und gingen auf ihren Wagen zu. Frankie stand allein in der Sonne, klimperte auf der Gitarre vor sich hin und versuchte, nicht in Tränen auszubrechen. Er wollte diesen Job nicht verlieren. Wie sonst sollte er je Aurora finden?

»Wir fahren jetzt, Frankie Presto«, sagte der Mann.

»Haben Sie diesen Wagen gekauft?«

»Ja.«

Frankie blickte zu Boden.

»Es ist nur ein Auto. Dein Boss hat uns einen guten Preis gemacht. Und das findet man heute selten. Ich brauche das Geld vielleicht nicht, aber die Leute, denen ich was schulde, schon.«

Der Mann lachte über seinen eigenen Witz. Frankie sagte nichts. Der Mann griff in die Tasche und holte eine kleine Flasche mit Tabletten heraus. Er schluckte eine mit der Flüssigkeit aus dem Flachmann. Dann ließ er sich wieder auf den Beifahrersitz sinken, schloss die Tür und legte lässig den Arm im Fenster ab.

»Mister?«, sagte Frankie.

»Ja?«

»Wer sind Sie eigentlich wirklich?«

Der Mann kratzte sich an der Nase. »Wenn du von der Musik leben willst, mein Junge, musst du viele verschiedene Menschen sein. Und einige davon wirst du lieber mögen als andere.«

Er deutete mit dem Kopf auf das Büro. »Geh nicht weg, ohne dir den Umschlag zu holen, den dein Boss für dich hat.«

Damit rollte der Wagen aus der Einfahrt, wobei ein schwarzes Wölkchen aus dem Auspuff entwich. Mit einem Mal war es unglaublich still. Die Sonne brannte mit voller Wucht vom wolkenlosen Himmel herunter. Frankie spielte noch ein bisschen. Als es 18 Uhr wurde, trat er ins Rutlands Büro, der ihm, offensichtlich immer noch erbost, einen Umschlag aushändigte und meinte, er brauche nicht mehr wiederzukommen.

»Ich sollte dir das eigentlich gar nicht geben«, sagte er, »du hättest mich fast um den Deal gebracht. Es wird Zeit, dass du mal ein bisschen Respekt lernst, wenn du irgendwo arbeiten willst.«

Auf dem Weg zu Hamptons Haus blieb Frankie plötzlich stehen und ließ sich auf die Bordsteinkante fallen. Ihm war übel. Er hatte Angst vor dem, was Hampton dazu sagen würde, dass er seinen Job verloren hatte. Er hätte nie mit Hank oder Luke sprechen sollen.

Dann machte er den Umschlag auf, und sein Kinnladen klappte nach unten. In dem Kuvert steckten 107 Dollar, die Verkaufsprovision für den Cadillac. Hank Williams hatte darauf bestanden, dass Frankie sie bekommen sollte und niemand sonst. Das war mehr Geld, als Frankie je im Leben gesehen hatte, mehr, als er in einem halben Jahr im Autohaus verdient hätte.

Und dazu fand er noch einen Text, schnell auf einem Stück Papier hingeworfen:

Sunflowers waiting for the sunshine.
Violets just waiting for dew.
Bees just waiting for honey,
and honey, I'm just waiting for you.

(Sonnenblumen warten auf die Sonne.
Veilchen auf den Tau.
Bienen warten auf den Honig,
und ich, Honey, warte auf dich.)

Darunter stand: »Viel Glück beim Warten auf Dein Mädchen.« Unterzeichnet: »Hank Williams.«

Sechs Monate später, im Jahr 1953, starb Hank Williams auf dem Rücksitz des babyblauen Cadillacs an einer Überdosis Morphium. Der Fahrer, der Hank zu einer Vorstellung bringen sollte, fuhr mit dem Wagen zur Tankstelle. Dort entdeckte er den Sänger, der kalt und steif unter einer Decke lag. Da war er erst 29 Jahre alt.

Was Frankie fühlte, als er die Hand auf die Wagenhaube legte, war das, was ich vorhergesehen hatte und was Frankie ihm vermitteln sollte: dass der Tod nahe war, dass der Sänger sich besinnen sollte, einen Gang herunterzuschalten, mit dem Trinken und den Drogen aufzuhören. Finden Sie, ich hätte mich nicht einmischen sollen? Warum? Ich habe doch gesagt, dass ich meine Schützlinge liebe. Ich habe gesagt, dass meine traurigsten Besuche jene sind, die viel zu früh kommen. Ich habe gesagt, dass ich jede Zukunft sehe. Soll ich dieses Wissen nicht hin und wieder weitergeben? Soll ich denn immer tatenlos danebenstehen und zusehen, wie die Musik in euch Menschen verklingt?

30

1969

Mittlerweile war es dunkel, und Frankie stolperte durch die Menschenmassen in Woodstock, bis er den VW-Bus der Frau nicht mehr sehen konnte. Es hatte angefangen zu regnen, er rutschte mehr, als er ging. Dann rückte er die Gitarre auf dem Rücken zurecht. *Die Bühne. Er musste auf die Bühne*. Wo war sie denn nur? Wie hatte er sich bloß so verlaufen können? Er hörte lautes Gelächter und drehte sich um: Eine Gruppe junger Leute schlitterte einen Hügel hinab in einen Schlammtümpel. Sobald sie im Dreck lagen, konnten sie sich nicht mehr halten vor Lachen.

»Ich bin der Schlammkönig!«, rief einer der jungen Männer.

Frankie ging weiter. Vorbei an einem Mann, der Sandwiches mit Fleischwurst verteilte. Die nächste Gruppe hielt einen Krug mit Wasser für alle Durstigen bereit. Stechmücken umschwirrten seinen Kopf. Er schlug mit dem Eierkarton nach ihnen. Schwankend tastete er sich durch diese seltsame Welt, kam an improvisierten Zelten vorbei, an endlosen Reihen von Schlafsäcken, an einer nackten Mutter, die ihre beiden Kinder in einem Teich wusch.

Er sah eine Menschenschlange und stellte sich, weil er immer noch benommen war, hinten an. Vielleicht konnte ihm ja einer von denen da vorn weiterhelfen.

»Wen willst du anrufen, Bruder?«

»Hä?«

Ein Mann mit sommersprossigem Gesicht grinste zu ihm hin. Er hatte kein T-Shirt an, und Frankie starrte auf die dicht behaarte Brust. Der Gürtel, der seine Jeans hielt, war unter seiner Speckschwarte kaum zu sehen.

»Das hier ist eine Telefonschlange, Mann. Wen willst du denn anrufen?«

»Eine Telefonschlange?«

»Ja. Man lässt uns kostenlos telefonieren. Ich muss meine alten Damen anrufen. Ich hätte schon *gestern* wieder zu Hause sein sollen.«

Frankie fühlte plötzlich die Schweißperlen auf seinem Gesicht. Er schob den Kiefer hin und her. Was immer in der grünen Pille drin gewesen sein mochte, es wirkte. Seine Knochen schienen ganz losgelöst voneinander.

»Willst du auch heim, Bruder?«

»Zur Bühne.«

»Du spielst?«

»Mhmm.«

»Das ist noch ziemlich weit. Echt ziemlich weit!«

Der Mann kniff die Augen zusammen. Frankie auch.

»He, Bruder?«

»Ja?«

Er deutete über Frankies Schulter.

»Zur Bühne geht's in die Richtung.«

31

1953

»Die Bühne ist gleich hinter dieser Tür«, flüsterte Hampton.

Frankie nickte.

»Du gehst jetzt einfach da rein und machst Musik. Sie können dich nicht ablehnen, so schnell, wie du spielst.«

Es war ein heißer Tag, ein flotter 2/4-Takt vielleicht, das Tempo könnte man als *vivace* bezeichnen – lebhaft, aber trotzdem *sostenuto*, getragen. Hampton und Frankie standen vor der *Grand Ole Opry* und warteten auf das Vorspielen. Frankie war jetzt 17 und hatte viel von der Countrymusik gelernt, seit er in Nashville war. Er war fünf Zentimeter größer als bei seiner Ankunft und wirkte nun weniger wie ein Knabe, sondern mehr wie ein junger Mann.

Hampton sagte: »Ich nehme mal an, du bist bereit für eine der größten Bühnen des Landes!«

Er hatte Frankie für das Vorspielen neue Sachen besorgt: einen grauen Cowboyhut und ein weißes Sakko mit Spitzenbesatz am Revers. Dafür hat Hampton gut einen Wochenlohn investiert. Dazu sollte ich vielleicht noch sagen, dass Hampton Frankie gefragt hatte, ob er ihn managen dürfe, und Frankie, der nicht recht verstand, was das heißen sollte, hatte einfach Ja gesagt. Er mochte Hampton. Und da er ihm zu essen gab und ihn sein Radio benutzen ließ, konnte Frankie schlecht ablehnen.

»Spiel einfach so, wie du in Detroit gespielt hast. Dann können die gar nicht Nein sagen.«

»Okay.«

»Du bist der Schnellste, den ich je gesehen habe.«

»Okay.«

Hampton schien nervös. Eine Stunde verging. Frankie wollte schon klopfen, aber Hampton weigerte sich. »Wir wollen nicht drängeln. Die holen uns schon.«

Schließlich, als die Sonne schon zu sinken begann, kam ein Mann im Anzug aus der Vordertür. Frankie lief hin und fragte, ob man sie nicht bald holen würde.

»Zum Vorspielen müssen Sie am Südeingang warten«, sagte der Mann. »Gleich um die Ecke. Aber jetzt sind alle weg. Kommen Sie nächste Woche wieder.«

Frankie warf Hampton einen fragenden Blick zu, dem klappte der Kinnladen nach unten. Frankie wandte sich nochmals an den Mann im Anzug.

»Sir … können Sie mir vielleicht etwas geben, woraus hervorgeht, dass wir hier waren? Fürs nächste Mal? Damit wir gleich als Erste drankommen?«

Der Mann sah ihn von oben bis unten an und grinste. Dann fasste er in die Tasche und holte eine Visitenkarte heraus.

»Das ist alles, was ich habe, junger Mann.«

Mit der Bemerkung ging der Mann weg. Hampton fluchte und schüttelte den Kopf. *Die falsche Tür?*

»Das ist schon okay, Hampton«, meinte Frankie. »Wir können es nächste Woche noch mal versuchen.«

Aber der alte Mann schimpfte weiter vor sich hin, so wütend war er über seinen Fehler. Er schwitzte stark. Auf dem Weg nach Hause schlug er immer wieder mit der Hand gegen das Lenkrad. Dann, als er an einer der Ampeln rechts abgebogen war, griff er plötzlich nach Frankies Arm und kippte ohne ein Wort gegen die Tür.

»Hampton!«, schrie Frankie und griff ins Lenkrad. »Was ist denn los? Hampton! He!« Er schob sein Bein über Hamptons Oberschenkel, um mit dem Fuß an die Bremse zu kommen. Mit quietschenden Reifen kam der Wagen zum Stehen.

»Oh nein, nein, nein, nein, nein«, bettelte Frankie. Er öffnete Hamptons Kragen. Seine Augen waren verdreht. Er stöhnte. Frankie rief aus dem Fenster: »Hilfe! Wo ist das nächste Krankenhaus?«

Minuten später zerrte er Hampton durch eine Doppeltür. Er hatte seine Hände vor Hamptons Brust verschränkt. »Es wird alles gut! Alles wird gut!«, murmelte er dem alten Mann zu, doch kaum war er im Krankenhaus, schrie er wieder: »Hilfe!«

Eine Krankenschwester lief herbei, als ein Arzt mit kurzen blonden Haaren ihr den Weg versperrte.

»Halt!«, sagte er. »Sie müssen ihn in das Krankenhaus für Farbige bringen.«

»Bitte!«, rief Frankie.

Der Arzt schüttelte den Kopf. »Das Krankenhaus für Farbige wird sich seiner annehmen.«

»Aber er ist schwer krank!«

»Dann beeilst du dich besser.«

Frankies Atem ging schneller. Seine Augen verengten sich. Etwas in ihm ging entzwei. Vielleicht wegen Baffa oder El Maestro oder seiner Mutter, vielleicht weil ihm im Laufe seines Lebens schon so viele kostbare Dinge genommen worden waren – aber in diesem Moment spürte Frankie plötzlich eine ungeheure Kraft in sich. Zwischen seinen Ohren schien ein Glissando zu toben, von einem Ende des Keyboards zum anderen. Er würde Hampton nicht auch noch verlieren.

»Hören Sie mal zu«, fauchte er und baute sich zu seiner vollen Größe auf. »Ich komme gerade aus der *Grand Ole Opry*. Und er auch. Er ist dort ein wichtiger Mann.«

Der Arzt verzog den Mund. »Sie kommen von der *Opry?*«

Frankie zog die Visitenkarte aus der Tasche und rammte sie dem Arzt in die Hand.

»Das ist richtig. Ich werde am Samstag dort spielen. Ich werde Ihnen vier kostenlose Eintrittskarten in der ersten Reihe besorgen, wenn Sie sich jetzt um diesen Mann kümmern.«

Frankie fand, er höre sich an wie ein Fremder. Er wusste selbst nicht, woher er diese Worte genommen hatte.

Der Arzt sog scharf die Luft durch die Nase ein und las die Karte. Sie gehörte einem Event Manager.

»Sie spielen wirklich in der *Opry?*«

»Werfen Sie mal einen Blick auf meine Sachen«, sagte Frankie.

Der Arzt schürzte abschätzig die Lippen. Dann nickte er der Krankenschwester zu.

»Nach hinten«, sagte er.

Einige Stunden später saß Frankie neben einem Bett und klimperte auf der Gitarre herum. Die Bluesskala schien sich ganz von selbst einzuschleichen.

»Spiel weiter, Junge. Das beruhigt mich.«

Hampton Belgrave hatte mit 77 Jahren einen Herzanfall erlitten, doch da er so schnell ärztliche Hilfe bekam, hatte er ihn überlebt.

»Du hast dem Arzt echt Eintrittskarten versprochen?«, flüsterte Hampton.

Frankie nickte.

»Für eine Show, bei der du spielst?«

»Ja.«

Hampton lächelte und schüttelte den Kopf.

»Du bist viel schlauer als damals, als ich dich in meinem Kofferraum gefunden habe.«

Frankie spielte einen Akkord. Hampton war gerührt.

»Ich weiß nicht, was mit mir passiert wäre.«

»Du kommst schon wieder auf die Beine, Hampton.«

»Dank dir.«

»Nee.«

»Ich werde jetzt ein bisschen schlafen. Und vielleicht ein Gebet sprechen.«

Der alte Mechaniker schloss die Augen, daher sah er nicht, was als Nächstes geschah: Die H-Saite auf Frankies Gitarre nahm urplötzlich einen tiefblauen Farbton an, wie er sich sonst nur im Herzen einer Flamme zeigt. Frankie starrte seine Gitarre an. Es lief ihm kalt über den Rücken. Sie haben sich schon gefragt, in welchen Momenten im Leben meines Schützlings das immer passierte? Nun, es geschah nur in entscheidenden Momenten, und dies war einer von ihnen:

In der Stille des Krankenzimmers, zwischen den Atemzügen eines alten Mannes, begriff Frankie Presto schließlich, dass er mit diesen Saiten das Leben in seinen Händen hielt.

Zwei Wochen später und acht Pfund leichter wurde Hampton nach Hause entlassen. Er setzte sich mit Frankie an den Küchentisch und sagte ihm, dass es offensichtlich zu viel für ihn sei, einen Musiker zu managen. Und dass er sich jemanden suchen solle, »der einen besseren Kopf für solche Sachen hat«.

Frankie war traurig. Er mochte Hampton, und er hätte die *Grand Ole Opry* wirklich gern von innen gesehen. Doch die Wahrheit war, dass er Cowboyklamotten nicht besonders mochte. Und er fand auch Aurora York nicht in Nashville, obwohl er deswegen hergekommen war. Die beste Spur von ihr hatte er vermutlich in der Abteilung für Beauty und Make-up in Harveys Departement Store gefunden, als eine Frau in mittleren Jahren meinte, sie erinnere sich an ein junges blondes Mädchen mit britischem Akzent, das ihr erzählt habe, sie wolle jetzt nach New Orleans ziehen.

Das war nicht viel. Aber immerhin etwas.

Und so nahm Frankie, ein paar Monate nach dem Vorfall an der *Opry*, 20 Dollar aus dem Umschlag von Hank Williams und versteckte den Rest in Hamptons Schublade. Schließlich wollte er ihm danken, dass er sich um ihn gekümmert hatte. Dann setzte er seine Sonnenbrille auf, umarmte den alten Mann und ging davon – mit seiner Gitarre, seinem Koffer und dem haarlosen Hund. Zum Bahnhof für die Greyhound-Busse. Dort kaufte er ein Ticket für eine einfache Fahrt nach New Orleans.

Als er an Bord ging, meinte der Fahrer: »Hunde sind nicht erlaubt. Außer Sie sind blind.« Doch Frankie schaltete schnell und gab zurück: »Warum glauben Sie, trage ich die Brille?« Und so ließ man ihn mit seinem Hund einsteigen. Der Bus fuhr los. Eine alte Frau, die neben ihm saß, klopfte ihm sachte auf den Arm und steckte ihm einen Zehn-Dollar-Schein zu. »Möge Gott Ihnen mit Ihrem Leiden helfen!«, sagte sie.

Frankie dankte der Dame. Er hörte den Hund winseln. Und fragte sich, warum der Name Gottes immer in den ungewöhnlichsten Momenten seines Lebens fiel.

32

1954

Dieser Hund. Frankie war nun 18 Jahre alt, was bedeutete, dass sein vierbeiniger Kumpel noch älter war. Bei Hunden ist das selten. Doch dies war kein gewöhnlicher Hund, und seine Lebensspanne bemaß sich ganz offensichtlich nach Bedarf, nicht nach Jahren. Der Hund war da, um Frankie aus dem Fluss zu ziehen. Er war da, um die Soldaten an der Sardinenfabrik abzulenken. Er war da, um Frankie Gesellschaft zu leisten, als Baffa verhaftet wurde. Und irgendwie hat er es auch nach Detroit geschafft, wo er vor dem Waisenhaus auf Frankie wartete, als dieser dringend einen Freund brauchte.

In New Orleans wiederum wartete er nächtelang in Hotelzimmern auf ihn, während Frankie Geld verdiente, indem er mit Doo-Wop-Gruppen und Jazzquartetten spielte. Tagsüber folgte der Hund Frankie durch die Straßen und wartete vor Läden, in denen Frankie nach Aurora fragte. Immer wenn mein Schützling enttäuscht zurückkam, weil er nichts Neues erfahren hatte, stand der Hund auf und begleitete ihn hechelnd zum nächsten Laden.

Doch als sich das Jahr 1954 seinem Ende zuneigte, merkte Frankie allmählich, dass sein Gefährte langsamer wurde. Er brauchte länger, um ihm durch die Straßen zu folgen, sprang auch nicht mehr so munter durchs hohe Gras unter der Huey P. Long Bridge, die den Mississippi überspannte. Frankie übte täglich unter dieser Brücke, während über seinem Kopf die Züge hinwegdonnerten. Er war mittlerweile ein geschickter Rhythm-and-Blues-Interpret und schrummte fleißig zum Beat der Räder, die ihren Rhythmus von den Gleisen diktiert bekamen. Der haarlose Hund warf stets einen verständnislosen Blick auf die Quelle dieses Lärms.

»Chuckutty, chuckutty«, sang Frankie.

Doch in letzter Zeit hob der Hund seinen Kopf nicht mehr von den Pfoten, ganz egal, was Frankie spielte. Nicht einmal, wenn er den jungen Elvis Presley und seinen neuen Song »That's All Right (Mama)« imitierte.

»Du bist aber sehr kritisch«, sagte Frankie.

Der Hund nieste.

»Was möchtest du denn hören?«

Der Hund blinzelte und sah Frankie direkt in die Augen.

»Hmmm? Etwas Langsames, Hübsches?«

Frankie lehnte sich an einen Baum und begann, in einer 2-5-Folge zu zupfen. Die Luft war warm, und die Sonne versteckte sich hinter einer einzelnen weißen Wolke. Frankies Erinnerung schweifte zurück. Bevor es ihm bewusst wurde, spielte er »Maalaala Mo Kaya«, das Lied, mit dem er einst in Spanien die Toten geehrt hatte. Frankie hatte dieses Stück schon seit Jahren nicht mehr gespielt, daher war er selbst erstaunt, wie leicht es ihm jetzt fiel. Die einfache Melodie war beruhigend. Der haarlose Hund gähnte laut.

Als Frankie zu Ende gespielt hatte, kam das Tier auf ihn zu, und Frankie kraulte es an den Ohren. Der Hund leckte ihm die Finger ab.

»Danke«, sagte Frankie lachend. »Jetzt hab ich total klebrige Finger.«

Der Hund wandte sich ab und marschierte stracks zum Flussufer. Die schlammige Strömung dort war ziemlich schnell.

»He, vorsichtig«, rief Frankie und wollte ihm nach. Doch zum ersten Mal in seinem Leben drehte sich der Hund um und knurrte ihn an. Erschrocken wich Frankie zurück.

Es gibt Songs, die muss man noch mal spielen, und andere, die bekommt man nie richtig hin. Aber wenn ein Song zu Ende ist, dann kann man einfach nichts mehr tun.

Der haarlose Hund sprang ins Wasser und paddelte davon.

Frankie sah ihm machtlos zu. Er wusste, dass er ihm nicht folgen durfte, selbst als er sich als letztes Mitglied seines ursprünglichen Trios vom Mississippi forttragen ließ.

Einen Augenblick später vernahm er ein Rascheln hinter sich im Gras. Er drehte den Kopf und blinzelte in die Sonne. Über ihm zeichnete sich ein lächelndes Gesicht ab.

»Ich habe gehört, du suchst nach mir«, sagte Aurora York.

Teil III

Cecile (York) Peterson

Schwester von Aurora York. Emeritierte Mathematikerin der London School of Economics.

Unser Vater war ein Spion. So sind wir nach Spanien gekommen, meine Liebe. Er war im Zweiten Weltkrieg als Spion tätig, und er dachte, dass wir in Spanien sicherer seien als in England. Und wenn man an den Blitzkrieg denkt, hatte er vermutlich recht. Vater arbeitete für den britischen Geheimdienst an der Operation Fortitude. Die ist berühmt. Sie sollte die Aufmerksamkeit der Deutschen von der Normandie ablenken und sie glauben machen, die Alliierten planten irgendwo anders die große Invasion … Oh ja, meine Liebe. Darüber wurden ganze Bücher geschrieben. Sie können's ja mal nachschlagen.

Vater arbeitete mit einem spanischen Doppelagenten, dem die Deutschen trauten. Es war ein ziemlich produktiver Kontakt – allerdings nicht für unsere Familie. Vater ließ uns in einem kleinen Haus bei Valencia zurück, meine Mutter, Aurora und mich. Und dann war er eines Tages wirklich weg. Er wurde 1945 ermordet, acht Monate nach der Normandie. Man fand ihn in einem Hotelzimmer in Barcelona – mit einem Draht erwürgt. Vermutlich hat man auch mit ihm ein doppeltes Spiel getrieben. Wer weiß das schon? »Geheimnisse sind ein Teil des Lebens, für das wir uns entschieden haben«, pflegte mein Vater zu sagen.

Meine Schwester und ich waren da anders. Aurora war ein Freigeist. Sie zog seltsame Sachen an, die überhaupt nicht zusammenpassten. Wenn sie morgens aufstand, tanzte sie als Erstes. Sie kletterte auf Bäume, ging im Regen spazieren, beschmierte sich das Gesicht mit Tomatenmark und so was alles. Ich war eher die Lerneifrige. Die Anständige. Die ihre Schäfchen ins Trockene brachte. Ganz die Tochter meiner Mutter, nehme ich an. Ich habe mich immer für Zahlen interessiert, für Mathematik, Naturwissenschaft. Ich wollte immer, dass alles seine Ordnung hatte. Aurora nicht, die mochte es chaotisch.

So könnte man Frankie und Aurora am besten beschreiben: chaotisch.

Eigentlich hatte ich von »Francisco« schon Jahre vorher gehört, lange bevor ich ihn kennengelernt habe. Meine Schwester hat ihn zum ersten Mal getroffen, als sie noch ganz jung war, in einem Wald in Spanien. Ich weiß nicht, was sie an jenem Tag getan oder gesagt haben, doch was immer es auch gewesen sein mochte, seit dieser Zeit war er ein fester Bestandteil ihrer Redewendungen: »Eines Tages, wenn ich Francisco heirate ...«, sagte sie immer. Oder: »Wenn ich und Francisco uns erst ein Haus mieten ..« Ganz ehrlich, ich dachte, er sei eine Art imaginärer Freund. Sie war damals erst sieben oder acht, und Sie wissen ja, wie junge Mädchen sind. Wie dem auch sei, da wir Töchter eines Spions waren, waren bei uns zu Hause Wahrheit und Lüge nicht immer leicht auseinanderzuhalten.

Erst als Aurora weglief und in Amerika blieb, wurde mir klar, dass »Francisco« eine reale Person war. Aurora war damals noch ein Teenager, als sie in jenem Sommer mit unserer Mutter und unserem neuen Stiefvater zu einem Medizinerkongress in Tennessee flog. Er war Arzt. Und Schotte. Und schrecklich jähzornig. Er und Aurora stritten ständig – sie wurde einfach nicht damit fertig, dass meine Mutter versuchte, unseren Vater zu ersetzen. Während der Reise jedenfalls kam es zu einer heftigen Auseinandersetzung. Sie hatte diesen neuen gelben Koffer, und als meine Mutter zurück ins Hotel kam, war der Koffer weg und mit ihm Aurora. Sie blieben noch ein paar Wochen und suchten nach ihr, aber am Ende gaben sie auf und flogen nach Hause.

Ich weiß noch, wie sie zur Tür hereinkamen, zu zweit, nicht zu dritt. Ich fühlte mich betrogen, so als wären sie mit all meinen Sachen weggefahren und mit leeren Händen zurückgekommen. Was meiner Schwester und mir an Kindheit noch geblieben war, hatte uns mein Stiefvater genommen. Ich habe ihm das nie verziehen. Vielleicht habe ich auch Aurora nie vergeben, dass sie Mutter und mich mit diesem Mann alleine ließ.

In den nächsten Monaten kamen immer wieder Postkarten, auf denen es hieß, dass es ihr gut ginge. Allerdings achtete sie immer darauf, so wenig wie möglich von ihrem Aufenthaltsort zu verraten. Sie schrieb nur, »Francisco« sei sicher irgendwo in Amerika, sie fühle das einfach. Ich hielt das für eine der üblichen Spinnereien meiner verrückten Schwester. Ehrlich gesagt, ich weiß nicht, wie sie es geschafft hat, dort zu überleben.

Dann eines Tages, es muss im Jahr 1955 gewesen sein, rief sie in unserer Wohnung in London an. Damals war ich 23, sie muss also 18 oder 19 gewesen sein. Ich ging ans Telefon und hörte, wie sie sagte: »Cecile, du musst unbedingt herkommen. Ich werde heiraten!« Nicht mal »Hallo« hat sie gesagt. Ich war total baff, als ich ihre Stimme hörte, und fragte: »Aurora? Bist du das wirklich?« Und sie: »Er hat mich endlich gefunden, Cecile.« Und ich wieder: »Wer hat dich gefunden?« Darauf sie: »Francisco natürlich.«

So ging das zwischen den beiden. Lange Zeiten, in denen sie sich nicht sahen – und dann die absolute, irre Romanze. Ich glaube wirklich, sie und Frankie gehörten einfach zusammen, auch wenn sie nur wenig Zeit miteinander verbrachten. Es war, als hätten die beiden ein Geheimnis, das sie für immer verband. Und die meiste Zeit machte ihnen das Freude, die restliche Zeit aber machte es sie verrückt.

Aber Liebe? Oh ja. Frankie und Aurora liebten sich mehr als jedes Paar, dem ich je begegnet bin, und damit schließe ich durchaus auch meine Ehe mit ein, die immerhin 42 Jahre gehalten hat. Ich erinnere mich noch: Wenn Frankie am Klavier saß und komponierte, schlich sie sich von hinten an ihn heran und küsste ihn aufs Ohr – immer aufs Ohr. Worauf er dann sagte »Aurora heißt Morgenröte«, dann lachten die beiden wie verrückt, warum auch immer. Sie sangen sogar Duette miteinander. Da war so ein spanisches Lied über einen Eisenbahnwaggon. *Laaa-paaan-de-ro la-la-la, la-la-la-la.* Kennen Sie das? … Ich dachte nur, schließlich sind wir ja hier in Spanien … Nun ja.

Sie waren am glücklichsten, bevor Frankie berühmt wurde. Zu der Zeit heirateten sie auch. Sie lebten in New Orleans. Ich war dort, um für Aurora die Brautjungfer zu spielen. Mein Stiefvater hat meiner Mutter verboten hinzufahren. Können Sie sich das vorstellen? Er sagte: »Das kleine Flittchen hat uns genug Kopfzerbrechen bereitet!« Ehrlich, der Mann war das reine Gift.

Also flog ich alleine in die Vereinigten Staaten, und als ich in New Orleans ankam, erfuhr ich, dass Frankie und Aurora gar nicht heiraten konnten, weil keiner von ihnen die dafür erforderlichen Papiere besaß.

Aber das hat sie nicht aufgehalten. Sie haben ihre Hochzeit einfach selbst in die Hand genommen und in einem Nachtclub im French Quarter gefeiert … Nein, ich erinnere mich nicht mehr an den Namen. Aber ich weiß noch, dass die Feier um zwei Uhr morgens begann, nachdem das Etablissement geschlossen hatte. Es waren unglaublich viele Musiker da. Fats Domino spielte Klavier. Er war ein Freund von Frankie. Und natürlich waren noch andere Jazzmusiker auf der Feier.

Es war das erste Mal, dass ich Frankie spielen hörte. Er war genial, wirklich. Da habe ich verstanden, wieso sich meine Schwester in ihn verliebt hat. Er hatte eine Stimme wie eine Nachtigall und sah unglaublich gut aus. Damals sang er mit einer Gruppe, ich glaube, das nannte man »Doo-Wop«? Ja …

Genau ... Jeder sang in einer anderen Tonlage, der eine sehr hoch, der andere tief, einer dazwischen. Sie sangen für meine Schwester einen Song namens »Earth Angel«. Frankie kniete sich nieder, als es im Lied hieß: »Will you be mine?« *Willst du die Meine sein?* Als er ihr den Ring ansteckte, fing Aurora an zu weinen. Ich freute mich wirklich für sie. Schließlich war sie meine Schwester. Und niemand konnte glücklicher sein als Aurora. Wenn sie glücklich war, nahm sie einen bei den Händen, schwenkte sie hin und her und rief: »Ist es nicht wunderbar?« Als wäre sie ein kleines Mädchen.

Vielleicht war es das, was Frankie und sie verbunden hat. Sie hatten nicht Kind sein dürfen, als sie noch Kinder waren. Daher haben sie sich als Erwachsene oft wie Kinder benommen. Ja, man kann das so sagen. Sie standen spät auf. Ließen Verabredungen platzen. Lachten darüber und entschuldigten sich munter durchs Leben. Aber sie waren keine Kinder, nicht wahr? Und deswegen ging der Ärger los.

Wenn Aurora Frankie wieder für lange Zeit allein ließ, machte ich ihr Vorhaltungen, aber sie nannte immer einen Vorwand: dass er an seiner Musik arbeiten müsse oder dass sie etwas zu erledigen habe. Er schickte ihr Geld, sie schickte es zurück. Er rief an, sie hängte ein. Sie wusste, dass es andere Frauen gab. Aber das störte sie nicht. Ich sagte zu ihr: »Aurora, er ist dein Mann. Ihr gehört zusammen.« Und sie antwortete: »Ach, Cecile, wir sind zusammen. Wir leben nur getrennt.«

Und sie hatten viele Geheimnisse. Mein Vater hätte das vermutlich gut gefunden. Über viele Dinge erfuhr ich einfach gar nichts. Zum Beispiel, warum es dann doch zum großen Zerwürfnis gekommen war. Ich weiß das bis heute nicht. Ich glaube, die Ehe mit dieser Schauspielerin war auch nicht gerade förderlich. Ich nenne ihren Namen nicht. Das regt mich viel zu sehr auf. Ich weiß nicht, was Frankie sich dabei gedacht hat. Haben Sie Fotos von meiner Schwester gesehen, als sie noch jünger war? Sie war schöner als jede Schauspielerin, das können Sie mir glauben. Aurora hätte jeden Mann haben können, den sie wollte. Sie hat sich für Frankie entschieden. Und das war's.

Wissen Sie, was die London School of Economics als ihr Motto gewählt hat? *Rerum cognoscere causas*, die Ursachen der Dinge erkennen. Aber zwischen Frankie und Aurora war so vieles, was ich nicht wusste. Ich bin vielleicht nicht besonders hilfreich für Ihre Reportage. Ich kann nur bestätigen, dass er unendlich viel Freude in ihr Leben gebracht hat – und unglaublich viel Schmerz. Vielleicht glaubte er deshalb, dass ich ihn nicht mochte. Immer wenn ich die beiden besuchte, umarmte er mich und sagte: »Cecile, lass mich dir ein Lied vorspielen.« Und ich sagte dann: »Nein, lass nur, ist schon in Ordnung.« Ich wollte mich nicht von seiner Musik bezaubern lassen. Künstler denken immer, die Kunst sei ein Freibrief für alles. Ich glaube das nicht. Und das habe ich ihm auch gesagt.

Rückblickend gesehen, war das vielleicht hart. Aber ich war nun mal die Praktische von uns beiden. Aurora wusste das. Sie lachte dann immer und sagte: »Es ist auch besser, wenn er dir nichts vorspielt, Cecile. Der Junge und seine Gitarre brauchen nur ein paar Griffe, um dein Leben umzukrempeln.«

33

Frankie und Aurora. Die beiden allein waren schon eine Sinfonie.

Ich habe Ihnen bereits einiges über Liebe und Musik erzählt. Beides ist eng miteinander verquickt. Nur so viel noch: Es hatte seinen Grund, dass sich Frankie Presto bei all seinen amourösen Abenteuern leer fühlte.

Mea culpa.

Die Wahrheit ist: Ich teile nicht gern. Ich will euch, meine kostbaren Schützlinge, für mich. Und ihr wollt mich ebenfalls – selbst wenn dies auf Kosten anderer Menschen geht. Ihr folgt mir in einsame Übungsräume, auf entlegene Bühnen, in den frühen Morgenstunden in verrauchte Aufnahmestudios. Eure müden Finger schlagen Klaviertasten an, eure kaputten Lippen pressen sich um ein Mundstück, damit ihr spielen könnt. Ihr lasst jene im Stich, die euch lieben und die ihr lieben solltet. Sie werben um euch. Aber ich bezaubere euch mehr. Das ist der Preis, den ich verlange. Und den ihr zahlt.

Frankie erkannte dies schon bald. Eines Nachts während seiner Zeit mit Duke Ellington, als zwei attraktive Frauen in einem langen schwarzen Auto auf den berühmten Bandleader warteten.

»Gefallen dir diese hübschen Ladys, Francisco?«

Frankie grinste.

»Da bin ich ganz deiner Meinung. Sie sind wunderschön. Aber meine Geliebte ist die Musik. Weißt du, was das bedeutet?«

Frankie schüttelte den Kopf.

»Das heißt, dass diese beiden Damen morgen früh weg sind, aber mein Klavier immer noch bei mir ist.«

Als Junge hatte Frankie das nicht verstanden. Als Mann tat er es. Über Jahrzehnte war ich Frankies Geliebte, egal, in welchem Bett er landete. Ich konnte ihn von jeder zurückerobern.

Von jeder.

Bis auf Aurora York.

Frankie hatte sich in Aurora verliebt, als er noch ein Kind war, und er liebte niemanden je wieder so wie sie. So einfach war das. Er dachte an sie, er war hinter ihr her, und jedes Mal, wenn er sie verlor, versuchte er, sie wieder zu erobern. Von jenem ersten Tag in den spanischen Wäldern an bis zu der schicksalhaften Nacht in Woodstock – ihre Geschichte war das, was die Menschen eine echte Love Story nennen.

Aber alle Love Storys sind Sinfonien. Und wie alle Sinfonien bestehen sie aus vier Sätzen, nämlich aus:

- Allegro, einer schnellen, lebhaften Eröffnung,
- Adagio, der Wendung zum Ruhigen,
- Menuett/Scherzo, einem schnellen Zwischenspiel im 3/4-Takt,
- Rondo, in dem ein Thema immer wieder aufgenommen und vielfach unterbrochen wird.

Ich wusste immer, wo Frankie und Aurora gerade standen. Wie hätten sie, angesichts seiner Musikalität, der Form nicht Genüge tun können?

34

1955

Ihr erster Satz. *Allegro*, also schnell, lebhaft. Es begann in Spanien und setzte sich in Louisiana fort. Sie fanden eine Wohnung, ein Ein-Zimmer-Appartement über einem Drugstore in New Orleans. Aurora schlief in dem schmalen Bett, Frankie auf dem Sofa. Er war immer noch scheu, was die Liebe anging, und nahm Auroras Warnung ernst: »Alles, was bis jetzt war, zählt nicht. Wir fangen von vorn an.«

Abends aßen sie Bohnen und Reis, und Frankie erzählte Aurora von seinen Abenteuern: seiner Fahrt mit dem Schiff von Spanien nach England, seiner Begegnung mit Django Reinhardt auf den Docks, der Zeit im Waisenhaus, von Hank Williams und der *Grand Ole Opry*. Sie stützte den Kopf in die Hand und hörte ihm gespannt zu, wenn er von den Orten erzählte, an denen er schon überall gewesen war. Sie erzählte nicht viel über ihre eigenen Irrfahrten, und Frankie fragte sie nicht nach dem bärtigen Mann in Detroit oder nach anderen Menschen, die sie vielleicht kennengelernt hatte. Manchmal aber, wenn er am Morgen Gitarre übte, sah sie ihn an und weinte. Einmal fragte er »Was hast du?«, und sie sagte: »Warum hast du mich nicht früher gefunden?« Er antwortete: »Aber ich bin dir in jener Nacht nachgelaufen.« Und sie: »Ich habe mich geschämt.« Da meinte er: »Das hat mich nicht aufgehalten.« Und er erzählte ihr, wie er mit dem haarlosen Hund in verschiedenen Städten von Tür zu Tür gegangen sei, um sie zu suchen.

»Danke«, sagte sie.

»Wofür?«

»Dafür, dass du nicht aufgegeben hast.«

»Warum hätte ich aufgeben sollen?«

Abends gingen sie manchmal am Mississippi spazieren und aßen Krapfen aus einer Papiertüte. Aus den Clubs im French Quarter klang Musik herüber, und manchmal sang Frankie mit. Oder er sang ein Lied, das die Kinder in

Villareal gesungen hatten, wenn sie dem Zug hinterhergelaufen waren, der durch die Stadt getuckert war.

La pan-der-o-la-la-la
La pan-der-o-la-la-la

Aurora lachte und legte ihren Kopf an seine Schulter. Da erinnerte sich Frankie an ein Gespräch, das er eines Abends mit seinem Gitarrenlehrer geführt hatte:

»Woher weiß man denn, dass man verliebt ist, Maestro?«
»Wenn du fragen musst, bist du es nicht.«
»Waren Sie je verliebt, Maestro?«
»Wer hat ›Recuerdos de la Alhambra‹ geschrieben?«
»Francisco Tárrega.«
»Und welche Technik findet in diesem Lied Anwendung?«
»Die Tremolo-Technik.«
»Das sind die Fragen, die du stellen solltest. Nicht Fragen über die Liebe.«
»Woher kommt das Wort tremolo, Maestro?«
»Von tremare, das heißt beben.«
»Was ist mit Beben gemeint?«
»Zittern. Innerlich erschaudern. Angst haben, nervös sein.«
»Und wann passiert einem das?«
El Maestro hielt kurz inne: »Wenn du verliebt bist.«

Frankie machte viel Musik in New Orleans, einer Stadt, in der ich an jeder Straßenecke zu finden bin. Er spielte mit Bluesbands. Er spielte Jazz im Dew Drop Inn. Aurora ging mit ihm in kleine Bars oder zu Freiluftkonzerten. Einmal begleitete sie ihn sogar in ein Aufnahmestudio hinter einem Elektrogerätemarkt im French Quarter. Durch seine Vielseitigkeit auf der Gitarre hatte Frankie hier Freunde gefunden. Der Besitzer des Studios sagte seinen Kunden immer: »Was immer Sie wünschen, Presto, der Junge spielt es. Man hätte ihn eigentlich Simsalabim taufen sollen.«

An einem Sommerabend war Frankie im Studio, als ein drahtiger Schwarzer mit einer wilden Haartolle und einem dünnen Schnurrbart kam, um ein paar Songs aufzunehmen. Meist spielte er Bluessongs, bei denen Frankie gut mithalten konnte, aber er merkte, dass der Produzent mit dem Ergebnis nicht zufrieden war. Nach einigen Stunden Aufnahmezeit machten sie eine Pause.

Der Sänger hieß Richard Penniman. Er trat hinaus auf die Straße hinter dem Studio und ließ sich die Schuhe putzen. Er schien frustriert, Frankie folgte ihm. Der Schuhputzer war ein sechsjähriger Junge namens Ellis, der Frankie verehrte, weil er ihm ein paar Griffe auf der Gitarre gezeigt hatte.

»Möchten Sie die Schuhe geputzt haben, Mr. Presto?«, fragte Ellis, aber Frankie sagte ihm, er solle doch zuerst den Sänger bedienen.

»Danke«, meinte Richard Penniman.

»Gern geschehen.«

»Ist das Ihr Mädel da drin? Die Blonde?«

»Ja.«

»Woaaa!«

Frankie lächelte.

»Aber Sie sehen auch nicht schlecht aus«, meinte der Mann. »Sie treten auch auf?«

»Ich spiele eigentlich nur Gitarre.«

»Hmm.«

»Was?«

»Niemand wird berühmt, weil er Gitarre spielt. Wenn Sie etwas werden wollen, müssen Sie singen. Vorne stehen. Ganz allein.«

Aurora kam heraus und sagte, sie wolle sich ein Eis holen, ob noch jemand eines möchte.

»Wie wär's denn mit einer Tüte Tuttifrutti?«, sagte der Mann.

Frankie lachte.

»*Tutti frutti* – das ist Italienisch.«

»Und was heißt das?«

»Alle Früchte.«

»Hmm. Wenn ich das nur früher gewusst hätte.«

»Wieso früher?«

»Bevor ich meinen Song geschrieben habe.«

»Welchen Song?«

»Tuttifrutti.«

»Über Obst?«

»Nein, nicht über Obst! Es geht um … Sie wissen schon …«

Er schüttelte den Kopf und wackelte mit den Hüften.

»Wollen Sie's mal hören?«

Und so sang er eine Strophe am Schuhputzerstand zu einer lauten, schnellen Boogie-Woogie-Melodie. Frankie nickte, seine Augen leuchteten. Sogar der kleine Ellis grinste.

»Vielleicht«, schlug Frankie vor, »sollten Sie das aufnehmen?«

Gesagt, getan. Man improvisierte, die Energie im Studio war mit Händen greifbar. Richard Penniman schrie »Aaaaah«, um dem Saxophon zu signalisieren, dass jetzt ein Solo kam. Doch die Melodie war für den Text zu schnell, also schrieb eine Frau im Studio flugs einen neuen. 15 Minuten später wurde der Song aufgenommen.

»Tutti Frutti« (mit Frankie an der Gitarre, auch wenn das heute niemand mehr weiß) wurde ein Riesenhit und ebnete dem Mann mit dem Schnurrbart den Weg zur Karriere. Man kannte ihn später als Little Richard.

Niemand bemerkte, dass Aurora mit der Eiscreme zurückgekommen war.

»Habe ich was verpasst?«, fragte sie.

Und das Allegro ging weiter. Frankie sparte Geld von seinen Musikjobs und kaufte kurz vor Weihnachten einen schmalen Ring mit zwei Herzen, die durch einen Diamantsplitter verbunden waren. Am nächsten Abend gingen er und Aurora durch die Canal Street auf die Maison Blanche zu, ein schönes, altes Kaufhaus, wo wie jedes Jahr ein großer Schneemann aus Pappmaschee namens Mr. Bingle in einem der Schaufenster grüßte. Aurora liebte diese Gestalt mit dem kleinen Hut und den kugelrunden schwarzen Augen, die angeblich einen Helfer von Santa Claus darstellte.

»Santa käme ohne Mr. Bingle gar nicht zurecht«, sagte sie und drückte ihr Gesicht gegen die Fensterscheibe.

»Aurora?«

Frankie öffnete die Schachtel mit dem Ring.

»Ich käme ohne dich auch nicht zurecht. Heirate mich. Bitte?«

Aurora hielt vor Schreck den Atem an. Tränen kullerten über ihre Wangen. Ich spürte schmerzlich, dass es hier an Musik fehlte, doch der verlässliche

Frankie sang leise »Earth Angel« für sie – und so war der Augenblick am Ende doch noch vollkommen.

Earth angel, Earth angel,
Will you be mine?

»Santa und Mr. Bingle sind ja auch immer zusammen«, flüsterte Aurora.

»Immer«, sagte Frankie.

»Ganz egal, was kommt.«

»Ganz egal, was kommt.«

»In Ordnung. Ich werde dich heiraten.«

Dann küssten sie sich, und Aurora steckte sich den Ring an, und Frankie zog den imaginären Hut des Mr. Bingle vor Aurora, was sie zum Lachen brachte.

Sie planten ihre Hochzeit in einer Kirche ganz in der Nähe. Erst als die Woche gekommen war, in der sie heiraten wollten, merkten sie, dass sie nicht die dafür nötigen Papiere besaßen. Sowohl Frankie als auch Aurora führten datentechnisch eine Randexistenz: Keiner von ihnen besaß einen Führerschein. Das Geld, das sie verdienten, wurde meist bar ausbezahlt. Und soweit ich es begriff (solche Dinge langweilen mich unendlich), hätte es ewig gedauert, die Papiere in Ordnung zu bringen.

Und so sagten sie die Hochzeit in der Kirche ab und heirateten stattdessen im Nachtclub eines Freundes. Ein Geiger, der in einem früheren Leben Theologie studiert hatte, vermählte sie um 3:07 Uhr morgens. Auroras Schwester Cecile war die Brautjungfer, Ellis, der Schuhputzer, der Trauzeuge. Es gab zu essen und zu trinken, und Fats Domino spielte Klavier, Richard Penniman sang seine wilden Songs, und Hampton Belgrave kam extra von Nashville herunter und spielte Mundharmonika.

In den frühen Morgenstunden, als alle nach Hause gegangen waren, gingen Frankie und Aurora im Hochzeitsgewand am Flussufer spazieren.

»Erinnerst du dich noch an den Tag, an dem wir uns kennengelernt haben?«, fragte Aurora.

»In den Wäldern«, sagte Frankie.

»Du hattest solche Angst.«

»Nein, hatte ich nicht.«

»Doch, hattest du.«

Sie zog ihre Schuhe aus. Ein Vogelschwarm flog über das Wasser.

»Das war der letzte Tag, an dem du deinen Vater gesehen hast.«

»Er war nicht mein Vater.«

»Es tut mir leid, dass er nicht da war.«

»Deine Mutter war ja auch nicht da.«

»Du hast recht. War sie nicht.«

Sie nahm seine Hand, und sie gingen schweigend nebeneinander her. In der Ferne schüttete ein Mann mit einer Schürze einen Eimer Wasser über den Gehsteig und begann, den Schmutz der Nacht wegzuschrubben.

»Francisco?«

»Ja?«

»Wir haben jetzt beide eine Familie.«

»Dich und mich?«

»Für immer.«

Frankie sang den ersten Vers von »Always«, einem bekannten Song, den sowohl die Ink Spots als auch Frank Sinatra aufgenommen hatten. Aurora zog seinen Arm über ihre chiffonbedeckte Schulter.

»Nicht alles ist ein Lied.«

»Doch.«

»Na gut. Dann eben doch.«

Als die Sonne über dem Osten New Orleans aufging, stiegen sie die Treppen zu ihrem Appartement über dem Drugstore hinauf und legten sich auf dasselbe Kissen. Später schlief Frankie ein, mit der Nase in ihrem blonden Haar und seinem Arm um ihre Taille. Er hatte vielen Bands angehört. Diese war ihm die liebste.

35

1969

In der Dunkelheit von Woodstock wurde die Musik lauter und lauter. Aus dem Himmel drang die kratzige Stimme einer Bluessängerin namens Janis Joplin an Frankies Ohren. Selbst in seinem vernebelten Zustand konnte er noch das 1/4/5-Akkordmuster des Songs »Piece of My Heart« entschlüsseln und den in die Welt geschrienen Refrain, in dem die Sängerin ihren Geliebten anfleht, sich doch noch ein Stück von ihrem Herzen zu nehmen.

»Bühne?«, schrie Frankie den Leuten zu.

»Dorthin!«, rief jemand zurück und deutete in eine Richtung.

»Bühne?«, schrie er eine Minute später wieder.

»In die Richtung!«

Er hatte die richtige Richtung. Er hatte die Eier. Er zwang seine Füße zu gehen, doch wegen der grünen Pille musste er sich darauf konzentrieren, seine Beine mit den Kniegelenken zu steuern, als wäre er eine Marionette. Anheben, ausstrecken, niedersetzen. Anheben, ausstrecken, niedersetzen …

»Darf ich mal Ihre Gitarre ausprobieren, Mister?«

Frankie sah nach unten. Ein flachsblonder Junge mit gestreiftem T-Shirt, weißen Unterhosen und ohne Schuhe. Vielleicht sechs Jahre alt. Neben ihm stand ein Mädchen, das vermutlich noch jünger war, ebenfalls in Unterwäsche. Beide spielten im Schlamm.

»Kann ich sie nach ihm ausprobieren?«, fragte das Mädchen.

Frankie schüttelte den Kopf und versuchte nachzudenken. *Kinder. Nachts. Spielen im Schlamm.* Er musste weiter. Doch aus irgendeinem Grund kniete er nieder und fasste nach hinten.

»Diese da?«, fragte er.

»Ja«, sagte der Junge.

»Weißt du, wie man sie spielt?«

»Klar.«

»Ich auch«, rief das Mädchen.

»Der Freund meiner Mutter spielt Gitarre.«

»Wo ist eure Mutter?«

»Da drüben.«

Der Junge deutete auf einen Kreis von Menschen, die sich Betttücher über die Schultern gehängt hatten und eine Pfeife kreisen ließen. Frankie versuchte zu erraten, wer die Mutter war. Er kratzte sich am Kopf. *Geh weiter*, sagte er zu sich selbst.

»Willst du ein bisschen Schlamm?«, fragte der Junge.

»Häh?«

»Du kannst gern welchen haben.«

»Okay.«

Der Junge legte Frankie einen Schlammbatzen in die Hand.

»Danke.«

»Kann ich jetzt auf deiner Gitarre spielen?«

»Du bist zu klein.«

»Nein, bin ich nicht.«

Frankie fiel plötzlich die Musikschule in Villareal ein und Baffa Rubio, der mit dem Besitzer stritt.

»Nein, bist du nicht«, murmelte Frankie. »Du hast recht.«

Er dachte an Aurora auf ihrer Decke. Was tat er bloß hier? Warum war er nicht bei ihr? Und wer waren diese Kinder? Worum ging es in dem Lied gleich wieder, das er hörte? Take it? Nimm es? Die Bühne. *Weitergehen*.

»Geht zu eurer Mutter«, murmelte er.

»Aber wir wollen die Gitarre.«

Frankie gab dem Jungen seinen Schlamm zurück und stand auf. Er stolperte auf die Musik zu.

36

1956

Frankie und Auroras zweiter Satz. *Adagio*. Die Wendung zum Ruhigen.

Frankies Talent sorgte dafür, dass er bald sehr gefragt war. Liveauftritte. Studioaufnahmen. Er spielte zwischen 1955 und 1958, wenn ich richtig mitgezählt habe, mit 46 Bands. Anfangs war das kein Problem (anfangs ist es nie ein Problem). Aurora stieß dazu, so oft sie konnte, und zwischendrin machte sie es sich in dem kleinen Appartement gemütlich, das einen hübschen Balkon mit schmiedeeisernem Geländer hatte und schön geschnitzte Fensterläden in der in pastelligen Tönen gefliesten Küche.

Aurora war dort glücklich. Sie schnitt Frankies Haar und half ihm, seine Kleidung auszusuchen. Bei den Konzerten war ihr aufgefallen, dass die Mädchen, die wegen Jimmy Clanton oder Sam Cooke kreischten, auch ihrem Mann schöne Augen machten, dem heißblütigen Gitarristen mit dem dunklen Pompadour-Haarschnitt. So etwas störte Aurora nicht. Sie wartete nach den Shows auf Frankie; er nahm dann immer ihre Hand, und so gingen sie in den frühen Morgenstunden durch die Stadt nach Hause, wo sie Musik hörten, bis sie aneinandergekuschelt einschliefen. Aurora wachte auf, wenn die Sonne hoch am Himmel stand. Sie machte Tee und stieß ihren Liebsten sanft an: »Aufwachen, Schlafmütze. Du musst jetzt üben.«

Während dieser Zeit erzählte Frankie Aurora von den Saiten. Eines Abends lehnte er sich ans Bett, zeigte ihr seine Gitarre und beschrieb ihr die drei Vorfälle: an den Docks mit Django, im Krankenhaus mit Hampton und natürlich die Nacht, in der Aurora von dem Mann mit dem Messer bedroht worden war, bis Frankie ihren Angreifer ablenkte.

»Du hast mich gerettet.«

»Vermutlich.«

»Ich wäre tot gewesen.«

»Sag das nicht.«

»Und die Saite ist blau geworden?«

»Ja.«

»Wie lange?«

»Ein paar Sekunden lang.«

»Warum blau?«

»Ich weiß nicht.«

»Kannst du vorhersagen, wann das passiert?«

Frankie schüttelte den Kopf.

»Und was bedeutet das?«

»Dass ich Dinge beeinflussen kann, nehme ich an.«

»Wann du willst?«

»Nein. Nur …«

»Was?«

»Wenn es wirklich wichtig ist, glaube ich.«

»Es war also wirklich wichtig?«

Frankie lächelte. Aurora rückte näher.

»Ich glaube, da ist noch etwas, Francisco.«

»Was?«

»Woher hast du die Saiten?«

»Von meinem Lehrer.«

»Und der?«

»Von seiner Frau.«

»Woher hat sie sie denn?«

»Wer weiß?«

»Da liegt die Antwort.«

»Drei der Saiten sind gerissen.«

»Die drei, die vorher blau geworden sind?«

Frankie nickte.

»Vielleicht sind sie dann verbraucht. Vielleicht hast du genau sechs Chancen.« Sie sah auf. »Sechs Seelen.«

»Wovon redest du bloß?«

»In den Wäldern, weißt du nicht mehr? Als du aus deinen Saiten Blumen gebastelt hast? Und wir sie auf die Gräber gestellt haben?«

»Na und?«

»Du hast etwas für vollkommen fremde Menschen getan. Sechs Fremde, denen du Güte gezeigt hast. Vielleicht kommt dir das jetzt zugute.«

»Das bezweifle ich.« Er zuckte mit den Schultern. »Ich bin schließlich nur ein Gitarrist.«

Aurora hielt seinem Blick stand.

»Nein, bist du nicht.«

37

1957

Als ihr Adagio seinen Fortgang nahm, begannen Frankie und Aurora immer öfter, Dinge unterschiedlich zu sehen. Eines Tages bekam Frankie den Auftrag, am Pontchartrain Beach zu spielen, einem Vergnügungspark an einem See bei New Orleans. Elvis Presley sollte dort auftreten, und die Band brauchte einen Backgroundgitarristen, denn auch wenn Elvis die Gitarre um seiner Schulter hatte, spielte er kaum darauf. Aurora ging zu dieser Show. Das Gekreische war ohrenbetäubend. Nach dem letzten Song versuchte sie, hinter die Bühne zu kommen, aber da standen so viele hysterische junge Mädchen, dass sie aufgab und nach Hause ging.

Als Frankie an jenem Abend nach Hause zurückkehrte, war er erleichtert, sie zu sehen. »Wo warst du denn? Ich habe überall nach dir gesucht.«

»Es war zu voll dort«, sagte sie.

»Hat dir die Musik nicht gefallen?«

»Ich konnte sie kaum hören.«

»Ich soll öfter für sie spielen.«

»Am Strand?«

»In Shreveport.«

»Das ist aber ziemlich weit weg.«

»Es wäre nicht schlecht.«

»Wie war es denn?«

»Es war irre!«

»Ist Elvis nett?«

»Er hat nicht viel geredet. Aber er meinte, er fände meine Frisur toll.«

Aurora lächelte. »Natürlich.«

In den einfachsten Harmonien steigen Noten auf und ab und halten dabei immer denselben Abstand zueinander wie die Gleise eines Zugs.

Der Kontrapunkt ist da schon komplexer, denn hier bewegen sich zwei Stimmen unabhängig voneinander, aber immer in Harmonie, auch wenn sie nicht fest aneinandergeschmiedet sind.

In den drei Jahren nach ihrer Hochzeit vollzogen Frankie und Aurora den Übergang vom Gleichklang zum Kontrapunkt, während das Adagio sich langsam seinem Ende zuneigte. Frankie flog nach New York, Aurora nahm einen Job in einem Blumenladen an. Frankie ersetzte Elvis heimlich bei der Show in Vancouver. Aurora schloss sich einer Kirchengemeinde an. Frankie flog nach Los Angeles und lernte dort den Agenten Tappy Fishman kennen, bei dem er einen Vertrag unterschrieb. Aurora lernte, Flusskrebse zuzubereiten.

Als Frankie nach Hause kam, sagte er: »Ich habe große Neuigkeiten. Wir ziehen nach Kalifornien.«

Darauf folgte ein zweiwöchiger Streit, wie er bei Paaren üblich ist, wenn der eine umziehen will und der andere nicht. Schließlich packten sie am Ende des Monats ihre Sachen im Appartement über dem Drugstore, wobei aus ihren Mienen nicht gerade Frohsinn sprach, und luden ihre Habseligkeiten in einen gebrauchten Plymouth Belvedere, den Frankie gekauft hatte, nachdem Tappy Fishman ihm einen Führerschein besorgt hatte.

Als sie New Orleans verließen, schaute nur Aurora zurück.

Früher hätten sie die Fahrt vermutlich händchenhaltend verbracht. Doch das Auto war gerammelt voll mit Instrumenten und Klamotten und zwei sehr unterschiedlichen Ansichten, was die Zukunft anging. Sie fuhren drei Tage lang vom Süden der USA in den Westen, und als sie die Pazifikküste erreichten, kurz vor Anbruch der Abenddämmerung, fiel Frankie auf, dass die Sonne aussah wie eine riesige Orange.

38

1958

»Du spielst *nicht* Gitarre?«, fragte Aurora.

»Leonard will das nicht«, sagte Frankie.

Es war kurz vor Weihnachten, in einem schmucklosen Appartement an einer baumlosen Straße in Los Angeles.

»Warum will er nicht, dass du spielst?«

»Es stört mich beim Tanzen.«

»Aber du bist Gitarrist.«

»Ich singe auch, Aurora.«

»Du singst toll. Aber …«

Frankie hob die Hände. »Was?«

»Ich mag es, wenn du Gitarre spielst.«

»Ich spiele ja, wenn ich in einer Band bin.«

»Wirst du nicht in einer Band sein?«

»Die Band wird hinter mir spielen.«

»Hinter dir?«

»Wie in Kanada. Ich habe da ein paar Songs ohne Gitarre gesungen.«

»Und?«

»Es hat sich anders angefühlt. Und es hat mir gefallen.«

»Aber da bist du nicht als du selbst aufgetreten. Darum hat es sich anders angefühlt. Du bist nicht er, weißt du.«

»Ich weiß.«

»Du bist nicht Elvis Presley.«

»Ich weiß.«

»Aber du hast dich so gefühlt, als wärst du er.«

»Warum sagst du so etwas?«

»Weil es wahr ist, Francisco.«

Er runzelte die Stirn. »Frankie.«

»Frankie. Noch so eine Idee von Leonard. Oder Tappy. Oder wie auch immer er sich nennen mag.«

Aurora griff nach ihrer Handtasche und wühlte darin herum. »Warum brauchen Menschen mehr als einen Namen?«

»Er hilft mir.«

»Wie hat dich dein Lehrer genannt?«

»Meistens ›Junge‹.«

»Wie hat dich dein Vater genannt?«

»Er war nicht mein Vater.«

Aurora fand ein Päckchen Zigaretten.

»Tu, was du willst«, sagte sie.

»Aber es ist nicht das, was du willst?«

»Ist es denn wichtig, was ich will?«

»Ja.«

»Dann ist es nicht das, was ich will.«

Frankies Fuß begann zu wippen.

»Ich werde nicht vergessen, wie man Gitarre spielt.«

Sie ließ sich auf den Fußboden sinken.

»Nein. Ich glaube, das könntest du gar nicht.«

»Leonard hat schon zehn Shows gebucht. Mit ganz vielen Leuten. Den Drifters. Den Everly Brothers. Große Shows mit vielen Zuschauern. Denen ist es egal, ob ich Gitarre spiele. Sie wollen mich singen hören. Ich nehme bald meine erste Platte auf und …«

»Ist ja gut.«

»Eine Platte ist echt ein Untersch…«

»Ich habe doch gesagt, ist ja gut.«

Auroras Stimme wurde weicher.

»Ist es denn gut?«, fragte Frankie.

»Tu, was du willst.«

»Bist du dir da sicher?«

»Können wir aufhören, darüber zu diskutieren?«

Frankie zwang sich zu einem Lächeln.

»Du wirst schon sehen. Es wird gut. *Fantástico*.«

»Wie lange dauert die Tournee?«

»Ich könnte berühmt werden …«

»Wie lange?«

»Ein oder zwei Monate.«

Aurora zündete sich eine Zigarette an. »Du meinst drei.«

»Warum rauchst du?«

»Ich vermisse New Orleans.«

»Das hier ist ein hübsches Appartement.«

»Es ist zu neu. Ich mag alte Sachen.«

Frankie ging durch den Raum und öffnete seinen Gitarrenkoffer.

»Guck mal. Eine Gitarre«, witzelte er.

»›Parlez-moi d'Amour‹«, sagte Aurora.

»Das *ist* alt.«

»Bitte. Spiel es für mich.«

»Ist gut.«

Frankie legte sich den Riemen um den Nacken und zupfte sachte an den Saiten. Dann kniete er sich nieder und sang das Lied, das Aurora hatte hören wollen und das vor nahezu 30 Jahren von einem französischen Komponisten geschrieben worden war. »Parlez-moi d'Amour« ist der Titel. *Sprich mir von der Liebe*. Doch das Reden von der Liebe ist, als wolle man dem Wind Worte anvertrauen. Aurora wartete auf die letzte Strophe. Eine kleine Träne stahl sich in ihren Augenwinkel.

Du coeur on guérit la blessure
Par un serment qui le rassure

Das bedeutet: »Die Wunden des Herzens heilen nur, wenn ein Schwur sie lindert.«

Frankie versprach, dass er anrufen würde, wenn sie die erste Station erreicht hätten. Da wusste Aurora schon, dass sie dann fort sein würde.

39

1969

Schließlich sah Frankie die Bühne in Woodstock. Sie schimmerte wie ein erleuchteter Würfel in der Dunkelheit und warf ihr Licht auf Tausende von Zuschauern.

»He, Mann, pass doch auf …«

»Wähhh?«

»Vorsichtig, Bruder …«

»Entschuldige …«

Die grüne Pille brachte ihn zum Schwanken. Er rempelte rechts und links Leute an, weil er zeitweise nicht richtig sehen konnte. Die Gitarre schlug gegen seinen Rücken. Als Frankie noch Schüler war, hatte El Maestro ihm beigebracht, Ablenkungen auszublenden, indem er die Melodie, die er zu spielen versuchte, vor sich hin summte. Dann wären Finger und Geist eins.

Als er den langen Abhang hinuntertappte, vorbei an Zelten, Latrinen und Menschen, die mit gekreuzten Beinen dasaßen oder sich eng aneinanderkuschelten, sagte er immer wieder vor sich hin: »Aurora … Baby … Frühstück.«

Er wurde schneller, schließlich wollte er alles in Ordnung bringen.

»Aurora … Baby … Frühstück.«

»Au…«

»Aurora …«

»Pass doch auf.«

»Baby …«

»Vorsicht …«

»Frühstück …«

Auf einmal fing er an zu laufen, zumindest fühlte es sich so an. Die Lichter wurden größer, die Musik lauter, Wortfetzen flogen an seinem Ohr vorbei.

»Entschuldigen Sie!«

»Aurora …«

»Hast du den Typen gesehen?«

»Baby …«

»Was für einen Typen denn?«

»Frühstück …«

»Den mit der Gitarre. Das ist … wie heißt er doch gleich? Presto! Frankie Presto! Das ist *er*!«

40

Nicht weit von der Kirche in Villareal gibt es ein kleines Museum, das Francisco Tárrega gewidmet ist. Man bewahrt dort Fotos und einige seiner Gitarren auf, außerdem gibt es dort eine große Gipsbüste des Gitarristen. Diese Büste war einst der kostbarste Besitz eines Arbeiterviertels in Castellón mit Namen San Felix. Es hieß damals das »Pulverfass«, weil seine Arbeiter politisch sehr aktiv waren. Bei den Einwohnern dieses Viertels war Tárrega so beliebt, dass sie ihn 1924, 15 Jahre nach seinem Tod, zu ihrem Schutzheiligen erklärten.

Jeden Oktober, wenn alle spanischen Städte Bildnisse ihrer katholischen Heiligen hervorholten, trugen die Einwohner von San Felix Tárregas Büste wie bei einer Prozession durch die Straßen. Junge Frauen in Tracht schritten hinter der Büste her, dann kamen die Reiter und schließlich ein blumengeschmückter Karren. Man schrieb der Büste sogar Wunderkräfte zu, sodass man sie auch ans Bett schwer Erkrankter brachte, damit diese Heilung fänden.

Andernorts sah man darin ein Sakrileg. Wie konnte ein Gitarrist ein Heiliger werden? Doch ist das heute nicht genauso? Die Welt von euch Menschen ist voller Künstler, die ihr wie Götter verehrt. Allein ihre Anwesenheit verleitet euch zu kreischendem Jubel.

Sobald Aurora York aus Frankies Leben verschwand, erfuhr auch Frankie Presto eine solche Verehrung. Von August 1959 bis Oktober 1964 verkaufte er über drei Millionen Platten, nahm fünf Alben auf und hatte vier Songs in den Top Ten der Hitparaden. Zwei davon hielten sich lange an der Spitze: »I Want To Love You« und »Shake, Shake«. Beide hatte Frankie selbst komponiert. Kamen früher einige Hundert Menschen zu seinen Konzerten, zogen sie jetzt Tausende an. Er trat in allen bekannten Shows auf: *American Bandstand, The Ed Sullivan Show* und *The Kraft Music Hall*. Sein Konterfei prangte auf allen möglichen Zeitschriften und Reklametafeln. Er trug stets bunte Anzüge und passende Schuhe. Seinen dichten Pompadour-Haarschopf hatte er nach hinten gekämmt. Manchmal fiel ihm beim Singen eine Locke in die Stirn. Wenn diese dann beim Tanzen auch noch wippte, waren die Mädchen nicht mehr zu halten. »Frankie! Frankie!«, kreischten sie.

In den Plattenläden Amerikas kauften die Leute seine Alben, nur um ein Foto von seinem hübschen Gesicht zu haben. Auf einem dieser Alben mit dem Titel *Frankie Presto Wants To Love You* war er in einem Cabrio abgebildet. Er trug ein ockerfarbenes Sakko sowie ein Hemd mit pinkfarbenem Kragen und lehnte sich aus dem Fenster, um einer ekstatischen jungen Brünetten ein Autogramm auf die Hand zu geben. Das Foto sah aus, als wäre es vor einem von Frankies Konzerten geschossen worden, in Wirklichkeit war die Szene gestellt, aufgenommen von einem professionellen Fotografen. Die Brünette, eine gut aussehende Frau mit Mandelaugen, war ein Model aus Texas, das Tappy Fishman höchstpersönlich ausgewählt hatte. Ihr Name war Delores Ray.

Für mich war sie genau wie alle anderen Frauen, die mit Frankie etwas hatten. Keine Gefahr für sein Herz. Nur Aurora York war ihm noch so nah wie ich. Aber Aurora teilte, wie ich schon berichtet habe, in diesen Jahren ihr Leben nicht mit ihm. Ihr gelber Koffer war nicht mehr im Appartement, als Frankie nach Kalifornien zurückgekommen war.

Anfangs war er wütend. Verletzt. Versuchte, im Alkohol alles zu vergessen. Dann aber schickte ihn Tappy wieder auf Tour und ließ ihm zwei Jahre lang keine Zeit zum Nachdenken. In Auroras Abwesenheit stieg Frankie zum Star auf. Das scheint Zufall gewesen zu sein, aber ich versichere Ihnen, das war keineswegs so. Sie wusste, dass sie Frankies Herz nun teilen musste, und zwar nicht nur mit mir (was sie akzeptiert hatte), sondern auch mit seinem Ehrgeiz (und das wollte sie nicht). Ich bewunderte ihren klaren Blick in die Zukunft, als sie ging. Sie wusste, dass der Erfolg Frankie einsaugen würde wie eine Welle, deren Unterströmung ihn an sich riss. Also ging sie vorher.

In der Zwischenzeit wurde Delores Ray – nicht zuletzt aufgrund des Album-Covers – für eine Fernsehserie mit dem Titel *The Adventures of Dee Dee* gecastet. Bald war sie selbst berühmt, und Tappy Fishman steuerte ihre Karriere. Sie bekam die Hauptrolle in mehreren Kinofilmen und hatte mit mehr als einem Schauspieler romantische Beziehungen. Doch ihre Leidenschaft für Frankie war schon damals erwacht, als sie ihn nach dem Foto-Shooting geküsst hatte. Sie sagte von ihm, er wäre »das Exotischste, was sie je gesehen« hätte. Mein Schützling bezauberte sie (warum auch nicht, hatte er doch mich?). Frankie dagegen liebte sie nicht, jedoch war sie sehr verführerisch. Tappy Fishman förderte die Beziehung, kannte er doch das lebhafte Interesse des Publikums an Liebesgeschichten zwischen attraktiven Prominenten. Er zahlte sogar die Mahlzeiten im Restaurant, wenn die beiden ausgingen, und schickte Fotografen hin, damit die Öffentlichkeit in den Genuss »heimlicher« Schnappschüsse kam. Schließlich schlug er vor, sie sollten heiraten.

Das war Ende 1964. Zu der Zeit begann Frankies Ruhm allmählich zu verblassen. Er verkaufte immer weniger Platten. Der Publikumsgeschmack ist so unbeständig wie die Aufmerksamkeitsspanne eines Kindes. Aus Großbritannien kam eine neue Musik nach Amerika. Frankie schrieb seine Songs nicht mehr selbst. Stattdessen zwang man ihn, die Musik anderer Leute zu spielen. Als er protestierte, erinnerte ihn Tappy daran, dass dies Teil des Vertrags war, den er mit der Plattenfirma geschlossen hatte. Für sie war er ein »Teenie-Idol«, ein nicht gerade schmeichelhafter Titel.

Und seine Gitarre? Er spielte kaum noch. Keiner wollte mehr seine magischen Saiten hören, seine Gitarre stand in einem dunklen Schrank in seinem großen neuen Haus, wo er sie versteckt hatte. Wenn ich mich recht erinnere, hatte dieses Prachtanwesen fünf Schlafzimmer, zwei Swimmingpools und 16 Spiegel.

Ich würde ja gerne sagen, dass es Frankie kaltließ, als sein Stern zu sinken begann, dass er den ersten Platz klaglos mit dem zweiten vertauschte, dass es ihm egal war, ob er eine Million Schallplatten verkaufte oder eine halbe. Dass für ihn einzig die Musik zählte, meine akustische Geburt. Doch Ruhm macht süchtig. Und ohne die Führung durch Menschen, die ihn liebten, ohne El Maestro, Baffa, Hampton oder Aurora York kam Frankie ins Trudeln.

Einst hatte er nach der Leine des haarlosen Hundes gegriffen, als er in schweres Fahrwasser kam. Nun griff er nach etwas anderem.

»Eine Hochzeit?«

»Hawaii, am Strand!«, führte Tappy aus. »Ich übernehme die Kosten. Mein Geschenk an das glückliche Paar.«

»Aber Leonard …«

»Was?«

»Ich bin mit Aurora verheiratet.«

»Sagt wer? Wo ist die Heiratsurkunde? Du hast mir selbst gesagt, dass ihr das mit den Papieren nicht hinbekommen habt. Und wann hast du Aurora denn zuletzt gesehen? Vor vier Jahren? Oder fünf? Mann, Frankie, sie kommt nicht mehr zurück.«

»Sag das nicht.«

»Du lebst ja auch nicht gerade wie ein Mönch, Junge.«

»Leonard …«

»He, ich verurteile das nicht. Aber Delores ist verrückt nach dir. Wir wissen ja alle, dass ihr Jungs es draufhabt.«

»Wer sagt denn, dass sie mich heiraten will?«

»Vertrau mir. Frag sie.«

»Ich habe ja noch nicht mal einen Ring.«

»Ich habe für dich einen Termin bei einem Juwelier gemacht. Geh einfach hin, irgendwann diese Woche. Heute noch, wenn du willst.«

Was Tappy nicht sagte, war, dass diese Ehe zu Frankies Bestem war. Er hatte das Gefühl, dass sein Sänger langsam aus dem Fokus der öffentlichen Aufmerksamkeit driftete. Die Leute, die ihn einst vergöttert hatten, würden wohl bald sein Bild von der Wand nehmen und nicht mehr frenetisch seinen Namen schreien. Frankie Presto war auf dem absteigenden Ast, Delores Ray dagegen auf dem aufsteigenden. Ihr Licht konnte seines wieder zum Leuchten bringen.

»Ich weiß nicht, Leonard …«

»Was gibt's da zu wissen? Hast du ein Problem damit, jeden Tag zu dieser Frau nach Hause zu kommen?«

»Das ist es nicht …«

»Ich würde alles dafür geben.«

»Sie ist schon okay, aber …«

»Frankie, hör mir mal zu.« Er legte die Hände auf Frankies Schultern. »Es ist einfach gut für deine Karriere.«

Ich weiß nicht, wer diesen Satz erfunden hat. Ich weiß nicht, wer dieses Wort erfunden hat. Ich bin auf dieser Welt, seit der erste Mensch die Augen geöffnet hat, und ich habe eine Melodie für jeden Teil im Gewebe des menschlichen Lebens, Klänge, die vom Erwachen erzählen, vom Schmerz, von der Liebe, den vier Jahreszeiten. Doch in all meinen Schöpfungen gab es nie eine Weise für »die Karriere«. Warum also lasst ihr Menschen zu, dass sie dermaßen von mir Besitz ergreifen will?

Die Hochzeit fand statt und brachte die Schlagzeilen, die sich Tappy gewünscht hatte. Das Paar verbrachte seine Flitterwochen auf Hawaii, wohin man Tag für Tag Fotografen einflog. Natürlich schnellten die Verkaufszahlen von Frankies Alben in die Höhe, aber nur kurzzeitig. Delores dagegen war für einen weiteren bedeutenden Film engagiert worden. Sie zog in Frankies großes Haus ein und stellte seine Gitarre in einen noch kleineren Schrank. Frankie sah ihr dabei zu. Er dachte an Aurora. Und fing wieder an zu trinken. Er nahm die Flaschen mit auf die Dachterrasse oder an den Swimmingpool.

Eines Tages im Sommer 1965 rief Tappy Frankie in sein Büro. Dort sah er einen Mann, den er noch nie gesehen hatte.

»Komm her, Junge«, sagte Tappy. Frankie trat näher, und Tappy fasste ihm ins Haar und verwuschelte es, bis ihm einzelne Haarsträhnen in die Stirn fielen.

»Nun, was denken Sie?«, fragte Tappy den Mann.

Dieser nickte. »Er sollte es immer so tragen.«

»Das ist Allan Edgars. Er ist Regisseur. Wir werden einen Film mit dir machen, Frankie. Wie findest du das?«

Frankie zuckte mit den Schultern. Er mochte seinen Wuschelkopf nicht.

»Mit Delores. Du und sie zusammen. Romantik ist Trumpf. Besser als Arbeit, oder?«

Der Regisseur lachte.

»Und das Beste kommt noch. Wir drehen in London. Das war Allans Idee. Zur Hölle mit dieser Briten-Invasion. Jetzt schlagen wir zurück! Wie gefällt dir das? Warst du schon mal in England, Frankie?«

Frankie blickte zu Boden. Er erinnerte sich noch gut an seine Überfahrt nach England. Man hatte ihn in eine Decke gewickelt und im Frachtraum eines Schiffs versteckt. Dann hatte man ihn auf den Docks von Southampton abgeladen und ihm gesagt, er solle ruhig sein. Dort war er stundenlang liegen geblieben, auf den eigenen Atem lauschend, zu ängstlich, um auch nur eine Bewegung zu machen. Schließlich hatte er etwas an seinem Bauch gespürt. Er hatte die Decke zurückgeschlagen, und eine Möwe war an seinem Gesicht vorbeigeflogen. Er hatte geschrien, als sie in den wolkenweißen Himmel aufgeflogen war.

»Nein«, sagte Frankie. »Ich war nie in England.«

»Wir fliegen in drei Wochen.«

»Ich habe noch Songs aufzunehmen.«

»Das machen wir nach dem Film.«

»Und was ist mit dem nächsten Album?«

Tappy sah den Regisseur an. Dieser wiederum richtete den Blick auf Frankie.

»Wir machen zuerst den Film, Junge. Das wird dir gefallen. Du wirst dabei Spaß haben.«

Frankie sagte nichts, aber er fühlte ein Brennen in der Magengegend. Er zog einen Kamm aus der Tasche und kämmte sich das Haar.

»Lass das so«, warf Tappy ein. »Es sieht anders besser aus.«

Frankie steckte den Kamm wieder in die Tasche, und das Brennen wurde heftiger.

Roger McGuinn

Gitarrist, Sänger, Gründungsmitglied der Byrds. Mitglied der Rock and Roll Hall of Fame.

Meine beste Frankie-Presto-Story? Nun, ich habe ihn den Beatles vorgestellt. Das ist wirklich eine gute Geschichte.

Es war im Sommer 1965. Die Byrds waren auf ihrer ersten Englandtournee in London, und Frankie Presto war dort, um einen Film zu drehen. Er sah eines unserer Konzerte. Danach kam er hinter die Bühne und fragte mich nach meiner zwölfsaitigen Rickenbacker-Gitarre. Ich hatte ihn mal in einem Konzert erlebt, als ich noch zur Highschool ging. Ich fand seinen Haarschnitt cool – und wusste gar nicht, dass er ein so toller Gitarrist war. Aber das sollte ich bald herausfinden.

1965 waren die Byrds echt populär. Unsere Fassung von »Mr Tambourine Man« war die Nummer eins in den britischen Charts, deshalb haben wir überhaupt in London gespielt. Aber die Tournee lief nicht gut. Man verkaufte uns als »Amerikas Antwort auf die Beatles«, und damit war die Latte ziemlich hoch gelegt. Und die Presse machte Stimmung gegen uns.

Wie auch immer, am Abend nachdem Frankie zu uns hinter die Bühne gekommen war, kamen die echten Beatles, um uns spielen zu sehen. Unser Pressemann Derek Taylor machte auch die Pressearbeit für die Beatles, und so hatte er das Ganze eingefädelt. Nach dem Konzert sollten wir uns alle in einem Raum über dem Club treffen. Wir waren ziemlich nervös. Unserem Bassisten war während der Vorstellung sogar eine Saite gerissen. Das war noch nie vorgekommen. Er hat sie wahrscheinlich härter bearbeitet, als er wollte.

Also, wir gingen da in diesen Raum, und da saßen tatsächlich John Lennon und George Harrison. John sagte: »Das war eine klasse Show.« Ich hatte sofort das Gefühl, ich müsse mich entschuldigen. Ich sagte: »Nein, sie war nicht so toll.« Daraufhin zog John mich ein bisschen auf. Dann sprach er mich auf meine »kleine Brille« an, eine runde Nickelbrille. Er setzte sie auf. Und wie jedermann weiß, trug er von diesem Moment an ständig so eine Brille. Ich glaube, heute weiß jeder, was eine John-Lennon-Brille ist.

Irgendwann erzählte ich, dass Frankie Presto am Tag vorher hinter der Bühne war, und John sang ein paar Takte aus »Our Secret«. Er meinte, das sei eine der coolsten Balladen, die er je gehört hätte. Und dass Frankie Presto seitdem keine gute Aufnahme mehr gemacht habe.

Am nächsten Abend traf ich mich mit Paul McCartney in seinem privaten Club. Er kutschierte mich sogar in seinem nagelneuen Aston Martin DB5 durch London. Ich erwähnte Frankie, und Paul wurde ganz aufgeregt, denn jemand hatte ihm erzählt, dass Frankie in Elvis Presleys Band gespielt habe. In derselben Woche gab es eine Party im Haus von einem der Rolling Stones – damals hingen noch alle britischen Bands zusammen – und Paul meinte, ich solle Frankie doch mitbringen, dann könne er ihn fragen, ob das wahr sei. Jedermann blickte damals zu den Beatles auf, aber die Beatles verehrten immer noch Elvis Presley.

Also erkundigte ich mich am nächsten Tag, wo Frankie drehte, und schaute dort einfach so vorbei. Es war ein Lagerhaus in einer Seitenstraße der Carnaby Street, wo wir uns damals unsere Klamotten besorgt haben – Sie wissen schon, die Stretch-Jeans und die schwarzen Reißverschluss-Stiefel. Ich fand Frankie, wie er ganz allein in einem dieser Regisseurstühle herumhing, noch im Halbschlaf. Als er mich sah, richtete er sich auf und machte mich mit seiner Frau bekannt, Delores Ray, die in Amerika ein großer Star im Fernsehen war.

Ich sagte Frankie, was Paul McCartney gesagt hatte, und Delores schien echt überrascht zu sein. »Wann hast du mit Elvis gespielt?«, fragte sie. Und Frankie meinte, das sei nur einfach ein dummes Gerücht. Als ich ihn zu der Party einlud, war Delores ganz aus dem Häuschen. Sie rief: »Die *Beatles* und die *Rolling Stones*? Natürlich kommen wir!« Aber später, als sie gerade beim Drehen war, meinte Frankie, das sei wohl doch keine so gute Idee. Ich hatte das Gefühl, dass seine Frau ihm peinlich war.

Wir setzten unser Gespräch über Gitarren fort, und ich fragte ihn, ob er nicht später im Hotel eine kleine Jamsession machen wolle. Er kam tatsächlich – eine halbe Stunde zu früh. Er hatte einen uralten Gitarrenkoffer dabei und zog eine betagte Akustikgitarre heraus – ich weiß nicht mehr, von welchem Hersteller sie war, weil irgendetwas auf dem Etikett klebte. Dann fingen wir an zu spielen. Mir fiel sofort auf, wie groß seine Hände waren. Viele große Gitarristen haben große Hände, Jimi Hendrix zum Beispiel. Er konnte seinen ganzen Daumen um den Hals des Instruments legen. Da hat man natürlich alles unter Kontrolle.

Wie auch immer, bis zu diesem Augenblick glaubte ich, er sei ein leidlich guter Gitarrist. Aber nach 20 Minuten hatte ich keine Lust mehr zu spielen. Frankie spielte ein Solo nach dem anderen und machte diese unglaublichen Voicings, und wenn ich ihn fragte »Was war das denn?«, dann nannte er irgendeinen klassischen Komponisten – Giuliani, Haydn oder so was. Dann wieder fragte ich »Was war das?«, und er nannte Antonio Carlos Jobim oder Wes Montgomery. Und dabei versuchte er noch nicht mal anzugeben. Er war einfach nur so gut, dass er es nicht verbergen konnte.

Wir machten ein paar klassische Jams wie »Midnight Special« oder Jimmy Reeds »You Got Me Dizzy«. Und natürlich spielten wir auch ein paar Beatles-Songs. Er hatte die Arrangements voll drauf. Irgendwann lächelte er nur noch vor sich hin, und ich fragte ihn: »Was ist denn daran so witzig?« Und er: »Gar nichts. Ich habe nur schon so lange nicht mehr Gitarre gespielt.« Am liebsten hätte ich mich in ein Mauseloch verkrochen. So spielte er also, wenn er lange *nicht* gespielt hat? Und ich hatte den Eindruck, dass er sich irgendwie verkauft fühlte. Viele der frühen Rock 'n' Roller fühlten sich damals so, denn im Grunde wollte jeder von einem dasselbe, immer und immer wieder.

Frankie sagte, dass ihm das Spielen in einer Band fehle, und ich witzelte, er könne sich ja den Byrds anschließen, wenn er mir verspreche, keine Saite zu reißen, wenn die Beatles zuhörten. Da sah er seine Gitarre an und antwortete: »Roger, weißt du, wie alt die oberen drei Saiten sind?« Und ich: »Nein.« »20 Jahre«, sagte er. »Das gibt's doch nicht«, meinte ich. »Und die sind nicht kaputtgegangen? Das ist doch unmöglich.« Er aber schüttelte den Kopf und antwortete: »Ich weiß. Aber es ist wahr.«

Also, wo waren wir ... Ach ja, die Beatles-Geschichte. Die Party war im Haus von einem der Stones, vielleicht in dem von Keith Richards. Es war ein schickes dreistöckiges Haus aus braunem Sandstein. Ich weiß noch, wie sie uns dort vorführten, wie ihre Butler Joints für sie drehten und sie für den Morgen auf die Stufen legten. Auf dieser Party gab es jede Menge Drogen – überhaupt auf jeder Party zu dieser Zeit.

Nach etwa einer Stunde kam auch Frankie. Ich sagte: »Ich dachte schon, du schaffst es nicht.« Und er: »Ich kann auch nicht lange bleiben.« Also stellte ich ihn allen vor, und alle waren echt cool. Ich weiß noch, dass ich, Frankie, George Harrison und Eric Clapton über Leadbelly diskutierten, den alten Bluessänger. Frankie wusste alles über ihn, weil er eine Zeit lang in Louisiana gelebt hatte. Er meinte, Leadbelly sei so gut gewesen, dass man ihn *zweimal* auf Bewährung freigelassen hat, nachdem die Wachen ihn hatten singen hören – einmal sogar nach einem Totschlag! Wir lachten und sagten, das würden wir auch probieren, wenn man uns je einbuchten würde.

Ich weiß noch, dass Frankie Paul und Ringo kennenlernte und gut mit ihnen auskam, allerdings war Paul ziemlich enttäuscht, als er hörte, dass Frankie nie mit Elvis gespielt hatte. Als Frankie John vorgestellt wurde, machte dieser eine Bemerkung über seine Haare, weil er sie neuerdings in die Stirn gekämmt trug. John lachte und sagte: »Der große Frankie Presto. Versuchst du jetzt auszusehen wie wir?« Ich weiß, dass er das nicht böse gemeint hat, aber Frankie war sauer. Er ging bald danach.

Ich sah ihn ein paar Tage später noch einmal, und er schien immer noch verärgert. Also sagte ich ihm, er solle doch einfach vergessen, was John gesagt habe, der sei einfach so. Und er müsse unbedingt wieder Gitarre spielen, er sei einfach viel zu gut. Wenn er je mit uns würde spielen wollen, dann hätten wir für ihn immer einen Platz frei.

In derselben Woche flogen wir nach Amerika zurück. Ich weiß nicht, was aus dem Film geworden ist, den Frankie gedreht hatte. Ich habe nur gehört, dass er einfach alles hingeschmissen und sich von seinem Manager getrennt hat.

Das nächste Mal, als ich ihn traf, war gleichzeitig das letzte Mal, etwa vier Jahre später in einem Club in Greenwich Village. Er war mit seiner Rockband dort, stand einfach nur im Hintergrund und schrummte den Rhythmus. Er sang nicht und hatte eine dunkle Sonnenbrille auf. Nach der Show war ich mir gar nicht mehr so sicher, ob er das wirklich war. Also ging ich hin und fragte: »Frankie?«

Anfangs schien er sich zu freuen, mich zu sehen, doch nachdem wir ein paar Minuten lang geredet hatten, wurde er irgendwie schweigsam. Ich fragte ihn, ob er nicht irgendwann wieder jammen wolle, aber er meinte, er könne nicht. Er habe zu viel zu tun, und seine Frau erwarte ein Baby. Vielleicht war es ihm peinlich, dass er in so einer Absteige spielte. Ich weiß es wirklich nicht. Er fragte, ob die Byrds in Woodstock spielen würden, und ich sagte Nein, wir hätten für eine Weile genug von den Festivals. Dann entschuldigte er sich, er müsse aufs Klo. Und kam nicht wieder.

Ich fand es schrecklich, als ich von seinem Tod gehört habe. Ich war gerade auf Tournee in Frankreich und dachte, ich sei es ihm schuldig, zu seiner Beerdigung zu kommen, denn er hat mich wirklich zu einem besseren Gitarristen gemacht. Ehrlich. An diesem ersten Abend, als wir zusammen gespielt haben, wurde mir klar, was ich noch aufzuholen hatte. Die Musik ist manchmal so. Sie ist ein Wettbewerb. Eisen wird an Eisen geschliffen, wie es in der Bibel so schön heißt.

Jemand hat mir erzählt, dass er es nach Woodstock geschafft hat, aber ich weiß nicht, ob das stimmt ... Dann hätten wir doch sicher davon gehört, oder?

41

Erlauben Sie mir, auf Mr. McGuinns Frage zu antworten. Frankie hat es tatsächlich nach Woodstock geschafft. Er hat sogar gespielt. Doch nicht so, wie man sich das vorstellt. Er war nämlich nicht eingeladen worden. Niemand hatte ihn gebeten zu kommen. Er fuhr hin in der illusionären Hoffnung, sich das zurückholen zu können, was er einst hatte – Menschenmengen, die seiner Musik zujubelten. Doch keine Band wollte ihn haben, und – wie Sie gleich lesen werden – alles ging schief. Seine Teilnahme wurde ein trauriges Kapitel in der Geschichte eines Mannes, der von seinem Weg abgekommen war – und das Ende eines Satzes in seiner Symphonie mit Aurora York.

Es war das Menuett, das Scherzo im 3/4-Takt. Wenn Sie mit den Fingern diesen Takt klopfen – 1 – 2 – 3, 1 – 2 – 3, 1 – 2 – 3 –, spüren Sie sofort den euphorischen Rhythmus. Tatsächlich heißt das Wort *scherzo* Scherz oder Witz.

Und tatsächlich begann Frankie Mitte der Sechzigerjahre, diesen Begriff auf sich selbst anzuwenden, nach dem Motto: Ich bin ein Witz. (Gibt es einen schärferen Kontrapunkt als diesen?) Er spürte, dass man seine Musik nicht mehr ernst nahm und seine Wünsche ebenso wenig. Dieses Brennen in der Magengrube, das er zum ersten Mal in Tappy Fishmans Büro gespürt hatte, wurde immer stärker. Der Spruch, den John Lennon herausgelassen hatte, als er ihn fragte, ob er die Beatles imitiere, verschlimmerte dieses Brennen noch. Im Kielwasser dieser Erlebnisse machte Frankie einige entscheidende Schritte:

Er ließ den Film in London platzen. Damit setzte er seine Chancen im Filmgeschäft in den Sand.

Er trennte sich von Tappy Fishman. Damit grub er sich finanziell das Wasser ab.

Er trennte sich von Delores Ray. Damit zerstörte er seine Ehe – und er wurde in komplizierte finanzielle und rechtliche Auseinandersetzungen verwickelt, die er ignorierte – sehr zu seinem Nachteil.

Und er schnitt sich die Haare.

Wie Samson, der die Pfeiler des Tempels zum Einsturz brachte, demolierte Frankie alles, was ihn hielt, weil er frei sein wollte. In den folgenden Jahren verlor er sich dann selbst in den Trümmern. Er wurde drogensüchtig, weil er – wie ich vorher schon erwähnte – wie so viele glaubte, dass er mir damit näherkommen würde.

Er zog nach New York City, in eine finstere Erdgeschosswohnung an der West Twelfth Street in Greenwich Village. Er behielt seinen Lebensrhythmus bei, schon weil er schlecht schlief. Er übte ununterbrochen, und wenn er nicht übte, war er zugedröhnt. Er arbeitete für jede Band, die ihn bezahlte, für jedes Studio, das ihn haben wollte. Und er nahm Geld dafür, dass man seinen Namen nicht erwähnte, damit er keine Tantiemen erhielt. Und wenn man ihn nicht mit Geld bezahlen konnte, nahm er gerne auch Pillen, Marihuana oder Alkohol.

Immer öfter dachte er an seine Kindheit.

»Warum trinken Sie so viel, Maestro?«
»Das ist keine musikalische Frage.«
»Sind Sie traurig, Maestro?«
»Wieder keine musikalische Frage.«
»Ich bin manchmal traurig, Maestro.«
»Übe mehr. Rede weniger. Dann bist du gleich glücklicher.«
»Ja, Maestro.«

Jeder schließt sich im Laufe seines Lebens einer Band an. Manchmal sind es die falschen Bands.

42

1968

Aber zurück zu unserer Liebesgeschichte. Zum Menuett. Das ein kurzer Tanz ist.

Eines Dezembertags öffnete Frankie die Tür zu seiner Wohnung in Greenwich Village. Er war nur halb angezogen und hatte verquollene Augen – und da stand sie: Aurora York in Schal und Handschuhen, das blonde Haar ordentlich unter die Krempe ihres Hütchens gesteckt.

»Bist du fertig mit dieser Schauspielerin?«, fragte sie.

»Ja.«

»Der Papierkram ist erledigt?«

»Ja.«

»Können wir jetzt heiraten?«

»Wenn du willst.«

»So richtig?«

»So richtig.«

»Ich bin nur gekommen, um mich zu vergewissern.«

»Wirst du bleiben?«

»Nein.«

Er sah sie einige Wochen nicht mehr. An einem Donnerstagabend klopfte sie erneut.

»Übst du?«

»Ja.«

»Spielst du?«

»Wenn ich kann.«

»Nimmst du Drogen und trinkst du?«

»Manchmal.«

»Du musst damit aufhören.«

»Ich weiß.«

»Dann tu's auch.«

»Wirst du bleiben?«

»Nein.«

Im Monat darauf kam sie wieder. Dieses Mal blieb sie ein paar Stunden. Im nächsten Monat kam sie wieder und blieb die ganze Nacht.

Sie wiederholte dieses Muster – kurze Tänze, ein Menuett – den ganzen Winter über und auch noch einen Teil des Frühjahrs, bis sie an einem Montagmorgen mitten in einem gewaltigen Regenschauer wieder auftauchte. Dieses Mal hielt sie einen Schirm in der einen Hand und ihren gelben Koffer in der anderen.

Frankie lächelte.

»Wirst du bleiben?«, fragte er sie.

»Ich bin schwanger«, sagte sie.

43

1969

Nun wird es langsam Zeit, dass wir die Woodstock-Geschichte zu Ende bringen.

Frankie war endlich hinter der Bühne gelandet. Im Festival begann sich gerade ein gewaltiges Chaos auszubreiten. Hubschrauber flogen die Künstler ein. Vom Landeplatz aus überquerten sie eine hölzerne Brücke, um zur Bühne zu gelangen. Doch die Musiker mussten dort lange warten, viele wussten gar nicht, wann sie spielen sollten. Der Regen beschädigte die Elektronik. Die Verstärker brannten durch. Die Lebensmittel gingen zur Neige. In der Dunkelheit des Sonntagmorgens hatte das Festival den Charakter einer gewaltigen Party angenommen, die nicht mehr zu enden schien. Es waren noch ungeheure Menschenmengen da, die gegen den Schlaf ankämpften und versuchten, sich halbwegs trocken zu halten.

Es heißt ja oft, dass die Drinks backstage mit Halluzinogenen versetzt waren. Ich kann das nicht bestätigen. Aber als Frankie dorthin kam, hatte er seit einer Ewigkeit nichts getrunken und kippte sich das erste Getränk hinter die Binde, das er fand – in Pappbechern auf einem Klapptisch. Sein Gesicht war voller Schlamm, auch sein weißes Hemd war schmutzig geworden. Er rollte den Kopf von einer Seite zur anderen.

»Aurora … Baby … Frühstück«, murmelte er immer wieder.

Dann starrte er die anderen Musiker an, die betreten zur Seite schauten oder Grimassen schnitten. Ein großer Eimer Wasser stand da, und jemand hatte Papierhandtücher bereitgelegt. Frankie wusch sich das Gesicht und wischte sich den Schlamm ab.

Schließlich fing eine Band namens Sly & The Family Stone an, ihren Song zu spielen: »Stand!«

Frankie aber schoss nach rechts und nach links und begann sein letztes Menuett.

»Aurora!«

Er drehte sich und schrie. Er schwankte und schrie. Er hielt den Eierkarton hoch.

»Aurora! Ich bin zurück! Aurora!«

Er rutschte aus. Und stand wieder auf. Seine Schreie wurden von der Musik verschluckt. Wenn der Gesang einsetzte oder die Gitarre erklang, konnte man ihn überhaupt nicht mehr hören.

»Stand! …«

»Aurora!«

»Stand! …«

»Aurora!«

»Stand! …«

»Aurora!«

Sie war nirgendwo zu sehen.

Als die Band unter großem Applaus um 4:05 Uhr morgens Schluss machte, gingen die Lichter auf der Bühne aus. Alles war schwarz.

Und Frankie beschloss, Gitarre zu spielen.

Um Aurora zu sich zu holen.

Und ihrer beider Schicksal zu wenden.

Ich kann zur Verteidigung meines geliebten Schützlings nur sagen, dass er völlig neben sich stand. Körper, Geist und Herz waren alles andere als eins. Er stolperte die Rampe hinauf und näherte sich der großen Bühne. Niemand hielt ihn auf, weil er eine Gitarre trug und sich wie ein Musiker bewegte, der wusste, was er tat. Ein paar Arbeiter begannen, die Bühne für den nächsten Auftritt vorzubereiten (die berühmte britische Band The Who), aber es war schon spät, und alle waren müde, also achtete keiner auf den langhaarigen Musiker, der sich der Verstärkerwand näherte.

Frankie murmelte ständig vor sich hin, dann nahm er ein Kabel und steckte es in seine Gitarre, die er mit einem E-Gitarren-Pickup aufgerüstet hatte. Er konnte nicht gleichzeitig die Eier halten und spielen, daher stellte er den Karton auf den Boden. Dabei sprang der Deckel auf. Im schwachen Licht des Mondes sah er, dass alle Eier zerbrochen waren. Tränen stiegen ihm in die Augen.

Was ihr nicht wissen könnt – was niemand wusste – war, was einige Wochen vorher geschehen war, als Roger McGuinn Frankie in New York begegnet war. Die schwangere Aurora war in Frankies Wohnung eingezogen, allerdings nur unter der Voraussetzung, dass Frankie wieder ein geregeltes Leben führte, dass er nach den Auftritten gleich nach Hause kam und sich darauf vorbereitete, ihrem gemeinsamen Kind ein guter Vater zu sein. Keine Drogen. Kein Alkohol. Keine anderen Frauen. Sie war im sechsten Monat, und ihre Vereinbarung zeigte Wirkung. Frankie aber fühlte sich dann aber durch das Zusammentreffen mit McGuinn an die Zeit in London, an 1965 erinnert, an die Beatles, die Party und daran, wie weit er doch heute von seinem früheren Ruhm entfernt war. Er spielte an dem Abend in einem finsteren, stinkenden Nachtclub, und sein Ego war angeschlagen. Er war deprimiert und blieb weg bis zum Morgengrauen, weil er mit seinen Musikerkumpels im Keller des Clubs Marihuana rauchte und trank.

Kurz nach Sonnenaufgang stolperte er zurück zu seiner Wohnung, beschämt über seinen Rückfall und auf einen Streit gefasst. Doch in der Wohnung war es dunkel. Er schlich sich hinein und schlüpfte unter die Decke, während Aurora schlief. Die Bewegung unter der Decke weckte sie auf. Sie rollte sich auf die andere Seite und legte ihren Arm um ihn.

»Francisco«, murmelte sie.

»Aurora«, flüsterte er.

»Das heißt Morgenröte.«

»Ich weiß.«

»Ich bin hungrig. Wenn du mich liebst, machst du mir Frühstück.«

Er seufzte tief. Hier war er in Sicherheit. Sie hatte es nicht mitbekommen. Und er würde es nie wieder tun. Das schwor er sich selbst.

»Ich hole ein paar Eier«, versprach er.

Dazu hätte er jedoch wach bleiben müssen. Aber seine Augen schlossen sich. Die Nacht holte ihn ein.

Eine Stunde später wachte Aurora auf und fand Frankie schnarchend auf dem Kissen. Also beschloss sie, sich selbst Frühstück zu holen und ihm auch etwas zu machen. Da sie nichts im Kühlschrank hatten, zog sie sich eine Jacke über, schnappte sich ihre Handtasche und verließ die Wohnung. Sie kaufte im nahe gelegenen Lebensmittelladen einen Karton Eier und eine Zwiebel. Auf dem Weg nach Hause, nur einen Block von der Wohnung entfernt, wurde sie von drei jungen Männern umringt, die plötzlich aus einer Seitenstraße sprangen. Sie schubsten sie und griffen nach ihrer Handtasche, die sie sich um die Schulter gehängt hatte. Aurora zog die Handtasche zurück und taumelte dabei gegen einen der Angreifer. Dieser zog das Knie an und rammte es ihr in den Bauch. Sie fiel auf die Knie, die Tasche hing immer noch an ihrer Schulter. Er trat nach, um ihr die Tasche zu entreißen. Die anderen schrien ihn an und liefen weg. Dann drehte auch er sich um und spurtete davon.

Ein Taxi hielt quietschend am Randstein. Ein Mann sprang heraus. Aurora gab einen gurgelnden Laut von sich und fiel dann zu Boden. Auf dem Gehsteig erfassten sie plötzlich heftige Krämpfe.

Frankie verschlief den ersten Anruf vom Krankenhaus. Er verschlief auch den zweiten. Als er seine Frau endlich sah, hatte man sie von einer Totgeburt entbunden. Man hatte das Kind in eine Decke gewickelt und es der Mutter in den Arm gedrückt, die es eine Minute lang halten durfte. Dann hatte man ihr das Bündel weggenommen. Aurora starrte aus dem Fenster, als Frankie hereinkam. Ihr Gesicht war blau geschwollen, an mehreren Stellen hatte man ihr Verbände angelegt. Sie drehte den Kopf, und Frankie blieb stehen, zur Salzsäule erstarrt. Er spürte seine Schuld in jeder einzelnen Körperzelle.

»Wer hat das getan?«, murmelte er.

Sie schüttelte den Kopf.

»Wie sind sie …«

Sie schüttelte den Kopf.

»Warum …«

Er fand keine Worte mehr.

»Wo warst du?«, flüsterte sie.

Von diesem Moment an bis zu dem Augenblick, in dem er in Woodstock auf der Bühne stand, waren einige Wochen ins Land gegangen. In dieser ganzen Zeit war Frankie nicht einmal nüchtern gewesen. Er konnte Aurora einfach nicht mehr entgegentreten. Und nicht nur ihr. Er schwankte vom Krankenhaus heim, packte seine Gitarre und kam nicht mehr zurück. Er trampte durch den Bundesstaat und warf jede Droge ein, die er auftreiben konnte, nur um nicht an das Geschehene denken zu müssen. Aber sein gemarterter Kopf konnte nicht vergessen. Er sah überall Aurora vor sich, Tag für Tag, bis sich Realität und Fantasie vermengten. Schließlich, in Woodstock, bildete er sich ein, er hätte sie schlafend auf dem Hügel zurückgelassen (»Wenn du mich liebst, dann holst du mir Frühstück«) und wäre zum Eierholen losgezogen.

Jetzt, auf der dunklen Bühne, wünschte er sich nur eines: Er wollte sie noch einmal wiedersehen. Und so versuchte er es mit dem, was in seinen Augen das Geschehene rückgängig machen konnte.

Er trat von den zerbrochenen Eiern zurück und drehte ärgerlich am Lautstärkeknopf seines Gitarren-Pickups. Einer der Verstärker stieß ein Summen aus. Er sah, dass auf ihm eine leere Bierflasche stand. Und da fiel Frankie in seinem Drogennebel ein Trick ein, den Hampton Belgrave ihm mal gezeigt hatte. Er schlug die Flasche gegen die Verstärkerkante, wodurch sie sauber in zwei Teile zerbrach. Dann nahm er den Flaschenhals und steckte den Ringfinger hinein. So hatte er einen Bottleneck genannten Slide aus Glas – das war ein alter Trick von Bluesgitarristen, um die Saitenspannung und das Vibrato zu kontrollieren. Die Feuchtigkeit fühlte sich gut an auf der Haut. Frankie klopfte zweimal mit dem Fuß auf, dann schob er den Bottleneck den Hals hinauf und feuerte einen schreienden H-7-Akkord ab, als müsse er der Gitarre die Musik entreißen.

Die Musiker vor der Bühne sahen auf, weil der Akkord so voll klang. Aber sie sahen nur Dunkelheit. Frankie spielte wie ein Geist eine Folge von Arpeggien, die immer schneller und schneller wurden, dann fuhr er den Gitarrenhals hinunter, als müsse er eine Rakete zum Absturz bringen. Mit den Pedalen erzeugte er Verzerrungen, Fuzzes, Wah-Wahs und andere Effekte. Er hielt ein hohes D und schüttelte die Hand dabei, als müsse er dem Griffbrett den Atem abschnüren, und dann spielte er eine röhrende Bluesskala hinauf, hinunter und wieder hinauf. Außer seiner Gitarre war kein Instrument zu hören, keine Trommel, kein Bass. Die meisten Solos werden über einer Melodie gespielt oder vor dem Hintergrund der Rhythmusgruppe. Doch dies war ein Solo für nur eine Gitarre, und die Melodien in Frankies Riffs machten es nur noch einzigartiger. Er war ein Mann, der mit letzter Kraft gegen den Strom ankämpfte. Ich kann mich nicht erinnern, dass er in all der Zeit, die ich mit ihm verbrachte, je eine härtere Schlacht geschlagen hatte. Ich flatterte in diesem Solo wie ein Blatt im Wind. Leadbelly klang darin an, Mozart, Chet Atkins, Andrés Segovia. Frankie beschwor jeden musikalischen Impuls, den er je aufgenommen hatte, und spielte mit so viel Gefühl, dass Tränen über seine Wangen flossen und auf seine Finger fielen.

Und während er spielte, wandte er den Blick nicht eine Sekunde von den Saiten ab und murmelte dauernd: »Verfärb dich! Verfärb dich!«

Er wollte, dass wenigstens eine davon blau wurde.

In seinem zerrütteten Kopf glaubte er, dass er so jene schreckliche Nacht ungeschehen machen konnte, dass er sein Kind retten, Aurora zurückholen konnte. Besaß er denn nicht diese Macht? Wozu waren die Saiten denn gut, wenn er sie *jetzt* nicht einsetzen konnte?

»Verfärb dich!«

Seine Finger flogen. Sein Solo schoss aus den Verstärkern.

»Verfärb dich!«

Ein letzter Schwall Noten drang aus seiner Gitarre, ein Thema von Vivaldi, ein Riff von Chuck Berry. Seine Gitarre spuckte endlos rohe Emotionen aus. Einer der Bühnenarbeiter meinte, »Den greif ich mir jetzt«, aber als er an den Mitgliedern von The Who vorbeiging, hielt ihn Peter Townshend, der Gitarrist, am Arm fest und flüsterte: »Lass bloß die Finger von ihm!«

Alles in allem spielte Frankie zwei Minuten und siebzehn Sekunden. Zum Schluss ließ er seine Hand wie einen flatternden Schmetterling über die Saiten peitschen, während er den Gitarrenhals hinab Akkorde setzte, die wie ein absterbender Riesenmotor klangen, er strich den Finger mit dem Bottleneck auf und ab über die Saiten und ließ einen Basston aufheulen, darüber drei harmonische Obertöne. Und schließlich das Finale:

Bum-bum-bum.

Dummmmmmmmmmmmmmmmmmmm.

Die Saiten hatten sich nicht verändert. Er ließ sich zu Boden sinken.

Da das Licht nicht eingeschaltet war, hatte ihn niemand spielen sehen. Außerdem war es gut fünf Uhr morgens, die meisten Leute schliefen. Trotzdem erklang da und dort Applaus, so manch einer johlte vor Begeisterung. Einer schrie schließlich: »Bringt doch endlich The Who!« Frankie spürte, dass sich nichts in seinem Leben zum Besseren verändert hatte. Es war schwarz, finster, und er war allein.

Also ging er auf die Knie wie zum Gebet. Er beugte sich vor und streckte seine linke Hand aus, schön gerade und offen, wie El Maestro es ihn gelehrt hatte. Als wollte er Gott um Hilfe bitten.

Doch was hatte El Maestro gesagt: »Dummer Junge! Gott gibt dir nichts!« Und so rammte er sich den Flaschenhals in seine linke Handfläche, wieder und immer wieder. Er schnitt sich die Hand auf, die ihm zu essen gab, bis seine Finger voller Blut waren.

Teil IV

Pau Sanz

Inspector Jefe (Chefinspektor) beim Cuerpo Nacional de Policía.

Ich gebe Ihnen jetzt ein Interview. Nur kurz, okay? Mein Englisch ist nicht so gut.

Ich bin Pau Sanz, Chefinspektor. Ich leite die Ermittlungen im Todesfall Francisco Presto.

Wie bitte? … Noch nicht. Wir wissen nur, dass er starb, weil er im Teatro Municipal aus großer Höhe gefallen ist. Beim Festival für Tárrega. Wir haben das jedes Jahr, da gab es noch nie ein Problem, nie.

Wie bitte? … Sí, auch wir fragen uns, wie er hinaufgekommen ist. Und warum er gefallen ist. Vielleicht hat ihn jemand gestoßen? Vielleicht wollte jemand, dass er stirbt?

Wir haben keine Wunde gefunden. Narben an der Hand, aber keine Wunde. Keine *balas*, wie sagt man doch? Kugeln? Niemand hat auf ihn geschossen.

Wir müssen Fragen stellen. Es ist die Aufgabe der *policía*, es ist schließlich jemand zu Tode gekommen, nicht wahr? Wir müssen Fragen stellen.

Wie bitte? … Kein Verdächtiger. Noch nicht. Manche Menschen haben ausgesagt, dass sie ihn am Morgen zusammen mit einer Person gesehen haben. Diese Person trug einen Mantel und hatte ein verdecktes Gesicht. Vielleicht war diese Person in seinen Tod verwickelt? Das ist möglich, nicht wahr?

Für mich ist der Fall einfach. Es war Mord. Das kann nur so sein.

Menschen fliegen nicht.

44

1981

Die Fähre fuhr in die Bay ein, und den drei jungen Männern fiel buchstäblich die Kinnlade herunter, als sich der Blick auf die grünen Kliffs öffnete.

»Das ist wie Nimmerland«, sagte einer von ihnen.

»Aus *Peter Pan*?«

»Vielleicht sind wir ja die verlorenen Jungs?«

»Guter Bandname.«

»Du bist schon eher Tinker Bell.«

»Und du hast ’nen Knall.«

»Halt die Klappe.«

Man schrieb das Jahr 1981, es waren die ersten Januartage, und wir befinden uns vor Waiheke Island im Hauraki-Golf von Neuseeland. Die drei jungen Männer hatten gerade das College beendet und eine Countryband gegründet. Sie hießen Lyle, Eddie und Cluck – drei magere Jungs in Jeans und Baumwollhemd mit kurzem, struppigem Haar. Lyle war größer als die anderen beiden. Er und Eddie trugen Gitarrenkoffer mit sich, als sie von Bord gingen und den nächsten Hügel hinaufstiegen.

»Gidday, Jungs.«

In einem alten Jeep saß ein großer Mann mit rotem Gesicht. Sein silbergraues Haar war raspelkurz geschnitten, auf dem Unterarm trug er ein Tattoo. Seine Hand lag locker auf dem Lenkrad. Er lächelte und entblößte dabei einige Goldzähne.

»Wollt ihr wohin gebracht werden?«

»Ja, Sir«, sagte Lyle.

»Dann springt mal rein.«

Sie quetschten sich zu dritt auf die Rückbank.

»Ich bin Lyle, das ist Eddie, und der dort ist Cluck.«

»Cluck? Hahahah!« Der Mann lachte laut auf.

»Heute hat wohl jeder was zu meckern!«, murmelte Cluck.

»Und wie heißen Sie?«, wollte Eddie wissen.

»Keyvin.«

»Keevin?«, versuchte Eddie die dialektale Färbung zu entschlüsseln.

»Nein, Kevin.«

»Ach, Kevin. Okay.«

»Ihr kommt aus den Staaten, oder?«

»Aus Texas.«

»Gut für euch. Und los geht's.«

Ein paar Sekunden später holperten sie über die Hauptstraße der Insel, kamen an saftigen Wiesen und felsigen Stränden vorbei, an denen sich die Wellen in weißen Schaumkronen brachen. Kevin winkte jedem Menschen zu, dem er begegnete, ob Autofahrer oder Fußgänger.

»He, ihr Wadlbeißer«, meinte er, als sie an zwei kleinen Kindern vorbeikamen.

»Brutale Schufterei«, sagte er, als sie an Feldarbeitern vorüberrollten.

»Was sagt er da?«, flüsterte Eddie.

»Keine Ahnung«, gab Lyle zurück.

»Dann wart ihr also in Oz?«, fragte Kevin.

»Wie bitte?«

»In Australien?«

»Oh. Ja, Sir. Wir sind erst nach Australien und dann hierhergeflogen.«

»Ihr wisst ja, was man so sagt: Australien ist das Land der Glücklichen, aber Neuseeland ist Gottes eigene Insel.«

»Ehrlich?«

»Das stimmt, Kumpel. Sie ist echt wunderschön. Schaut euch doch nur mal das Wasser an. Ist es nicht herrlich?«

Heiße Luft drang durch das Fenster herein. Die Straße führte im Zickzack an Buchten vorbei, von denen eine schöner war als die andere. Es gab keine einzige Ampel, und Kevin musste nicht einmal bremsen.

»Gottes eigene Insel«, wiederholte er.

»Kennen Sie vielleicht ein billiges Hotel?«

»Ach, davon gibt's hier jede Menge, Kumpel. Ihr seid auf Urlaub hier?«

»Ja, gerade mit dem College fertig geworden.«

»Gut für euch! Was bringt euch auf die Insel?«

»Wir suchen jemanden.«

Lyle rammte Eddie den Ellbogen in die Seite.

»Und wen?«, wollte Kevin wissen.

»Einen Gitarristen.«

»Und Sänger.«

»Einen Kiwi?«

Die Jungs sahen sich fragend an.

»Er ist Amerikaner. Eigentlich Spanier. Kennen Sie viele Leute hier auf der Insel?«

Kevin grinste, und die Falten in seinem Gesicht vertieften sich. »Ich glaube schon.«

Er deutete aus dem Fenster. »Der Obststand dort gehört Curtis Mormont. Ein echter Witzbold … Sehr ihr das blaue Haus dort? Das gehört einem Iren, der hierhergekommen ist, weil er es warm mag. Mulligan. Milligan. Wir nennen ihn Red … Die Hütte da drüben, das Häuschen? Da wohnt mein Kumpel Tim. Terrible Tim, wie wir sagen. Aber schrecklich ist er nur, wenn er blau ist …«

Der Jeep rollte durch im Wind wogende Felder, die fast bis ans Meer reichten. Bei jeder Biegung eröffnete sich ihren Augen ein neues, atemberaubendes Panorama.

»Wie heißt denn euer Gitarrist?«

Lyle sah Cluck an, der wiederum Eddie ansah.

»Presto. Frankie Presto.«

Kevin kratzte sich an der Stirn, knapp über den Augenbrauen.

»Nee, Kumpel. Den kenne ich nicht.«

Er sah in den Rückspiegel.

»Ihr seid also auch Musiker, oder?«

»Wir sind eine Band.«

»He, echt gut für euch. Was spielt ihr denn so?«

Cluck klopfte auf die Koffer. »Schlagzeug.«

»Gitarre«, sagte Lyle.

»Bass«, meinte Eddie.

Kevin fuhr langsamer. »Hört mal, Jungs. Ich habe da eine Idee. Warum fahren wir nicht bei mir vorbei? Da lernt ihr meine Frau kennen. Sie ist echt nett. Dann könnt ihr was essen, und ich bringe euch später dorthin, wo ihr hinwollt. Nix Großartiges, einfach nur *Bubble and Squeak*.«

»Was ist das?«, fragte Cluck ein wenig nervös.

»Reste«, antwortete Kevin.

»Das müssen Sie nicht«, meinte Lyle.

»Ach, ist schon okay, Jungs. Wenn ihr nicht gewesen wärt, damals im Zweiten Weltkrieg, würden wir heute alle Japanisch sprechen.«

»Wie weit ist es denn zu Ihrem Haus?«

»In Waiheke ist nichts wirklich weit weg.«

»Wie viel bekommen Sie denn?«

Kevin schüttelte den Kopf und lächelte.

»He, ich bin doch kein Taxifahrer, Kumpel. Ich lebe einfach hier.«

Stunden später ging der Mond über dem Meer auf, und von Kevins Patio aus sah man unzählige Sterne. Lyle, Eddie und Cluck hatten sich den Bauch mit Hühnchen, Oliven, Käse und Tomaten vollgeschlagen. Und natürlich Wein dazu getrunken, übrigens nicht gerade wenig. Sie hatten eigentlich nur ein paar Minuten bleiben wollen, aber die sprichwörtliche Gastfreundschaft der Kiwis, wie die Neuseeländer sich nennen, hatte sie eingehüllt wie eine warme Decke. Und so war die Sonne untergegangen. Eine leichte Brise erhob sich und strich über ihre schweißnasse Haut.

Natürlich hatten sie Kevin und seiner Frau Robbie von ihrer großen Suche erzählt: Sie wollten Frankie Presto aufspüren, weil sie ihn kennenlernen und nach Möglichkeit auch spielen hören wollten.

»Er ist eine echte Legende!«, sagte Eddie.

Tatsächlich hatte sich damals, zwölf Jahre nach Woodstock, ein Mythos um meinen geliebten Schützling gesponnen. Ein Kritiker hatte einen Bestseller geschrieben, in dem er behauptete, Frankie wäre »der begabteste Gitarrist im frühen Rock 'n' Roll«. Der einstige Byrds-Gitarrist Roger McGuinn hatte in einem Dokumentarfilm erzählt, wie er einmal mit Frankie gespielt und wie sein unglaubliches Talent ihn beeindruckt hätte. Und obwohl sein schmerzgepeinigtes Gitarrensolo in Woodstock nicht offiziell aufgenommen worden war, hatte irgendjemand doch einen Recorder mitlaufen lassen und heimlich Raubkopien von diesen zwei Minuten und siebzehn Sekunden verteilt. Diese waren mittlerweile hochgeschätzte Sammlerstücke, und das Rätselraten um den Künstler hielt immer noch an. Man hatte Jimi Hendrix gefragt, Jerry García, Pete Townshend und Carlos Santana, doch all diese Musiker bestritten, dieses Solo gespielt zu haben. In jüngerer Zeit fiel in diesem Zusammenhang auch mitunter Frankies Name, doch da er ganz aus dem Licht der Öffentlichkeit verschwunden war, fand dieses Gerücht keine Bestätigung. Und ihr Menschen seid nun einmal so: Je unlösbarer ein Rätsel scheint, desto mehr beschäftigt es euch.

Lyle, Eddie und Cluck jedenfalls konnten sich für das Frankie-Presto-Rätsel begeistern. Sie hatten sogar eine Vorstellung, wo sich ihr Idol möglicherweise aufhalten könnte: Von Eddies Cousin, der bei einer Verwertungsgesellschaft für musikalische Vervielfältigungsrechte arbeitete, hatten sie nämlich erfahren, dass ein Scheck für den Song »I Want To Love You« postlagernd nach Waiheke Island in Neuseeland ging. Eddie, Lyle und Cluck, die sich als Band Clever Yells nannten, hatten sich diese abenteuerliche Reise nach Waiheke quasi als Belohnung für ihren Collegeabschluss geschenkt. Vielleicht würden sie den öffentlichkeitsscheuen Gitarristen ja finden.

Vor allem Lyle begeisterte sich sehr dafür. Er versuchte, das seinen interessierten Kiwi-Gastgebern zu erklären.

»Als ich noch ein Kind war, war Frankie Presto total bekannt«, erzählte er. »Meine Eltern hatten all seine Platten, und ich hängte mir die Cover an die Wand. Ich fand ihn einfach supercool. Er hatte einfach alles – Stimme, Aussehen, Begabung. Und dann hörte er einfach auf. Verschwand sang- und klanglos in der Versenkung. Es gibt Leute, die halten ihn für den besten Gitarristen überhaupt. Und er ging einfach auf und davon.«

»Aber warum willst du ihn unbedingt finden?«, fragte Robbie.

Lyle senkte den Blick. »Nun, Ma'am, das hört sich jetzt vielleicht blöd an, aber ich will in der Musik wirklich etwas auf die Beine stellen. Ich habe Songs geschrieben und versucht, sie zu verkaufen. Jede Ablehnung ist für mich, als würden sie mir einen Tritt geben. Und ich drehe fast durch, weil ich immer versuche rauszufinden, warum ihnen der Song nicht gefällt. Und ich denke, wenn ich Frankie Presto finden würde, könnte er mir sicher was beibringen.«

»Wie man einen Song verkauft?«, hakte Robbie nach.

»Wie man sich von einer Ablehnung nicht so fertigmachen lässt«, antwortete Lyle.

Kevin sah seine Frau an. »Diese Yankees sind wirklich Sensibelchen.«

Sie lachte, und er lachte, und dann meinte er: »He, war nur Spaß!« Da lachte Lyle auch, aber mit abgewandtem Blick. Es war schon spät, als das Gespräch allmählich erstarb, und Kevin meinte, die Hotels hätten nun alle zu. Aber seine Gäste könnten gerne auf der Couch schlafen. Die Jungs waren viel zu müde, um noch groß zu protestieren.

Am nächsten Morgen, als die Sonne gerade aufging, spürte Lyle, wie ihn jemand an der Schulter rüttelte.

»Steh auf, Kumpel«, sagte Kevin sanft.

15 Minuten später saßen die drei jungen Musiker auf dem Rücksitz des Jeeps und rieben sich den Schlaf aus den Augen, während Kevin den Wagen von der Hauptstraße weg in eine versteckte Bucht lenkte. Auf einer Lichtung hielt Kevin den Jeep an und deutete auf einen schmalen Pfad.

»Dort entlang.«

»Und was ist dort entlang?«, fragte Lyle.

»Was ihr sucht.«

Einige Minuten später kämpften sich die drei durch rankendurchwachsenes Gestrüpp, staksten über sumpfigem Boden durch das Halbdunkel unter dichtem Blätterdach. Bis sie auf einem Baum eine Kühlbox entdeckten. Und zwischen zwei Leitern zwei verkabelte alte Lautsprecher. Sie gingen weiter, es wurde heller. In der Ferne hörten sie ein tiefes Rauschen. Offensichtlich näherten sie sich dem Strand.

»Duckt euch«, flüsterte Eddie.

Die drei warfen sich zu Boden.

»Was ist denn?«, fragte Lyle.

»Schau doch.«

»Wo?«

Eddie zeigte nach links. Durch die Büsche hindurch erspähten sie einen Mann in einer Hängematte, der sich über eine Gitarre beugte, den Blick fest aufs Wasser gerichtet.

»Ist er das?«

»Jesus.«

»Ich kann's nicht glauben! Wir haben den Typen gefunden!«

»Wartet mal!« Lyle legte den Finger über die Lippen. »Hört zu.«

Sie beugten sich vor, um das Gitarrenspiel über dem Geräusch der hereinrollenden Wellen besser hören zu können.

»Hört ihr das?«

»Was?«

»Was er spielt. Das kann er nicht sein.«

»Was spielt er denn?«

Lyle schüttelte den Kopf.

»Tonleitern. Wie ein Kind.«

45

1944

»Maestro?«

»Ja?«

»Kommt mein Vater bald nach Hause?«

»Ich weiß nicht, Francisco. Gieß mir ein Glas ein.«

»Und wenn er gar nicht mehr kommt?«

»Denk doch nicht an so was. Gieß mir ein Glas ein.«

»Aber wenn er wirklich nicht kommt?«

»Dann wirst du von vorn anfangen müssen.«

»Ganz von vorn?«

»Nein. Du kannst nicht wieder ein Baby werden.«

»Wie fängt man denn dann von vorn an?«

»Wie ein Komponist, der ein neues Stück beginnt. Wo ist denn jetzt mein Glas Wein?«

»Ich will aber nicht von vorn anfangen ohne meinen Papa.«

»Hör auf zu weinen, Junge.«

»Aber …«

»Hör sofort auf.«

»Aber …«

»Hör mir zu, Francisco. Glaubst du, dass ich ein Leben in der Dunkelheit führen wollte? Glaubst du, ich habe mir gewünscht, dass ich meine Finger nicht mehr sehen kann, die Bundstege, die Stimmwirbel? Glaubst du, ich habe gewollt, dass ich mich durch die Welt tasten muss wie ein verirrtes Tier?«

»Nein, Maestro.«

»Nein, das habe ich nicht. Aber so ist nun mal das Leben. Man verliert so einiges. Und du wirst lernen, immer wieder neu anzufangen … weil du sonst nutzlos wirst.«

»Ja, Maestro.«

»Und jetzt bist du auch nutzlos, weil ich immer noch kein volles Glas habe.«

»Es tut mir leid, Maestro.«

»Ist egal. Mach mit den Arpeggien weiter. Das ist alles, was ich dazu noch zu sagen habe. Hörst du zu?«

»Ja, Maestro.«

»Hör auf zu weinen. Und fang an zu spielen.«

46

Nur wenige Menschen haben bei der Geburt mehr Talent von mir an sich gezogen als Ludwig van Beethoven. Meine Farbe zog ihn sofort an, und er griff mit beiden Fäusten zu, womit er sich eine musikalische Existenz sicherte. Doch als sein betrunkener Vater ihn mitten in der Nacht weckte, damit er üben sollte, brachte der verängstigte Ludwig fast keinen Ton hervor. Später im Leben, als er taub wurde wie ein Stein, blieb ich in seiner Seele, klar wie eine Kompassnadel, aber Musik zu schreiben, ohne sie hören zu können, war eine Qual, die ich nicht lindern konnte, nicht einmal bei einem meiner liebsten Schüler.

Mit Frankie Presto war das ähnlich, seit er sich in Woodstock die linke Hand zerschnitten hatte. Ich konnte nur beobachten. Man brachte ihn damals blutend und halb bewusstlos mit einem Armeehubschrauber ins Krankenhaus, dank einer Frau, die ihn zu den Sanitätern geschleppt hatte. Die Armeesanitäter versorgten zuerst seine Schnitte. Später wurde er von einem Militärarzt operiert, der versuchte zu retten, was noch zu retten war.

Als er am nächsten Tag im Krankenhaus aufwachte, war die Wirkung der Drogen verflogen, und Frankie wurde bewusst, was er getan hatte. Er sah seine verbundene Hand an und weinte, bis seine Augen wund waren. Am selben Abend trat eine Krankenschwester mit seinem Gitarrenkoffer ins Zimmer und meinte, jemand vom Festival hätte ihn hierhergebracht. Er fragte, ob seine Gitarre noch drin sei. Sie öffnete den Koffer und sah hinein.

»Ja, ist sie«, meinte sie. Er spürte, wie ihm etwas die Kehle zuschnürte, und brachte gerade noch heraus: »Nehmen Sie sie weg, okay? Nehmen Sie sie einfach weg.«

In den folgenden Tagen erfuhr er mehr über Woodstock. Dass ein junger Marine dort an einer Überdosis Heroin gestorben war, dass ein Teenager in seinem Schlafsack von einem Traktor überfahren worden war. Er sah die LSD-Opfer, die man nach und nach ins Krankenhaus einlieferte. Die meisten hatten gerade mal die Highschool hinter sich. Freiwillige Helfer betreuten sie und nahmen sie in die Arme, wenn sie weinten und schrien. Irgendwann kam eine Krankenschwester mit einem Klemmbrett und fragte Frankie, wie alt er sei. Er starrte die jungen Leute um sich an und antwortete: »33.« Er fühlte sich alt und lächerlich.

Nach einer Zeit wurde er entlassen. Er kehrte nach New York zurück, doch die Wohnung in der Twelfth Street war leer, was ihm schon vorher klar war. Aurora war fort. Und mit ihr der gelbe Koffer. Dieses Mal versuchte er nicht, sie wiederzufinden. Stattdessen verkaufte er den Großteil seiner Ausrüstung – die elektrischen Gitarren, die Verstärker, die Aufnahmegeräte – und behielt nur seine akustische Gitarre mit ihren geheimnisvollen Saiten. Monatelang ließ er sich nur treiben, schlief in Hotels und stand immer spät auf, um die leeren Stunden am Morgen zu meiden, in denen er nur noch seine Hand anstarren konnte. Er gierte nach einem Drink, danach, sich mit Drogen die Erinnerungen wegzublasen, doch er wusste nur zu gut, dass es die Drogen waren, die ihn so weit gebracht hatten.

»Du wirst immer wieder neu anfangen müssen«, hatte ihn sein Lehrer gewarnt. Aber früher hatte er mich gehabt, er hatte all seinen Kummer im Zauber seiner Gitarre vergessen können. Frankie hörte im Auto Kassetten, Songs von jungen Komponisten, von Randy Newman und Warren Zevon. Er hörte die Gitarristen Grant Green und Freddie Robinson. Doch zuzuhören war einfach nicht dasselbe. Das Spielen fehlte ihm. Genauso wie das Üben.

Nach einer Weile fing er an, die Stunden mit Fernsehen auszufüllen. Er sah junge Leute gegen den Krieg in Vietnam protestieren. Frankie hasste den Krieg, und doch war es die Armee gewesen, die ihn durch die Luft in Sicherheit gebracht und wieder zusammengeflickt hatte. Er hatte das Gefühl, den Leuten etwas schuldig zu sein – vor allem dem Chirurgen, den er immer noch besuchte. Der Mann war ein muskuloser Typ Mitte 40, der Frankie immer wieder an große Musiker erinnerte, die ebenfalls ein Handicap gehabt hatten.

»Haben Sie je von einem Jazzgitarristen namens Django Reinhardt gehört?«, fragte der Arzt Frankie. »Er hatte nur drei normale Finger an der linken Hand. Und doch spielte er unglaublich.«

Frankie sah weg. »Django war unglaublich.«

»Aber er konnte nicht singen. Sie können das schon.«

»Hmmm.«

»Warum singen Sie nicht einfach Ihre Songs mal wieder?«

»Niemand will meine Sachen mehr hören.«

»Ein bestimmtes Publikum vielleicht doch.«

»Die Szene ist ganz anders geworden.«

»Hier vielleicht.« Der Arzt lächelte. »Aber davon rede ich ja nicht.«

Er hängte sich ans Telefon und bahnte ein paar Bekanntschaften an.

Neun Monate später flog Frankie Presto nach Vietnam.

Die United Service Organizations (USO) brachte Entertainer zu den amerikanischen Truppen. Das machten sie schon im Zweiten Weltkrieg. Sänger wie Bing Crosby und Gruppen wie die Andrews Sisters traten damals vor GIs auf. Selbst mein wunderbarer Geiger Jascha Heifetz machte mit. Er spielte einmal für einen einzigen Soldaten, der trotz des strömenden Regens gekommen war. Jascha meinte, das wäre seine beste Vorstellung gewesen.

Auch Musik und Krieg blicken auf eine lange gemeinsame Geschichte zurück, von den alten Posaunen, die zur Schlacht riefen, bis zur Marschmusik. Ende 1970 führte Frankie Presto diese Tradition fort. Er schloss sich einer USO-Weihnachtstournee an, an der der Komiker Bob Hope teilnahm, die Sängerin Lola Falana, eine Gruppe von singenden Tänzerinnen mit dem Namen The Golddiggers, ein Baseballspieler, eine Schönheitskönigin und eine Big Band, die Frankie mit Arrangements bediente. Er sang auch zwei seiner eigenen Songs: »No, No, Honey« und »I Want To Love You«. Sie traten in verschiedenen Militärstützpunkten auf. Da rollten dann die Trucks an, eine Bühne wurde aufgebaut, man zeigte die Show, packte alles wieder ein und zog weiter.

Wohin die Tournee auch ging, Frankie freundete sich mit Soldaten an und bat sie, ihn möglichst nah an die Front zu bringen. Das Leid, das er dabei sah, half ihm, seinen Schmerz zu vergessen. Er sah vietnamesische Kinder, die mit leeren Augen am Straßenrand kauerten. Er sah Geschütze, die das Aussehen von friedlichen Tipis hatten. Von einem Dach aus erlebte er Explosionen mit, er sah, wie ein Heckenschütze getroffen wurde und aus dem Fenster stürzte.

Doch das Ereignis, das in unserer Geschichte eine Rolle spielen sollte, fand in der letzten Tourneewoche statt, an einem Nachmittag in Long Binh, einem der großen amerikanischen Militärstützpunkte. Sie spielten vor einer großen Menschenmenge, fast 2000 Personen. Soldaten kletterten die Masten hinauf, damit sie besser sehen konnten. Sie jubelten und johlten – vor allem, als die Frauen tanzten. Als Frankie sang, bildeten die Tänzerinnen den Background. Natürlich schrien die Soldaten: »Presto, du Glückspilz!«

Nach der Show, als die Musiker auseinandergingen, hörte Frankie plötzlich, wie jemand seinen Namen rief.

»Mr. Frankie! Ich bin's, Ellis!«

Da stand ein strammer junger Soldat in grünem Tarnanzug vor ihm und lächelte. Frankie blinzelte ihn ungläubig an. Das war Ellis Dubois, der Schuhputzer von der Straße hinter dem Aufnahmestudio in New Orleans (wo Little Richard »Tutti Frutti« aufgenommen hatte). Er war Frankies Trauzeuge bei der improvisierten Hochzeit mit Aurora York gewesen. Damals war Ellis gerade mal sechs Jahre alt. Nun war er 21.

»Ellis, ich fasse es nicht«, sagte Frankie. »Du bist also erwachsen geworden!«

»Ja, Sir.«

»Nun … komm her!«

Sie umarmten sich und kamen dann aus dem Reden nicht mehr heraus. Frankie fragte, wie es Ellis gesundheitlich gehe (gut), wie er in die Armee gekommen sei (eingezogen) und ob es das alte Studio in New Orleans noch gebe (ja, aber nicht mehr am selben Ort). Ellis fragte Frankie nach seinen besten Platten (die er alle besaß), nach der *Ed Sullivan Show* (die er beide Male gesehen hatte, als Frankie dort auftrat) und natürlich nach Miss Aurora.

»Wir sind nicht mehr zusammen«, antwortete Frankie.

Ellis sagte, das tue ihm leid, denn er erinnere sich noch gut daran, dass Miss Aurora ihm immer Sandwiches und Krapfen und Tee gebracht hatte.

Dann erzählte er, dass er selbst bald heiraten werde. Er habe sich in eine Vietnamesin verliebt und würde sie heiraten, bevor sein Wehrdienst zu Ende sei. Er wolle sie nach Amerika mitnehmen, damit sie ein besseres Leben habe. Die Hochzeit zog sich endlos lange hin, doch heute Abend sei eine kleine Feier mit ihren Angehörigen geplant. Ellis bat Frankie, doch zu kommen.

»Bitte. Könnten Sie vielleicht etwas für uns spielen?«

Frankie streckte seine vernarbte linke Hand aus.

»Ich kann nicht mehr spielen, Ellis.«

»Was ist passiert?«

»Das ist eine lange Geschichte.«

Ellis hatte Erfahrung mit Verwundeten. Dieser allerdings schien ihm vor allem eines zu sein: traurig. Er hatte Frankie als einen Mann gekannt, der mit seiner Gitarre gleichsam verwachsen war.

»Es tut mir ungeheuer leid, Mr. Frankie.«

»Danke, Ellis.«

»Aber ich hätte da eine andere Idee: Wie wäre es, wenn Sie singen und ich spiele?«

»Ellis, du spielst Gitarre?«

»Erinnern Sie sich nicht mehr, dass Sie mir einige Griffe erklärt haben? Sie haben mir gezeigt, wie man D, G und A spielt. Den Rest habe ich mir selbst beigebracht. Ich bin ja immer ins Studio geschlichen und habe bei den Aufnahmen zugehört. Ihr wart alle so gut. Das hat mich angespornt. Am Ende habe ich selbst bei einer Band mitgemacht.«

Frankie witzelte: »Aber ich bin nicht schuld!«

»Bitte? Kommen Sie und singen Sie?«

»Ist gut. Ich singe für dich und dein Mädchen.«

»Cool! Ähm … Haben Sie eine Gitarre?«

Ein paar Stunden später standen sie beide im Tempelbezirk eines buddhistischen Schreins, vor ihnen drei Tische mit vietnamesischen Verwandten. Es gab zu essen und zu trinken. Die Vietnamesinnen trugen ihre traditionelle Tracht, auch ein paar Soldaten waren hier, obwohl sie ihre Waffen an der Tür hatten abgeben müssen. Ellis schrubbte auf Frankies Gitarre (die er tatsächlich immer noch mit sich führte, wie Django Reinhardt es ihm gesagt hatte) und spielte die Begleitung zu Frankies Hit »Our Secret«. Und zum ersten Mal seit Jahren sang Frankie dieses Lied mit der einfachen Begleitung auf der Akustikgitarre wie damals, als er an Aurora dachte und den Song schrieb:

One day our secret
Will not be a secret
Because everybody will see
That my secret
Is your secret
I will love you
And you will love me, too.

(Eines Tages wird unser Geheimnis
kein Geheimnis mehr sein,
denn jeder wird sehen,
dass mein Geheimnis
dein Geheimnis ist.

Ich werde dich lieben,
Und du wirst mich lieben.)

Die Gäste klatschten höflich. Frankie spürte, dass die Familie über diese Verbindung nicht glücklich war. Er sah es an ihren Gesichtern. Doch sie waren freundlich, und Ellis und seine Braut schienen sehr verliebt.

Nach einigen Stunden und vielen Drinks bestand Ellis darauf, Frankie in das Hotel zurückzubegleiten, wo das Showpersonal untergebracht war. Er bestellte ein Taxi, und als es endlich kam, stiegen die beiden hinten ein. Auf dem Weg ins Hotel waren sie einer Meinung: Dass es schön sei, in einem Krieg auf fremdem Boden plötzlich ein bekanntes Gesicht zu sehen.

»Das war das schönste Hochzeitsgeschenk, Mr. Frankie.«

»Ich hoffe, ihr beide werdet sehr glücklich.«

»Das werden wir. Ich nehme sie mit nach New Orleans und eröffne dort mein eigenes Schuhgeschäft.«

Der Fahrer drehte sich plötzlich um und deutete auf irgendetwas. Er sagte etwas auf Vietnamesisch und hielt auf eine Tankstelle zu.

»Nicht tanken. Hotel«, sagte Ellis.

Doch der Mann zeigte auf seine Anzeige.

»Nicht tanken!«, rief Ellis. »Hotel! Geradeaus!«

Der Fahrer redete in schnellem Vietnamesisch auf ihn ein. Hin und wieder sagte er auf Englisch: »Ganz kurz. Ganz kurz.« Dann hielt er an und stieg aus. Er wedelte mit den Händen, um ihnen zu bedeuten, dass sie warten sollten. Dann ging er auf die Tankstelle zu.

»Mann, das tut mir jetzt leid, Mr. Frankie«, sagte Ellis und seufzte. »So sind die Leute hier, wissen Sie?«

Frankie blickte dem Mann durchs Autofenster nach.

»Ellis, wieso rennt er denn so?«

Ellis blinzelte zuerst träge, dann riss er die Augen weit auf. »Raus hier! Raus hier! Raus hier!«, brüllte er.

Frankie stieß die Tür auf, die beiden sprangen hinaus und fingen an zu laufen. Ellis war eingefallen, was man ihm eingetrichtert hatte: Niemals in einem vietnamesischen Auto bleiben, wenn der Fahrer aussteigt. Das war eine beliebte Methode, um amerikanische Soldaten in die Luft zu sprengen. Als er und Frankie rannten, hörte er eine einsame Stimme, die etwas auf Vietnamesisch schrie. Dann ein Augenblick der Stille und schließlich die Explosion, die sie beide umriss. Frankie warf seinen Gitarrenkasten über Ellis, alles andere war nur Lärm und Staub. Beiden klingelten die Ohren, ihre Augen brannten. Der Rauch war so dicht, dass man nicht mehr die Hand vor Augen sehen konnte.

Dann war es plötzlich wieder mucksmäuschenstill. Doch bald schrie jemand, Hunde bellten. Tatsächlich hatte man im Wagen einen Sprengsatz versteckt. Vielleicht wollte jemand Ellis tot sehen, weil er vorhatte, eine Vietnamesin zu heiraten. Ich weiß es nicht. Ich weiß nur, dass Frankie Ellis aufhalf. Die beiden lehnten sich keuchend an eine Wand, ein Armeefahrzeug fuhr auf das brennende Auto zu und suchte nach Überlebenden. Frankie winkte. Ellis blutete ein wenig aus einer Wunde am Oberschenkel, hatte aber ansonsten nur ein paar blaue Flecken. Frankie ebenfalls. Sie stiegen in den Jeep, und Ellis brüllte, Frankie sei ein VIP und man müsse ihn sofort in sein Hotel zurückbringen. Beide Männer atmeten schwer. Frankie musterte seinen Gitarrenkasten, und als das Fahrzeug an einer Straßenlaterne vorbeifuhr, sah Ellis, wieso: Es steckten einige Granatsplitter im Kasten. Als ihm klar wurde, dass diese sonst ihn getroffen hätten, strich er ehrfurchtsvoll über den Gitarrenkoffer. Beinahe versagte ihm die Stimme.

»Oh, Jesus ...«

»Ist schon okay«, sagte Frankie.

»Die hätten mich umbringen können.«

»Denk nicht darüber nach.«

Ellis fing an zu weinen.

»Es tut mir leid, Mr. Frankie. Lieber Gott, es tut mir so leid ...«

»Das muss dir nicht leidtun. Du bist am Leben.«

Er hörte die Worte, die aus seinem Mund kamen – *Das muss dir nicht leidtun, du bist am Leben* –, und sie klangen, als seien sie an ihn selbst gerichtet. Er stellte den Kasten zwischen seine Füße und öffnete ihn.

»Was ist das für ein Licht?«, fragte Ellis.

Frankie starrte die Gitarre an. Die D-Saite seiner Gitarre leuchtete blau. Er fühlte, wie sich ihm die Kehle zuschnürte, und schloss den Koffer wieder. Dann ließ er die Hand über die Splitter gleiten.

»Das ist schon in Ordnung«, sagte er. »Es ist nichts.«

Aber natürlich stimmte das nicht. Die Zukunft von jemandem hatte sich verändert. Ellis, der vor der Explosion gerettet worden war, würde seine vietnamesische Braut heiraten, und sie würden nach New Orleans ziehen und ein Schuhgeschäft eröffnen. Sie würden drei Kinder bekommen und neun Enkel. Einer davon würde ein berühmter Komponist werden.

All dies würde nicht geschehen, wenn sich Frankie und Ellis nicht begegnet wären. Diese Saite erzählt von dieser Geschichte.

Jeder schließt sich im Laufe seines Lebens einer Band an. Und manchmal kommen diese Bands sogar wieder zusammen.

47

1981

Die Jungs aus Texas zogen die Schuhe aus und marschierten langsam über den Sandstrand. Der Gitarrist saß mit dem Rücken zu ihnen.

»Mr. Presto?«

Frankie blickte auf. Er trug einen Vollbart und war tief gebräunt.

»Wir kommen aus Amerika.«

Frankie blinzelte. Sein Schweigen ließ die Sätze der Jungs noch eifriger hervorsprudeln.

»Genauer gesagt aus Texas …«

»Wir sind eine Band …«

»Eigentlich wollten wir Sie nicht stören …«

»Aber der Typ da, Kevin, sagte uns …«

»Er hat uns da oben abgesetzt …«

»Wir wussten gar nicht …«

»Dass Sie hier sind …«

»Wir lieben nur Ihre Musik …«

Frankie hob die Hand, was sie zum Verstummen brachte, obwohl er das gar nicht beabsichtigt hatte. Tatsächlich winkte er ein kleines Mädchen heran, vielleicht vier oder fünf Jahre alt, die über den Strand gelaufen kam. Sie hatte die Haare zu Zöpfen geflochten und trug weder Schuhe noch Hemd. Frankie strahlte, als sie näher trat, und legte seinen Arm um ihre Taille. Dann hob er sie hoch. Sie schien zu lachen, aber vollkommen lautlos. Als er sie wieder auf den Boden setzte, fiel ihr Blick auf die drei Fremden, und ihr Gesichtsausdruck veränderte sich. Sie drehte sich um und lief zurück, so geräuschlos, wie sie gekommen war.

Lyle, Eddie und Cluck folgten ihr mit dem Blick. Weiter vorne stand ein Haus direkt am Strand, hinter Bäumen verborgen. Jetzt trat eine blonde Frau heraus in einer bunten Wickelschürze.

»Was ist los?«, fragte die Frau.

»Ähm, entschuldigen Sie, Ma'am. Wir kommen später wieder«, stotterte Lyle. Dann machten sich die drei wieder davon in den Schutz der Bäume.

Tony Bennett

Sänger, Maler, Grammy-Gewinner. Kennedy-Preisträger.

Nun, das ist natürlich eine schlimme Sache, sein Tod. Eine Tragödie für die ganze Musikwelt. Er war ein wunderbarer Mann. Haben Sie ihn gekannt? Wenn ja, haben Sie echt Glück gehabt, und das meine ich ehrlich. Frankie Presto war ein wahrer Künstler. Sehr sanftmütig. Sehr rücksichtsvoll. Und ein Gitarrist reinsten Wassers.

Ich sage Ihnen, warum ich dieser Meinung bin. Ich singe schon seit den späten Vierzigern. Frank Sinatra, Nat King Cole, Billie Holiday, das sind die Leute, die mich beeinflusst haben. Ich liebe Jazzsänger. So habe ich mich selbst gesehen. Aber wenn es ums Geldverdienen ging, hieß es überall, ich könnte mit Jazz kein Geld machen. Verstehen Sie? So lief damals das Geschäft. Einmal hat die Plattenfirma sogar Duke Ellington gedroht, man würde ihn rauswerfen. Er fragte: »Wieso?« Und es hieß: »Weil du nicht genug Platten verkaufst.« Worauf er den Leuten sagte: »Da habt ihr was durcheinandergebracht. Meine Aufgabe ist es, Platten zu machen. Verkaufen müsst ihr sie.« Duke Ellington. Unglaublich, oder?

Nun, auch ich hatte eine Zeit, so in den frühen Siebzigern, als ich nicht genügend Platten verkaufte. Und ich wollte nicht die Art von Musik machen, die sie von mir verlangten. Auf erheblichen Druck hin habe ich dann doch ein Album mit Rocksongs aufgenommen. Passt überhaupt nicht zu mir. Ich bin darüber sogar krank geworden. Es war eine harte Zeit. Ich hatte das Gefühl, ausgesperrt zu sein von dem, was ich am allermeisten liebte.

Also verließ ich meine Plattenfirma und ging nach London, wo ich fast zwei Jahre lang blieb. Und das war die schönste Zeit meines Lebens, weil ich da genau die Musik gemacht habe, die ich machen wollte.

Während der Zeit dort war ich in einem Hotel untergebracht. Jeden Morgen, wenn ich aufstand, waren in meinem Nebenraum die Vorhänge offen. Man sah auf den Park hinaus. Und dort auf einer Bank saß jeden Morgen ein Mann mit einer Gitarre. Er spielte nie. Er hielt sie nur einfach auf dem Schoß.

Nach einigen Wochen wurde ich neugierig. Als ich eines Tages im Park spazieren ging, ging ich an ihm vorbei und hatte das Gefühl, als würde ich sein Gesicht von irgendwoher kennen. Ich sagte: »Entschuldigen Sie, aber ich sehe Sie hier jeden Tag sitzen …« Bevor ich meinen Satz vollenden konnte, sah er mich an und sang eine Strophe aus »Love Letters«, einen Song aus meinem ersten Album. Er hatte eine traumhafte Stimme. Absolut perfekte Tonlage.

»Chuck Wayne war Ihr Gitarrist«, sagte er.

»Das ist richtig«, antwortete ich.

»Das war eine klasse Aufnahme.«

»Danke.«

»Es gibt da noch einen Song über Liebesbriefe.«

»Ja?«

»Von Django Reinhardt. Er heißt ›Billets Doux‹.«

»Billets Doux?«

»Das ist Französisch. Es ist ein Instrumentalstück.«

»Können Sie es spielen?«

»Nein.« Er blickte auf seine Gitarre. »Nicht mehr.«

Da sah ich seine linke Hand, die total vernarbt war. Und ich fragte: »Sitzen Sie deshalb jeden Tag hier, ohne zu spielen?«

Er sah mich an und meinte: »Ich warte auf jemanden.«

Ich fragte: »Auf wen?«

Er antwortete: »Auf meine Frau.«

Ich: »Kommt sie denn bald?«

Aber er schüttelte nur den Kopf und meinte, er sei nicht sicher. Er wisse nicht mal, ob sie noch in London lebe.

Nun, so kamen wir ins Gespräch, und da merkte ich, dass es sich um Frankie Presto handelte. Er war schon eine Zeit lang völlig aus dem Musikgeschäft verschwunden. Er erzählte mir, dass sein wahrer Name Francisco sei, und ich sagte: »Und mein wahrer Name ist Benedetto. Vielleicht sind wir ja Cousins!« Wir lachten und plauderten noch eine Weile.

Ich dachte immer, er sei ein Rock 'n' Roller, aber es stellte sich heraus, dass wir viele gemeinsame Bekannte hatten. Frank Sinatra. Bob Hope. Als Junge hatte er sogar Duke Ellington kennengelernt, wussten Sie das?

Am nächsten Tag saß er wieder da. Da ich von einem Wagen abgeholt wurde, fragte ich ihn, ob er nicht mitkommen wolle zum Set, wo wir eine Fernsehshow mit dem Titel *The Talk of the Town* drehten. Es war eine tolle Erfahrung, denn Robert Farnon, den ich für den größten Arrangeur aller Zeiten halte, war dabei. (Man nannte ihn damals den »Governor«.) Wir redeten über Musik und trugen ein paar Songs vor. Es war eine sehr schöne Talkshow.

Francisco – es gefiel ihm, dass ich ihn so nannte – kam an diesem Tag mit, saß im Studio und hörte zu. Er öffnete seinen Gitarrenkoffer nicht einmal. Am nächsten Tag lud ich ihn wieder ein, und dann wieder und wieder. Jedes Mal sah er sich, bevor er ins Auto stieg, noch einmal um, als würde seine Frau gleich kommen. Aber sie kam nicht.

Ungefähr zwei Wochen später übten wir wieder für die Show. Ich sang ein Lied von Kurt Weill mit dem Titel »Lost in the Stars« mit reiner Klavierbegleitung. Es ist ein schönes, aber tieftrauriges Lied. Kennen Sie es?

Before Lord God made the sea and the land
He held all the stars in the palm of his hand
And they ran through his fingers like grains of sand
And one little star fell alone.

(Bevor Gott, der Herr, das Meer und das Land schuf,
hielt er alle Sterne in der Hand.
Und sie liefen durch seine Finger wie Sand.
Nur ein kleiner Stern fiel allein.)

Plötzlich hörte ich die schönsten Gitarrenakkorde, die ich je gehört habe, immer nur einmal angeschlagen. Ich sah mich um, und es war Frankie Presto, der spielte. Jeder Akkord schien für ihn ein Kampf zu sein. Man sah es an seinem Gesicht. Doch das Tempo war sehr gemächlich, und so hatte er genug Zeit, die Finger in die richtige Position zu bringen. Ich sang weiter. Ich wollte nicht aufhören, weil ich spürte, wie wichtig das für ihn war. Wir machten ein paar Strophen, dann kamen wir ans Ende des Songs:

But I've been walking through the night and the day
Till my eyes get weary and my head turns grey
And sometimes it seems maybe God's gone away …
And we're lost out here in the stars.

(Aber ich gehe nun durch Tag und Nacht,
Bis meine Augen müde werden und mein Haar ergraut.

Manchmal scheint es mir, dass Gott weggegangen ist …
Und wir allein sind inmitten der Sterne.)

Er schlug den letzten Akkord an, und ich sah Tränen über sein Gesicht rollen. Selbst die Bühnenarbeiter klatschten. Ich sagte: »Das war echt nett.« Ich wollte ihn nicht beschämen. Doch ich habe gelogen. Es war mehr als nett, es war einfach umwerfend.

Am Ende des Sommers beschloss ich, in die Staaten zurückzukehren. Der Wagen kam und holte mich ab. Auch an diesem Tag saß Francisco wie üblich auf seiner Parkbank. Ich sagte dem Fahrer, er solle noch warten, ging hinüber in den Park und setzte mich neben ihn.

»Ich gehe fort«, sagte ich.

»Wohin?«

»Nach Hause.«

»Danke, dass Sie mich zu Ihren Shows mitgenommen haben, Mr. Benedetto.«

»Wie lange werden Sie hier noch warten?«

»Ich weiß nicht.«

»Und wenn Ihre Frau nie mehr zurückkommt?«

»Sie kommt.«

»Nun, wenn Ihnen je danach ist, dann würde ich mich geehrt fühlen, mit Ihnen eine Platte zu machen.«

Er fing beinahe an zu lachen: »Ich kann doch nicht mehr spielen.«

»Sie können. Sie haben es schließlich getan.«

»Nur ein paar Akkorde.«

»Keine Akkorde. Musik.«

Ich sagte zu ihm, solange er diese Musik in sich habe, würde nichts sie daran hindern, sich Bahn zu brechen. Und das meinte ich ernst.

Schließlich fragte ich ihn: »Wann waren Sie denn zuletzt zu Hause?«

Und er sagte: »Ich habe kein Zuhause.«

Ich: »Jeder hat eine Heimat.«

Er aber hielt seine Gitarre hoch und sagte: »Alles, was ich je hatte, ist das da. Und sie.«

Damit meinte er seine Frau.

48

Einer von Frankies Lieblingssongs war »Save The Last Dance For Me« von den Drifters. Darin geht es um eine Frau, die mit anderen Männern tanzen darf, solange sie nicht vergisst, wer sie am Ende abends nach Hause bringt. Der Text stammt von Doc Pomus, der an Kinderlähmung litt. Die Idee dazu hatte er in seiner Hochzeitsnacht, als andere Männer mit seiner Frau tanzten und er vom Rollstuhl aus zuschauen musste. Er kritzelte den Refrain auf die Rückseite von einer der Einladungen.

Ich habe gesagt, jede Liebesgeschichte ist eine Sinfonie. Der letzte Satz der Sinfonie ist ein Rondo, wo sich das Thema wiederholt, aber immer wieder unterbrochen wird. Frankie und Aurora mit ihrem Rondo von Aufbrüchen und Trennungen hatten ihren letzten Tanz lange genug aufgeschoben. Das Jahr 1974 brach an, und sie kamen wieder zusammen – dank einer Radiosendung.

Ja, einer Radiosendung. Denn Mr. Tony Bennett (oder Benedetto) erwies dem tief verwundeten Mr. Presto einen weiteren Gefallen. Auf dem Weg zum Flughafen, als er von London abflog, teilte er seine Limousine mit einem anderen Mitfahrer, einem Moderator von der BBC. Die beiden plauderten auf dem Weg zum Flughafen, und Mr. Bennett erzählte Frankies Geschichte – ohne seinen Namen zu nennen. Er meinte nur, dass der Mann Tag für Tag mit einer Gitarre im Schoß in einem Londoner Park auf seine Frau warte.

»Ist das nicht unglaublich?«, meinte Bennett.

»Ja, außergewöhnlich«, sagte der Moderator.

Diese Geschichte hat den Radiomann gerührt, und so erzählte er sie in der darauffolgenden Woche in seiner Sendung. Diese Sendung hörte Cecile (York) Peterson, während sie zur Arbeit fuhr. Und kaum war sie in ihrem Büro in der London School of Economics angekommen, rief sie ihre Schwester Aurora an und sagte: »Ich glaube, dein Mann ist in der Stadt.«

Am nächsten Morgen regnete es in Strömen. Aurora York stieg aus dem Bus und ging auf den Park zu. Sie sah Frankie und versteckte sich hinter einem Laternenpfahl. Eine Stunde lang sah sie ihm zu, wie er immer nässer und nässer wurde. Sie zählte die Regentropfen auf ihrem Schirm. Jeder stand für einen Grund, warum sie jetzt besser gehen sollte. Doch als ihr die Gründe ausgingen, schloss sie den Schirm und stand selbst im Regen.

Dann ging sie über die Straße.

Frankie sah auf, als sie näher kam. Der Regen prasselte auf ihr Gesicht. Sie nahm ihm die Gitarre aus der Hand und setzte sich auf seinen Schoß.

»Wirst du bleiben?«, fragte er.

»Ja«, sagte sie.

Musik heilt die Seele. Mit dem Körper ist das so eine Sache. Aurora York brachte Monate damit zu, Spezialisten zu suchen, die Frankies vernarbte Hand in Ordnung bringen sollten. Dafür bin ich ihr dankbar. Sie nutzte die guten Verbindungen ihrer Schwester. Sie bezahlte eine weitere Operation. Und sie ließ ihn täglich Übungen zur Rehabilitation machen. Sie pflegte meinen Schützling so lange, bis er seine Hand wieder richtig benutzen konnte und meine Flamme in ihm wiedererwachte.

Was ihre Gefühle füreinander anging (das Rondo, Sie erinnern sich?), entdeckten Frankie und Aurora dankbar, dass die Schranken zwischen ihnen nicht mehr existierten. Der Ruhm war kein Problem mehr, das Reisen auch nicht. Es gab keine langen Nächte mehr, keine anderen Frauen. Und alles, was an Drogen oder Alkohol in Frankies Leben noch übrig war, warf Aurora kurzerhand hinaus.

Dann machte sie sich daran, ein Heim für sie zu finden.

»Willst du in London bleiben?«, fragte Frankie.

»Absolut nicht«, meinte sie.

»Wohin denn dann?«

»Irgendwohin weit weg«, sagte sie. »Wo es ruhig ist.«

Sie sahen sich die entlegenen Orte Englands an, aber keiner sagte ihr so richtig zu.

»Weiter weg«, meinte sie. »Es muss ruhiger sein.«

Sie flogen nach Los Angeles, wo Frankie Geld von der Bank abhob und Aurora sich weigerte, auch nur den Flughafen zu verlassen.

»Noch weiter«, sagte sie. »Und noch ruhiger.«

Also flogen sie nach Australien.

»Weiter«, hieß es wieder. »Stiller.«

Und so nahmen sie das Schiff nach Neuseeland. Sie verbrachten die Nacht im Hafen von Auckland, wo Aurora eine Fähre beobachtete, die im Mondlicht ablegte. Als sie nachfragte, wohin diese denn unterwegs sei, sagte ihr der Hafenbeamte: »Nach Waiheke.« Der Maori-Name der Insel sei übrigens »Motuarai-roa« und bedeute »lange Insel, die Zuflucht gewährt«.

Am nächsten Morgen fanden sie und Frankie sich mit all ihren Besitztümern auf der Fähre wieder. Eine Stunde später, als sie sich dem Hafen näherten und die hohen grünen Klippen sahen, in denen kein anderes Geräusch widerhallte als das der hereinrollenden Wellen, drehte sich Aurora zur Liebe ihres Lebens um und sah ihm in die Augen:

»Hier«, sagte sie.

49

1981

Die Jungs aus Texas hatten Strohhalme gezogen. Einer von ihnen würde es noch mal versuchen. (Drei auf einmal, so hatten sie entschieden, sei vielleicht doch zu viel.) Lyle zog den kürzesten Halm, also war er am folgenden Abend bei Sonnenuntergang wieder unterwegs durch Büsche und Bäume. Schließlich stand er allein am Strand. Frankie saß ohne Hemd in seinem Stuhl. Der Riemen seiner Gitarre lag auf der braunen Haut. Er spielte Tonleitern: F-Dur, d-Moll, dorisch, phrygisch, lydisch, aufsteigend, absteigend.

»Du kannst herkommen«, sagte er, ohne sich umzudrehen.

Lyle trat vor, die Hände in den Hosentaschen vergraben.

»Hallo, Sir.«

»Meine Frau sagte schon, dass du wiederkommen würdest.«

»Entschuldigen Sie wegen letztem Mal ...«

Frankie spielte weiter, sachte, ganz bewusst.

»Ich ... ich dachte nur einfach, ich würde Sie nie finden, Mr. Presto. Mein Name ist Lyle.«

Frankie machte mit dem Fis weiter.

»Ich spiele auch Gitarre.«

Frankie nickte.

»Natürlich nicht wie Sie.«

Frankie nickte wieder.

»Haben Sie das berühmte Solo in Woodstock gespielt?«

Frankie nickte.

»Wirklich? Denn niemand kann bestätigen, dass Sie dort waren.«

Frankie nickte weiter, bis Lyle merkte, dass er gar nicht auf seine Fragen reagierte. Er nickte nur einfach im Rhythmus der Wellen mit, als nähme er den Rhythmus eines Schlagzeugers auf.

»Üben Sie? Ähm. Entschuldigung. Blöde Frage. Warum Tonleitern? Warum üben Sie Tonleitern?«

Frankie hörte auf zu spielen.

»Wie bitte?«

»Warum Tonleitern?«

»Ich baue sie auf.«

»Was?«

»Meine Finger. Meine Ohren. Das ist ein langwieriger Prozess.«

Lyle wollte 100 Fragen stellen, doch als Frankie wieder anfing zu spielen, blieb er einfach nur ruhig stehen und hörte zu. Als Frankie bei der b-Moll-Tonleiter und deren reiner bzw. melodischen Spielart angekommen war, hielt er inne.

»Ich habe meine Hand kaputtgemacht. Und ich arbeite daran, sie wiederzufinden.«

»Was wiederzufinden?«

»Die Schönheit. Die linke Hand findet die Schönheit.«

Er streckte die Hand gerade aus, und Lyle sah die Narben.

»Oh Mann.«

»Nicht sehr schön.«

»Was ist passiert?«

»Ich glaube, ich erinnere mich nicht.«

»Ein Unfall?«

»Nein, das kann man nicht sagen.«

»Wann?«

»69.«

»Also doch Woodstock. Sie *waren* in Woodstock?«

»Irgendwie schon.«

»Waren Sie das, der gespielt hat?«

»Was gespielt hat?«

»Das Solo. Nach dem ich Sie gerade gefragt habe.«

»Entschuldige. Ich habe nicht zugehört.«

»Es ist berühmt. Durch all die Raubkopien ist es richtig berühmt geworden.«

»Raubkopien?«

»Aufnahmen. Die kann man kriegen, wenn man da oder dort ein bisschen nachbohrt.«

»Von einem Solo?«

»Es ist das unglaublichste Solo aller Zeiten. Ich könnte das nie spielen, nicht mal, wenn ich es versuchen würde. Niemand kann das.«

Frankies Atem ging schneller.

»Ich war das nicht.«

Er richtete den Blick zu Boden.

»Du solltest jetzt gehen. Ich muss noch viel üben.«

Einige Tage vergingen. Lyle und seine Kumpel von der Band machten noch drei Besuche am Strand, doch dieser schien jedes Mal verlassen zu sein.

»Vielleicht haben wir ihn verscheucht«, sagte Eddie.

»Er sagt, er war es nicht«, meinte Lyle.

»Und du glaubst das?«

»Ich weiß nicht. Er spielt ziemlich langsam.«

»Wie hat er sich die Verletzung zugezogen?«

»Hat er nicht gesagt.«

»Und was sollen wir jetzt tun?«

Sie sahen einander an.

»Trinken«, sagte Cluck.

Zehn Minuten später standen sie in einem Pub mit dem Namen McGinty's und bestellten Bier. Sie fanden sogar einen freien Tisch.

»Sind das nicht die Yankee-Rock-'n'-Roller?«

Sie hoben den Kopf und schauten in Kevins grinsendes Gesicht. Er stand hinter der Bar.

»Sie sind auch Barmann?«, fragte Eddie.

»Nein, ich bediene mich nur selbst. So. Und wie läuft euer kleines Abenteuer?«

»Gar nicht«, meinte Lyle verdrossen.

»Er ist verschwunden«, fügte Cluck hinzu.

Kevin zog sich einen Stuhl heran. »Wisst ihr, Jungs, normalerweise kommen Leute auf eine Insel, um in Ruhe gelassen zu werden. Wenn sie gefunden werden möchten, hätten sie sich wohl kaum für Waiheke entschieden, so viel ist sicher.«

»Warum haben Sie uns dann dorthin gebracht?«

»Ich weiß nicht. Er ist schon so lange hier. Ich dachte, es täte ihm gut zu wissen, dass es immer noch Leute gibt, die ihn nicht vergessen haben.«

»Sie wissen, wer er ist? Dass er in den Sechzigern berühmt war?«

»Ja, klar. ›I Want To Love You‹? Den Song haben wir in der Armee gehört. Whoo-hoo! Da fängt man ganz automatisch an, mit den Hüften zu wackeln, oder?«

»Warum haben Sie dann gesagt, Sie hätten nie von ihm gehört?«

»Die erste Regel der Freundschaft, Jungs. Man muss lernen, ein Geheimnis für sich zu behalten.«

Die Jungs saßen mit hängenden Schultern da und tranken ihr Bier.

»Deshalb bin ich an jenem Abend zu ihm runtergegangen. Um zu fragen, ob es okay ist.«

»Was sagen Sie da?«, meinte Lyle. »Er hat Ihnen *erlaubt*, uns den Weg zu zeigen?«

»Nicht er, Kumpel. Sie.«

»Seine Frau?«

»Aurora. Ein wunderbarer Mensch. Sie dachte, es wäre vielleicht eine gute Idee.«

Diese Neuigkeit machte ihnen Mut, und so beschlossen die Jungs aus Texas, noch übers Wochenende auf der Insel zu bleiben. Denn an jenem Wochenende fand der jährliche Race Day statt. Pferde, Ponys und Traktoren sollten an einem langen Strand gegeneinander antreten, während sich die Inselbewohner die Sonne auf den Bauch scheinen lassen, bei McGinty's ein Steak essen und Bier trinken, das aus großen Holzfässern gezapft wird. Natürlich sollte es auch Musik geben, und die Clever Yells erklärten sich bereit, am Nachmittag ein paar Songs zu spielen. (Den Rest der musikalischen Untermalung sollten eine kleine Blaskapelle und ein Mann mit Akkordeon besorgen.) Die Bühne war eher improvisiert. Es gab ein uraltes Schlagzeug in der Mitte, ein paar kleine Verstärker und die Mikros aus dem Gemeindesaal. Aber Lyle, Eddie und Cluck wollten unbedingt spielen. Bands, die lange keine Musik mehr gemacht haben, glühen vor Sehnsucht wie Liebende, die sich nach langer Trennung am Flughafen wiedersehen. Also stöpselten sie ihre Geräte an, begrüßten kurz die Anwesenden und legten los mit einem Countrysong, den Lyle geschrieben hatte. Applaus brandete auf. Dann spielten sie »Jambalaya« von Hank Williams und eine neuere Version von »Twist and Shout«. All das passte hervorragend zur Sonne, dem Bier und den Rufen der Kinder und der betrunkenen Männer.

»Ein Lied möchten wir noch spielen«, kündigte Lyle danach an. »Ein altes, aber wirklich gutes.«

Cluck ließ die Trommeln wirbeln, und die Gitarre setzte ein. Lyle sang die erste Strophe von Frankie Prestos größtem Hit:

I want to love you,
I will be true.
No one will love you
The way I do.

Die Menge klatschte sofort mit, wie das immer geschieht, wenn die Leute einen Song wiedererkennen. Lyle sah Eddie an, der lächelte und den Background sang. Es war offenkundig, dass die Jungs die Musik liebten. Doch ein Blick in die Menge wischte das Lächeln von Lyles Gesicht.

Dort, ganz hinten, stand Frankie mit dem kleinen Mädchen auf den Schultern.

Mitten im Song drehte er sich um und ging weg.

Ich muss Ihnen das mit dem Kind noch erklären.

Frankie und Aurora hatten auf der Insel den Frieden gefunden, den sie gesucht hatten. Das Land dort war billig, und sie kauften ein kleines Grundstück am Strand und bauten sich ein hübsches Häuschen mit einer Veranda, von der aus man einen freien Blick auf das Wasser hatte. Morgens gingen sie am Strand spazieren, abends grillte Aurora frischen Fisch, während Frankie Tonleitern und Arpeggien übte, um seine alte Geschicklichkeit wiederzuerlangen. Sie trugen Shorts und alte T-Shirts und freundeten sich mit den Inselbewohnern an, einer Gemeinde von Künstlern, Bummlern und merkwürdigen Gestalten, die sich nicht für Frankies frühere Berühmtheit interessierten.

Etwa ein Jahr nach ihrer Ankunft kamen Frankie und Aurora von einem Spaziergang zurück, als sie Schreie hörten. Im Dickicht kauerte ein weißer Hund, der sich duckte und winselte. Als sie näher kamen, wich das Tier zurück. Dahinter entdeckten sie ein kleines Kind in einer grauen Decke, höchstens drei Monate alt.

»Ja, wer bist du denn, Kleines?«, flüsterte Aurora und hob es sachte auf.

Frankie sah es an. Das Kind machte keinerlei Geräusch. Aurora drückte es an die Brust, doch die Augen des Kindes waren weit geöffnet. Es sah Frankie an.

»Jemand hat es hier zum Sterben hingelegt«, sagte er. Die Worte waren einfach so aus ihm herausgesprudelt. Jeder Mensch trägt die Erinnerung an sein gesamtes Leben in sich, auch wenn diese Erinnerungen nicht immer zugänglich sind. Irgendwo in den Tiefen seines Gedächtnisses war eingegraben, dass auch er einmal ausgesetzt worden war, mit einer grauen Decke, und er erinnerte sich an einen winselnden Hund.

»Wir können es hier nicht so liegen lassen«, sagte Aurora.

Sie gingen zum Auto. Die dunkel gewandete Gestalt, die sich im Wald verbarg, sahen sie nicht.

Sie nahmen das Kind mit zur nächsten Kirche, einem kleinen, einstöckigen Gebäude. Die Nonne, die sie empfing, war stämmig und sah sie kühl an, offensichtlich überrascht von ihrer Ankunft. Sie nahm das Kind und bat sie zu warten. Bald kam ein Polizeibeamter und unterzog sie einem eingehenden Verhör: Wo? Wie? Wann? Und wer waren sie überhaupt?

»Warum stellen Sie uns so viele Fragen?«, hakte Frankie nach.

»Weil dieses Baby hier vor zwei Tagen abgelegt wurde, Kumpel«, antwortete der Beamte. »Jemand ließ es einfach im Vorraum liegen mit einem Brief, in dem darum gebeten wurde, dass sich die Kirche darum kümmern möge. Und heute Morgen …«

Er legte eine effektvolle kleine Pause ein: »… war es plötzlich verschwunden.«

Frankie sah Aurora an.

»Wir haben damit nichts zu tun.«

»Wir haben Ihnen gesagt, was passiert ist.«

»Wir haben es gerade gefunden.«

»Das ist die Wahrheit. Im Wald. Ein Hund hat auf das Baby aufgepasst.«

Da dem Baby nichts fehlte, akzeptierte der Beamte ihre Geschichte schließlich und ließ sie nach Hause fahren. Doch in jener Nacht hatte Aurora einen Traum, in dem das Kind vorkam. Und am nächsten Tag bat sie Frankie, mit ihr zur Kirche zu gehen.

»Hallo, mein Schatz«, gurrte sie, als sie sich über das Bettchen des Babys beugte.

»Von dem Mädchen dürfen Sie keine Reaktion erwarten«, sagte die Nonne.

»Warum nicht?«

»Mit der stimmt etwas nicht.«

»Was?«

»Sie gibt keinen Laut von sich. Nur ein leises Grunzen. Vielleicht ist sie taub. Normalerweise ist das der Grund. Armes Ding. Wir bringen sie morgen aufs Festland.«

Aurora sah Frankie an.

»Hol deine Gitarre«, bat sie.

Frankie kam mit seiner alten Gitarre zurück. Er schlug die Saiten an. Das Kind reagierte nicht.

»Spiel ein Lied für sie«, sagte Aurora.

Frankie spielte »Hush Little Baby«.

»Sing«, flüsterte Aurora. Und das tat er.

Hush little baby, don't say a word,
Papa's gonna buy you a mockingbird.

Das Kind sah ihn an. Aurora sang die nächste Strophe.

And if that mockingbird don't sing,
Mama's gonna buy you a diamond ring.

Das Kind öffnete den Mund. Nun sangen die beiden gemeinsam.

And if that diamond turns to brass,
Mama's gonna buy you a looking glass.

Sie hielten inne. Das Mädchen wandte ihnen den Kopf zu und fing an zu weinen. Sie hielt die Augen fest geschlossen, und kaum ein Laut war zu hören. Nur diese kleinen Grunzer, die bei diesem kleinen Kind dramatisch wirkten.

Frankie fing wieder an zu spielen.
Und das Mädchen hörte auf zu weinen.

»Sehen Sie?«, sagte Aurora zu der Nonne. »Sie ist nicht taub. Sie kann hören.« Dann wandte sie sich wieder Frankie zu. »Und sie mag es, wenn du spielst.«

»Nun, ich weiß nicht …«, sagte er und lächelte.

Ich aber wusste es. Ich wusste genau, was hier vor sich ging. Ich sehe die Zukunft all meiner Kinder, und ich sah in dieser Zukunft eine Diskussion, eine Entscheidung, eine Adoption und Platz für das kleine Bettchen in einem hübschen Haus. Eine neue Band bildete sich um Frankie Presto. Diese Band war nun seine Familie.

50

Aber jetzt müssen wir die Geschichte mit den Jungs aus Texas zu Ende bringen.

Frankie und Aurora hatten das kleine Mädchen Kai genannt. Sie zogen sie mit Liebe, Sand, Salzwasser und Musik groß. Die Ärzte vermuteten, dass die Kleine aufgrund einer angeborenen Fehlfunktion der Stimmbänder stumm war. Doch sie hörte gut und hatte scharfe Augen, die Frankie überallhin folgten, wenn er im Raum war. Sobald er sich mit seiner Gitarre hinsetzte, klatschte die Kleine in die Hände.

Kai war die eigentliche Kraft hinter Frankies Genesung. Sie war dabei, als er endlich ein Stück von Giuliani wieder fehlerfrei spielte. Sie saß vor ihm, als er (zum zweiten Mal in seinem Leben) die zwölf Etüden von Heitor Villa-Lobos meisterte. Und sie saß auf Frankies Schultern, als die Clever Yells ihre Version von »I Want To Love You« zum Besten gaben.

Kai war auch dabei, als Frankie und Aurora zwei Wochen später ein Aufnahmestudio in Auckland betraten, das den Namen Last Laugh trug. Frankie hatte seine alte Gitarre bei sich. Auf Auroras Drängen hin hatte er eingewilligt, mit den jungen Leuten aus Texas einen Song aufzunehmen – als Gegenleistung sollten die drei von der Insel verschwinden und ihn in Ruhe lassen.

»Es ist ja kein Beinbruch, wenn du mit ihnen spielst«, hatte Aurora gesagt.

»Ich brauchte niemanden, mit dem ich spielen kann.«

»Aber es wird langsam Zeit.«

»Zeit? Wofür?«

»Dein Publikum zu vergrößern. Damit nicht nur deine Frau und deine Tochter dich hören können.«

Lyle war so aufgeregt, dass er in der Nacht davor kaum geschlafen hatte. Er schrieb die Noten für den Song, den sie aufnehmen wollten, eine Rock-Nummer, die er für seine gelungenste hielt.

»Sorry, ich weiß, dass das nicht das beste Studio ist«, sagte er zu Frankie. »Aber das Equipment ist gut. Und sie verlangen nur 15 Dollar die Stunde.«

»Keine Namen«, sagte Frankie.

»Wie bitte?«

»Ich will nicht, dass mein Name irgendwo auftaucht. Nicht auf dem Titel, nicht bei den Credits, absolut nirgends.«

Lyle war enttäuscht, hatte er doch gehofft, dass die Platte sich besser verkaufen würde, wenn das Publikum erfuhr, dass Frankie Presto daran mitgewirkt hatte.

»Natürlich. Sicher. Wie Sie wollen.«

Frankie nickte steif. Er setzte sich hin und öffnete seinen Gitarrenkoffer. Den El Maestro ihm selbst gegeben hatte. Der Koffer war mittlerweile fast 40 Jahre alt, was man ihm ansah: zahllose Aufkleber von den Flugreisen und Klebeband über den Granatsplitterlöchern.

Die Gitarre aber war nach wie vor eine höchst stabile Partnerin. Frankie hatte sich stets die größte Mühe gegeben, das Griffbrett zu polieren und die Wirbel zu ölen. Der Palisanderkörper hatte ein paar Kratzer, die ausgebessert worden waren, doch hatten sie nicht denselben Farbton angenommen. Der Hals aus Ebenholz hatte dem Ansturm der Zeit standgehalten. Und natürlich waren da noch die Saiten. Die unteren vier Saiten waren zahllose Male ersetzt worden. Doch die oberen beiden waren original, es waren die Saiten, die von der blauen Magie bislang unberührt geblieben waren.

Er erinnerte sich noch gut an ein Gespräch mit seinem Lehrer.

»Warum machen die Saiten verschiedene Töne, Maestro?«

»Ganz einfach. Das ist wie im richtigen Leben.«

»Das verstehe ich nicht.«

»Die erste Saite ist ein E, hoch und schnell wie ein Kind.

Die zweite ist ein H, ein klein bisschen tiefer; wie die schrille Stimme eines Teenagers.

Die dritte ist ein G, ein tiefer Ton, der für die Kraft eines jungen Mannes steht.

Die vierte, das D, ist robust wie ein ausgewachsener Mann.

Die fünfte ist ein A, solide und kraftvoll, aber unfähig, höhere Töne hervorzubringen; wie ein Mann, der nicht mehr zu tun vermag, was er einst konnte.«

»Und die sechste, Maestro?«

»Die sechste ist das tiefe E, die dickste, langsamste und grummeligste Saite. Hörst du, wie tief sie ist? Dum-dum-dum. Als mache sie sich zum Sterben bereit.«

»Liegt das daran, dass sie dem Himmel nahe ist?«

»Nein, Francisco. Das liegt daran, dass das Leben dich immer niederdrückt.«

Frankie bat um die Noten. Lyle reichte ihm die Notenbögen, stieß gegen den Tisch und ließ alles fallen. Frankie hob sie auf. Er warf einen Blick auf die Noten und lehnte dann seine Gitarre an die Wand. Stattdessen griff er nach einer Fender Stratocaster, die neben ihm stand.

»Ist es okay, wenn ich die hier benutze?«, fragte er den Tontechniker, der in der Kabine stand. Der reckte zustimmend den Daumen nach oben.

»All right, los geht's«, sagte Frankie zu Lyle.

»Wollen Sie denn nicht proben? Wir könnten es ein paar Mal spielen, um Ihnen zu zeigen, wo …«

Frankie schüttelte den Kopf.

»Lass einfach nur das Band laufen.«

Der Song war eine schnelle Nummer mit dem Titel »What the What?«. Cluck drosch aufs Schlagzeug ein, Eddies Bass funkte nervös dazwischen. Frankie hatte nur vier Akkorde zu spielen, die er stark verzerrt immer wiederholte. Er musste immer nur vier Beats schrummen, was weit unter seinen Fähigkeiten lag. Doch er tat wie geheißen und wiederholte den Song fünfmal, während Lyle verschiedene Ansätze für die Vocals durchprobierte. Frankie sah seine Frau und seine Tochter draußen. Kai schaukelte im Rhythmus der Musik hin und her. Aurora wippte mit dem Kopf mit, als würde sie ihn gegen die Wand schlagen wollen. Frankie musste grinsen.

»Was denken Sie, Mr. Presto?«, fragte Lyle, als sie fertig waren.

Frankie nickte, sah den Jungen aber nicht an.

»Ich würde schon gern Ihre Meinung hören«, sagte Lyle. »Ehrlich.«

»Ehrlich?«

»Bitte.«

»Warum machst du diesen Song?«

»Wie meinen Sie das?«

»Ich meine, dass deine Stimme nicht dazu passt. Und er hört sich auch nicht so an, als wärst du wirklich mit dem Herzen dabei.«

Das Blut schoss Lyle ins Gesicht. Er wurde knallrot.

»Warum sagen Sie so etwas?«, fragte er.

»Nun, du hast fünf Aufnahmen gemacht«, sagte Frankie. »Und jedes Mal war dein Gesang anders. Das sagt mir, dass du immer noch nach dem eigentlichen Song suchst. Warum machst du nicht so etwas, was ihr am Strand gespielt habt? Das hat sich wenigstens so angehört, als hättet ihr Spaß dabei.«

Es herrschte eine unbehagliche Stille. Lyle warf Eddie und Cluck einen Blick zu; beide signalisierten ihm, dass sie gehen wollten. Frankie sah zu Aurora und Kai hinüber. Er war ohnehin schon länger hier, als er geplant hatte.

»Ich weiß, dass Sie recht haben«, meinte Lyle leise. »Aber ich will es ja im Musikgeschäft zu was bringen. Und das, was wir gerade gespielt haben, verkauft sich nun mal gut. Die Leute wollen einen schnellen Beat. Sie wollen was Knackiges.«

»Was Knackiges?«, warf Frankie ein.

»Ja, Sir. Wie Ihr Solo oder das Solo, von dem jeder glaubt, dass Sie es gespielt haben. Das, von dem ich dachte, dass es das Ihre wäre. So knackig eben!«

Frankie strich mit der Hand über die Augenbrauen. Er seufzte.

»Das war nicht knackig. Das war purer, reiner Schmerz.«

Lyle sah auf.

»Also waren Sie es?«

»Eine andere Version meiner selbst. Und glaub mir, so jemand willst du nicht sein.«

Frankie stellte die Stratocaster hin und lehnte sich in seinem Stuhl zurück.

»Ich hatte einen blinden Lehrer. Manchmal, wenn er im Badezimmer war, habe ich auf der Gitarre herumgespielt und damit Lärm gemacht. Er rief immer: ›Hör sofort auf damit, dummer Junge! Niemand will etwas Hässliches hören!‹ Ich habe mich dann immer verteidigt: ›In der Schule hat man uns beigebracht, dass Gott alles hört.‹ Da schrie er dann zurück: ›Gott hört sich diesen Müll vielleicht an, aber ich nicht.‹«

Lyle lachte, und auch Frankie brachte ein Lächeln zustande.

»Der Punkt ist, dass du dich entscheiden musst, für wen du spielst. Ich wollte, dass er mein Spiel schön fand, also hörte ich auf, Lärm zu machen, und machte stattdessen Musik.«

Er rieb sich das Kinn. »Was gefällt dir denn jetzt wirklich? Tief im Herzen?«

»Wahrscheinlich eher Country oder Folk.«

»Dann spiel das«, riet Frankie.

»Auch wenn es sich nicht verkauft?«

»Geld und Musik sind nicht unbedingt dicke Freunde«, witzelte Frankie. »Das kann ich dir aus eigener Erfahrung sagen.«

Lyle dachte kurz nach. »Es ist schon lustig, ich habe da nämlich einen Song, der gut hierzu passt. Es geht darum, dass man jemandem vergeben soll, der einen betrogen hat. Und dass Gott das vielleicht möchte, aber ich nicht, und er es möglicherweise tut, aber ich niemals.«

»Hört sich gut an«, sagte Frankie.

»Würden Sie das mit mir spielen? Bitte? Ich schreibe es schnell auf. Das dauert nur eine Minute. Könnten Sie noch bleiben und das für mich tun?«

»Und dann verschwindest du mit deinen Freunden zurück nach Amerika?«

»Ich schwöre.«

»Und lässt mich in Ruhe?«

»Absolut. Wir können sogar am Flughafen übernachten, wenn Sie das wollen.«

Frankie legte den Kopf zur Seite. »Na, dann fang schon an.«

Lyle sprang auf und flitzte zur Aufnahmekabine, wo Aurora und Kai warteten.

»Oh, Entschuldigung«, sagte Lyle.

Frankie winkte seine Familie zu sich.

Was als Nächstes geschah, war ebenso bedeutend wie unerwartet – wie das häufig so ist, wenn Dinge passieren, die die Welt verändern, und seien sie noch so klein.

Aurora freute sich, dass Frankie die noch junge Band coachte. »Du hilfst ihnen. Sie sind echt nette Jungs.«

»Ich mache das nur, weil du es so wolltest.«

Aurora lächelte. »Das ist doch kein schlechter Grund!«

»Komm her, Kai«, sagte Frankie und setzte seine Tochter auf seinen Schoß. Aurora öffnete eine Flasche Saft, die Kleine nahm einen Schluck und sprang dann wieder runter.

»Und weg ist sie«, sagte Aurora.

Sie sahen ihr nach, wie sie stumm, aber fröhlich den Raum untersuchte. Dann kam sie wieder und zeigte auf die elektrische Gitarre, mit der Frankie gerade gespielt hatte. Auf ihrem Gesicht lag ein merkwürdiger Ausdruck.

»Zeig ihr, was du kannst, Francisco«, meinte Aurora.

»Ja?«

»Wie geht's der Hand heute?«

Er zog die Brauen hoch: »Wollen mal sehen.«

Dann steckte er das Kabel in den nächsten Verstärker und prüfte die Effektpedale. Er sah seiner Tochter in die Augen.

»Kai?«, sagte er. »Hörst du zu?«

Was würden Sie darum geben, wenn Sie sich an alles erinnern könnten? Ich habe diese Macht. Ich nehme alle Erinnerungen in mir auf. Wenn ihr Menschen mich hört, durchlebt ihr sie neu. Ein erster Tanz. Eine Hochzeit. Ein Lied, das im Radio lief, als ihr die eine oder andere wichtige Nachricht bekommen habt. Kein anderes Talent schenkt euch einen Soundtrack für euer Leben. Ich bin die Musik. Ich schlage den Takt zu eurer Zeit.

An jenem Tag in Auckland spielte Frankie seine eigenen Erinnerungen. Er eröffnete mit einer Strophe aus einem Kinderlied namens »Billy Boy«, um es dann zu einer Jazzversion weiterzuspinnen (wie der Pianist Red Garland es einmal mit Miles Davies gemacht hatte). Er spielte locker und zu seiner Überraschung vollkommen schmerzfrei. Zwei Minuten lang improvisierte er und endete dann mit einem schnellen Schlag aus dem Handgelenk.

Die kleine Kai klatschte, aus ihrer Miene sprach die schiere Freude.

»Willst du noch mehr?«

Als sie nickte, spielte er »Tea for Two« und »A Tisket, A Tasket«, Lieder, die er mit El Maestro zusammen auf dem Grammofon gehört hatte. Und jedes Mal fing er simpel an, spann die Melodie dann aber weiter zu immer entlegeneren Themen und ungewöhnlicheren Klangfarben. Aurora musste sich anstrengen, ein breites Lächeln zu unterdrücken. Hätte ich einen Mund, wäre es mir genauso ergangen. Zum ersten Mal seit Jahren spielte Frankie wieder vollkommen frei und fast so schnell wie vorher, nur war sein Spiel diesmal reicher und besser, weil die Musik in seinem Herzen nun leidenschaftlicher, nachdenklicher klang und er die Noten bedachtsamer wählte. So, wie ein großer Maler eben nicht nur die richtige Farbe heraussucht, sondern auch noch die genaue Schattierung trifft.

Er spielte eine ganze Reihe von Rocksongs, zum Beispiel »All Along the Watchtower« von Bob Dylan und »You Really Got Me« von den Kinks. Manchmal spielte er sie zurückhaltend, nur um dann wieder Druck dahinterzusetzen. Er spielte, als wäre er Schlagzeug, Bass und Gitarre in einem. Als er geendet hatte, brachte Kai die Akustikgitarre an, die seine Kindheit mit ihrer verwob.

»Jetzt mit der?«, fragte Frankie.

Sie nickte.

»›Parlez-moi d'Amour‹«, wünschte sich Aurora.

Frankie tat wie geheißen und spielte es innig beseelt, als perle es von den Lippen eines Verliebten. Er spielte auch »Nuages« von Django Reinhardt (wie der Gitarrist es ihm in einem Hotel in Cleveland beigebracht hatte) und zwei Bluesnummern, die er in Louisiana gelernt hatte. Und schließlich die »Träumerei« von Schumann, die er einst am Strand gespielt hatte. Dann folgte das Tremolo von »Recuerdos de la Alhambra« von Tárrega. Er spielte sogar eine höchst anspruchsvolle Komposition von einem brasilianischen Gitarristen namens Garoto, den man einst den »Mann mit den Goldfingern« genannt hatte.

Ein Song floss in den anderen hinein, Frankies Spiel öffnete sie alle, als würde nach einem Regenschauer die Sonne aufgehen. Das Gesicht seines Töchterchens inspirierte ihn mehr als jedes Publikum, und während er mit Aurora scherzte und lachte, spielte er für die beiden die musikalische Bestandsaufnahme seines Lebens voller neuer Schattierungen, mit kleinen Nonen und Quartvorhalten, mit Akkordumkehrungen, die er noch nie benutzt hatte. Ich spürte mich förmlich durch seine Adern pulsen, fühlte, wie ich durch seine Finger hinausströmte in die Welt, voller Leidenschaft, voller Begabung, voll von schöpferischer Kraft.

Es war ein Gloria, ein Lobgesang.

Er hörte mit einem Song auf, den er sehr liebte, dem wunderschönen »Nature Boy« von einem Komponisten, der nie wieder einen auch nur annähernd so bekannten Song geschrieben hat. Er erzählt die Geschichte eines »Zauberlehrlings«, der wie der junge Frankie durch die Welt reiste und ein Geheimnis hatte. Die letzten beiden Zeilen dieses Lieds waren die einzigen, die Frankie an jenem Nachmittag sang, während er dankbar in die Augen jener beiden Menschen blickte, die ihn von der Verzweiflung zurück ins Leben geholt hatten:

The greatest thing, you'll ever learn
Is just to love, and be loved in return.

Er ließ die Vorstellung mit einem langsam gezupften d-Moll-Akkord enden, den er mit einer Sext, einer None und einer übermäßigen Undezime auf den hohen Bünden verlängerte. Dann blickte er seine Tochter schelmisch an. Die kleine Kai war so hingerissen, dass sie herüberkam und auf die Bünde patschte.

»Vorsichtig«, flüsterte Frankie und lächelte: »Die Saiten sind magisch.«

Im Glaskasten der Aufnahmekabine saß der blond gelockte Tontechniker und notierte sich diese Worte auf einem Stück Papier: *Magic Strings*. Er spielte selbst Gitarre und hatte deshalb die ganze Zeit zugehört. Ganz allein hinter der Konsole hatte er dem magischen Spiel gelauscht. Nun warf er einen verstohlenen Blick auf das Tonband im Hauptrekorder und stieß erleichtert die Luft aus.

Das Band lief immer noch. Das Ganze war aufgezeichnet worden.

»Wir sind bereit«, platzte Lyle plötzlich herein, Eddie und Cluck gleich hinter ihm.

»Ein neues Band?«, fragte der Techniker.

»Ja, alles auf Anfang«, sagte Eddie. »Wir machen was anderes.«

»Und was ist mit dem alten Band?«

»Vergiss es. Wir brauchen es nicht.«

Der Techniker nickte. »Okay, Mann. Wie du willst.«

Er spulte es zurück, steckte das Band in eine Box und schnappte sich einen Stift.

»He«, sagte er zu Cluck, der sich gerade noch die Schuhe band. »Wie heißt der Typ noch gleich, der gerade Gitarre gespielt hat?«

Cluck lächelte verschwörerisch, bevor er sich nach rechts und links umsah.

»Das ist Frankie Presto, Mann. Aber sag's niemandem.«

»Warum sollte ich?«, meinte der Tontechniker. »Von dem habe ich noch nie gehört.«

Cluck runzelte die Stirn, dann schob er ab ins Studio. Der Tontechniker aber schrieb auf die Box: *The Magic Strings of Frankie Presto.* Dann stellte er sie ins Regal.

51

Die allererste Tonaufnahme erfolgte Mitte des 19. Jahrhunderts, als es einem Erfinder gelang, die Schwingungen der Musik mittels einer vibrierenden Schweineborste auf einen rußgeschwärzten Zylinder zu übertragen.

20 Jahre später erfand Thomas Alva Edison den Phonografen. Seit dieser Zeit fangt ihr Menschen mich auf allen möglichen Medien ein, von der Schellackplatte über die Vinylplatte und Magnetbänder zu Daten auf silbernen Scheiben. Ich urteile darüber nicht. Ich bin zuerst und vor allem ein Talent. Wie ich materiell festgehalten werde, interessiert mich genauso wenig, wie sich die Malerei um die Leinwand kümmert.

Was diese Aufzeichnungen aber mit meinen Schülern machen, ist für mich durchaus von Interesse. Der zweite Song, den die Clever Yells in Auckland aufgenommen haben, war sehr viel schöner als sein rockiger Vorgänger. Er passte zu Lyles ungewöhnlicher, klagender Stimme, die seiner Musik immer einen sehnsüchtigen Ton verlieh. Dieser Song mit dem Titel »God Will« wurde einige Jahre später noch einmal aufgenommen und für das Album des jungen Mannes verwendet, das schlicht nur *Lyle Lovett* hieß.

Und da Mr. Lovett den Rat des Neuseeländers, der ihn zu Frankie gebracht hatte, beherzigte (»Die erste Regel der Freundschaft, Jungs: Man muss lernen, ein Geheimnis für sich zu behalten«), enthüllte er nie, wo Frankie lebte oder dass er das Solo in Woodstock gespielt hatte.

Was die Box mit dem Tonband anging, so blieb sie in den Händen des blond gelockten Tontechnikers, bis ihm jemand dafür eine Stange Geld bot. Er akzeptierte eilig und investierte das Geld in ein neues Mischboard.

Bald zirkulierten in den Ländern des südlichen Pazifiks Kopien von einem Plattenalbum mit einem rein weißen Cover. Es wurde privat vertrieben und von Musikern und Nichtmusikern gleichermaßen bewundert. Auf dem Plattencover stand hinten nur: *The Magic Strings of Frankie Presto.*

Als das geschah, hatten Frankie und Aurora Waiheke längst verlassen. Sie brachen ihre Zelte bald nach Kais achtem Geburtstag ab, als sie so unvermittelt wie unerklärlich eines Morgens aufwachte und Aurora mit kratzender Stimme fragte: »Wo ist Papa?«

Die Ärzte waren perplex angesichts ihrer so unerwartet wiedererlangten Sprechfähigkeit. Sie sprachen von »selektiver Stummheit«, von nicht erkannten Lungenproblemen, neurologischen Einflüssen oder einer seelischen Blockade, die das Kind gehindert hatte, vor ihrer Wunderheilung eine klare Symptomatik zu zeigen.

Frankie und Aurora wussten nur eins: dass sie jetzt eine Tochter hatten, die Fragen stellte wie alle Kinder. Wie ein Musikstück, in dem plötzlich die Streicher und die Bläser das Thema aufnehmen, wurde ihr Leben reicher und vielschichtiger, als die Welt ihres Kindes langsam immer größer wurde.

»Pack ein paar Sachen ein«, sagte Aurora eines Tages.

»Wo fahren wir denn hin?«, fragte Frankie.

»Wir müssen sie eine Zeit lang von der Insel wegbringen.«

»Warum?«

»Weil sie heute gefragt hat, woher du und ich kommen. Und ich glaube, es ist an der Zeit, dass sie es erfährt.«

Und so bestiegen sie am nächsten Morgen die Fähre, mit den Koffern im Schlepptau, und machten sich auf die Reise zur Wiederentdeckung der Welt – die drei Mitglieder von Frankie Prestos kleiner Familienband. Begleitet von einem vierten, unsichtbaren Mitglied in einem langen Umhang, das etwa 100 Meter hinter ihnen ging und sie genauestens beobachtete.

Teil V

Paul Stanley

Gitarrist, Sänger, Gründungsmitglied von KISS. Mit der Band Mitglied der Rock and Roll Hall of Fame.

Natürlich rede ich mit Ihnen über Frankie … er hat mal für KISS vorgespielt, wissen Sie?

Ehrlich. Das war wann? 1984? In Los Angeles. Wir haben gerade einen Leadgitarristen gesucht, um Vinnie Vincent zu ersetzen.

KISS hat sich immer neue Jungs angehört. Wir brachten sie in unser Studio und hörten uns an, wie sie unsere Songs spielten. Wir wussten sofort, ob es ein Knabe musikalisch draufhatte. Aber natürlich musste er auch entsprechend aussehen. Wir sind ja auch was fürs Auge. Und wenn er dann entsprechend aussah *und* entsprechend spielte, haben wir ihn uns genauer angesehen, denn mit 'ner Band ist das wie mit dem Heiraten. Nach dem ersten Date kann man da noch nicht viel sagen. Vor allem, wenn es sich um eine Band handelt wie die unsere.

Nun ja, damals hatten wir es eilig, also ließen wir am selben Tag drei Gitarristen kommen. Wir hatten die beiden ersten schon gehört – die ziemlich gut waren –, und dann kam da der letzte rein. Er sah ziemlich alt aus. Ich weiß nicht mehr, welche Agentur ihn geschickt hatte, aber er trug eine Skimütze und hatte einen Gitarrenkoffer mit. Er hat ihn nicht mal aufgemacht. Er setzte sich hin, sah ein paar Gitarren im Studio, schnappte sich eine Elektrogitarre aus Japan, eine Riverhead, und fragte: »Ist es okay, wenn ich die nehme?«

Und wir sagten: »Was ist denn mit deiner los?«

Und er antwortete: »Ach, das ist nur eine alte Akustikgitarre.«

Da dachte ich mir schon: »Machst du Witze, Mann? Du bringst 'ne Akustikgitarre mit zum Vorspielen bei KISS? Ich glaube, du gehst besser heim.« Doch dann zog er die Skimütze vom Gesicht, strich sich die Haare zurück, und ich sagte: »Heilige Scheiße!« Und Gene Simmons: »Was?« Und ich: »Das ist Frankie Presto!«

Dazu muss ich eins sagen: Als ich noch ein Kind war, damals in New York, war Frankie Presto für mich der Größte. Ich mochte Stimmen wie Dion und die Belmonts, Bobby Rydell und Jimmy Clanton. Sie konnten alle singen. Aber Frankie sang *und* spielte *und* trug coole Klamotten *und* konnte wirklich tanzen.

Ich habe ihn bei *American Bandstand* gesehen. Er hatte da diesen Trick mit dem Mikro: Er schob es von sich weg, aber bevor es umkippte, holte er es mit dem Fuß zurück – wie Joe Tex. Das war so cool.

Ich war acht Jahre alt, als »I Want To Love You« herauskam, das war die erste Platte, die ich besessen habe. Ich glaube, ich habe sie gespielt, bis die Rillen durchgeschrammt waren. Ein oder zwei Jahre später, als »Shake, Shake« gerade groß in Mode war, habe ich meine Eltern überzeugt, mich zu einem Konzert von Frankie mitzunehmen. Am Fox Theatre in Brooklyn. Er trug zwar nur ein paar Songs vor, aber wie er Gitarre spielte, das war einfach der Hammer. Er hatte ein Solo, an das ich mich heute noch erinnere. Seine Finger flogen förmlich über die Saiten, und am Ende, da spielte er diese vier unglaublichen Akkorde, einen nach dem anderen, bang, bang, bang, bang! Und die Leute waren hin und weg. Für mich war das wie die Bergpredigt. Bis zum heutigen Tag gibt es für mich nichts Besseres, wenn ich spiele, als am Ende in einem Akkord zu explodieren. Dann gehört das Publikum *mir.*

Die anderen KISS-Jungs wollten es mit Frankie erst gar nicht probieren. »Der ist doch viel zu alt«, hieß es. Aber ich sagte: »Wir hören ihn uns an. Er war schließlich ganz zu Anfang mit dabei.« Und er hatte immer noch ein gut aussehendes Gesicht mit starken Wangenknochen und dichtes Haar. Meiner Ansicht nach konnte das hinhauen.

Wir ließen ihn eine unserer älteren Nummern spielen: »Creatures of the Night«. Er sollte versuchen, das Solo dieser Nummer zu spielen. Ich schwöre, er hat das Solo *Note für Note* exakt nach Gehör nachgespielt. Ich weiß nicht, wie. Er hat es nur einmal gehört. Aber er ließ jede Note genauso wimmern wie auf dem Original-Track, und er traf den Whammy Bar immer genau im richtigen Moment, so, als würde er der Musik nachspüren.

Danach sagte ich zu ihm, er solle spielen, worauf er selbst Lust habe. Und er legte ein Solo hin, das noch besser war. Was mich am meisten fasziniert hat, war, dass er gar nicht versucht hat, uns mit seiner Schnelligkeit zu beeindrucken. Da haben die paar Gitarrenlicks schon genügt. Er versuchte es auf musikalische Weise. Das Solo, das er gespielt hat, hätte man fast *singen* können.

Mehr mussten wir gar nicht hören, zumindest nicht, was sein Spiel anging. Aber natürlich war das Alter ein Thema. Und wir wollten wissen, wie er so als Typ war. Gene hatte an jenem Abend etwas vor, also fragte ich Frankie, ob er mit mir essen gehen wolle. Eigentlich wollte ich ihn über die alten Zeiten ausquetschen.

Wir fuhren in ein kleines Lokal in Santa Monica, wo es klasse Hamburger gab, und ich gestand ihm, dass ich ihn schon in den Sechzigerjahren gesehen hätte. Das hat ihn irgendwie peinlich berührt, fast als wäre das in einem anderen Leben gewesen. Er meinte, er sei schon eine ganze Weile nicht mehr öffentlich aufgetreten und hätte auch schon lange keine Platte mehr gemacht. Ich fragte: »Willst du deshalb zu KISS?«

Da richtete er den Blick zu Boden und sagte ein wenig verlegen: »Nein. Ehrlich gesagt ist es wegen meiner Tochter. Die findet euch Jungs einfach toll.«

Ich fragte: »Wie alt ist denn deine Tochter?«

Und er so: »Acht. Sie findet die Outfits klasse und euer Make-up. Außerdem hat sie mich nie auf der Bühne gesehen. Ich dachte, wenn sie mich mal als Mitglied einer Band erlebt, wäre das eine hübsche Erinnerung für sie.«

Ich meinte: »Machst du Witze?«

Aber er lächelte nur und sagte, je älter man werde, desto mehr wünsche man sich, dass die Kinder einen wirklich kennenlernen.

Nun, ich hatte schon viele Menschen gefragt, warum sie zu KISS wollten, aber der Grund, den Frankie nannte, war absolut neu. Ich wusste nicht recht, wie ich darauf reagieren sollte. Und so sagte ich ihm das Erste, was mir einfiel: »Weißt du, Frankie, wir tragen kein Make-up mehr.«

Er war erschüttert, weil er glaubte, dass das seiner Tochter sicher das Herz brechen würde. »Warum nicht?«, fragte er.

»Manche Leute denken, Make-up zu tragen bedeutet, dass wir nicht richtig Musik machen wollen.«

»Little Richard hat auch Make-up getragen«, warf er ein. »Und Jimi Hendrix. Und David Bowie ebenfalls.«

Ich fragte: »Du hast mit all denen gespielt?« Und er sagte Ja, er habe mit allen gespielt.

Ich konnte das nicht glauben. Es war, als würde ich mich mit der leibhaftigen Geschichte des Rock 'n' Roll unterhalten. Schließlich fragte ich ihn noch: »Und wo warst du so lange?«

Er antwortete: »Auf einer Insel.«

Ich dachte, er hätte einen Witz gemacht, aber er hat das total ernst gemeint. Ich hakte nach: »Dann bist du also nur wegen des Vorspielens hergeflogen?« Aber er sagte, seine Familie sei gerade auf Weltreise, genauer gesagt seien sie auf dem Weg nach Europa. Jemand in L. A. habe ihm von dem Vorspielen erzählt. Dann sah er mich an und fragte: »Tragt ihr das Make-up wirklich nicht mehr?«

Ehrlich gesagt wollte ich ihn in der Band haben. Ich dachte, es wäre cool, wenn KISS auch ein wenig Geschichte vorzuweisen hätte, doch am Ende hat es nicht geklappt. Er reiste weiter, und wir nahmen einen Kerl, der 20 Jahre jünger war als Frankie, und das war's dann. Aber ein paar Wochen später kam ein Brief von ihm, in dem er mir für die Chance zum Vorspielen dankte und uns alles Gute wünschte. Haben Sie eine Ahnung, wie oft das im Rock 'n' Roll vorkommt? Nie!

Ganz unten auf dem Blatt hatte seine Tochter in Buntstift geschrieben: »I love KISS!«

Es ist schon komisch. 1999 bekam ich die Gelegenheit, in einer Aufführung von *Das Phantom der Oper* in Toronto die Hauptrolle zu spielen. Ich hatte so etwas noch nie gemacht. Aber ich habe es getan, weil mein Sohn damals gerade fünf Jahre alt war. Und ich weiß noch, dass ich gedacht habe: »Ich möchte, dass er mich in diesem Musical sieht.«

Und da ist mir Frankie wieder eingefallen, wie er über sein kleines Mädchen geredet hat. Er hatte recht. Ab einem bestimmten Punkt im Leben geht es mehr darum, was man seinen Kindern hinterlässt, als um irgendetwas sonst.

52

Folgt mir. Die Treppen hinauf.

Die Stühle unten füllen sich langsam. Der Priester begrüßt die Trauergemeinde. Die Trauermesse wird gleich beginnen. Unsere Geschichte muss langsam ans Ende kommen. Doch diese Basilika selbst ist ein Teil dieser Geschichte, und den brauchen wir, um sie zu Ende erzählen zu können.

Werfen Sie einen Blick in diese leere Kammer. Sehen Sie den Steinboden und die nackten Wände? Hier kam Frankie zur Welt. Hier starb vor nahezu 400 Jahren Pascual Baylón, den man auch als Paschalis Baylon kennt. Baylon war ein armer spanischer Mönch, der sich einst als Hirtenjunge selbst Lesen und Schreiben beigebracht hatte. Später wurde er wegen seiner frommen Verehrung Gottes heiliggesprochen. Rund um seine Grabstätte scheinen immer wieder Wunder zu geschehen. So heißt es, dass während seines Trauergottesdienstes der Leichnam des Heiligen plötzlich die Augen aufschlug, um an der Eucharistie teilhaben zu können.

Jahrhundertelang lag sein Leichnam in dieser Kirche begraben – bis er zu Asche verbrannte in jener Nacht, in der Frankies Mutter Carmencita ihr Leben verlor, nachdem sie in dieser kahlen Kammer ihren Sohn zur Welt gebracht und ihm den Namen des Heiligen gegeben hatte – Francisco de Asís Pascual Presto – in der Hoffnung, dass dieser ihn schützen möge.

Was er bereits getan hat.

Es hat seinen Grund, dass in jener Nacht nicht mehr Kirchenleute gestorben waren und die Kirche nahezu leer war, als die Revolutionäre kamen: Einige Stunden zuvor hatte San Pascual aus dem Grab heraus ein letztes Wunder gewirkt. Er bedeutete den Kirchenleuten zu fliehen. Indem er im Grab klapperte. Es war klar und deutlich zu hören.

Klapp. Klapp. Klapp.

Die Kirchenleute suchten ihr Heil in der Flucht.

Es war der Klang der Vorwarnung.

Als Frankie nach Spanien zurückkehrte, sollte auch er ihn vernehmen.

»Maestro, können wir heute zum Fluss gehen?«

»Warum sollten wir das tun?«

»Mein Papa hat mich einmal dorthin mitgenommen, um die Pastoret-Statue zu sehen. Den kleinen Hirten.«

»Dann hast du sie ja schon gesehen, und es gibt keinen Grund, noch mal hinzugehen.«

»Kennen Sie die Geschichte der Statue, Maestro?«

»Jeder in Villareal kennt sie.«

»Ist sie denn auch wahr?«

»Hol die Gitarre.«

»Stimmt es, dass ein kleiner Hirte Musik aus einer Höhle hörte …«

»Die Gitarre …«

»Und dass er, als er nachsehen ging, in der Höhle die Statue der Jungfrau Maria fand?«

»Francisco …«

»Stimmt es, dass er die Statue in die Stadt brachte …«

»So eine Narretei …«

»Und sie am nächsten Tag verschwunden war?«

»Genug …«

»Und als die Menschen zurück zur Höhle gingen, war dort wieder Musik zu hören, und als sie nachsahen, fanden sie die Statue wieder?«

»Genug jetzt! Kommt Musik aus Höhlen?«

»Nein, Maestro.«

»Nein, tut sie nicht. Sie kommt vom Üben. Was du nicht tust.«

»Ist die Geschichte also nicht wahr?«

»Ich werde dir die Wahrheit sagen: Wenn Maria mit ihrer Musik in der Höhle bleiben wollte, wieso störte der Hirtenbengel sie dann?«

»Ja, Maestro.«

»Warum müssen Menschen anderen Menschen immer auf die Nerven gehen?«

»Ja, Maestro.«

»Geh nicht zurück, um nach etwas zu suchen. Lass die Dinge lieber, wie sie sind. Hast du das verstanden?«

»Ja, Maestro.«

»Und jetzt fang an zu spielen. Ich werde schließlich nicht jünger.«

Die Familie stieg aus dem Flugzeug. Draußen begrüßte sie die strahlende Sonne. Frankies Augen begannen sogleich zu schmerzen. Er griff nach seiner Sonnenbrille. Als sie dann die Küste entlangfuhren, blickte er aus dem Fenster und stellte fest, dass er die Farben dieses Landes vergessen hatte: die pastellfarbenen Häuser, die Orangenhaine, die Schaumkronen auf dem tiefen Blau des Mittelmeers. Was er nicht vergessen hatte, hatte er tief in seinem Gedächtnis vergraben, wie zum Beispiel seine Erinnerungen an Baffa Rubio. Er hatte dem Mann seine Lügen nie verziehen.

Es war Auroras Idee gewesen, nach Spanien zu fliegen. Sie hatten Kalifornien besucht, New Orleans und London, wo Aurora nach Jahren ihre Mutter wiedersah. Sie saßen alle um einen großen ovalen Tisch und aßen Roastbeef und Kohl. Aurora ertrug gelassen das Starren ihrer Mutter, die es nicht fassen konnte, dass Aurora ein fremdes Kind ihr Eigen nannte.

»Wenn ich damit fertig werde«, sagte Aurora an jenem Abend zu Frankie, »dann schaffst du das mit Spanien auch.«

»Das ist nicht dasselbe.«

»Glaubst du, dass dein Vater noch am Leben ist?«

»Er ist nicht mein Vater.«

»Also willst du ihn nicht sehen?«

»Er ist nicht mehr am Leben.«

»Und wenn doch? Würdest du nicht mit ihm reden wollen?«

»Um ihm was zu sagen?«

»Dass du lebst. Dass du eine Frau und ein Kind hast. Und dass du ihm dankst.«

»Man bedankt sich nicht bei Leuten, die einen angelogen haben.«

»Francisco …«

»Ich will nicht.«

»Aber wir machen es.«

»Warum soll das für Kai so wichtig sein?«

»Nicht nur für Kai.«

»Ich will nicht fahren.«

Sie schob ihren Finger zwischen seine Finger und zog seine Hand an sich. »Das hast du schon gesagt.«

Von sich aus hätte er diese Reise nie gemacht. Doch da seine Frau ihn an der einen Hand nahm und seine Tochter an der anderen, wurde er zurückgeführt in dieses heiße Land.

Und zu den Geheimnissen, die es für ihn bereithielt.

Das Leben in Spanien hatte sich seit den Vierzigerjahren komplett verändert. Franco, der Diktator, war tot. Das Land, das er so lange unterdrückt hatte, schüttelte seinen verheerenden Einfluss nach und nach ab. Frankie erkannte Villareal kaum wieder. Die Straßen waren gepflastert. Wo früher Pferde und Fahrräder das Stadtbild beherrscht hatten, rollten nun Autos. Die Stadt hatte jetzt ein Fußballstadion und ein großes Krankenhaus. An der Calle Mayor reihte sich ein elegantes Geschäft ans andere.

Frankie führte seine Familie über eine geschäftige Plaza, vorbei an einem Garten voller Trauerweiden, vorbei an einem Kanal, in den Francisco Tárrega als kleiner Junge geworfen worden war – wie Frankie, den man in den Fluss geschleudert hatte. Er erzählte nichts von Baffa Rubio, empfand aber Auroras Schweigen als ständige Mahnung.

Am Ende war es Kai, die Frankies Meinung änderte. Sie waren in den Park gegangen, um La Panderola zu sehen, die alte Dampflok, die schon seit Jahrzehnten nicht mehr im Dienst war. Nur die Lok und ein Waggon existierten noch, geschützt aufgestellt unter einem Vordach.

»Diesem Zug sind wir früher hinterhergejagt«, erzählte Frankie der Kleinen.

»Wer?«

»Wir Kinder.«

»Warum?«

»Es hat Spaß gemacht.«

»Und wenn du auf die Schienen gefallen wärst?«

»Das hätte nicht passieren können.«

»Aber wenn du so gelaufen wärst?« Sie schoss direkt vor die alte Lok. »Und dann hingefallen? So!«

Sie ließ sich lachend fallen, und Frankie nahm sie um die Taille und wirbelte sie hoch in den Himmel hinein.

»Dann hätte mein Papa mich in letzter Sekunde gerettet!«, rief er.

Als er Kai absetzte, merkte er, wie Aurora ihn fragend ansah. Frankie seufzte. »Komm mit, Kai«, sagte er. »Ich zeige dir, wo ich aufgewachsen bin.«

Das Haus an der Calle del Calvario war zitronengelb gestrichen worden. Die Fenster waren neu. Unter dem Tor liefen noch immer die beiden Fahrrinnen durch, welche die Wagenräder gegraben hatten. Ansonsten aber schien das Haus so modern wie die anderen in der Nachbarschaft.

»Da«, sagte Frankie.

»Hier hast du gelebt, Papa?«

»Als Junge.«

»Wer hat hier noch gelebt?«

»Der Mann, der sich um mich gekümmert hat. Und unser Hund.«

»Wo waren deine Mama und dein Papa?«

»Im Himmel.«

Er hob die Handflächen und sah Aurora an, als wolle er sagen: »Reicht das jetzt? Können wir gehen?« Doch Kai riss sich los und klopfte an die Tür.

»Kai, warum hast du das gemacht?«, rief Frankie und schnappte sich ihren Arm.

»Hör auf«, sagte Aurora. »Sie ist doch nur neugierig.«

Im nächsten Moment öffnete sich die Tür. Eine schlanke Frau mit einem Schal um die Schulter sah heraus.

»Sí?«

Frankie wurde steif, dann fing er an, mit ihr Spanisch zu sprechen.

»Entschuldigen Sie, Señora. Wir wollten Sie nicht stören. Meine Tochter hat …«

»Sprechen Sie Englisch?«, fragte Aurora.

»Ein bisschen«, antwortete die Frau.

»No es necesario …«, warf Frankie ein.

»Mein Mann hat hier gelebt, als er ein kleiner Junge war. In diesem Haus. Ihrem Haus.«

»Sí?« Die Frau sah Frankie an. »Ah«, meinte sie plötzlich, und ihre Augen leuchteten. »Ich habe Sie schon mal gesehen.«

»Wo?«, hakte Aurora sofort ein.

Die Frau hob den Finger, verschwand kurz, ließ die Tür jedoch offen stehen. Als sie zurückkehrte, zog sie eine große Schachtel hinter sich her.

»Kommen Sie, kommen Sie«, sagte sie.

Die drei traten ein, Frankie als Letzter. Sein Herz schlug schneller. Er sah sich in Erwartung emotionaler Wallungen um, doch alles war anders. Die Farbe. Die Fotos. Die Möbel. Räume bleiben sich so gleich, wie ein Taktstock immer ein Taktstock ist. Doch wie man sie füllt, macht sie zu Räumen unserer Erinnerung.

»Mira«, sagte die Frau. »Sehen Sie doch.« Sie hob eine dünne Decke von der Schachtel und holte ein altes Album heraus. »Das sind doch Sie, oder?«

Es war das Cover einer alten Platte.

»Papa, schau doch!«, rief Kai und hielt die Platte hoch, doch Frankie hatte in der Schachtel noch andere Dinge entdeckt: Ein altes Radio. Eine Hundeleine. Und seine *braguinha*.

»War das deine Gitarre?«, flüsterte Aurora.

»Wo haben Sie das her?«, fragte Frankie die Frau.

»Ein Mann hat es gebracht. Ist lange her. Er sagte, ich sollte es hier im Haus lassen, falls die Familie kommt und es haben möchte. Aber es ist keine Familie gekommen.«

»Was für ein Mann?«

Sie runzelte die Stirn und suchte nach dem passenden englischen Ausdruck, dann gab sie auf.

»El hombre del cementerio.«

»Was hat sie gesagt?«, wollte Aurora wissen.

»Der Mann vom Friedhof«, sagte Frankie.

Die Musik ist seit jeher Teil eurer Bestattungsrituale. Trauermessen. Hymnen. Der Zapfenstreich. Als Talent ist mir Trauer fremd. Aber ihr Menschen könnt offensichtlich mit meiner Hilfe trauern. Eure innigsten Kompositionen entstehen nicht selten nach einem schweren Verlust.

Das Requiem für Baffa Rubio kam spät in Gestalt seines Adoptivsohns, der durch den städtischen Friedhof von Villareal wanderte und auf den Grabsteinen nach einem Namen suchte. Diesen Ort hatte der junge Frankie nie besucht. In Frankies Kindheit hatten Francos Truppen die Menschen oft reihenweise an der Friedhofsmauer aufgestellt und erschossen. Viele von ihnen trugen ein Stück meiner Begabung in sich und wurden mit ihren ungesungenen Liedern verscharrt. Ihre sterblichen Überreste liegen in einem Massengrab. Allein die Einschusslöcher an der Friedhofswand sind geblieben.

Baffa hatte seinen Sohn von diesem Ort fernhalten wollen. Jetzt aber war Frankie hier und suchte nach Baffas Namen. Er ging vorbei an den Urnengräbern, die in Viererreihen übereinander angeordnet waren und Bilder von Jesus oder der Jungfrau Maria trugen. An einigen waren frische Blumen befestigt. Er fand nichts. Keine Erinnerung an einen Rubio. Und niemand konnte sich erinnern, wer die Schachtel mit seinen Habseligkeiten im Haus an der Calle del Calvario abgeliefert hatte. Zu viel Zeit war seitdem vergangen. Es gab keine Hinweise mehr. Er fragte sich, wo sein Vater wohl sein könnte.

Aurora und Kai warteten draußen, um Frankie Zeit für seine Nachforschungen zu geben. Als er zurückkam, so unwissend, wie er hineingegangen war, sah Frankie die beiden auf einer Bank in der Sonne sitzen. Die kleine Kai hielt seine alte Platte fest. Er fragte sich, was Baffa wohl gedacht haben mochte, als er die LP zum ersten Mal gesehen hatte. Ob er sie in einem Laden entdeckt hatte? Oder sie von jemandem geschenkt bekommen hatte? Ob er sich wohl gefragt hatte, wieso Frankie seinen Namen geändert hatte? Warum hatte er nie versucht, Kontakt zu ihm aufzunehmen? Hatte Baffa seine Musik gehört? Konnte er aus der schicken Hochglanzproduktion die Stimme des kleinen Jungen heraushören, der einst in seinem Garten gesungen hatte?

Frankie schwirrte der Kopf von all diesen Fragen. Er lehnte sich an die Friedhofsmauer. Seine Finger ertasteten die Einschläge der Kugeln, und plötzlich waren die schrecklichen Erinnerungen wieder da, als ob diese Löcher ihm Tausende Geschichten in die Seele schreien würden. Da war ihm klar, dass eines dieser Löcher zu Baffa gehörte.

Er zuckte zusammen.

»Francisco?«, sagte Aurora und sah ihn an. »Geht es dir gut?«

Er taumelte auf sie zu und umarmte sie. Eine ganze Minute lang hielt er sie in seinen Armen. Er sah Kais liebevollen Blick, das Album, das sie an ihre Lippen presste. In diesem Moment wurde ihm bewusst, dass auch sie nicht Fleisch von seinem Fleisch war. Und doch sah sie ihn genauso an, wie er einst Baffa Rubio angesehen hatte – mit großen Augen voller Liebe und Vertrauen. In diesem Moment erst wurde Frankie klar, dass er niemals Musik gehört hätte, nie Gitarre gelernt, nie den haarlosen Hund umarmt oder Aurora getroffen hätte, wäre nicht der dicke Sardinenfabrikant gewesen. Wenn all das nicht geschehen wäre, dann würde es jetzt kein kleines Mädchen geben, das sein Album in der Hand hielt und in die Sonne blinzelte.

Er fuhr sich über die Augen und führte seine Familie zu einem nahe gelegenen Brunnen. Sie setzten sich an seinen Rand, und er erzählte ihnen alles über seinen Vater.

53

Wären sie an diesem Tag abgefahren, wäre unsere Geschichte eine andere. Auch die Landschaft Ihres Lebens würde vermutlich anders aussehen, wären Sie von manchen Orten nur einen Tag früher abgereist. Doch man kann gespielte Noten nicht zurücknehmen. Die Zeit kann wie die Musik nicht ungeschehen gemacht werden.

Frankie, Aurora und Kai waren schon auf dem Weg zurück nach England, um Auroras Schwester zu besuchen und dann nach Neuseeland zurückzukehren. Doch in seiner letzten Nacht im Hotel hatte Frankie einen Traum. Er träumte, dass er hinter Baffa die Stufen zu einer Wohnung über einer Wäscherei hinaufstieg. Er sah, wie Baffa sich über die Stirn wischte, und hörte, wie er ihn aufforderte zu singen. Er sah, wie sich die Tür öffnete, und nahm wie zum ersten Mal diese hochgewachsene Gestalt mit Bart und dunkler Brille wahr. Aber plötzlich war alles weg.

Als Aurora am nächsten Morgen erwachte, sah sie Frankie am Fenster stehen.

»Was ist los?«, fragte sie.

»Ich muss hier noch etwas erledigen.«

»Dann bleiben wir also hier.«

»Das muss ich alleine machen.«

Ihre Augen verengten sich.

»Ist schon in Ordnung«, beruhigte Frankie sie. »Fahr du ruhig zu deiner Schwester. Die Tickets hast du ja. Ich komme in ein paar Tagen nach.«

»Versprochen?«

»Versprochen.«

Er brachte Aurora und Kai zum Flughafen, gab ihnen einen Abschiedskuss und fuhr dann zurück nach Villareal.

Um nach El Maestro zu suchen.

Vielleicht haben Sie sich längst gefragt, warum er das nicht schon früher getan hat? Eine durchaus berechtigte Frage, denn Frankie hatte nie aufgehört, an seinen Lehrer zu denken. Er erinnerte sich an jede Anweisung, jede Ermahnung. Wann immer er die Gitarre zur Hand nahm, stellte er sich das Gesicht des Lehrers vor, sein wuscheliges schwarzes Haar, seinen ungepflegten Bart, die dunkle Brille. Ob er noch lebte? Und wie er wohl aussah? Wie kam er zurecht? Ein blinder Mann um die 70? Würde er sich noch an das Kind erinnern, das er bei sich aufgenommen hatte? Und was würde er von Frankies Karriere halten?

Die Angst vor der Antwort auf ebendiese Frage hatte den Schüler davon abgehalten, nach seinem Lehrer zu suchen. Trotz all seiner Erfolge, seiner Goldenen Schallplatten, seiner Konzerte, schämte sich Frankie für das, womit er erfolgreich geworden war. El Maestro hatte ihn die Reinheit der Musik gelehrt, die Hingabe an die Gitarre, und ihn vor den Gefahren törichter Ablenkungen gewarnt. Und doch war Frankie mit einigen sehr einfachen Liedern enorm populär (und reich) geworden. Die Gitarre hatte dabei keine Rolle mehr gespielt. Seine Stimme und sein Aussehen waren es, die beim Publikum Eindruck gemacht hatten. Dass er auch tanzen konnte, hatte ihn noch populärer gemacht. Frankie hatte Angst, dass einige der Dinge, die er musikalisch gemacht hatte, seinen Lehrer anwidern würden.

Er hörte ihn schon sagen: »Wieso benimmst du dich wie ein Idiot?« Und weder Ruhm noch Geld konnten dieser Schelte ihren Stachel nehmen. In der Zeit, die er in der kleinen Wohnung El Maestros über der Wäscherei verbracht hatte, war Frankie meiner nackten Schönheit, meiner melodischen Verführung so nahe gekommen wie sonst nie mehr. Mit seiner musikalischen Wendung, so fürchtete er, hatte er El Maestros Achtung verloren.

Dergleichen geschieht ja gar nicht so selten zwischen Lehrer und Schüler. Nehmen wir meinen Komponisten, den Franzosen Henri Duparc. Auch er erhaschte bei seiner Geburt im 19. Jahrhundert ein ordentliches Stück von mir. Er schuf einige sehr inspirierende Werke, in denen sich Orchester und Gesang auf ganz neuartige Weise mischten. Und doch verehrte er seinen Mentor, den deutschen Komponisten Richard Wagner, so sehr, dass Duparc 1885, als er gerade mal 37 Jahre alt war, aufhörte zu komponieren und am Ende sein ganzes Werk zerstörte, seine Notenschriften verbrannte, weil er sie des Mannes, zu dem er aufsah, nicht für würdig erachtete.

Die Gestalt des Lehrers überschattet mitunter ein ganzes Leben. Natürlich konnte Frankie nicht wissen, dass sein Lehrer gleichzeitig sein Vater war. Oder dass er bei seiner Suche nach ihm etwas entdecken würde, was ihm mehr als unbehaglich sein würde.

Frankie stand früh auf, trank im Hotel einen Espresso und nahm dann den vertrauten Weg durch die Straßen, den er so oft mit seinem grünen Wägelchen und der zu großen Gitarre gegangen war. Wie oft war er hier entlang unterwegs gewesen, mit kurzen Hosen und Käppi, die Antworten auf die Fragen murmelnd, die El Maestro ihm sicher gleich stellen würde: »Welcher Komponist hat dieses Stück geschrieben? Wie geht die Rasgueado-Technik im Flamenco?« Diese Erinnerungen stiegen mit jedem Schritt lebhafter in ihm auf. Er spürte, wie sein Puls schneller ging. Schon war er wieder der nervöse Schüler von einst.

Doch als er in die Crista-Senegal-Straße einbog, blieb er erschrocken stehen. Die Wäscherei war weg. Dafür stand dort nun ein großes Gebäude mit einem P, das signalisierte, dass man dort parken konnte. Keine blauen Fensterläden. Keine Stufen, die er hinaufsteigen konnte. Nur eine Glastür und eine Auffahrt, die mit einer gelben Schranke abgeriegelt war.

Es war, als hätte jemand mit dem Bulldozer seine Erinnerungen plattgewalzt.

Frankie setzte sich auf ein Stück Rasen. Er spürte die Morgensonne im Nacken. So schnell würde er nicht aufgeben. Wo konnte sein Lehrer wohl sein? Sie beide hatten erst am allerletzten Tag diesen Ort hier verlassen. Im Geiste ging er die Route von damals nach, aber er wusste nicht mehr, wo die Läden gewesen waren oder das Restaurant oder der Laden, in dem er die Gitarre bekommen hatte, die er heute noch spielte.

Aber an die Taverne erinnerte er sich noch. Und er fragte sich, ob es die wohl noch gebe.

»Ein blinder Mann, sagen Sie?«

»Ja. Groß. Mit dunklem Haar.«

»Nein, Señor. Ich erinnere mich nicht an so einen Mann.«

»Es ist schon lange her.«

»Damals war mein Vater der Besitzer.«

»Lebt er noch?«

»Nein, Señor.«

»Es ist für mich wichtig, dass ich diesen Mann finde …«

»… aber Sie kommen mir irgendwie bekannt vor.«

»Ja, aber darum geht es nicht.«

»Warten Sie mal … Sie sind der Amerikaner. Der Schauspieler!«

»Nein …«

»Dann Sänger?«

Frankie schürzte die Lippen.

»Ah! Ich habe also recht? Ja?«

»Ja.«

»Ihr Name ist Presto.«

»Ja.«

»Sie stammen von hier, Señor?«

»Ich habe hier als Junge gelebt.«

»In Villareal?«

»Ja.«

»Das wusste ich nicht.«

»Ich trug damals einen anderen Namen.«

»Deshalb sprechen Sie Spanisch! *Increíble*!«

Der Besitzer rief seinem Barmann etwas zu, der gerade die Stühle von den Tischen nahm. Auch einer der Tellerwäscher sah auf. Die Neuigkeit machte die Runde.

»*I want to love you*«, heulte der Barmann los. »*I will be true …*«

Sein Akzent ruinierte das ganze Lied. Frankie zwang sich zu einem Lächeln.

»Señor, bitte, würden Sie uns die Ehre erweisen, auf unserer Bühne zu spielen?«

»Zu spielen?«, fragte Frankie.

»Morgen Abend. Wir haben am Freitag immer eine große Band hier. Die würden sich freuen, mit Ihnen zu spielen.«

»Ich bin nicht hier, um Musik zu machen …«

»Sie sind natürlich unser Gast …«

»Ich wollte eigentlich …«

»Sie waren doch als Junge schon hier …«

»Ja, aber …«

»Und jetzt, als Mann, kehren Sie zurück. Das ist doch perfekt, oder?«

Frankie seufzte. Er sah sich in der Taverne um, die gerade öffnete. Das Lokal war nur spärlich erhellt und roch nach Alkohol und Seifenlauge. Frankie erwähnte nicht, dass er hier schon einmal gespielt hatte. Und dass er sich daran noch sehr gut erinnerte. Er hatte es jedes einzelne Mal gespürt, wenn er eine Bühne betreten hatte. Wie der Jubel in Buhrufe umgeschlagen war. Wie sie mit den Gläsern auf die Tische geschlagen hatten. Wie El Maestro ihn gebeten hatte, sich formvollendet zu verneigen.

Vielleicht wäre es ja gut, wenn er hier spielte, überlegte er. An diesem Ort lauerten Dämonen auf ihn, die er schon lange hatte zum Schweigen bringen wollen. Er hatte sich mit der Erinnerung an seinen Vater ausgesöhnt. War es nun an der Zeit, dasselbe mit dieser letzten Nacht zu tun?

»Ich überleg's mir«, sagte er.

»Bitte tun Sie das«, meinte der Besitzer. »Wir werden für Sie auch extra aufkochen. Gutes Essen, feine Getränke, Musik.«

»Gibt es hier noch jemanden, der den Mann kennen könnte, nach dem ich suche?«

Der Besitzer kratzte sich am Kinn. »Vielleicht einer von den Musikern. Unter denen sind ein paar ziemlich betagte Herren. Die sind billiger, wissen Sie!«

Er grinste und hob ein Glas Orangensaft: »Auf Ihre Rückkehr, Señor!«

Frankie nickte und ging hinaus.

Später marschierte Frankie zur Stadtverwaltung von Villareal. Vielleicht konnte er ja dort etwas über seinen Lehrer erfahren. Er musste ein Formular ausfüllen. Die Antwort, sagte man ihm, würde einige Tage in Anspruch nehmen. Als Frankie erwähnte, El Maestro sei Gitarrist gewesen, führte man ihn zu einem pausbäckigen Mann namens Jacinto, der für kulturelle Veranstaltungen zuständig war. Jacinto meinte, er könne sich nicht an einen blinden Gitarrenlehrer erinnern, aber er würde Frankie gerne die Räume im Stadtmuseum zeigen, die die Stadt Villareal ihrem geliebten Sohn Francisco Tárrega zu Ehren eingerichtet hatte. Das Museum war voller Fotografien und Briefe und Notenblätter. Und auch die Gipsbüste, die man einst durch die Straßen von San Felix getragen hatte, war nun dort untergebracht. Dazu einige von Tárregas geliebten Gitarren in großen Glaskästen. Auch seine allererste, die vom ehrwürdigen Antonio de Torres Jurado gefertigt worden war, dem Gitarrenbauer aus dem 19. Jahrhundert, dessen Instrumente die Bauform der meisten heutigen Akustikgitarren beeinflusst haben.

Frankie sah, dass sie arg ramponiert war. Sie hatte Flecken und war abgesplittert. Offensichtlich hatte niemand sich die Mühe gemacht, sie restaurieren zu lassen.

»Kennen Sie die Geschichte dieser Gitarre?«, fragte Frankie.

»Ja, Señor«, antwortete dieser stolz. »Diese war eine von Tárregas Lieblingsgitarren. Er spielte sie 20 Jahre lang. Als er sie ersetzen musste, weil sie deutliche Gebrauchsspuren zeigte, suchte er verzweifelt nach jemandem, der sie restaurieren konnte. Nach allerlei Versuchen schaffte der Mann es.«

»Und?«

»Tárrega und seine Gitarre waren wieder vereint.«

»Also hat er sie so hinterlassen, als er starb?«

»Ja und nein, Señor. Tárrega hinterließ die Gitarre seiner Familie, doch sein Bruder Vincente verkaufte sie irgendwann. Er dachte, er würde sie dem berühmten Musiker namens Domingo Prat verkaufen, der ein Schüler von Tárrega war und in Buenos Aires lebte. Also schickte er sie mit dem Schiff nach Südamerika. Doch als die Gitarre dort ankam, war es nicht Domingo Prat, der sie abholte, sondern ein zehnjähriges Mädchen. Und mit den Jahren ist sie dann ganz verkommen.«

»In Südamerika?«, wollte Frankie wissen.

»Ja.«

»Wie ist sie dann wieder hierhergekommen?«

»Ein ehemaliger Schüler von Tárrega entdeckte sie Jahre später in Buenos Aires in einem Haus, wo sie auf einem Sofa herumlag. Er sorgte dafür, dass sie nach Spanien zurückkehrte.«

Frankie sah die Gitarre an. Der Körper war am Hals zerbrochen, und an der Rosette, die das Schallloch zierte, fehlten einige Spitzen.

»Warum hat er das getan? Sie ist doch kaputt.«

»Das ist nicht wichtig, Señor«, meinte der Mann. »Sie gehört dorthin, wo sie ihre beste Musik gespielt hat, finden Sie nicht?«

Frankie starrte das Instrument an. Er wünschte, El Maestro hätte es sehen oder – noch besser – spielen können, als es noch in besserem Zustand war. Ein Instrument des großen Francisco Tárrega? Das hätte ihm gefallen!

Frankie dankte Jacinto und verließ das Museum. Doch für den Rest des Tages ging ihm diese Gitarre nicht mehr aus dem Kopf. Sie war hier gebaut, dann mit dem Schiff nach Amerika gebracht worden, war dort in schlechte Gesellschaft geraten und herumgestoßen worden. Jetzt aber war sie dorthin zurückgekehrt, woher sie stammte. Dorthin, *wo sie ihre beste Musik gespielt hatte.*

Also beschloss er, in der Taverne zu spielen. Zu Ehren seines Lehrers.

Und vielleicht würde er auf diesem Wege etwas über ihn erfahren.

Wie eine Heimkehr verläuft, ist in der Musik nie vorhersagbar. Manchmal verläuft sie spektakulär (wie das Konzert von Bruce Springsteen in New Jersey), manchmal bittersüß (wie das Klavierkonzert von Vladimir Horowitz, das er nach 60 Jahren Exil wieder in Moskau spielte). Und manchmal wird sie den Erwartungen nicht gerecht.

Frankies Heimkehr wurde eilig arrangiert, das Publikum bestand also aus den üblichen Gästen. Doch Frankie hoffte, dass sich die Nachricht irgendwie verbreiten würde. Wenn El Maestro noch lebte, würde er vielleicht irgendwie erfahren, dass sein Schüler zurückgekehrt war. Villareal war ja schließlich nicht so groß.

Er kam mit seiner Gitarre recht früh zur Taverne. Draußen standen ein paar Männer neben ihren schweren Maschinen. Drinnen war die Bühne schon bereit und geräumiger, als er sie in Erinnerung hatte. Die Band des Ladens bestand aus neun Musikern, alle in mittlerem oder fortgeschrittenem Alter. Frankie ging die Songs mit dem Bandleader durch, einem Klavierspieler mit dünnen Ärmchen. Anders als vor 40 Jahren spielte man heute in Spanien durchaus ausländische Musik. Der Mann war mit Frankies Auswahl völlig einverstanden.

Da er seine negativen Erinnerungen auslöschen wollte, hatte Frankie einige seiner eigenen Kompositionen ausgesucht: »I Want To Love You« und »Our Secret«. Aber auch Instrumentalstücke wie »St. Louis Blues«, »Tiger Rag« und Django Reinhardts »Parfum«. Dazu noch einige der Lieder, die er zusammen mit El Maestro an jenem Abend gespielt hatte.

Langsam tröpfelten die Zuschauer herein und nahmen ihre Plätze ein. Man bestellte etwas zu trinken, dann wurde das Licht gedämpft. Nur wenige der Anwesenden nahmen die Gestalt in dem dunklen Kapuzenmantel wahr, die sich ganz hinten auf einen Stuhl setzte.

Der Besitzer stellte Frankie schwungvoll vor. Es gab höflichen Applaus, doch mit jedem Stück brandete er stärker und stärker auf. Und in Frankie erwachte die Erinnerung an jenen Abend. Er spielte Ellington, Schumann und Tárrega, wie El Maestro es ihn gelehrt hatte. Es schien, als küsse der Auftritt in der Taverne die Erinnerung an seinen Geist wach. Er ließ den ein oder anderen Flamenco funkeln, und sein spanisches Publikum dankte es ihm lautstark. Als er dann seine berühmten Songs vortrug, gab es riesigen Beifall, war man doch stolz, dass der Sänger aus Villareal stammte.

Frankie machte keine Minute Pause. Er stieg nicht einmal von der Bühne herab. Man schenkte ihm nach, er rauchte, und seine Musik wurde immer eindringlicher. Schließlich spielte er eine alte *jota,* dann einen Blues von Muddy Waters.

Nach zwei Stunden wählte er den letzten Song: »Avalon«. Dies war der erste Song, den er vor Publikum gespielt hatte, auf eben dieser Bühne im Jahr 1945. Das einzige Stück, das er je mit seinem geliebten Lehrer gespielt hatte.

Als er die ersten Akkorde anschlug, tropften ihm Schweißperlen von der Stirn. Er fühlte El Maestro förmlich hinter sich sitzen und flüstern:

»Sing das Lied.«

»Aber ich möchte nicht.«

»Warum nicht?«

»Ich habe Angst.«

»Ja. Und du wirst wieder Angst haben. Dein ganzes Leben lang. Mit der musst du fertigwerden. Stell dich hin, tu so, als wären sie nicht da.«

»Maestro …«

»Du kannst das. Vergiss nie, was ich dir sage: Du kannst das.«

Als die Band hinter ihm einfiel, hörte Frankie, wie das Publikum mit den Fingern den Takt mitschlug. Der Beat wurde lauter, und der ein oder andere begann zu klatschen. Frankie sang:

I found my love in Avalon
Beside the bay …
I left my love in Avalon
And I sailed away …

(Ich fand meine Liebe in Avalon
In der Bucht …
Ich ließ meine Liebe in Avalon
Und segelte davon …)

Er sah den Besitzer an. Der klatschte mit den anderen mit.

I dream of her in Avalon
From dusk till dawn
So I guess I'll travel on
To Avalon …

(Ich träume von ihr in Avalon
vom Abend bis zum Morgen
So muss ich wohl weiterziehen
Nach Avalon …)

Ein Teil seiner selbst wappnete sich. Ob sich die Geschichte wiederholen würde? Doch dieses Mal schlug ihm kein Protest entgegen, nur Begeisterung, und Frankie sah nach rechts und links, als müsse El Maestro gleich auftauchen, als müsse er dort irgendwo im Zuschauerraum sitzen mit seiner dunklen Brille und einer Zigarette im Mundwinkel. Tief in seiner Seele spürte Frankie, was er sich jahrzehntelang gewünscht hatte, das, was sich jeder Schüler von seinem geliebten Lehrer wünscht: die letztendliche Anerkennung.

Doch diese bekam er auch an jenem Abend nicht. Frankie beendete sein inspiriertes Solo und stürmte zur letzten Zeile wie ein Läufer zur Ziellinie. Er schlug zum Schluss drei Akkorde, der letzte hing noch über der Menge, als er sich verbeugte. Der Besitzer sprang auf und klatschte, andere taten es ihm nach und ließen den Applaus auf ihn niederregnen wie einen warmen Frühlingsschauer.

Frankie stand ganz langsam auf und hob seine Gitarre. Er dachte an Tárregas verlorenes Instrument und spürte plötzlich eine Sehnsucht, stärker als alles, was er je verspürt hatte: Er wünschte sich, nur einmal noch seinen alten Lehrer wiedersehen zu dürfen.

Stattdessen überschüttete man ihn mit Beifall. Er zwang sich zu einem Lächeln. Der Verlauf einer Heimkehr lässt sich nicht vorhersagen. Und es gibt wenig, was unbefriedigender ist als Applaus, den man dem eigenen Empfinden nach nicht verdient hat.

Ein Arrangeur hat eine schwierige Aufgabe. Er muss die verschiedenen Instrumente zu einem harmonischen Ganzen zusammenfinden lassen. Was in Frankies Leben als Nächstes geschah, lässt sich am besten beschreiben als Arrangement, das am Ende zu einem dramatischen Höhepunkt führen sollte:

Da war der Beifall – wie das Schweben der Violinen, als Frankie seine Vorstellung beendet hatte. Da waren die Basstöne der Gespräche, die die Gäste beim Verlassen des Lokals führten. Da waren die rhythmischen Geräusche der Band, die ihre Posaunen und Zimbeln einpackte. Und das zarte Schaben der Stifte auf Papier, als Frankie seinen Fans Autogramme gab. Da war der begeisterte Bariton des Lokalbesitzers, der Frankie bat, doch wiederzukommen. Und die Hintergrundmusik der Worte, die zwischen Frankie und den Musikern hin- und herflogen wie die sacht angeschlagenen Tasten eines Klaviers. Fragen über einen blinden Mann, die voll Hoffnung gestellt in Enttäuschung versanken wie das Glissando einer Flöte.

Später, als sich das Lokal fast ganz geleert hatte, zerschnitt das Quietschen der Tür die Stille, als Frankie kurz auf die Straße hinaustrat, in der damals der Fluchtwagen auf ihn gewartet hatte.

Er hörte das Geräusch eines aufflammenden Zündholzes.

»Ich kenne Sie«, sagte eine Stimme auf Spanisch.

Frankie sah das orangefarbene Pünktchen einer glimmenden Zigarette.

»Woher?«

»Das Lied. Ich habe es lange nicht mehr gehört. Aber ich konnte es nie vergessen. Sie sind Francisco.«

»Und Sie sind?«

»Betrunken.«

»Ihr Name?«

»Sie erkennen mich nicht wieder? Ich habe den ganzen Abend mit Ihnen gespielt. Im Hintergrund.«

Ein alter Mann trat aus dem Schatten, ganz offensichtlich betrunken. Mit spärlichem weißem, gelocktem Haar. Er hatte seine Jacke locker über die Schultern geworfen.

»Die Congas«, sagte er.

Frankie legte den Kopf zur Seite. Der alte Mann legte zwei Finger über die Oberlippe.

»Damals habe ich einen Schnurrbart getragen. So!«

Er fuhr mit den Fingern eine Linie nach.

»Ich bin Alberto.«

Frankie machte große Augen. »Alberto«, flüsterte er.

»Ja.«

»Sie sind damals mitgefahren, an jenem letzten Abend ...«

»Genau.«

Frankie spürte, wie sein Herz zu rasen begann.

»Alberto, bitte, ich suche nach El Maestro. Meinem Lehrer, Ihrem Freund. Er ...«

»Ich weiß, wer er ist.«

»Wissen Sie auch, wo er ist?«

Albertos Blick wanderte über Frankies Gesicht.

»Ja.«

»Lebt er noch?«

»Nein.«

Frankie spürte, wie sich sein Magen umdrehte.

»Wann ist er gestorben?«

»Hören Sie doch auf damit. Sie kennen die Wahrheit.«

»Was für eine Wahrheit?«

Alberto sog scharf den Rauch ein, ließ die Zigarette fallen und versuchte, sich gerade hinzustellen.

»Sie wollen, dass ich es sage? Nun gut. Ich habe ihn getötet.«

Frankie schluckte.

»Was wollen Sie damit sagen?«

»Was ich damit sagen will?«, fragte Alberto und wandte den Blick ab. »Was soll das heißen? Soll ich es Ihnen auf der Conga vortrommeln? Ich habe ihn umgebracht. Deshalb sind Sie doch gekommen. Hören Sie auf, mit mir Katz und Maus zu spielen. Lassen Sie uns die Sache einfach hinter uns bringen.«

Frankie schüttelte es innerlich, als wollte sich seine Seele vom Körper lösen. Er musste beim Sprechen um Atem ringen. Seine Stimme hörte sich fremd an.

»Erklären Sie mir das, Señor Alberto.«

Alberto sah ihn fragend an.

»Dann hat Sie also niemand geschickt?«

»Mich geschickt?«

»Um seinen Tod zu rächen.«

»Ich verstehe das nicht.«

»Ich habe ihn ins Meer gestoßen. Gleich nachdem das Schiff ausgelaufen war.«

»Aber warum …«

»Das Geld. Ein ganzer Sack voll Geld. Das man mir eine Woche später gestohlen hat.« Er ließ den Kopf hängen. »Jetzt wissen Sie alles.«

»Aber Sie *mochten* ihn doch.«

»Ja, tat ich.«

»Er hat Ihnen vertraut …«

»Das war ein Fehler.«

»Für Geld?«, flüsterte Frankie.

»Ja. Ja! Ich bin ein Dieb! Kapiert?« Als er das sagte, schien er wie geschlagen, seine Stimme ein zittriges Fagott. Dann aber schwoll sie wieder an zu wütendem Gekeife, das vom Alkohol und der jahrelangen Bürde der Schuld befeuert wurde. Er fing an zu schwanken: »Für Geld! Für Geld!«

Er fasste unter seinen Mantel und holte eine Pistole heraus. Er richtete sie geradewegs auf Frankies Brust.

»Geben Sie mir Ihres!«

»Nein, bitte …«

»Geben Sie's mir! Wenn Sie keine Rache nehmen wollen, dann nehme ich Ihnen dafür Ihre Habe. Geben Sie mir Ihr Geld. Oder ich bringe Sie auch um.«

Frankie hielt die Hände hoch. Er öffnete die Finger. Im Schein der Straßenlampe sah Alberto die Narben in der Handfläche der Linken. Er beugte sich vor.

»Was hast du dir angetan, Francisco?«, flüsterte er. »Wie kannst du so noch spielen?«

Frankie packte seinen Arm und drehte ihn um. Der alte Mann war für Frankie kein Gegner. Er ließ die Waffe fallen. Sie flog scheppernd aufs Pflaster. Dann packte Alberto Frankies Hemdkragen.

»Töte mich, Francisco.« Seine Stimme war ein kehliges Flehen, Tränen liefen ihm über die Wangen. »40 Jahre lebe ich nun mit meiner Sünde. 40 Jahre lang habe ich mich gefragt, ob El Maestro mich holen kommt. Nimm Rache für ihn! Jetzt!«

Frankie richtete den Blick auf Albertos Gesicht, die weinenden Augen, die schlechten Zähne. Er fühlte, wie ihm das Blut zu Kopf stieg. War dies die Antwort, die er gesucht hatte? Dass El Maestro tot war? Dass ein heulender Congaspieler den besten Mann, den er je gekannt hat, umgebracht hatte?

An diesem Punkt erfasste meinen Schützling eine stumme Wut. Er stieß den alten Mann weg.

»Nichts?«, sagte Alberto. Er stolperte davon in seinem Rausch. »Na, dann tschüs, du dummer Junge.«

Frankie sah ihm nach.

»Señor Alberto.«

»Dumm … dumm …«, murmelte der Mann.

»Señor Alberto.«

Frankie hob die Waffe auf. Alberto drehte sich um. Frankie hob die Waffe hoch.

Alberto kam auf ihn zu.

»Nein, Francis…!«

Frankie betätigte den Abzug dreimal.

Alberto krümmte sich.

Frankie ließ die Waffe fallen, selbst erstaunt. Ein Rauchfähnchen stieg aus dem Mund des Musikers, der Hauch von Musik, der noch in ihm war.

In der Taverne aber lehnte noch eine alte Gitarre an der Wand, deren A-Saite nun blau zu leuchten begann.

Teil VI

54

1943

»Maestro?«

»Was ist?«

»Ich habe etwas falsch gemacht.«

»Was?«

»Ich habe eine Saite abgerissen.«

»Hast du deine Gitarre geworfen?«

»Nein, Maestro.«

»Hast du sie als Spielzeug benutzt?«

»Nein, Maestro.«

»Wie ist die Saite dann gerissen?«

»Ich habe geübt.«

»Deine Tonleitern? Oder die dümmlichen Lieder, vor denen ich dich gewarnt habe?«

»Nicht die dümmlichen Lieder.«

»Also hast du das Richtige getan?«

»Ja, Maestro.«

»Und dabei ist etwas Schlimmes passiert.«

»Ja, Maestro.«

»Gib mir die Gitarre.«

»Hier, Maestro.«

»Wir werden den Schaden beheben.«

»Ja, Maestro.«

»Hilf mir, die neue Saite durch den Wirbel zu führen ...«

»Jetzt ist sie durch, Maestro.«

»Und du hast sie angezogen?«

»Ja, Maestro.«

»Nun hör zu, wie man sie stimmt. Anfangs sind die Saiten immer tief. Aber wenn du den Wirbel drehst, macht die Spannung sie höher.«

»Das verstehe ich, Maestro.«

»Du drehst, bis sie sich so anhört … Hörst du das? … So findet eine neue Saite ihren Platz.«

»Und wenn man immer weiter und weiter dreht?«

»Dann reißt sie. Man kann von den Dingen nicht etwas verlangen, wofür sie nicht gemacht sind, Francisco. Dann gehen sie kaputt.«

»Maestro?«

»Ja?«

»Ich habe etwas Schlimmes angestellt.«

»Das hast du mir schon gesagt.«

»Ich habe nicht meine Übungen gemacht. Ich habe den Wirbel gedreht, bis die Saite gerissen ist.«

»Du hast mich also angelogen?«

»Ja, Maestro …«

»Und du hast die Saite zum Reißen gebracht.«

»Ja, Maestro.«

»Und jetzt fühlst du dich schuldig?«

»Es tut mir leid, Maestro … Es tut mir leid …«

»Weine. Du solltest weinen. Weine wie der Lügenbengel, der du bist.«

Wynton Marsalis

Trompeter, Komponist, Grammy-Gewinner. Künstlerischer Leiter des Jazz at the Lincoln Center.

Frankie Presto hat drei Jahre lang nicht gesprochen. Wie viele Musiker können das von sich behaupten? Drei Jahre, Mann. Kein Wort. Er hat nur Gitarre gespielt, in einem Kloster. Dort habe ich ihn kennengelernt. Er hat mich umgehauen. Der entscheidende Punkt, wenn Sie Musiker werden wollen, ist Demut, wissen Sie? Wenn Sie möchten, dass ich mit Ihnen über Frankie Presto rede, dann ist das unser Ausgangspunkt. Es erfordert ein gehöriges Maß an Demut, *drei Jahre* lang nicht zu sprechen …

Spanien? Ja. Ich komme oft hierher. Ich habe zwölf Jahre damit zugebracht, ein Stück für ein Festival in Vitoria zu schreiben, das spanische Musik mit amerikanischem Blues verbindet. Als ich es fertig hatte, haben sie mir ein Denkmal gesetzt. Ehrlich, Mann. Eine Statue. Hier liebt man Jazz eben.

Aber zum ersten Mal war ich 1987 hier, und das werde ich nie vergessen. Damals habe ich Frankie kennengelernt. Wir hatten ein paar Shows gemacht und waren auf dem Weg zurück nach Barcelona, als ich dieses Schloss in den Hügeln entdeckte. Die Dolmetscherin meinte, das sei ein Kloster. Sie fragte, ob ich es besichtigen wolle. Und ich wollte unbedingt. Ich komme aus New Orleans. Da sieht man nicht jeden Tag Mönche herumspazieren.

Das Gebäude war grandios. 900 Jahre alt. Die Architektur, der Stein, rosa überhaucht, das verblichene Gold. So etwas sieht man heute nicht mehr. Und Mann, dort herrschte eine *Stille*. Totenstill war das. Ich lief so rum, verlief mich auch ein wenig. Wenn es so still ist, dann gehe ich gerne rum und hänge meinen Gedanken nach.

Plötzlich hörte ich Musik. Ich sagte mir: »Ich muss irre sein, das hört sich an wie Blues.« Wie Leadbelly oder Albert King. Ich dachte schon, jetzt kommt gleich der Jazzengel, um mit mir zu plaudern, verstehen Sie?

Ich umrundete den Brunnen unterhalb einer kleinen Brücke, und da sah ich den Typen, ganz allein mit seiner Gitarre. Er wandte mir den Rücken zu, also blieb ich einfach stehen und hörte ihm zu. Was er spielte, gehörte mit zum Schönsten, was ich je gehört habe. Nicht nur wegen der Schnelligkeit und Geschicklichkeit des Mannes. Auch wegen der *Geschichte*, die das Stück erzählte. In der Musik geht es nämlich um Kommunikation. Man lässt seine Seele in die Noten fließen, die die eigene Geschichte erzählen. So spielt man. Ich kannte diesen Typen nicht, aber seine Musik, die Art, wie er die Saiten anschlug, sagte mir, dass er zutiefst verletzt war und nach etwas suchte.

Als er aufhörte, sagte ich: »Entschuldigen Sie.« Er fuhr herum. Ich wollte nicht, dass er gleich wegrennt, also legte ich die Hände vor der Brust zusammen, als würde ich beten, und er blieb stehen. Ich ging auf ihn zu und sagte: »Es tut mir sehr leid, dass ich Sie gestört habe.« Er antwortete nicht. »Sie spielen großartig.« Jetzt stand ich einen Meter vor ihm. Er hatte seinen Kopf geschoren und besaß blaue Augen. Er sah aus wie so ein netter, älterer Spanier. Er trug eine Robe, aber nicht so eine weiße wie die anderen Mönche.

Ich sagte: »Mein Name ist Wynton Marsalis. Ich bin ein Musiker aus Amerika. Ich spiele Trompete.« Und er sah mich an. Zehn Sekunden lang starrte er mich einfach nur an. Da sah ich, dass er anfing zu weinen. Ich sagte: »Es tut mir leid. Habe ich etwas Falsches gesagt?« Und er schüttelte den Kopf, die Tränen liefen ihm über die Wangen. Ich sagte wieder, dass es mir leidtue. Da nahm er einen Zettel und einen Stift und schrieb etwas auf:

»Ich habe Ihren Vater gekannt.«

Das konnte doch nicht wahr sein! Ich war in Spanien, in den Bergen, in einem Kloster, und ein Mönch spielte Blues und sagte, er kannte meinen Vater? Das war doch irre. Also fragte ich: »Wie ist Ihr Name, Sir?« Und er schrieb: »Frankie.« Und dann: »Presto.«

Und da fiel mir alles wieder ein.

Mein Vater ist ebenfalls Musiker, wissen Sie. Und er *hat* Frankie Presto gekannt aus seiner Zeit in New Orleans, in den Fünfzigern, als sie beide noch jung waren und durch die Stadt gezogen sind. Sie haben immer Jamsessions im Dew Drop Inn gemacht. Als Kind habe ich den Namen »Frankie Presto« öfter gehört, als ich wollte. Mein Vater erzählte mir von diesem weißen Gitarristen, der in meinem Alter schon die ersten Gigs hatte – und das, obwohl er weder Vater noch Mutter hatte, die sich um ihn hätten kümmern können. Er hat einen anderen Sound kreiert, eine Mischung aus Klassik und Blues, und andere Musiker sind gekommen, nur um ihm zuzuhören. In New Orleans wussten die Musiker einfach, wenn einer spielen konnte. Ganz egal, wie alt er war. Musik sagt immer die Wahrheit. Und es hieß, Frankie Presto würde jeder Gitarre die Wahrheit entlocken, die reine Wahrheit, selbst wenn er schließlich doch ein Rock 'n' Roller wurde.

Da waren wir also, Jahre später, zusammen in diesem Kloster, so weit vom French Quarter entfernt, wie man sich nur denken konnte. Ich fragte: »Dürfen Sie sprechen?« Er nickte. Und ich sagte: »Es ist nicht gegen die Regeln?« Er schüttelte den Kopf. »Aber Sie reden trotzdem nicht?« Und er schüttelte wieder den Kopf. »Wie lange?«, fragte ich. Und er hielt drei Finger hoch. Und ich so: »Drei Monate?« Da schüttelte er erneut den Kopf. »Drei Jahre?« Er nickte.

Mann, echt jetzt. Drei Jahre Schweigen? Ein Teil meiner selbst wollte ihn einfach in Ruhe lassen. Aber ein anderer Teil sagte mir, dass ich vielleicht aus einem ganz bestimmten Grund dorthin gekommen war. Das konnte doch kein Zufall sein? Also fragte ich: »Warum sind Sie hier, Mr. Presto?« Und er schrieb: »*Buße*.«

Nun, ich habe eine Menge Typen gekannt, die Ärger am Hals hatten, viele von den Jungs, mit denen ich aufgewachsen bin, landeten später im Gefängnis, also machte mir das nichts aus. Ich fragte ihn einfach geradeheraus: »Haben Sie jemanden umgebracht?« Denn so sah das für mich aus. Aber er schüttelte den Kopf, dann schrieb er: »Aber ich war bereit dazu.«

Ich sagte: »Das ist aber nicht dasselbe.«

Er schlug sich ans Herz, als wollte er sagen: »Da drinnen schon.«

Später verstand ich, was er meinte. Es ging um die Absicht. Das ist auch in der Musik von Bedeutung. Sogar von entscheidender. Was man denkt, kann das sein, was aus einem wird. Gut *und* böse. Aber als ich so bei ihm saß, hatte ich das Gefühl, er hätte seine Zeit abgesessen. Drei Jahre, Mann? Weil er die *Absicht* hatte, etwas Böses zu tun? Ich fragte, ob er Familie habe, und er nickte. Also wollte ich wissen: »Wissen Ihre Angehörigen, dass Sie hier sind? Schreiben Sie ihnen?« Wieder nickte er, und ich sagte: »Brauchen sie Sie denn nicht?« Darauf sagte er nichts, aber ich habe gemerkt, dass ich einen wunden Punkt berührt hatte. Jetzt weinte er lautlos, die Tränen fielen von seinen Wimpern wie Regentropfen. Er tat mir unendlich leid. Also sagte ich: »Mr. Presto, die Musikwelt könnte Sie gut gebrauchen. Ich würde so gerne eine Platte mit Ihnen machen.« Und er schrieb: »*Ich will nicht mehr auftreten*.«

Also sagte ich: »Aber Sie könnten doch unterrichten?«

Aus irgendeinem Grund war damit unser Gespräch zu Ende. Er nahm seine Gitarre und ging einfach weg. Ich blieb noch sitzen und ließ dieses Erlebnis auf mich wirken. Ich sage Ihnen, Mann, das war eine der verrücktesten Begegnungen, die ich je hatte … und außer mir war niemand dabei. Ich fragte mich schon damals, ob mir das überhaupt jemand glauben würde.

Als ich zur Dolmetscherin zurückkam, erkundigte ich mich, ob ich mit jemandem sprechen könne, der dort im Kloster etwas zu sagen hat. Sie brachte mich zu einem älteren Mönch, und wir setzten uns auf eine Bank im Speisesaal. Ich erzählte ihm, dass ich Frankie Presto schon lange kannte. Aber der Mann meinte, er könne mit mir nicht die Angelegenheiten eines anderen Bruders besprechen. Ich fragte ihn, ob er wisse, was passiert war, wen Frankie fast getötet hatte. Auch hier meinte er wieder, er könne mir dazu nichts sagen. Also fragte ich: »Was wäre nötig, um ihn hier loszueisen?« Der Mann schien überrascht. Dann sagte er: »Ein Novize kann jederzeit gehen. Er muss nur durch die Tür hinausmarschieren.«

Also bin ich noch einmal los, um ihn zu suchen. Ich ging zurück zur Brücke, dann zum Brunnen, aber ich fand ihn nicht. Es war schon spät, also kehrte ich mit der Dolmetscherin zurück auf den Parkplatz. Und da saß er. Er hatte sich gegen das Auto gelehnt und trug normale Straßenkleidung. In der Hand hielt er seinen Gitarrenkoffer. Er stand auf, sah uns an, und dann redete er zum ersten Mal. Seine Stimme war schwach, jedes Wort kam kratzend aus seinem Mund. Und er sagte nur einen einzigen Satz:

»Können Sie mir helfen, nach Hause zu kommen?«

55

Schauen Sie. Dort versammeln sich die Sargträger. Sie werden Frankies Sarg zu seiner letzten Ruhestätte tragen. Können Sie sie sehen?

Ich werde Ihnen sagen, wer sie sind.

Und welche Rolle sie in Frankies Leben gespielt haben.

Und wie er starb.

Aber dann muss ich wirklich weg. Es gibt neue Seelen, um die ich mich kümmern muss. Ich muss neue Talente verteilen. Und so will ich diesen letzten Moment im *allargando* vortragen, einem langsamen Tempo, das allmählich immer majestätischer wird. Es ist der Geschichte angemessen, denn die letzten Jahre seines Lebens waren für Frankie Presto erhebend.

Ich sehe, dass man für den Chor »Come to the Water« ausgewählt hat. Wie passend für ein Kind, das einst in den Fluss geworfen wurde. Das Wasser wurde auch zum Tor, durch das Frankie zurück nach Hause fand. Obwohl Mr. Marsalis seinem neu gewonnenen Freund ein Flugticket angeboten hatte, fand Frankie, der gerade aus dem Kloster kam, dass er noch nicht bereit war für eine so schnelle Rückkehr in die Welt.

Stattdessen fuhr er nach Barcelona. Er suchte Arbeit, mit der er seine Überfahrt bezahlen konnte, und heuerte auf einem Frachtschiff an, wo er in der Küche half. Mit diesem Frachter kam er nach Italien. Dort heuerte er auf einem anderen Schiff an, das nach Sri Lanka unterwegs war. Ein weiteres Schiff brachte ihn nach Singapur, von dort fuhr er nach Australien und schließlich nach Neuseeland. Die Weite der See tröstete seine Seele, denn seine Probleme schienen winzig angesichts dieser Unendlichkeit. Jeden Morgen sah er aufs Wasser und stellte sich El Maestros Seele vor, die dort ruhte. Jede Nacht sang er auf Deck Andachtslieder. Seine Gebete wurden untermalt vom Geräusch der Wellen, die gegen den Schiffsrumpf schlugen. Seine Kameraden auf dem Schiff fanden seine Stimme so außergewöhnlich, dass viele von ihnen an Deck kletterten, um ihm zuzuhören. Und so wurde Frankie erneut Teil einer Band, in der er dieses Mal nur den Gesangspart übernahm.

Er fuhr fünf Monate über die Weltmeere und legte 19000 Meilen zurück. In dieser Zeit schloss er Frieden mit seiner so gar nicht friedlichen

Vergangenheit. Zum ersten Mal seit Langem konnte Frankie nachts ruhig schlafen. Immer wieder träumte er von Baffa Rubio und den Orangen in der Papiertüte, die sie immer gerecht untereinander aufgeteilt hatten. Und vom alten Hampton, der Frankie in seiner kleinen Küche Schweinefleischeintopf gekocht hatte. Selbst von den Nonnen im Waisenhaus und den Mahlzeiten, die sie nach der Messe aufgetischt hatten. Endlich wurde ihm klar, wie viele Menschen es braucht, um ein Kind in dieser Welt am Leben zu erhalten.

Seine letzte Reise über das Wasser war auch die kürzeste, eine Stunde auf einer Fähre, bei Sonnenuntergang, von Auckland zurück auf die Insel Waiheke.

Wo Frankie sein Exil beendete.

Er ging von Bord und hatte nur seinen Gitarrenkoffer und ein sauber gefaltetes Hemd bei sich. Seine Haut war sonnengebräunt, sein Haar war nachgewachsen, und sein dicker Bart war mittlerweile grau gefleckt. Er ging langsam hinter einer Gruppe von Passagieren her, die Aktentaschen oder Einkaufstüten trugen. Im Geiste sah er sich den Hügel hinaufgehen, dann den ausgetretenen Weg zum Strand hinunter nehmen, wo er sich zuletzt zu Hause gefühlt hatte. Er hatte nicht geschrieben, dass er kommen würde. Bis zu jenem Morgen war er nicht sicher gewesen, dass er sich bereit – oder würdig – fühlte, in sein altes Leben zurückzukehren.

Doch als sich die Leute langsam zerstreut hatten, machte sein Herz einen gewaltigen Sprung.

Da, gleich neben dem Fahrkartenschalter, saß Aurora und hatte die Arme um die Knie geschlungen.

Sie trug ein langes, grünes Kleid, Ledersandalen und eine dunkle Sonnenbrille, die sie abnahm, als Frankie in ihr Blickfeld geriet. Aber sie stand nicht auf.

Frankie kam langsam näher.

»Aurora heißt Morgenröte«, sagte er.

»Nicht mehr.«

»Kommst du jeden Abend hierher?«

»Ich warte auf die letzte Fähre.«

»Wie lange wartest du?«

»Bis der Letzte von Bord gegangen ist.«

»Und dann?«

»Gehe ich nach Hause?«

»Drei Jahre lang?«

Sie wandte den Blick ab.

»Hast du gefunden, was du gesucht hast, Francisco?«

»Nein.«

»Wirst du weiter suchen?«

»Nein.«

»Bist du damit fertig?«

»Ja.«

»Und du wirst bei uns bleiben?«

»Ja.«

»Wir sind keine Kinder mehr.«

»Nein.«

»Wir sitzen nicht auf einem Baum.«

»Ich weiß.«

»Du hast jetzt eine Familie.«

»Da hast du recht.«

»Du hast geschrieben, dass du unschuldig warst.«

»An seinem Tod, ja.«

»Und doch hast du dich selbst bestraft.«

»Es war keine Strafe.«

»Für uns schon.«

»Ich weiß.«

»Wer hat diesen Mann getötet?«

»Das hat man mir nicht gesagt.«

»Ist es dir wichtig?«

»Es sollte mir wichtig sein.«

Sie sah zu, wie eine Möwe auf der Mole landete. Sie pickte etwas auf und flog weg.

»Was heißt Aurora jetzt?«, fragte Frankie.

»Hell leuchtendes Licht.«

»Warum?«

»Ein Lehrer hat Kai von den Lichtern über dem Südpol erzählt. Man nennt sie ›Aurora australis‹.«

»Und?«

»Kai meinte, das sei ich. Ein hell leuchtendes Licht. Und solange ich hier bliebe, würdest du uns finden und endgültig nach Hause kommen.« Sie hob die Augen. »Hast du das jetzt getan?«

Frankie spürte, wie sich ihm die Kehle zuschnürte. Als er von Bord ging, hat er nicht gewusst, dass hier sein Leben auf ihn warten würde. Oder auch nur irgendeine Art von Leben. Doch Auroras Liebe hat auf ihn gewartet, wie er einst auf sie gewartet hatte. »Save the last dance.« Dieses Lied fiel ihm ein. Er richtete seinen Blick auf die Klippen. Auf die kleinen Boote. Er sah Aurora an, so schön wie eh und je.

»Es tut mir so leid«, flüsterte er.

»Willst du deine Tochter sehen?«

»Unbedingt«, sagte er.

Sie biss sich auf die Lippen. Dann schlang sie die Arme um ihn und küsste ihn, so, wie er die Arme um sie schlang und sie küsste.

Wären Sie an dieser Stelle eine Stunde später dran, würden Sie die beiden immer noch ineinander verschlungen sehen. Sich küssend. Sich weigernd, den anderen loszulassen.

Das Geheimnis um Alberto, den Congaspieler, kann ich nur bedingt aufklären. Frankie hat ihn nicht getötet. So viel ist richtig. Er hat die Pistole gehoben, und als Alberto auf ihn zutaumelte, hat Frankie ernsthaft an das Schlimmste gedacht, was er je tun könnte. Doch am Ende feuerte er in die Luft, dreimal, weil er Alberto Einhalt gebieten wollte. Als dieser fiel, dachte Frankie, er wäre gestürzt.

Wie sich herausstellte, war Alberto aber *tatsächlich* erschossen worden … allerdings mit einer anderen Pistole. Dieser Schuss hatte sich mit dem Widerhall von Frankies Schüssen vermengt.

Nach 40 Jahren seelischer Qual hatte Alberto endlich seinen Frieden gefunden. Durch die Hand eines anderen Menschen.

Die Polizei hielt Frankie zwei Tage lang fest. Dann ließ man ihn gehen. Es hieß, die Person, die Alberto getötet hatte, habe sich gestellt, die Kugeln passten zu seiner Waffe, und Frankies Geschichte über die Warnschüsse habe sich als richtig herausgestellt. Frankie wollte wissen, wer der Mörder sei, doch man sagte ihm das nicht. Nur dass sich die Person freiwillig gestellt habe und nun im Gefängnis sitze. Außerdem riet man Frankie, Villareal für eine Weile zu verlassen.

Er ging noch am gleichen Nachmittag, zu Fuß, im Kopf diese unglaubliche Geschichte: Ein Mann starb zu seinen Füßen, er hielt eine Waffe in der Hand, der letzte Zeuge seiner Kindheitstage war nun tot, und El Maestro war schon lange nicht mehr am Leben. Wer mochte Alberto getötet haben? Hätte Frankie ihm wirklich das Leben genommen? Er stolperte die Hauptstraße entlang, zum Mijares hinunter, wo ein Sardinenfabrikant und ein haarloser Hund ihn einst gerettet hatten. Nach Tagen der Wanderung, in denen seine Gedanken ihn unablässig quälten, stieß er auf ein Kloster. Er stieg die Treppen hinauf und fragte, ob er bleiben dürfe. Die Mönche sahen seine Gitarre und fragten, zu welcher Kirche er gehöre.

»Santuario de San Pascual Baylón«, antwortete er.

Sie nickten. Pascual Baylón hatte selbst Gitarre gespielt, erzählten sie ihm, als er vor 400 Jahren auf den Feldern Schafe gehütet hatte. Sie wussten nicht, dass er auch im selben Raum gestorben war, in dem Frankie zur Welt kam.

56

Etwas muss ich noch erklären, denn es hat mit dem Leben auf der Insel zu tun.

Kurz nachdem Frankie zurückgekehrt war, konnte er den zwölften Geburtstag seiner Tochter feiern. Man stellte einen Tisch am Strand auf, platzierte die Geburtstagstorte in der Mitte und lud ein paar Kinder ein. Kai, die seit der Rückkehr ihres Vaters ohnehin auf Wolken schwebte, war überglücklich.

Als die Sonne im Meer versank, rief Frankie Kai an den Tisch und sagte ihr, er habe ein Geschenk für sie. Er holte seinen abgestoßenen Gitarrenkoffer.

»Papa, ich will deine Gitarre nicht«, sagte sie.

»Ich weiß«, antwortete er. »Aber vielleicht willst du ja eine eigene.«

Er öffnete den Koffer und holte ein seltsames Instrument heraus: eine rote Gitarre mit weißen Wirbeln, deren Körper eine farbenprächtige Bemalung zeigte: einen spanischen Reiter und eine schöne Frau.

»Oh, Papa, ist die für mich?«

»Einzig und allein.«

»Wo hast du sie her?«

»Aus einem anderen Land.«

»Schau nur das Pferd an!«

»Und die Señorita.«

»So hübsch.«

»Wie du.«

»Wirst du mir beibringen, wie man sie spielt?«

»Wenn du willst.«

»Ja!«

Sie schnappte sich die Gitarre und lief zu ihren Freunden. Aurora wartete, bis sie außer Hörweite waren, dann beugte sie sich vor und berührte Frankie an der Schulter: »Wo ist deine Gitarre?«

»Ich habe sie nicht mehr.«

»Was hast du damit gemacht?«

»Ich habe sie zurückgelassen.«

»Aber die Saiten. Ihre Kräfte …«

»Aus ebendiesem Grund habe ich sie zurückgelassen.«

»Sie hat Gutes getan, Francisco.«

»Und Böses. Als Alberto starb, ist eine der Saiten blau geworden.«

»Du hast ihn nicht getötet.«

»Er wäre noch am Leben, wenn ich nicht dort aufgetaucht wäre.«

»Das heißt nur, dass du eine Wirkung auf andere Menschen hast.«

»Ich will keine Wirkung auf andere Menschen haben.«

»Daran kannst du nichts ändern.«

»Ich kann es zumindest versuchen.«

»Sie war ein Geschenk …«

»Ich weiß …«

»Von deinem Lehrer …«

»Wie mein Spiel …«

»Das auch eine Wirkung auf andere Menschen hat.«

»Ich bin damit fertig, okay?«

Sie saßen schweigend da. Die Brandung schlug gegen die Felsen.

»Francisco?«

»Ja?«

»Was, wenn etwas … passiert?«

»Passiert?«

»Was, wenn du das Leben eines anderen beeinflussen möchtest? Wenn du ein Leben retten musst?«

»Deins?«

»Ihres.«

Sie deutete mit dem Kopf auf ihre Tochter, die mit der Gitarre spielte und ihre Freunde damit zum Lachen brachte.

»Dann muss ich es allein zuwege bringen«, sagte Frankie.

Und das war das letzte Mal, dass sie darüber sprachen.

Im Leben wie in der Musik gibt es Zeiten des Spiels und Zeiten der Stille. Nun war Frankie Presto zum ersten Mal seit seinem neunten Lebensjahr ohne seine kostbare Gitarre, die auf der anderen Seite der Welt geblieben war, unter einem Bett in einem spanischen Kloster.

Mit einer einzigen Saite, die noch nicht blau geworden war.

»Papa?«
»Ja, Kai?«
»Meine Finger tun weh.«
»Musik tut weh.«
»Echt jetzt?«
»Das hat mir mein Lehrer mal gesagt.«
»Und was sind das für Dinger?«
»Das sind Schwielen.«
»Warum bekomme ich die?«
»Weil du noch lernst. Je mehr du spielst, desto härter werden sie.«
»Gestern haben meine Finger geblutet.«
»Gestern hast du ziemlich viele Songs ausprobiert.«
»Ich war furchtbar.«
»Nein, warst du nicht.«
»Ich werde heute besser sein.«
»Das wirst du.«
»Kann ich so gut werden wie du?«
»Vielleicht besser. Sind deine Nägel kurz geschnitten?«
»Ja … Was ist das für eine Saite?«
»Das G.«
»Die mag ich. Die ist einfach.«
»Spiel deine Tonleitern.«
»Das Do-re-mi?«
»Genau.«
»Papa?«
»Ja, Kai?«
»Wolltest du immer schon Gitarre spielen?«
»Eher nicht. Anfangs wollte ich einfach nur meinem Vater gefallen.«
Kai lächelte. Ihre Zähne waren hübsch. »Ich auch.«
»Los, zurück zu den Tonleitern.«
»Die Schwielen sind hässlich.«
»Die gehen schon weg.«
»Und tun dann nicht mehr weh?«
»Bald.«
»Dann tut Musik also doch nicht weh?«

Frankie sah seine Tochter an, die ihre erste Gitarre in der Hand hielt. Er spürte Rührung in sich aufwallen.

»Nicht immer, nein«, sagte er.

Ingrid Michaelson

Studiomusikerin, Sängerin, Songschreiberin.

Okay, aber es muss schnell gehen … Ich bin sowieso schon total spät dran. Sie haben doch noch nicht angefangen, oder? Ich bin erst heute Morgen gelandet und habe ewig gebraucht, um ein Auto aufzutreiben …

Ja … ähm … mein Name ist Ingrid Michaelson. Ich komme aus den Vereinigten Staaten. Ich habe Frankie gekannt … eigentlich habe ich ihn, als ich ihn kennenlernte, nie Frankie genannt, sondern immer Mr. Rubio. So hat ihn damals jeder genannt. Wir wussten nicht mal, dass er Frankie Presto war.

Für uns war er ein Lehrer … er unterrichtete Gitarre. Da war dieser Musikladen in Staten Island, wo ich aufgewachsen bin … das ist ein Stadtbezirk von New York City … Ja, technisch gesehen ist es eine Insel, aber das ist Manhattan ja auch … Wie auch immer, der Musikladen war wie ein ganz normaler Musikladen. Groß, vollgestopft, an den Wänden hingen Verstärker. Es gab einen Raum für Schlagzeuge, einen für Keyboards, und irgendwie hingen immer ein paar Teenies rum und probten Riffs auf einer E-Gitarre.

Der Laden war wie so ein eigenes kleines Theater, und Theater hat mich damals unendlich fasziniert. Auch Musik natürlich, da mich meine Eltern Klavierstunden nehmen ließen. Also lungerte ich immer dort herum, beobachtete die Leute und hörte zu, was sie so spielten. In den Hinterzimmern gab man Musikstunden. Dafür musste man einen Flur hinunter, auf den vier oder fünf Türen mündeten. Man sah immer Kinder dort, die viel zu große Instrumente herumschleppten, Oboen, Geigen – wenn sie Glück hatten, spielten sie Flöte, die wog ja nicht allzu viel.

Eines Tages war ich also wieder im Laden, und da war so ein großer Junge mit einem Irokesenschnitt, der einen großen Verstärker von Marshall Amps ausprobierte. Er zupfte an der Gitarre, und der Ton kam so laut heraus, dass mir fast das Trommelfell geplatzt ist. Ich ging weiter nach hinten, weil ich von dem Lärm wegwollte, und sah, dass ganz am Ende des Flurs eine Tür offen war. Ich hörte jemanden Gitarre spielen. Klassisch. Und dann schlug der Irokese noch mal einen E-7-Akkord oder so was an – whamm! Eine Sekunde lang war ich taub, dann hörte ich wieder die klassische Musik, ein paar Sekunden später die nächste Explosion von dem Rockerknaben und dann wieder die klassische Gitarre. Es war wirklich total merkwürdig, wie die beiden sich überlagerten. Aber irgendwie auch cool.

Ich war neugierig, wer da klassische Gitarre spielte, vor allem in diesem Laden. Also ging ich den Flur hinunter und tat so, als ginge ich zu einer Stunde. Dann guckte ich durch die offene Tür, aus der ich die Musik hörte. Und da sehe ich einen alten Typen mit langen Haaren, der einfach vor sich hin spielte, als würde er den Rocker gar nicht hören. Ich ging wieder weg, kam zurück, guckte noch mal, da saß er immer noch und spielte irgendetwas Spanisches, schnell, aber so melodisch, dass man meinen konnte, er zupfe die Saiten mit zwei Händen. Ich blieb einfach stehen und hörte fasziniert zu. Da sah er auf – erwischt! – und sagte einfach nur: »Barrios.«

Und ich sagte: »Hä?«

»Der Komponist ist Barrios«, sagte er. »Es heißt ›La Catedral‹. Du solltest immer wissen, wessen Stück du spielst.«

Ich nickte nur. Schließlich war ich damals erst 14 Jahre alt. Er lächelte, legte die Akustikgitarre weg und nahm eine elektrische, die mit einem Fender verbunden war. Tatsächlich standen gut zehn Gitarren im Raum. Und schon fing er an, irgendeine total verrückte Rocknummer zu spielen. Danach sagte er nur: »Hendrix.«

Ich zuckte mit den Schultern, weil ich Jimi Hendrix' Musik damals noch nicht kannte. Also spielte er etwas anderes.

»Stevie Ray Vaughan?«, meinte er fragend. Aber auch das kannte ich nicht. Dann spielte er einen Lick aus »Walk this Way« und fragte dann: »Aerosmith?« Ja, von denen hatte ich schon gehört!

Dann platzte ich plötzlich heraus: »Kennen Sie vielleicht auch Filmmusik?«

Wenn ich heute so zurückschaue, ist mir das fast peinlich, obwohl ich echt total scharf auf Filme war. Ich sagte: »Kennen Sie vielleicht auch Filmmusik?« Das hätte meine Oma sagen können. Aber er zuckte nicht mit der Wimper. Er nahm sich eine andere Gitarre und spielte »Somewhere Over the Rainbow« – so schön, dass mir ein Schauer über den Rücken lief. Judy Garland liebte ich sowieso und diesen Song ganz besonders, aber so melodisch hatte ich ihn noch nie gehört. Als er ihn beendet hatte, fragte ich: »Können Sie mir nicht beibringen, so zu spielen?«

So, wie er spielte, das wollte man einfach *erleben*. Man wollte wissen, wie es ist, wenn einem die Musik so aus den Fingern perlt.

Er sagte, dann müsse ich Musikstunden nehmen, der Laden handhabe das nun mal so. Als ich nach Hause ging, fragte ich meine Eltern, aber sie meinten, ich hätte ohnehin schon Stunden in Gesang und Klavier und Theaterspielen. Das war ziemlich viel. Außerdem war so ein Kerl, der im Hinterzimmer eines Musikladens arbeitete, nicht unbedingt das, was sich meine Eltern unter einem Lehrer für mich vorstellten. Mein Vater komponierte schließlich klassische Musik.

»Aber Paps«, sagte ich, »er hat Barrios gespielt.« Da war mein Vater erstaunt. Er fragte: »Agustín Barrios?« Natürlich konnte ich mich nicht mehr an den Vornamen erinnern, insofern war damit meine kleine Prahlerei zu Ende.

Aber was soll's? Eine Woche später ging ich erneut in den Laden, und da war er wieder in seinem Raum am Ende des Flurs. Als er mich sah, sagte er »Oh, hallo, Miss Filmmusik« und spielte einen Song aus *Finian's Rainbow*. Ich fragte ihn, woher er all diese Lieder kenne, und er meinte, als Kind in Spanien habe er sich diese Platten wieder und immer wieder angehört, bis er sie auswendig konnte. Ich fragte ihn, wieso er denn in New York lebe, wenn er aus Spanien sei? Da meinte er, seine Tochter sei ebenfalls Gitarristin und an der Juilliard aufgenommen worden, dem renommierten Konservatorium, und so seien er und seine Frau hierhergezogen, um mit ihr zusammen sein zu können.

Ich fand es cool, dass die ganze Familie umzog, damit die Tochter Musik studieren konnte.

Ich kam immer wieder, und irgendwann sagte er zu mir, ich könne am Donnerstag meine Gitarre mitbringen, denn ein Schüler habe für ein ganzes Jahr bezahlt, sei dann aber nicht mehr aufgetaucht. Er sei also in dieser Stunde frei und könne mich unterrichten – wenn der Schüler es sich nicht anders überlege.

Er hat mir ein paar tolle Sachen beigebracht, denn er konnte einfach alles spielen, was Saiten hatte. Kontrabass. Banjo. Er war der Erste, der mir beigebracht hat, wie man auf einer Ukulele spielt. Ich habe sie später oft in meinen Songs verwendet.

Aber wie gesagt, ich hatte keine Ahnung, dass er Frankie Presto war. Er sagte immer, sein Name sei Mr. Rubio, und so nannten ihn auch alle. Seinen Vornamen habe ich nur erfahren, weil seine Frau eines Tages hereinkam und ihm einen Pullover brachte. Sie hatte einen bezaubernden englischen Akzent und sagte zu ihm: »Lagenlook, Francisco, Lagenlook. So wird dir nicht kalt.« Und wie sie das aussprach … Ich war einfach hingerissen.

Die beiden waren das coolste ältere Paar, das ich je gesehen habe. Sie war wunderschön und Britin, er kam aus Spanien, und beide hatten auf einer Insel gelebt – in Neuseeland, nicht auf Staten Island. Sie unterstützten ihre Tochter, wo sie nur konnten, und er kannte all diese Songs und sah auch noch gut aus, auch mit seinen, was weiß ich, 55 oder 60 Jahren.

Und so bin ich immer mal wieder am Donnerstag hingegangen, ein paar Jahre lang. Manchmal haben wir auch nur geredet, über die Schule, über Jungs oder über die Arbeit am Theater oder in der Musikszene. Er hörte mir meistens nur zu. Er hat mir nie gesagt, dass er mal ein Rockstar war. Nie. Der einzige Rat, den er mir immer wieder gab, lautete: »Lass dir deine Musik nicht aus der Hand nehmen.«

Damals hat mir das nichts gesagt, aber Jahre später, als ich anfing, meine Sachen aufzunehmen, wusste ich, was er damit gemeint hat. Das war einer der Gründe, weshalb ich immer die Rechte an meinem Material zurückbehalten habe, auch wenn Leute aus der Musikindustrie mir den gegenteiligen Rat gegeben hatten.

Ich kann über Mr. Rubio nur eins sagen: Er konnte ein Geheimnis für sich behalten. Wenn ich so zurückschaue, fällt mir wieder ein, dass manchmal ungewöhnliche »Schüler« in den Laden kamen, nachdem er dort angefangen hatte. Ältere Typen. Jazzmusiker. Eines Abends war ich dort, und ich schwöre, ich habe Jon Bon Jovi den Flur hinuntergehen und in Mr. Rubios Zimmer schleichen sehen. Und Lyle Lovett – das muss er gewesen sein, so sieht doch sonst niemand aus. Aber ich war immer noch ein Teenager, und so machte ich mir darüber keine großen Gedanken.

Dann bin ich ans College gegangen, an die Binghampton University. Als ich dann im Sommer zurückkam, war er weg. Der Raum stand leer. Als ich fragte, was denn mit Mr. Rubio passiert sei, sagte man mir, er und seine Frau seien weggezogen, irgendwohin in den Süden.

Ich konnte mich nie richtig bedanken. Ich fand erst heraus, wer er wirklich war, als das *Rolling Stone*-Magazin vor ein paar Jahren eine Story über ihn und dieses Album brachte, das nur unter der Hand weitergegeben wird: dieses

Magic-Strings-Ding. Verrückt, oder? Tatsächlich gibt es in meinen Songs ein paar Verse, die von Mr. Rubio inspiriert sind, zum Beispiel das Pullover-Tauschen in »The Way I Am« oder die Vorstellung, auf eine Insel zu ziehen, in »Far Away«. Irgendwie finden am Ende doch all unsere Lehrer Platz in unseren Liedern, nicht wahr?

Als ich gehört habe, wie er gestorben ist, dachte ich, ich sollte zur Beerdigung kommen. Ich habe jahrelang versucht, ihn zu finden, um ihm zu sagen, wie sehr es mich beeindruckt hat, dass er nie versucht hat, mit seiner Vergangenheit zu prahlen, und um ihm zu danken, dass er sich nicht zu gut war, einem ungelenken Teenager beizubringen, wie man »Somewhere Over the Rainbow« spielt. Wie viele Menschen sind schon so, ehrlich? Nicht viele jedenfalls.

Ach … hören Sie den Gesang? Ich muss jetzt wirklich rein.

57

Schneller. Der Gottesdienst hat angefangen. Jetzt greifen wir auf Übergangsnoten zurück – die nicht zu den Akkorden gehören, sondern als Bindeglieder dazwischen fungieren. Wie Menschen, die man beim Square Dance herumwirbelt, bevor man wieder zu seinem Partner zurückkehrt. Ich werde die Übergangsnoten von Frankie Prestos verbleibenden Jahren durchgehen, dabei aber nur die wichtigsten nennen – und dann vorspulen zu seinen letzten Tagen. Doppelte Geschwindigkeit. Ein 2/2-Takt *alla breve*.

Übergangsnoten. Im Kalenderjahr 1994 verließ Frankies Familie die Insel Waiheke (wie ihr schon wisst). Seine Tochter Kai wurde an der renommierten Juilliard School in New York angenommen (dank der täglichen Gitarrenlektionen mit ihrem Vater). Aurora und Frankie mieteten ein Reihenhaus auf Staten Island. Er benutzte mittlerweile den Namen Francisco Rubio. Die heimliche Aufnahme von *The Magic Strings of Frankie Presto* war in Gitarristenkreisen zur Legende geworden, und nicht wenige Menschen wollten unbedingt wissen, wer der geheimnisvolle Gitarrist war – junge Musiker, karrieresüchtige Journalisten, sogar ein Dokumentarfilmer. Frankie hatte kein Interesse. Die Vergangenheit war vergangen. Wie seltsam, dachte er, dass der Scheinwerferglanz des Ruhms ihn mehr zu verfolgen schien, je stärker er versuchte, sich ihm zu entziehen.

Doch für eine wunderbar lange Zeit gelang es ihm, in der Versenkung zu verschwinden. In diesen sieben Jahren auf Staten Island führte er eine wunderbar normale Existenz: Er nahm zwölf Pfund zu, kaufte sich geschliffene Sonnenbrillen, sah zu, wie sein Haar silbergrau wurde, verletzte sich beim Laufen am Fuß, besuchte die Küste von Maine, lernte, Penne mit Auberginen zuzubereiten (Auroras Lieblingsgericht), brachte sich selbst jedes einzelne Solo des Gitarristen Charlie Christian bei, übte Yoga, reparierte alte Verstärker und kaufte Unmengen gebrauchter CDs in einem Laden in Manhattan, die er spielte, wenn Aurora ihm ein spätes Frühstück zubereitete.

Er brachte jede Woche eine andere Gitarre aus dem Musikladen, in dem er in Teilzeit als Gitarrenlehrer arbeitete, mit nach Hause. Aber nach ein paar Tagen brachte er die Gitarren immer wieder zurück.

»Du wirst nie mit einer anderen Gitarre glücklich werden«, sagte Aurora dann immer.

»Ich bin jetzt glücklich«, antwortete er darauf und beugte weiteren Einwänden vor, indem er ihre Hand nahm.

Selbst die stürmischste See beruhigt sich irgendwann, und Frankie und Aurora genossen diese friedlichen Jahre in stiller Dankbarkeit wie zwei Kletterer, die nach einem steilen Anstieg erst mal durchatmen. Sie gingen jeden Tag in einem Lebensmittelladen um die Ecke einkaufen. Sie lernten Freunde und Nachbarn kennen und eine Frau, die eine griechische Bäckerei besaß. Sie entdeckten einen Park mit einem Kinderkarussell, das Aurora immer ganz fasziniert anstarrte. Frankie fragte sich mitunter besorgt, ob sie um das Baby trauerte, das sie verloren hatte, jetzt, da sie wieder an dem Ort lebte, wo es passiert war. Daher nahm er ihre Hand und sagte: »Holen wir uns doch ein Ingwerbier«, was mittlerweile Auroras Lieblingsgetränk war.

Aurora wiederum arbeitete vier Tage in der Woche in einem Secondhandladen, fing an mit Ölmalerei und fuhr gerne mit dem Rad am Fluss entlang. Am Wochenende spielte Frankie ihr neue Songs vor, die er geschrieben hatte. Doch er mischte sie stets mit älteren Songs anderer Autoren. Aurora fand stets heraus, welche Songs von ihm waren.

»Woher weißt du das nur immer?«, fragte er.

»Ich kann dich in allen Liedern hören«, antwortete sie.

Sie hatte ihren Mann ermutigt, Musikstunden zu geben, weil sie glaubte, dass er unter dem Namen Rubio anonym bleiben, aber trotzdem seiner Leidenschaft nachgehen konnte. Doch mit der Zeit fiel Frankies Talent auch im Musikladen auf. (Man kann mich nicht unterdrücken.) Nachdem der Eigentümer ihn mit einem aufstrebenden jungen Rockstar bekannt gemacht hatte und die beiden Männer ein paar Bluessongs miteinander gespielt hatten, ging das Gerücht, ein Meistergitarrist würde in einem kleinen Laden auf Staten Island arbeiten. Immer mehr gute – auch bekannte – Gitarristen kamen vorbei, wenn sie in der Gegend waren, weil sie Tipps wollten oder um zu versuchen, ihn zur Zusammenarbeit zu überreden. Manche kamen auch nur, um zu sehen, ob an den Gerüchten etwas dran war. Dem Eigentümer kam dies nicht ungelegen, denn diese Art von Mundpropaganda tat dem Laden und speziell dem Gitarrenabsatz gut.

Man kannte ihn als »Rubio«. (»Schaust du bei Rubio vorbei? Ich habe gehört, Rubio hat wieder mal alles an die Wand gespielt!«) Irgendwann fragte sich Frankie, ob es nicht langsam zu viel wurde. Er genoss es, mit talentierten Künstlern abseits der Bühne zu spielen. Doch es störte ihn, wie manche ihn regelrecht verfolgten. Er war zu seiner großen Überraschung ein recht guter Lehrer geworden und gab seinen Schülern nun die Ratschläge weiter, die er einst von El Maestro bekommen hatte. Innerhalb von zwei Jahren wurde Frankie (wenn ich richtig gezählt habe) von 83 professionellen Musikern aufgesucht, die ihn um Rat baten, darunter Mitglieder der Bon Jovi Band, Pearl Jam und der E Street Band. Außerdem von dem Bassisten Christian McBride, dem Gitarristen Earl Klugh, dem Rhythm-and-Blues-Sänger KEM und dem Sänger/Songschreiber Warren Zevon.

Nur eine Handvoll Besucher, darunter Lyle Lovett und Darlene Love, wussten, wer er wirklich war. Sie schworen, das Geheimnis für sich zu behalten, und sie hielten ihr Wort.

Doch eines Tages klingelte im Reihenhaus das Telefon. Aurora ging ran. Ein Mann, der behauptete, für das *Rolling Stone*-Magazin zu arbeiten, fragte: »Lebt Frankie Presto unter dieser Adresse?«

Aurora hängte sofort ein.

Übergangstöne. Kai machte ihren Abschluss mit der höchsten Auszeichnung. Sie besuchte jetzt das Konservatorium in Boston. Da ihre Tochter nun aus dem Haus war, gingen Frankie und Aurora zurück nach New Orleans. Der Telefonanruf hatte sie aufgeschreckt. Aurora war in der Halbmond-Stadt, wie man New Orleans auch nannte, am glücklichsten gewesen, damals, als Frankie ihr vor dem Schaufenster mit Mr. Bingle einen Heiratsantrag gemacht hatte.

Sie kauften eine kleine Wohnung im Garden District. Aurora machte Frankie morgens Kaffee, und er kochte abends für sie Tee. Eines Nachmittags nahm sie ihn mit in das Gemeindezentrum, wo sie ehrenamtlich Kunstunterricht gab, und sagte den Kindern, dass Mr. Rubio Musiker sei. In kürzester Zeit leitete er ein Jugendorchester mit Klavier, elektrischem Bass, zwei Drummern, einer Trompete und einer Posaune. Sie spielten Funk und Jazz, und einer der Drummer liebte Rap. Sie nannten sich selbst die »Big Mess Band«. Frankie freute sich immer wieder über ihre jugendliche Begeisterung, auch wenn ihre Technik nicht ganz perfekt war.

Meiner Zählung nach, und in diesen Dingen liege ich immer richtig, war dies die 327. Band, mit der Frankie Presto spielte.

Es sollten nur noch zwei weitere hinzukommen.

Der Gitarrist Les Paul war einer meiner Schützlinge, auch er hatte sich aus meinem Talenttopf mit vollen Händen bedient. Er hatte einen ausgesprochen neugierigen Forschergeist, der ihn einige technische Innovationen für die E-Gitarre erfinden ließ. Darüber hinaus war er maßgeblich an der Entwicklung eines damals neuen Aufnahmeverfahrens, des Overdubbings, beteiligt, bei dem man zu einer Aufnahme andere Aufnahmen dazumischen konnte. Als Teenager spannte er eine Saite über eine Bahnschwelle und versuchte, deren Schwingungen mithilfe eines Telefonhörers zu verstärken. Ein paar Jahre später nahm er ein Stück Holz, montierte zwei Tonabnehmer darauf und erfand einen Gitarrentyp, den er selbst liebevoll »The Log« nannte. Dieser war der Vorläufer sämtlicher Solidbody-E-Gitarren, die heute überall auf der Welt gespielt werden.

Doch seine größte Gabe war zweifellos seine Beharrlichkeit. Paul verunglückte mit seiner Frau Mary Ford 1948 bei einem Autounfall. Die beiden blieben drei Stunden unentdeckt in einer Böschung liegen. Seine Rippen, seine Nase, Becken und Schlüsselbein waren gebrochen, die Milz gerissen. Das Schlimmste aber war, dass er sich seinen rechten Arm mehrfach gebrochen hatte. Die Ärzte wollten ihn schon amputieren, entschieden sich aber am Ende dafür, ihn in rechtwinkliger Haltung dauerhaft zu fixieren. Les Paul hörte trotzdem nie auf zu spielen. Nicht damals und auch Jahrzehnte später nicht, als sich die Arthritis in seinem Körper ausbreitete und seine Hände zu Klauen verbog. Er machte Musik bis zum Schluss. Selbst als er schon weit in den Neunzigern war, spielte er immer noch in einem kleinen Club. Er weigerte sich einfach, mich loszulassen.

In New Orleans bemerkte Frankie, dass sein Körper nicht mehr so recht mitmachte, wodurch das Gitarrespielen auch für ihn zu einer Herausforderung wurde. Seine linke Hand war nun ständig steif. Feuchtes Wetter machte es schwierig für ihn, einen Song zu Ende zu spielen. Er brauchte eine Lesebrille, um die Notenblätter lesen zu können. Sein unterer Rücken schmerzte ständig, hatte er doch Jahre über seine Gitarre gebeugt zugebracht. Wenn er aufstand, musste er beide Hände im Rücken abstützen, und stöhnte dabei.

»Ich knirsche«, seufzte er, wenn Aurora zusah.

»Da wird jemand alt«, spottete sie.

»Du nicht.«

»Nein. Ich könnte immer noch auf Bäume klettern.«

»Hmmm«, grummelte Frankie.

58

Im Kalenderjahr 2005, ein Jahr vor Frankies 70. Geburtstag, fegte ein gewaltiger Sturm über Louisiana hinweg. Man riet den Hausbesitzern zur Evakuierung, doch die meisten blieben. Aurora hatte sich einer kleinen Kirche in der Nähe angeschlossen, einer kleinen Gemeinschaft, die sich immer in einem alten Ziegelgebäude traf. Als die Vorhersagen über den Sturm immer drohender klangen, waren die meisten Gemeindemitglieder bereit zur Evakuierung, doch der ältere Priester wollte nicht weg, ganz egal, wie hoch das Wasser steigen würde.

»Sie müssen fahren«, flehte Aurora ihn an.

»Ich habe diese Kirche vor 52 Jahren gegründet«, sagte er. »Wenn Gott will, dass ich hier sterbe, dann soll es halt auch so sein.«

Als Aurora Frankie davon erzählte, schüttelte dieser nur den Kopf. Sein ganzes Leben lang hatte er mitansehen müssen, wie Frömmigkeit und Leiden Hand in Hand gingen.

»Wir bleiben nicht«, sagte er. Aurora gab ihm recht. Doch als Frankie mit dem vollgepackten Auto vor der Tür stand, war sie nicht da. Der Regen hatte schon eingesetzt. Er fuhr in hohem Tempo zur Kirche und fand sie dort bei einigen jungen Leuten, die die Fenster der Kirche vernagelten.

»Was treibst du denn da?«, fragte Frankie.

»Wenn er bleiben will, müssen wir ihm helfen.«

»Sie sagen, das wird ein Hurrikan. Wir müssen weg.«

»Nur noch ein paar Minuten.«

Als der Wind stärker pfiff, legte Frankie Hand an, wo er nur konnte. Er hielt die Bretter, während die anderen sie eiligst befestigten. Zwei Jungs stiegen mit einer dicken Bohle über zwei Leitern nach oben, um sie vor das große Fenster zu nageln. Unglücklicherweise waren sie etwas zu eifrig, und das Fenster zerbrach. Der Regen peitschte herab, einer der Jungs verlor das Gleichgewicht. Er ließ die Bohle los, um sich an der Leiter festzuhalten. Der andere Junge tat es ihm nach. Der Erste stürzte trotzdem von der Leiter und prallte hart am Boden auf. Die anderen riefen: »Alles okay?«

»Ja, ja«, sagte er. »War halt 'ne unsanfte Landung.«

Erst da hörte Frankie ein Stöhnen und sah Aurora, die auf dem Boden lag und sich den Kopf hielt. Die Bohle hatte sie von hinten am Kopf getroffen.

»Lieber Gott«, rief der Priester und lief zu ihr hin.

Frankie schob alle beiseite und beugte sich über seine Frau. Sie blutete am Hinterkopf und blinzelte.

»Helfen Sie mir, sie zum Auto zu bringen«, schrie Frankie.

»Ist schon in Ordnung. Es geht mir gut«, sagte sie.

»Komm jetzt!«

Eine halbe Stunde später standen sie total durchnässt in der Notaufnahme eines Krankenhauses, wo ein Arzt Auroras Wunde nähte, während Frankie zusah, wie sich die Räume mit Patienten füllten. Die meisten von ihnen waren ältere Leute, die sich vor dem aufziehenden Sturm fürchteten. Man versicherte Aurora, dass die Platzwunde nicht tief sei, aber da sie eine leichte Gehirnerschütterung erlitten hatte, wies man ihr ein Bett zu und bat sie, wach zu bleiben und eventuelle Symptome zu melden.

»Es geht mir gut«, sagte sie. »Ich habe nur Kopfweh.«

»Sind wir hier sicher?«, fragte Frankie den Arzt. »Vor dem Sturm und so?«

»Ja, ja, natürlich«, sagte der Arzt und war schon beim nächsten Patienten.

Wenige Stunden später tobte der Orkan durch die Straßen von New Orleans. In der Nacht brachen ein paar der Dämme, die die Stadt schützen sollten. Die Fluten des Lake Pontchartrain (wo Frankie zum ersten Mal mit Elvis gespielt hatte) und des Mississippi (wo Frankie und Aurora als Neuvermählte spazieren gegangen waren) ergossen sich in die Stadt und ließen das Wasser höher und höher steigen, als wollten sie die Sümpfe, die hier einst lagen, zurück in die Stadt bringen. Das Krankenhaus wurde zum Zufluchtsort nicht nur für Verwundete, sondern für alle, die Nahrung, Obdach und Schutz suchten. Der Strom fiel aus. Die Ärzte operierten im Licht von Handlampen. Die Nahrungsmittelvorräte gingen bedenklich schnell zur Neige. Man war ja vom Nachschub abgeschnitten. Wer in den unteren Stockwerken lag, wurde nach oben gebracht. Die Enge machte die Situation noch unangenehmer. Es war Spätsommer, und die Hitze war erdrückend. Man schlug das ein oder andere Fenster ein, damit man noch Luft bekam.

In diesem Pandämonium wich Frankie nicht einen Augenblick von Auroras Seite. Sie lag in einer Ecke eines überfüllten Raums auf ihrem Bett, und Frankie hielt sie mit Erzählungen, Reden und Singen wach.

»Es geht mir gut, das weißt du doch«, flüsterte sie.

»Ich weiß.«

»Ich lasse dich doch jetzt nicht allein.«

»Keine Chance.«

»Aber ich werde als Erste sterben.«

»Ist das so?«

»Aber da ist noch lange hin.«

»Ganz lange.«

»Aber als Erste.«

»Das ist nicht fair«, meinte Frankie.

»Doch, es ist fair«, widersprach sie.

»Wieso?«

»Wenn du als Erster stirbst, was bleibt mir denn dann noch?«, fragte Aurora.

»Du hast Kai.«

»Das stimmt.« Sie blickte auf. »Aber Töchter haben ihr eigenes Leben. Man kann nicht ewig an ihnen kleben bleiben. Sie wird heiraten. Kinder kriegen.«

»Das kann ich genauso gut von mir sagen«, sagte Frankie. »Wenn du als Erste gehst, was bleibt mir denn noch? Außer Kai?«

Sie sah ihn an, als mache er Witze.

»Du hast deine Musik.«

Frankie schnaubte, sagte aber nichts. (Ich wusste sehr genau, was sie meinte.)

»›Parlez-moi d'Amour‹«, sagte Aurora. »Sing es für mich. Das hält mich wach.«

»Mein Französisch ist ein bisschen eingerostet«, sagte Frankie.

»Du musst das jetzt singen.« Sie grinste. »Ich bin die Kranke. Und das ist mein Heilmittel.«

Er seufzte und sang das Lied für sie, wie er es im Gedächtnis behalten hatte, zärtlich, bis sich eine ältere Dame im Bett nebenan zu ihnen umdrehte und sagte: »Lauter, mein Lieber. Sie haben eine wunderbare Stimme.«

Frankie sang lauter, und schließlich wurde der ganze Raum mit seinen sechs eng nebeneinandergestellten Betten still und lauschte in der Dunkelheit. Die Patienten und ihre Angehörigen zogen die dünnen Vorhänge weg, die sie voneinander trennten, dankbar für diese Ablenkung durch den Gesang.

Parlez-moi d'amour,
Redites-moi des choses tendres.

(Sprecht mir von der Liebe,
Sagt mir zärtliche Dinge.)

Als er aufgehört hatte, klatschten sie höflich, und jemand sagte: »Singen Sie doch noch eins!« Frankie rollte mit den Augen und guckte Aurora an, als wolle er sagen »Siehst du, was du angerichtet hast?«, doch Aurora lächelte und rief in falschem amerikanischem Akzent: »He, Mann, kennst du ›I Want To Love You‹ von Frankie Presto?« Ein alter Mann sagte: »Das ist ein Oldie, but Goldie.« Und so sang Frankie den größten Hit seiner Karriere ohne eine andere Begleitung als den Regen, der gegen die Fenster trommelte.

I want to love you
I will be true

No one will love you
The way I do …

Während er sang, fielen die anderen langsam ein. Es war, als säßen sie alle zusammen an einem Lagerfeuer. Am Ende sang jeder im Raum die bekannte Melodie, der eine hoch, der andere tief, der Dritte in seltsamem Falsett. Doch sie sangen zusammen, um sich gegen den Sturm draußen zu wappnen.

Oh, if you let me
Show my love to you
Then by tomorrow
You'll love me tooooo!

Der letzte Vokal wurde lang gedehnt, jemand imitierte mit dem Löffel ein Donnergrollen, sodass die anderen lachten und mit einem lauten »Whoohoo!« endeten. Für Frankie war das die beste Version, die er je gehört hatte.

Jeder schließt sich im Laufe seines Lebens einer Band an. Und sei es nur, um mutig zu sein.

Frankie grinste und schaute hinunter zu seiner Frau.

»Aurora?«

Ihre Augen waren geschlossen.

59

Der tödliche Schlaganfall, so meinten die Ärzte, war vermutlich die Folge des Schädeltraumas, das sie erlitt, als die Bohle sie am Kopf traf. Ganz sicher waren sie sich aber nicht. Aurora war schließlich schon 68. Die Krankenschwestern waren mit Handlampen herbeigeeilt, doch die Versuche, Aurora wiederzubeleben, waren erfolglos. So schnell war sie gegangen. Ein junger Arzt sprach Frankie sein Beileid aus, dann war er schon wieder weg, um anderen Hurrikanopfern zu helfen. Frankie stand wie betäubt da. Als Träger mit einer Bahre hereinkamen und ihren toten Körper mitnahmen, brach Frankie zusammen. Er setzte sich an die Wand, umklammerte seine Knie mit den Armen und schaukelte vor und zurück, vor und zurück. Die Straßen draußen waren überflutet. Er konnte nirgendwohin. Es gab keinen Ort, an dem losbrüllen konnte. Einmal mehr wurde Frankies Leben von den Fluten des Wassers umgelenkt.

Es dauerte vier Wochen, bis man Aurora beerdigen konnte.

Am Grab hielt Kai die Hand ihres Vaters und weinte mit ihm. Auch die Mitglieder von Auroras Kirchengemeinde hielten sich an der Hand und teilten ihren Schmerz. Auroras Schwester Cecile war aus London angereist und hielt ihrerseits Kais Hand. Auch sie weinte. Sie hielt eine warmherzige Rede am Grab, in der sie ihre Schwester Aurora als tapferen und klugen Menschen würdigte. Außerdem sei sie – in so manchen Augenblicken – die glücklichste Frau der Welt gewesen. Sie habe immer zuerst an andere gedacht.

Die Big Mess Band aus der Gemeinde spielte ein Trauerlied, wie es in New Orleans üblich war.

Frankie stand teilnahmslos dabei. Er sang nicht. Und beim Trauergottesdienst wirkte er so, als sei er mit seinen Gedanken meilenweit entfernt.

Ich habe gesagt, dass Aurora York meine einzige Rivalin im Kampf um Frankies Herz war. An jenem Tag aber hat sie mich besiegt. In Frankies Seele war keine einzige Note mehr lebendig. Seine verzweifelte Liebe zu ihr, die einfach nicht loslassen konnte, stürzte tosend in sein Herz wie die Wassermassen, die sich über New Orleans ergossen hatten. Sie spülte mich förmlich hinaus und ließ ihn verstummen. Er sah überall ihr Gesicht: als sie ihn gebeten hatte, doch im Krankenhaus zu singen. Als kleines Mädchen, wie sie ihn aufgefordert hatte, im Wald zu spielen. Er dachte ständig an die alte Gitarre, die er in Spanien zurückgelassen hatte, und an die letzte blaue Saite, die noch übrig war.

»Und wenn du ein Leben retten musst?«, hatte sie gefragt.

Er durfte nicht darüber nachdenken. Sein Gehirn stemmte sich gegen diesen Gedanken. Seine Augen wurden glasig. Er fühlte sich leer, wie ein einziges großes Loch.

Am Ende der Zeremonie blieb er am Grab stehen. Er wartete, bis alle gegangen waren. Dann ging er in die Hocke, nahm etwas aus der Jackentasche und steckte es in die Erde: eine kleine runde Blume aus einer Gitarrensaite. Tränen stiegen ihm in die Augen, er verlor das Gleichgewicht und fiel auf die Knie. Immer wieder flüsterte er ihren Namen.

»Da ist noch lange hin«, schluchzte er. »›Ganz lange‹, hast du gesagt.«

Jeder schließt sich im Laufe seines Lebens einer Band an. Einige dieser Bands brechen einem das Herz.

60

Die letzten Jahre seines Lebens verbrachte Frankie so weit wie nur möglich von den Orten seiner Erinnerung entfernt. Er lebte in Manila auf den Philippinen, wo er an der Universität Santo Tomas Gitarrenunterricht erteilte. Seine Tochter Kai hatte auf Bitten ihres Vaters ihre Verbindungen spielen lassen, um ihm ein Vorstellungsgespräch zu ermöglichen.

»Aber das ist doch endlos weit weg«, protestierte sie.

»Ich weiß«, sagte er.

Frankies katholische Erziehung war ihm in dieser Sache dienlich. Er sagte seinen neuen Arbeitgebern nicht, dass er das mit dem Beten, der Kirche und Gott ganz aufgegeben hatte. Er füllte seinen Beruf als Lehrer aus und lebte von dem schmalen Gehalt in einer kleinen Wohnung auf dem España Boulevard. So konnte er den Campus zu Fuß erreichen, wobei er immer durch den barocken Arch of the Centuries an der Plaza Intramuros ging.

Die Studenten in Manila waren höflich und respektvoll. Er gab ihnen Einzelunterricht und versuchte, sie zu fördern, wo er nur konnte. Sie bewunderten sein Wissen.

Doch er spielte nur ganz selten für sie. Er schloss sich auch keinem Musikensemble oder dem Orchester der Fakultät an. Er war nur aus einem einzigen Grund dort: Er wollte nicht gefunden werden.

Nur nachts, wenn er allein an seinem Fenster über dem Busbahnhof saß, spielte er wirklich Gitarre. Sanfte Barockmelodien von Gaspar Sanz und den uralten Blues von Robert Johnson. Doch seine Finger plagten ihn. Die Arthritis wütete in seiner linken Hand, deren Nerven er ohnehin geschädigt hatte. Schulter und Hals wurden allmählich steif. Er hörte mit dem Laufen auf. Und mit dem Pasta-Kochen. Er reparierte keine Verstärker mehr und machte keinen Tee und tat überhaupt nichts mehr von den Dingen, die er regelmäßig mit seiner Frau gemacht hatte. Die Einsamkeit war wie ein alles verschlingendes Monster, das besitzergreifend über alles wachte, was Frankie tat.

Aurora hatte an ihrem letzten Tag gesagt, er habe außer Kai ja noch seine Musik, und das war richtig. Doch ich konnte ihm nur wenig Trost schenken. In den Monaten nach ihrem Tod hatte er einen Song geschrieben. Und danach nie wieder.

Im Jahr 2009 kam Kai zu Besuch, als sie mit ihrem Symphonieorchester auf Tournee war. Sie erzählte Frankie, dass sie am renommierten Francisco-Tárrega-Gitarrenwettbewerb in Spanien teilnehmen durfte. Dieses Festival feierte man seit mehr als 40 Jahren, und dass sie ausgerechnet dieses Jahr dort spielen durfte, war eine große Ehre, denn man beging Tárregas 100. Todestag. Deswegen sollte das Festival dieses Mal in Villareal stattfinden, in Tárregas Geburtsstadt.

»Papa, ich möchte, dass du auch kommst.«

»Nein, Kai.«

»Aber es ist wichtig für mich.«

»Ich kann nicht.«

»Du hast mich Tárrega lieben gelehrt. Alles, was ich über seine Musik weiß, habe ich von dir.«

»Da sind zu viele …«

»Was? Erinnerungen?«

»Ja.«

»Erinnerungen leben nicht an Orten, Papa. Sie stecken in deinem Kopf. Und hier, in dieser …«, sie sah sich um, »in dieser absurd kleinen Wohnung.«

Frankie rieb sich die Stirn, strich sein Haar zurück, das ihm immer noch in die Stirn fiel.

»Benutzt du eigentlich eine Haarbürste?«, fragte Kai, weil sie ihn zum Lachen bringen wollte.

»Für wen denn?«, fragte er.

Sie blickte zur Seite.

»Ich vermisse sie auch, Papa.«

»Ich weiß.«

Er starrte seine Tochter an, die so ungeheuer schön geworden war. Sie war immer größer geworden, während er allmählich geschrumpft war.

»Wirst du ein paar Tage bleiben?«, fragte er.

»Ich bin bis Freitag hier.«

»Und danach? Vielleicht noch ein paar Tage?«

»Da muss ich jemanden anrufen.«

»Du kannst mein Telefon benutzen.« Er deutete auf den Schreibtisch.

»Papa, ich habe ein Handy. Jeder hat heute eins.«

»Ach so.«

Sie beugte sich vor und rubbelte sein Knie.

»Geht es dir gut?«

Die Liebe zu ihr traf ihn mit derselben Wucht wie die Qual. Wie zwei gewaltige Ströme, die zusammenfließen.

»Wann ist denn das Festival?«, fragte er.

John Pizzarelli

Jazzgitarrist, Sänger, Komponist. Sohn des berühmten Gitarristen Bucky Pizzarelli.

Ja, natürlich ... Mein Name ist John Pizzarelli, ich bin Musiker und lebe in New York City. Ich bin hier, weil Frankie Presto ein alter Freund war und weil er, bevor er starb, mich gebeten hat, etwas für ihn zu tun ... Er bat mich, das Originaltonband von *The Magic Strings of Frankie Presto* zu finden und es seiner Tochter zu geben ... Ich habe es hier, in diesem Koffer ...

Frankie und ich? Schon lange. Er hat zuerst meinen Vater kennengelernt, Bucky Pizzarelli, so Mitte der Sechziger, als Frankie in der *Tonight Show* aufgetreten ist, bei der mein Vater in der Band war. Da sie beide Gitarre gespielt haben, haben sie sich ein wenig unterhalten, und Frankie hat die siebensaitige Gitarre meines Vaters ausprobiert und war hellauf begeistert. Dad liebte Frankie. Er sagte immer: »Dabei ist er nicht mal Italiener!« Wir dachten, er sei einer von uns. Wegen des Namens, wissen Sie? »Presto« hört sich italienisch an.

Nun ja, in den folgenden Jahren schaute Frankie immer wieder mal bei uns vorbei, wenn er in New York war. Dann hat er mit Bucky und den Jazzern, die nach ihren Gigs kamen, um bei meiner Mutter Rigatoni zu essen, eine Jamsession hingelegt. Ich war wohl sechs oder sieben Jahre alt, als ich ihm zum ersten Mal begegnet bin. Er sah anders aus als die älteren Herren bei uns. Er sah gut aus, hatte schwarzes Haar und trug eine Sonnenbrille. Für mich war er eine Art Elvis. Zumindest ein guter Ersatz. Ich lernte damals Tenor-Banjo, und als Frankie einmal auf der Gitarre einen Song gespielt hatte, kam ich mit meinem Banjo an und sagte: »Ja, aber können Sie das da auch spielen?« Ich war ein ziemlich vorlauter Bengel. Er aber nahm das Banjo, zwinkerte mir zu und spielte »La Malagueña«, dieses berühmte Lied aus Spanien. Und er wurde schneller und immer schneller, bis mir fast die Augen aus dem Kopf fielen. Und das auf dem Banjo, das ja noch nicht mal sein Instrument war. Er hörte auf und sagte: »Na, wie war das?« Und ich sagte: »Ziemlich gut.« Und er sagte: »Ziemlich gut ist doch echt gut.«

Er nannte mich immer »LPJ«, also »Little Pizzarelli John«, denn der amerikanische Präsident damals hieß Lyndon Baines Johnson, und den nannte man auch immer »LBJ«. Und ich war eben »LPJ«. Er sah mir gerne zu, wenn ich mit meinem Dad spielte. Ich glaube, er hat seinen Vater nicht gekannt, daher empfand er es wohl als etwas ganz Besonderes, wenn Vater und Sohn zusammen spielten.

Dann haben wir Frankie lange Zeit nicht gesehen. Er kam in den Siebzigern mal vorbei, als er mit Aurora verheiratet war und sie beide auf der Durchreise in New York waren. Meine Mutter hat ihnen Pasta gekocht. Ich war damals auf der Highschool und hatte einen gewaltigen Mopp auf dem Kopf, denn ich fuhr total auf Peter Frampton ab.

Frankie fragte: »Ist das etwa LPJ unter dem Mopp?« Und ich sagte: »Yeah.« Da meinte er: »Und, wie geht's dir so?« Ich sagte: »Ziemlich gut.« Und er meinte: »Ziemlich gut ist doch echt gut.« Und dann wollte er wissen: »Kannst du jetzt schon ›La Malagueña‹ spielen?«

Das war lange, bevor ich ihn das nächste Mal gesehen habe. Da war ich dann schon über 30, hatte Platten gemacht und reiste mit meiner Musik um die Welt. Ich hatte gehört, dass er in einem kleinen Musikladen auf Staten Island unterrichtete, aber unter einem anderen Namen. Also fuhr ich eines Abends dort vorbei, und er war es tatsächlich. Er umarmte mich herzlich und fragte, wie es meinem Vater gehe. Dann erzählte er mir von seiner Tochter, die an der Juilliard studierte. Und dass er anonym bleiben wolle, weil die Leute ihm mit ihrer Neugier auf die Nerven gehen würden. Ich spielte damals in der Stadt und bat ihn, doch bei uns mitzuspielen. Ich versprach, seinen Namen nicht zu nennen, doch er lehnte ab. Er meinte, Aurora und er würden vielleicht einmal abends bei uns vorbeischauen – aber dazu ist es dann nicht mehr gekommen. Sie zogen nach New Orleans, und wir haben uns aus den Augen verloren.

Zum letzten Mal sah ich ihn vor einem Jahr. Damals waren wir mit der Band auf Asientournee und hatten in Manila eine Vorstellung. Als unser Konzert zu Ende war, wartete am Bühneneingang ein Student von der dortigen Universität auf mich und meinte, er habe mir etwas Wichtiges zu sagen. Eine Nachricht von einem Mann, der früher bei uns Fleischbällchen gegessen habe. Dann sagte er noch »La Malagueña« und gab mir eine Adresse. Eine Szene wie aus einem James-Bond-Film. Aber die Adresse war ganz in der Nähe, und so nahm ich ein Taxi und fuhr hin. Ich ging hinauf zu der Wohnung, es gab keinen Portier oder so etwas. Und ich klopfte einfach an.

Da öffnete sich die Tür, und Frankie stand vor mir und sagte: »Hey, LPJ.«

Ich musste zweimal hinschauen. Er sah nicht gerade gesund aus. Er war mager, hielt sich ziemlich krumm und trug eine Lesebrille. Sein Haar war ganz zerrauft, wie bei einem verrückten Professor. Ich hatte nicht gewusst, dass Aurora gestorben war. Aber sobald ich das gehört hatte, war mir alles klar.

Wir redeten eine Weile, er fragte mich nach meinem Vater, wie er das immer getan hat. Dann wollte er wissen, ob wir noch zusammen spielen würden, und ich sagte Ja. Das schien ihn zu freuen. Ich fragte, ob er irgendwas mache, eine Platte, einen Song oder so etwas. Aber er meinte, er habe nur einen Song geschrieben, seit seine Frau gestorben war. Ich fragte, ob ich ihn hören könne. Und er sang ihn für mich. Er war ganz kurz, und ich kann mich noch gut daran erinnern.

Yesterday
I saw a bird
Whose tree has disappeared.
The clouds lay claim
To a moonless sky
You are gone
I'm here

Der Song war herzzerreißend, so traurig und wunderschön. Ich fragte, ob er ihn aufnehmen wolle, aber er sah mich an, als wäre das völlig ausgeschlossen. Dann sagte er: »Du kannst ihn haben, wenn du willst.«

Dann hat er mich um diesen Gefallen gebeten. Er sagte, es sei eine Raubkopie von einer Gitarren-Session im Umlauf, die den Titel *The Magic Strings of Frankie Presto* trage. (Ich habe ihm nicht gesagt, dass jeder Gitarrist, den ich kenne, diesen Mitschnitt entweder besitzt oder gehört hat.) Er wolle unbedingt das Original haben.

Ich dachte zunächst, dass es ihm ums Geld ging. Aber da lag ich falsch. Das war ihm völlig egal. Er wollte das Band, weil er sich noch erinnerte, dass damals seine Frau und seine Tochter mit im Studio waren, und zwischen den Stücken, die er gespielt hatte, hätten sie geredet und gelacht, und das müsste alles auf dem Band sein. Wenn er das Zeitliche segne, wolle er, dass Kai eine Erinnerung daran habe, wie glücklich ihre Eltern zusammen gewesen sind.

Nun, ich habe ein gutes Jahr gebraucht, um das Band aufzutreiben. Aber ich habe es geschafft. Irgendjemand in Neuseeland hat es an einen Typen in Australien verkauft. Dann ist es nach England gekommen und schließlich nach Japan. Ich war letzten Monat in Tokio und habe den Tontechniker gefunden, der das Band hatte. Er hat einen gewaltigen Schreck bekommen, als ich ihm sagte, dass ich von Frankie Presto komme. Er meinte: »Ich dachte, der ist tot!« Ich musste irgendwas Japanisches unterzeichnen, damit er der Strafverfolgung entging, dann gab er mir das Band.

Sobald ich das Band hatte, rief ich Frankies Nummer auf den Philippinen an. Aber da war er wohl schon unterwegs hierher. Ich habe ihn nur um ein paar Tage verpasst.

Aber das ist doch ein typisches Frankie-Presto-Timing, oder?

61

Frankie und Kai flogen zusammen nach Spanien. Sie warteten beide am Gepäckschalter, bis Kais Gitarre ankam. Frankie hatte kein Instrument bei sich, nur einen kleinen Koffer. Er war hier als Vater, sagte er sich. Je weniger er mit Musik zu tun hätte, umso besser.

Am ersten Tag blieb er fast durchgehend im Hotel und schlief, während Kai die Formalitäten für das Festival erledigte. Frankies Arthritis war akut geworden, und er musste Schmerzmittel nehmen. Am Abend bat Kai ihn, sie beim Üben ein wenig zu kontrollieren, also saß er zusammengesunken in einem Sessel und beobachtete, wie ihre Finger schnell über die Saiten glitten. Er war erstaunt, wie gut sie mittlerweile spielte, vor allem, was die Musik aus seinen Kindertagen anging. Als sie die schwierigen Passagen der spanischen Komponisten spielte, die mit den Tremolos und den Rasgueo-Griffen, nickte er zufrieden.

»Und?«, fragte sie hinterher. »Hast du ein paar Ratschläge für mich?«

»Habe ich dir je gesagt, wie sehr ich dich liebe?«

»Das ist kein Rat, Papa!«

Er zuckte mit den Schultern.

»Nun ja«, meinte er.

An den ersten beiden Tagen des Wettbewerbs spielte Kai großartig und schaffte es ohne Probleme ins Finale. An jenem Tag, an dem diese letzte Runde stattfinden sollte, erwachte Frankie morgens schon vor Sonnenaufgang. Sein Nacken schmerzte, seine Knie ebenfalls. Fahrig zog er sich im Licht der Glühbirne an und verließ das Hotel in der Hoffnung, die frische Luft würde seine Lebensgeister wecken.

Villareal lag noch in Nebel gehüllt wie an jenem Morgen, als Carmencita die Zigeuner traf, die ihr die Saiten schenkten. Frankie schlenderte eine breite Straße entlang und bog dann in eine schmale Gasse ein, wo er kaum zwei Schritte weit sah. In der Stadt war es so still wie in einer unterirdischen Höhle.

Frankies Gedanken schweiften ab. Er sollte am nächsten Tag abfliegen und war sich sicher, dass dies sein letzter Besuch in Spanien sein würde. Als sich die ersten Sonnenstrahlen durch den Nebel tasteten, fand er sich in einem kleinen Park wieder, in dessen Mitte eine Statue stand.

Er trat näher und sah sie sich an. Da stand der große Francisco Tárrega in Bronze auf einem steinernen Sockel und blickte auf ihn hinab.

Es war, als würden sich zwei meiner Kinder treffen.

Die Skulptur zeigte Tárrega beim Gitarrespielen, den linken Fuß auf einem Schemel, die Hände auf der Gitarre, deren Hals er in klassischer Manier ganz hochhielt. Frankie studierte das Gesicht des Meisters, der nun schon seit 100 Jahren tot war. Er sah den langen Bart, das vom Wind zerzauste Haar. Irgendwie erinnerte er ihn an El Maestro.

Seine Augen fielen auf die Inschrift. Dann wanderte sein Blick weiter, und er hielt erstaunt inne.

Da, am Sockel des Denkmals, stand seine Gitarre.

Zumindest sah sie aus wie seine alte Gitarre. Aber das war doch unmöglich, oder? Er sah sich um, als ob gleich jemand kommen müsste. Dann stieg er unbeholfen über das niedrige Geländer, das den Sockel umgab, blieb mit dem Hosenbein an einem der Zacken hängen und zog sich einen kleinen Schnitt zu.

»Ahh«, murrte er ärgerlich.

Er legte seine Hand auf den Gitarrenhals, und eine Flut von Bildern stürmte auf ihn ein: Django, die junge Aurora, Hampton, Ellis und Alberto. Er zog seine Hand zurück, als hätte er sich verbrannt.

In dem Augenblick merkte er, dass er nicht alleine war.

Hinter der Statue versteckte sich eine Gestalt im Kapuzenmantel. Sie hielt einen Stock umklammert.

»Es ist deine Gitarre, Francisco«, flüsterte die Gestalt. »Nimm sie.«

62

Frankie dachte, es sei ein Mann, der dort stand, doch als die Gestalt die Kapuze abnahm, sah er, dass es eine sehr alte Frau war. Ihr Haar war dünn, kurz geschnitten und bis auf ein paar rötliche Strähnen weiß, als hätte sie einst rotes Haar gehabt. Ihre in Fältchen eingebetteten Augen waren haselnussbraun. Als sie ihren Mund öffnete, sah Frankie, dass ihre Vorderzähne ein klein wenig auseinanderstanden.

»Du hast sie im Kloster zurückgelassen«, sagte sie.

»Ich will sie nicht.«

»Das ist egal.«

»Warum haben Sie sie hergebracht?«

»Du hast noch nicht zu Ende gespielt.«

»Wer sind Sie?«

»Ich war früher als deine Mutter bekannt.«

»Meine … *Mutter*?«

»Aber ich habe diese Bezeichnung nicht verdient.«

Sie senkte den Kopf.

»Ich habe dich fortgeworfen, damit du stirbst. Danach war ich verloren für den Rest meines Lebens.«

Die alte Frau hielt ihren Blick auf den Boden gerichtet. Ihr Gesicht war von tiefen Falten durchzogen, unter dem Kinn hing ihre Haut lose herab. Als sie weitersprach, tat sie das in einem feierlichen, gemessenen Ton, als hätte sie diesen Vortrag unzählige Male eingeübt, um ihn jetzt endlich halten zu können.

»Der Name, der mir gegeben wurde, ist Josefa. 1936, als ich 16 Jahre alt war, kamen meine Eltern nach Villareal, um mich in einem Kloster zu verstecken. Sie waren arm, aber fromm, und die Revolutionäre waren hinter ihnen her, vor allem hinter meinem Vater, den man ›El Pele‹ nannte.

›Hier bist du sicher, meine Tochter‹, sagte er zu mir, als er ging. ›Gott wird uns bald wieder vereinen.‹

Aber ich habe ihn nie wiedergesehen.

Ich fand Trost bei den Nonnen von der Basilika San Pascual. Ich nahm an der Messe teil, machte die Wäsche und half, das Grab des Heiligen mit Blumen zu schmücken.

Kurz vor dem Abend, an dem unsere Kirche von den Revolutionären verwüstet wurde, war ich bei einer armen Familie gewesen und hatte ihnen zu essen gebracht. Nur Novizen durften dies tun. Als ich zurückkam, waren fast alle geflohen. Ich wollte selbst weglaufen, da sah ich jemanden zur Tür hereinkommen. Es war eine Frau, sie kniete bei den Opferkerzen nieder. Sie war jung und hochschwanger. Ich ging auf sie zu und wollte sie warnen, doch in diesem Moment bekam sie offensichtlich ihre Wehen. Sie rollte sich stöhnend auf dem Boden.

Diese Frau war deine wahre Mutter. Ihr Name war Carmencita. Sie kam, um eine sichere Geburt zu erbitten. Doch als ihre Wehen einsetzten, waren auch schon die Revolutionäre da, daher brachte ich sie nach oben in die Kammer von San Pascual. Ich hoffte, sein Geist würde uns schützen.

Einige Minuten später kamst du zur Welt. Unter uns tobte das Böse, über uns blickte der Herr auf uns herab. Deine Mutter gab dir deinen Namen zu Ehren unseres Schutzheiligen. Sie hat dich nur kurz im Arm halten dürfen. Und damit du nicht weinst, hat sie dir ein Lied vorgesungen. Dieses Lied hat dir das Leben gerettet.

Und meines auch.«

Frankie zitterte am ganzen Leib.

»Was ist mit ihr passiert?«, flüsterte er.

»Sie konnte sich nach der Geburt kaum bewegen. Sie war schwach und blutete stark. Ich hörte unten die Männer schreien und löschte die Kerzen. In der Dunkelheit spürte ich, wie ihre Hand nach mir tastete. Sie legte mir die Hand auf den Kopf und zog mich näher. Dann flüsterte sie mir drei Worte ins Ohr:

›Rette mein Kind!‹

Ich tat, was ich konnte. Ich zog mein Novizengewand aus, denn mein Leben wäre keinen Pfifferling wert gewesen, hätten die Revolutionäre mitbekommen, dass ich zum Kloster gehörte. Ich nahm die Kleider deiner Mutter und zog ihr meine über. Dann sprach ich ein Gebet und lief mit dir in meinen Armen die Hintertreppe hinunter.«

»Sie haben meine Mutter allein gelassen?«, fragte Frankie.

Die alte Frau sah wieder zu Boden.
»Ich habe noch Schlimmeres getan.«

Sie hustete heftig, ihre Hand umklammerte ihren Stock. Je heller es wurde, umso älter erschien sie Frankie. Ihm wurde mit einem Mal bewusst, welche Anstrengung es für diese alte Frau gewesen sein musste, hierherzukommen. Doch sie schien entschlossen, ihre Geschichte zu Ende zu erzählen.

»Viele Monate lang zog ich dich als meinen Sohn auf. Ich log, was meine Vergangenheit anging. Ich gab dir alles, was ich zu geben hatte. Doch es gab keine Arbeit, kein Geld und nichts zu essen. Ich war ja selbst noch ein Kind. Ich wusste nicht, was ich machen sollte, wenn du geweint hast. Ich fühlte mich verflucht, weil ich deine Mutter allein gelassen hatte, und schmutzig, weil ich eine Lüge lebte. Ich schlief nicht mehr. Ich hörte andauernd Stimmen von Teufeln. Die Kirche war meine Rettung gewesen, aber dort konnte ich nicht mehr hin. Ohne Familie und mit einem ständig schreienden Baby war ich eine Ausgestoßene. Allein. Und so, eines Morgens ...«

»Was?«, fragte Frankie.

Sie seufzte tief.

»Ich habe dich weggeworfen, Francisco. Vergib mir die Art, in der ich dir dies sage, aber ich habe nicht das Recht, meine Tat mit Worten zu beschönigen. Ich habe dich in den Mijares geschleudert. Und bin weggelaufen. Ich rannte, bis ich keine Luft mehr bekommen habe. In einem Dickicht schlammiger Büsche brach ich zusammen. Um mich wurde es schwarz, und einen Augenblick hoffte ich, ich würde sterben. Das hätte ich mir jedenfalls gewünscht.

Dann aber hörte ich etwas atmen. Ich öffnete die Augen und sah einen Hund über mir stehen, dunkel und ohne Haare. Er gab keinen Laut von sich, sondern starrte mich nur an. Eine Stimme rief etwas, da lief der Hund weg. Ich sah ihm nach. In der Ferne stand ein Mann, der dich auf dem Arm hatte und wegtrug. Das Tier lief neben ihm her.«

»Papa ...«, flüsterte Frankie.

»Baffa Rubio. Da wusste ich, dass Gott mich verlassen hatte, dich jedoch nicht. Ich war ein Wrack. Meine Strafe war, dass ich mit dem, was ich getan hatte, leben musste. Und was meine Buße sein würde, war ebenso offensichtlich.«

»Ihre Buße?«, sagte Frankie.

»Ich würde von diesem Moment an stets über dich wachen. Um den letzten Auftrag deiner Mutter zu erfüllen. *Rette mein Kind*. Dies war der einzige Pfad zur Erlösung. Allein dies gab mir die Kraft, mich aus dem schlammigen Dickicht zu erheben. Ich folgte Baffa Rubio, bis ich ihn in sein Haus treten sah, dich immer noch auf seinen Armen tragend. Von diesem Moment an wurde ich deine Wächterin. Ich gelobte, auf dich aufzupassen, wohin dein Leben mich auch führen mochte. Und genau das habe ich getan.«

Frankie starrte sie fassungslos an: »Wie lange?«

Sie legte beide Hände auf den Stock.

»Bis zu diesem Augenblick.«

Robert Schumann hat seine eindringliche Komposition »Träumerei« als Erinnerung an seine Kindertage geschrieben. Frankie wusste das von El Maestro. Darin wird ein Motiv aus vier Noten stets wiederholt, gefolgt von unterschiedlichen Akkorden, die einen Stimmungswechsel einleiten. Der Aufbau ist einfach, aber betörend, und führt mitten hinein in die Träume eines Kindes. Doch das ganze Stück hängt an einem großen Crescendo, einem bemerkenswerten Klang, der der letzten Wiederholung des Vier-Noten-Motivs folgt, einem so herzzerreißend schönen Akkord, so dass alles davor nur Sinn ergibt, wenn man diesen gehört hat.

Für Frankie Presto war die Geschichte der Nonne eben jener Akkord. Er löste ihn heraus aus dem verhangenen Nebel, der seine Geschichte so lange Zeit verschleiert hatte, sodass plötzlich alles seinen Platz fand wie Steinchen in einem Mosaik.

Diese Frau, erfuhr er, hatte ihn durch sein ganzes Leben begleitet. Sie war die stumme Partnerin jeder einzelnen Band, der er sich angeschlossen hatte. Es war Josefa, die die Polizei ablenkte, als Frankie das Grammofon stahl. Es war Josefa, die den Zigeunerwagen schickte, als Frankie vor der Fabrik vor den Soldaten davonlief. Es war Josefa, die Frankie nach England folgte, ihn auf den Docks von Southampton fand und ihm Münzen in seinen Gitarrenkoffer warf, um ihn vor dem Verhungern zu retten.

Es war Josefa, die Frankie nach Amerika folgte und den haarlosen Hund mitbrachte, den sie in Spanien gerettet hatte. Es war Josefa, die über den

Jungen wachte, als Baffas Schwester ihn abwies. Sie informierte die Polizei, dass er auf der Straße lebte, damit man ihn ins Waisenhaus brachte. Es war Josefa, die in der Küche des Waisenhauses eine Stellung annahm, um über ihn zu wachen, und die das Küchenfenster offen ließ, damit das traurige Kind und der haarlose Hund einander wiederfanden.

Es war Josefa, die in Detroit zusah, als auf Frankies Gitarre zum ersten Mal eine Saite blau leuchtete. Josefa folgte ihm nach Nashville und nach New Orleans, wo sie der jungen Aurora York erzählte, dass ein spanischer Gitarrist, der unter einer Brücke spielte, nach ihr suchte. Es war Josefa, die die Sanitäter in Woodstock zur Bühne lotste, damit sie den blutenden Frankie Presto mit Hubschraubern in Sicherheit brachten. Josefa, die als Zimmermädchen in einem Londoner Hotel dafür sorgte, dass in Tony Bennetts Suite die Vorhänge offen blieben, sodass er Frankie auf der Parkbank sitzen sah und ihm den Weg zurück in die Musik ebnete.

Jahrzehnte später, in Neuseeland, nahm Josefa das verlassene Kind aus dem Kloster mit und legte es dorthin, wo Frankie und Aurora es finden mussten. Sie wusste, dass die beiden eine Familie brauchten.

Und nach der schicksalhaften Rückkehr eben dieser Familie nach Villareal war es Josefa in ihrem Kapuzenmantel, die sich an jenem Abend Frankies Vorstellung in der Taverne anhörte. Die sich danach hinter der Taverne versteckte, weil sie den alten Congaspieler erkannt hatte.

»Dann haben Sie … Alberto getötet?«, sagte Frankie.

»Der Herr möge mir verzeihen.«

»Sie haben sich gestellt.«

»Ich konnte nicht anders.«

»Sie sind ins Gefängnis gegangen.«

»19 Jahre lang.«

»Warum haben Sie ihn erschossen?«

»Weil ich glaubte, er würde dich angreifen. Ich wusste, dass er schnell gewalttätig wurde. Ich habe das schon vorher bei ihm gesehen. Ich hatte meine Waffe dabei. Mein Leben bestand darin, dich zu schützen, Francisco. Er ist auf dich zugegangen. Und deswegen habe ich geschossen.«

Sie bedeckte ihren Mund, als schmerze sie die Erinnerung daran noch immer. Tränen flossen über ihr fleckiges Gesicht.

»Am Ende war es nur gerecht. Zumindest sagte ich mir das. Was er dir genommen hat, sollte niemand nehmen.«

»Er tötete meinen Lehrer«, sagte Frankie.

»Nicht nur deinen Lehrer«, flüsterte sie. »Deinen Vater.«

Einen Augenblick lang verschlug es Frankie die Sprache.

»Was sagen Sie da?«

»Der Mann, den du El Maestro genannt hast. Sein wahrer Name war Carlos Andrés Presto, und er war der Ehemann von Carmencita. Früher der vielversprechendste Gitarrist in Valencia. Doch er verlor im Krieg sein Augenlicht. Und als er dann auch noch deine Mutter verlor – und wie er glaubte das Kind, das sie unter dem Herzen getragen hatte –, hat er sich selbst verloren.«

»Das kann doch nicht wahr sein«, wisperte Frankie mit ersterbender Stimme.

»Es ist aber so. Die Kirchenglocken läuteten, als du zur Welt gekommen bist, Francisco. Gott hat dir in Baffa Rubio einen neuen Vater geschenkt. Und dann hat er dir auch deinen richtigen Vater zurückgegeben, obwohl du es nicht wusstest. El Maestro hat Baffa im Gefängnis besucht. Es war Baffas Geld, mit dem dich El Maestro nach Amerika geschickt hat. Einen Teil dieses Geldes hat Alberto gestohlen, als er den blinden Mann ins Meer gestoßen hat. Ich habe das Geld eine Woche später zurückgeholt, und es war nicht wenig. Es hat mir geholfen, all die Jahre auf dich aufzupassen. Alles hängt zusammen, Francisco.

Mein Vater erwähnte immer wieder ein Zigeunersprichwort: ›Le duy vas xalaven pe.‹ Das heißt: Eine Hand wäscht die andere.«

»Sie haben das Geld zurückgeholt? Gestohlen?«, sagte Frankie.

»Es gibt nur wenige Sünden, die ich nicht begangen habe, um dich zu beschützen. Aber was bedeutet das schon? Die größte Sünde von allen hatte ich ja bereits begangen: Ich habe dich weggeworfen.

Während meiner Jahre im Gefängnis konnte ich nur für dich beten. Ich dachte, ich würde dich nie mehr wiedersehen. Aber jetzt hat der Herr in seiner allumfassenden Güte dich an diesen Ort gebracht, damit ich dich um etwas bitten kann.«

»Was wollen Sie?«, fragte Frankie.

Sie schlug die Augen nieder.

»Dich um Vergebung bitten.«

Frankies Kopf fiel schwer in den Nacken. Er rieb sich die Schläfen. Das war zu viel für das Verständnis eines gewöhnlichen Menschen. Er stellte sich die ganzen Szenen vor, die er nicht miterlebt hatte: wie seine Mutter in der brennenden Kirche starb; wie sein Lehrer ins Meer gestoßen wurde; wie Alberto bestohlen wurde; und diese Frau, diese alte, gebrechliche Frau mit der Spalte zwischen den Zähnen war für alles verantwortlich. Sie hatte in seinem Leben unsichtbar die Strippen gezogen. Er fühlte sich manipuliert. Langsam stand er auf und blitzte dieses zusammengesunkene Häufchen Mensch, das sich für seine Wächterin hielt, zornig an. Er hatte sie nicht um ihre Dienste gebeten. Sie hatte mit seinem Leben gespielt, und nun war alles, was er sicher zu wissen geglaubt hatte, eine Lüge.

»Nein«, sagte er. »Ich vergebe Ihnen nicht. Gehen Sie. Sofort.«

»Francisco …«

»Lassen Sie mich in Frieden. Für immer und ewig. Haben Sie mich verstanden? Ich brauche Sie nicht. Ich habe Sie nie gebraucht.«

»Das ist nicht wahr«, flüsterte sie tonlos.

Aber er hinkte schon davon und ließ die Frau, die Gitarre und Francisco Tárrega hinter sich.

63

Frankie kehrte nicht ins Hotel zurück. Er aß nichts. Er trank nichts. Er wanderte wie in Trance durch die Randbezirke der Stadt. Schließlich setzte er sich auf eine Bank in der Nähe der kleinen Wallfahrerkirche Nuestra Señora de Gracia am Mijares. Ein Gefühl der Niedergeschlagenheit drückte ihm schwer auf die Brust. Er stellte sich vor, wie er ins Wasser geschleudert wurde. Wie Baffa Rubio ihn fand. Wie die ehrlose Nonne im schlammigen Dickicht lag und zusah, wie man ihn wegbrachte. Wessen Leben war das eigentlich? Es kam ihm vor wie eine Oper, die seinen Namen trug, aber nicht von ihm geschrieben worden war.

Er blieb fast den ganzen Tag am Fluss, bei der alten Wassermühle und der Skulptur des Schafhirten. Schließlich, als die Nachmittagssonne schon viel von ihrer Kraft verloren hatte, betrat Frankie eine kleine Kirche, die früher von Flüchtlingen besucht wurde, die sich in den Felsenhöhlen versteckt hielten.

Die Kirche war leer. Seine Schritte hallten laut wider. Er ging zum Altar und kniete nieder. Zum ersten Mal öffnete er die Hände für etwas anderes als seine Gitarre. Und trotz El Maestros Mahnung, dass »Gott einem nichts gibt«, flehte Frankie den Herrn um Rat an. Um Klarheit. Um Frieden.

Er wartete. Lauschte. Meine Kinder erwarten immer einen Klang.

Aber er hörte nur die Stille.

Wie sein Lehrer vorhergesagt hatte.

Also erhob er sich und ging zurück in die Stadt.

Der letzte Abend des Festivals sollte im ausverkauften Auditorio Municipal stattfinden. Als Frankie dort ankam, war er vollkommen erschöpft. Er hatte keinen Bissen zu sich genommen. Er hatte seine Eintrittskarte vergessen. Er ging zum Hintereingang, denn Künstler wie er wussten gewöhnlich, wie es dort zugeht. Er fand eine offene Tür und schlüpfte hinein. Vor ihm erstreckte sich ein langer Flur. Er sah Musiker, die sich bereit machten, und Kai in einem roten Kleid, das einst Aurora gehört hatte.

»Papa?« Sie lief zu ihm hin. »Wo warst du?«

»Du siehst wunderschön aus.«

»Ich habe mir Sorgen gemacht.«

»Ich bin spazieren gegangen.«

»Geht es dir gut? Du bist schweißüberströmt.«

»Es geht schon. Konzentrier dich jetzt auf deinen Auftritt.«

»Hast du deinen Platz schon gefunden?«

»Ich glaube, ich bleibe lieber hier. Ist das in Ordnung?«

Sie stellte einen Stuhl vor ihn hin.

»Ruh dich aus, Papa.«

»Geh dich vorbereiten«, sagte er. »Es geht mir wirklich gut. Viel Glück.«

Kai verschwand im Flur.

Minuten später begann der Wettbewerb. Frankie hörte das Orchester auf der anderen Seite der Bühnenwand. Er hörte, wie die Streicher einsetzten und verstummten, dann die Bläser, und wie schließlich das ganze Orchester schwieg, wenn die Gitarristen einsetzten. Er erinnerte sich an die Zeit, als er zum ersten Mal einem Orchester gelauscht hatte, in einem Theater in Cleveland, wo Duke Ellington auftrat. Aber seine jugendliche Begeisterung war erloschen. Seine Augen hefteten sich an seine schlammbespritzen Schuhe. Er hatte sich noch nie so müde gefühlt.

Als Kais Auftritt an die Reihe kam, schlich Frankie leise zum seitlichen Bühnenaufgang. Sie war die letzte der Vortragenden und hatte einige Tárrega-Kompositionen gewählt, die für die meisten Gitarristen schwer zu spielen sind. Sie aber war damit groß geworden. Und, so darf ich stolz sagen, sie spielte sie absolut makellos. Das Orchester fiel hinter ihr ein, als hätten sie seit Jahren zusammen gespielt. Als sie endete, erhoben sich die Zuschauer und spendeten ihr begeisterten Beifall.

Als man dann verkündete, dass sie die Siegerin sei, trat Kai vor und verbeugte sich. Frankie fühlte Stolz in seiner Brust aufwallen, stärker, als er es je als Künstler gefühlt hatte. Man führte sie ganz nach vorne auf die Bühne, wo man ihr zwei Blumensträuße überreichte.

»Vielen, vielen Dank«, sagte sie in perfektem Spanisch ins Mikrofon. »Ich fühle mich zutiefst geehrt, die Werke von Villareals großem Sohn, Francisco Tárrega, spielen zu dürfen.«

Mehr Applaus.

»Aber ich würde heute keine einzige Note spielen können, hätte nicht ein anderer von Villareals Söhnen mich dies gelehrt. Ich möchte Ihnen hiermit meinen Vater vorstellen.«

Aus der Menge stieg erstauntes Murmeln auf. Kai drehte sich um und winkte Frankie zu. Das hatte er nicht erwartet. Ihm wurde schwindlig.

»Papa. Bitte komm zu mir.«

Er schüttelte den Kopf.

»Papa … Bitte …«

Frankie ballte die Fäuste und versteckte sie hinter seinem Rücken. Dann betrat er mit gesenktem Kopf die Bühne. Die Menge applaudierte.

»Hier ist mein Vater, den Sie vielleicht besser kennen als … Frankie Presto. Er ist in dieser Stadt aufgewachsen und lernte hier, Musik zu machen.«

Der Applaus wurde lauter. Das war eine echte Sensation. Frankie nickte müde in die Menge. Er war so lange nicht mehr auf einer Bühne gestanden.

»Papa, jemand hat dies heute für dich abgegeben«, sagte Kai und winkte einen Bühnenarbeiter heran. »Deine Gitarre, die du als Kind gespielt hast. Es ist ein wahres Wunder.«

Frankie schluckte. Er wollte seine Tochter nicht verbessern. Oder ihr die Wahrheit sagen.

»Würdest du ein Lied mit mir spielen?«

Noch bevor er reagieren konnte, spornte ihn das Publikum mit Jubelrufen an. Kai reichte ihm die Gitarre. Jemand stellte einen Stuhl bereit, jemand anderer einen Fußschemel. Dann leerte sich die Bühne, Vater und Tochter waren allein. Kai setzte sich und legte sich die Gitarre aufs Knie. Sie lächelte und bedeutete Frankie, dasselbe zu tun. Er schüttelte wieder den Kopf.

»Papa«, flüsterte sie. »Es ist Zeit, wieder Musik zu machen.«

Frankie blieb ganz still. Schließlich setzte er sich neben sie. Im Zuschauerraum kehrte Stille ein. Nicht einmal ein Hüsteln wurde laut. Frankie nahm seine Gitarre an sich, wie er es schon unzählige Male getan hatte. Doch dieses Mal zitterte er. Seine Kehle war trocken. Seine Augen versagten ihm den Dienst. Seine Finger wurden steif. Kai sah ihn besorgt an. Er schloss die Augen und seufzte. Als sich seine Brust nach innen wölbte, hörte er die Stimme seines Lehrers – seines Vaters. Es sollte seine letzte Erinnerung werden.

»Wann werde ich aufhören zu lernen, Maestro?«

»Nie.«

»Nie?«

»Du wirst nie alles wissen, was es zu wissen gibt. Du wirst lernen bis zu deinem letzten Tag auf Erden. Dann wirst du andere inspirieren. Denn das ist es, was ein Künstler tut.

»Was heißt ›inspirieren‹?«

»Es heißt, dass du jemandem zeigst, wie man die Musik genauso liebt, wie du es tust.«

»Und diese Menschen werden genauso spielen wollen wie ich?«

»Vielleicht.«

»Kann ich das wirklich schaffen?«

»Nicht, wenn du dauernd redest.«

»Lo siento, Maestro.«

»Auf Englisch.«

»Es tut mir leid.«

»Ist schon gut. Fang jetzt an.«

Frankie legte seine Finger auf die Saiten. Er sah seine Tochter an.

Sie fingen an zu spielen.

Es war ein schönes, lebhaftes Duett von Tárrega. Es hieß »Adelita«, und Frankies Spiel verflocht sich ganz selbstverständlich mit dem von Kai, unterstützte, akzentuierte, führte. Sie bewegte sich genau wie er, erinnerte sie sich doch, wie oft sie dieses Stück hinter dem Haus auf der Insel gespielt hatten.

Als sie am Ende waren, ließen sie die letzten Noten verklingen. Sie senkten ihre Hand zur selben Zeit ab, als hätte ein Choreograf sie auf dieselben Bewegungen eingeschworen. Die Menge jubelte, und Frankie fühlte, wie ihm das Herz aufging. Selbst die Orchestermusiker standen auf und klatschten Beifall. Es war dies die letzte Band, der Frankie je angehören sollte.

Aber es war nicht sein letztes Lied.

Kai legte ihm die Hand auf den Arm, und das Publikum forderte eine Zugabe. Sie küsste ihn auf die Wange, trat zurück und flüsterte: »Jetzt du. Spiel etwas für Mama.«

Frankie sah ihr zu, wie sie die Bühne verließ. Er setzte sich wieder. Sein Atem wurde ganz ruhig. Er wusste, es gab nur noch ein Lied zu spielen.

»Lágrima«.

»Der Tod hat keine Ohren.« Jemand schrieb dies, als Tárrega starb. Hätte er Ohren gehabt, um zu hören, hätte er die Welt nicht seiner Musik beraubt.

Als Frankie Presto an jenem Abend spielte, bekam die Welt etwas zu hören, was nur der Tod ignorieren konnte. Frankie hatte eine ganz besondere Beziehung zu mir, die tief in seinem Innersten wurzelte. Und so spielte er nicht länger nur die Noten dieses Lieds, er spielte seine Tränen, die Tränen, die aus Tárregas Augen fielen, als er das Stück schrieb, die Tränen, die über Carmencitas Wangen liefen, als sie es summte, die Tränen, die El Maestro hinter den dunklen Brillengläsern in die Augen gestiegen waren, als er merkte, dass er meine Schönheit an den Sohn des Sardinenfabrikanten weitergegeben hatte.

Noch nie hatte die Welt Musik und Erinnerung so innig verwoben gehört. Als Frankie zu den letzten Akkorden kam, sah er seine Tochter am Bühnenaufgang stehen, wie sie das Lächeln unterdrückte. Hinter ihr stand Josefa, die alte Frau, mit geneigtem Haupt.

Er sah sie unverwandt an, bis sie aufsah, die Traurigkeit eines abgelehnten Lebens im Blick. Alles, was Frankie hatte und nun auch darum wusste, hatte diese Frau ihm gegeben: seinen Vater, seine Frau, seine Tochter, seinen Hund, seine Sicherheit, seine Gesundheit, seine Musik. Ja, sie hatte sich einmal von ihm abgewandt. Aber er hat ihr dasselbe angetan, als er ihr den Trost der Vergebung verweigert hatte.

Unvermittelt hörte er auf zu spielen. Das Publikum sah ihn schweigend und neugierig an. Er aber stand auf und hob die Gitarre in Richtung der alten Frau, als würde er ihr ein Opfer darbringen. Tief in sich vernahm Frankie die Stimme, auf die er an jenem Nachmittag in der Kirche gewartet hatte.

Nun wusste er, was zu tun war.

Er ging zu ihr.

»Ich vergebe dir, gütige Frau«, sagte er. »Und ich danke dir.«

»Du dankst mir?«, wisperte sie, nahezu unhörbar.

»Für mein Leben.«

Er sah seine Tochter an und lächelte.

»Mein ganzes wunderbares Leben.«

Josefas Lippen öffneten sich. In diesem Augenblick sah sie aus wie ihr Vater, der Zigeuner, der einst ein ganzes Set magischer Saiten verschenkt hatte. Friedlich schloss sie die Augen und zog ihre Kapuze über den Kopf. Die Lichter im Auditorium gingen plötzlich aus, als habe man eine Kerze ausgeblasen. Frankie hörte, wie die Zuschauer erschraken. Er sah an sich hinab und erkannte eine dünne, leuchtende Linie.

Die oberste Saite war nun blau geworden.

Das Publikum hielt dies für einen Teil des Finales und begann heftig zu klatschen. In der Dunkelheit spürte Frankie plötzlich die Seligkeit der Hingabe. Seine Kraft verließ ihn, seine Sorgen verstummten, als hätte ihn jemand von der Schwere dieser Welt erlöst. Die Saiten hatten tatsächlich Leben in sich, aber es war nicht sein Spiel, das sie blau werden ließ. Es war sein Herz.

Der Beifall wurde immer lauter, Frankie hob den Kopf. Dort oben, an der Decke der Halle, sah er seine Lieben versammelt: El Maestro, Baffa und Aurora. Sie winkten ihm zu. Er streckte die Arme nach ihnen, und ein ungeheurer Schmerz breitete sich in seiner Brust aus. Seine Gitarre fiel zu Boden.

Und dann, so hieß es zumindest später in den Berichten der Augenzeugen, schien er sich in die Lüfte zu erheben.

Das möchte ich erklären. Natürlich schwebte Frankies Körper nicht in der Luft. Es war seine Seele. Denn die Welt hatte solch ein starkes Verlangen nach seiner Musik – und sei es nur für ein paar Sekunden mehr –, dass sein Geist festgehalten wurde und für einen kurzen Moment zwischen Himmel und Erde schwebte.

Doch in dieser Art von Kampf gibt es stets nur einen Sieger.

Sekunden später war er gegangen, und nur sein Körper blieb zurück und fiel hart auf die Bühne wie eine Marionette, deren Fäden man durchtrennt hat.

Sehen Sie nur mal auf die Uhr. Die Kirche ist voll. Die Sargträger kommen. Jeder von ihnen war irgendwann einmal Frankies Schüler. Junge Männer und Frauen in dunkler Kleidung mit traurigen Gesichtern. Ich sagte zu Beginn, dass ich Frankies Talent auf andere Seelen verteilen würde. Doch das hat er mittlerweile selbst getan. Auf diese jungen Menschen, die nun seinen Sarg tragen, auf die älteren Musiker, die so weit gereist sind, um ihm Adieu zu sagen, auf die Millionen Menschen, die seine Songs gehört haben oder sie nachzuspielen versuchen, auf das Herz seiner ihn liebenden Tochter und die Herzen der Kinder, die sie einmal haben wird, und deren Kinder und Kindeskinder, die Frankies beste Aufnahme hören werden, das Lachen mit seiner Familie – auf einem Band, das vor langer Zeit entstanden ist.

Ich verlasse Sie nun und kehre zu meiner ewigen Aufgabe zurück. Ich warte auf Neugeborene und ihre winzigen, offenen Händchen.

Wussten Sie übrigens, dass Francisco Tárregas Leichnam Jahre nach seinem Tod ausgegraben wurde, damit er näher an seiner Heimat liegen konnte? Der berühmte Gitarrist Andrés Segovia war dabei und stand neben dem geöffneten Sarg. Er weinte beim Anblick von Tárregas sterblichen Überresten ob dieses Talents, das ihn so sehr beeinflusst hatte. Ich war geschmeichelt.

Aber vor meinem Abgang muss ich doch noch etwas richtigstellen. Man hat es nicht in den Knochen. Auch nicht in den Lippen, den Lungen oder den Händen. Ich bin Musik. Und Musik liegt in der Verbindung zwischen menschlichen Seelen. Sie spricht eine Sprache ohne Worte.

Jeder schließt sich in seinem Leben einer Band an. Und was sie spielt, berührt andere Menschen.

Manchmal berührt es die ganze Welt.

Frankies Symphonie endet hier.

Und so können wir uns jetzt zur Ruhe begeben.

Danksagung

Viele Autoren fügen ihrem Werk zu guter Letzt noch einen Anhang hinzu, in dem sie schreiben: »Dieses Buch hätte ohne die Hilfe folgender Menschen nie geschrieben werden können …« Dies ist eine schöne Angewohnheit, der ich hier gleichfalls huldigen möchte.

Doch bei diesem Buch trifft das noch mehr zu als bei anderen, und zwar wegen der vielen Künstler, die mir erlaubt haben, Frankie Presto mit ihrem realen Leben zu verflechten. Sie haben mir so weit vertraut, dass sie sich meine Worte in den Mund legen und ihre persönliche Geschichte in einem parallelen Universum schreiben ließen. Dafür bin ich ihnen sehr dankbar. Und daher möchte ich gerne noch ein paar besondere Dankesgrüße entsenden an:

Marcus Belgrave: Er war ein absoluter Schatz. Mein letztes Gespräch mit ihm drehte sich um dieses Buch und seine Rolle darin. Er war damals in der Praxis seines Arztes – und doch so frohgemut und ermutigend wie immer. Ein paar Monate später ist er gestorben. Wir werden seine Trompete vermissen. Er war eine tragende Säule des Detroiter Jazz.

Darlene Love: »Today I Met The Boy I'm Gonna Marry« war der Song, den meine Frau bei unserer Hochzeit gesungen hat. Ich liebe Darlenes Musik schon seit Jahren. Ihre Lebensgeschichte ist unglaublich, und Frankie hätte sie wohl küssen sollen, als er die Chance dazu hatte.

Burt Bacharach: Ich kenne ihn nun schon eine ganze Weile, er ist ebenso elegant wie seine Musik. Als einer der größten Songschreiber des 20. Jahrhunderts könnte er selbst das Telefonbuch in Musik verwandeln. Wie ein Mann »Baby It's You« und »I Just Don't Know What To Do With Myself« komponieren konnte, ist mir ein Rätsel. Ein tief empfundenes Dankeschön für seine Teilnahme.

Roger McGuinn: Seine Bescheidenheit im Hinblick auf sein Gitarrenspiel war eine meiner Inspirationen für Frankie. Roger ist die fleischgewordene

Geschichte des Rock 'n' Roll. Die Geschichte, wie er die Beatles kennengelernt hat – auf dieser Party –, ist wahr. Und dabei habe ich die Nacht, in der er, Eric Clapton und Jimi Hendrix in einer Wohnung gemeinsam jammten, noch gar nicht erwähnt. Roger spielt auch in unserer Band, den Rock Bottom Remainders, und zeigt, dass man auch heute noch Perlen vor die Säue werfen kann.

Lyle Lovett: Wir haben uns vor einigen Jahren kennengelernt und sind Freunde geworden. Ich habe seine Musik und seine Texte immer gemocht. »Clever« ist das Wort, das mir einfällt, wenn ich Songs höre wie »Her First Mistake« und »God Will«. Daher habe ich seine fiktive Band die Clever Yells genannt. Lyle ist so bescheiden, wie er talentiert ist, und als ich ihm von meiner Geschichte erzählte, hat er sofort Ja gesagt. Dass er mir so weit vertraut hat, hat mich tief berührt.

Paul Stanley: Ich kannte Paul nicht, bevor ich anfing, dieses Buch zu schreiben. Er war so großzügig, mich in sein Haus einzuladen und mir zahllose Anekdoten aus der Zeit des Rock 'n' Roll zu erzählen, natürlich auch darüber, wie ein Vorspiel für KISS normalerweise abgelaufen ist. (Der Vergleich mit dem ersten Date und dem Heiraten kommt original von ihm.) Paul ist ein poetischer, nachdenklicher und gütiger Mensch. Er hat diesen Roman sehr ernst genommen und seine Begegnung mit Frankie gründlich überarbeitet. Hinter diesen dröhnenden Gitarrenakkorden steckt ein großzügiger, sensibler Künstler, dem ich tiefen Dank schulde.

Tony Bennett: Tony ist ein Nationalheiligtum. Ich habe mich mit ihm hinter der Bühne zusammengesetzt, und er hat überlegt, was er einem Musiker sagen würde, der aufgegeben hat. Das habe ich in seine »Begegnung« mit dem kaputten Frankie in London eingeflochten. Wenn jemand einen Künstler zur Rückkehr zur Musik bewegen kann, dann Tony Bennett. Hören Sie ihm zu, wie er »Lost in The Stars« singt, dann wissen Sie, was ich meine. Ich liebe ihn und bin stolz darauf, ihn zu meinen Freunden zählen zu dürfen.

Wynton Marsalis: Wynton und ich sind Kumpel, seit seine Band meine Radio-Crew zu einem Basketballspiel herausgefordert hat. Sie haben uns so was von plattgemacht. (Wer hätte gedacht, dass Jazzmusiker so gut werfen können?) Wynton hat sofort zugestimmt, als ich ihn fragte, ob ich ihn in meinem Buch auftreten lassen dürfe. Nachdem er die Episode mit Frankie gelesen hatte, schrieb er mir eine begeisterte SMS. Der Jazz hat keine stärkere musikalische Kraft als ihn. Ich bin sicher, er hat mit beiden Händen zugegriffen, als die Musik ihr Talent verteilt hat.

Ingrid Michaelson: Wir haben uns an einem Morgen in New York City kennengelernt, als sie spielen musste, noch bevor der Kaffee seine Wirkung getan hatte, und sie stimmte dem Projekt sofort zu. Mit ihrem Talent, ihrem Witz und ihrer Klugheit fand ich, würde sie eine perfekte Schülerin für den gealterten Frankie abgeben. Hören Sie sich »Far Away« und »How We Love« an, um die enorme Bandbreite ihrer Begabung abschätzen zu können. Sie hätte Mr. Rubio einiges übers Songschreiben beibringen können.

John Pizzarelli: John war der Erste, dem ich von diesem Buch erzählt habe, es ist also nur passend, dass er auch der letzte Gast ist, der seine Geschichte mit Frankie erzählt. John ist einer dieser Musiker, die vollkommen mit ihrem Instrument verschmelzen. Er spielt so mühelos, dass es fast ansteckend ist. Wir sind schon lange befreundet, und er ist so unglaublich großzügig und bescheiden. Da verwundert es kein bisschen, dass er um die halbe Welt reist, um die Tonbandaufnahme von *The Magic Strings of Frankie Presto* sicherzustellen. In meinen Augen ist er ein Held, daher hat es mir Spaß gemacht, ihn auch auf Papier zu einem zu machen.

Was das Schreiben dieses Buchs angeht, so muss ich bei meiner Zeit in Spanien beginnen:

Marta Armengol Royo war meine Traumforscherin und Übersetzerin, ebenso präzise wie passioniert. Jacinto Heredia ist Historiker und lebt in Villareal. Er war eine unerschöpfliche Quelle des Wissens und der Anekdoten. (Und ja, er ist es, der Frankie in Villareal ins Tárrega-Museum begleitet. Das ist doch das Mindeste, was ich für ihn tun konnte nach all der Arbeit, die er sich für das Buch gemacht hat.) Die wundervollen Menschen von Villareal, die Tárrega-Ausstellung im Stadtmuseum, die Kathedrale von San Pascual waren wichtig, um Frankies Wurzeln in Stimmung und Geist richtig beschreiben zu können. Villareal ist eine wunderschöne Stadt, und ich kann jedem empfehlen, dort einmal vorbeizuschauen. (Ein herzliches

Dankeschön noch an meine spanische Herausgeberin, Maeva, die die ganze Reise überhaupt erst möglich gemacht hat.)

Wieder zu Hause geht mein erster Dank an Karen Rinaldi, meine Redakteurin bei HarperCollins und mein Engel. Sie hat an ein Buch geglaubt, das anfangs schwer zu erklären war. Und an Brian Murray, Michael Morrison und Jonathan Burnham, weil sie dem Buch ihren Segen erteilt haben. Die Leute bei Harper haben mir in diesem Stadium meiner Karriere als Schriftsteller ein echtes Zuhause geboten, und ich möchte allen dafür danken, vor allem Milan Bozic (ein wunderschönes Cover mehr), John Jusino, Leah Carlson-Stanisic, Josh Marwell, Doug Jones, Brian Perrin, Leah Wasielewski, Stephanie Cooper, Kathy Schneider, Hanna Robinson (keine weiteren Korrekturen, yeah!) und Leslie Cohen (für alle früheren und künftigen Bemühungen, um Frankies Geschichte den Weg in die Welt zu ebnen).

David Black ist nunmehr seit fast 30 Jahren mein Literaturagent und Freund. Das heißt dann wohl, dass es funktioniert mit uns beiden. Antonella Iannarino ist in vielerlei Hinsicht eine unschätzbare Quelle. Susan Raihoffer kümmert sich um Frankies globalen Einfluss. Und noch ein herzliches Dankeschön an Sarah Smith und Jenny Herrera.

Jo-Ann Barnas hat unglaublich viel recherchiert für dieses Buch. Sie hat sich mit Gitarristen zusammengesetzt und herausgefunden, wo überall Django 1946 gespielt hat. In diesem Zusammenhang danke ich auch John Alvarado von der Indiana Society of the Classical Guitar; den Leuten im Hank-Williams-Museum in Montgomery, Alabama; Amy Hauser und der Maersk Line (für all die Schiffe, auf denen Frankie unterwegs war); Kay MacConnachie vom Michigan Hand and Sports Rehabilitation Center; Ian F. Hancock von der University of Texas in Austin und William A. Duna aus Minnesota (für ihr Wissen über die Kultur und Geschichte der Zigeuner); den Vietnam Veterans of America; Gordy Lupo von Gordy's Music in Ferndale, Michigan; Joshua Bronnenberg, dem Manager des Ryman Auditorium Museums; und Brenda Colladay, Kuratorin des Ryman Auditoriums; Fr. Lawrence J. Delonnay, Pastor von Our Lady of the Lakes, einer katholischen Kirche in Waterford, Michigan; Schwester Dianne Short vom Orden der Klarissen in Cincinnati; Russell Barber aus Westland, Michigan; Mary Kay Slusher vom Pressebüro des Louisiana Department of Health and Hospitals.

Mein spezieller Dank geht an Vito Lafata, einen brillanten Gitarristen, der dieses Buch mindestens dreimal gelesen hat und mir mit seinem Fachwissen zur Seite stand. Und ein laut hallender Dankesruf für die Leute von Republic Records, die tatsächlich einen Vertrag für *Frankie Prestos Magic Strings* unterzeichnet haben. Kevin und Robbie Martin sind echte Menschen, die Besuchern auf der Insel Waiheke ein warmes Willkommen bereiten. Ohnehin möchte ich mich bei allen »öffentlichen« Personen bedanken, die in Frankies Geschichte auftauchen. Wer immer hier auftritt, ob es sich nun um Django oder Elvis oder Little Richard oder Hank Williams handelt – ich habe sie aufgenommen, weil ich sie und ihre Talente leidenschaftlich bewundere.

Und nun noch die Heimmannschaft: Kerri Alexander hält wie immer alles zusammen. Marc »Rosey« Rosenthal jongliert mit den Angelegenheiten der Welt, sodass ich Zeit zum Schreiben habe. Mendel kümmert sich um die Zahlen, ist aber immer noch – mit Verlaub gesagt – ein Schnarchsack. Chad Audi zeigt immer wieder, dass man so kreativ sein kann, wie man will, weil das Entscheidende letztlich doch ist, ob man anderen damit hilft. Trisha, Rick, Ali und Jesse haben Frankie die ersten Kritiken verpasst. Und der allergrößte Dank geht wie immer an meine Familie, die meine Musik ertrug, lange bevor sie es mit meinem Schreiben aufnahm: Dad; Cara; Peter; alle Onkel, Tanten, Cousinen und Cousins; und meine Mutter, die in den Himmel kam, während ich an diesem Buch geschrieben habe, und es mir überließ, Mitgefühl mit Frankie und Carmencita zu haben.

Und natürlich muss ich auch jeder Band danken, deren Teil ich je gewesen bin, weil sie mich gelehrt haben, dass eine Band im Guten wie im Schlechten wie eine Familie ist. (Dazu zählen unter anderem die Crystal Reflection, die Lucky Tiger Grease Stick Band, die Bands im College, Streetwise, die Rock Bottom Remainders und noch ein gutes Dutzend, an die ich mich im Einzelnen nicht mehr erinnere.)

Und schließlich wie immer noch mein innigster Dank an Janine, mein Mädchen im Baum, das sich jede Note dieses Romans angehört hat, obwohl sie sich mit der Stimme des Autors begnügen musste, der Frankie stimmlich nicht das Wasser reichen kann. Ich las ihr vor, während sie in ihrem Schaukelstuhl saß, und so rockten wir dann im einzigartigen Rhythmus des Geschichtenerzählens.

Zum Autor

Mitch Albom schreibt Drehbücher, Theaterstücke und Kolumnen und natürlich seine Bestsellerromane. Er hat in Folge sechs Bücher geschrieben, die auf der Bestsellerliste der *New York Times* auf Platz eins landeten. Seine Bücher wurden in 42 Sprachen übersetzt und haben sich mehr als 35 Millionen Mal verkauft. Er hat in Detroit acht gemeinnützige Organisationen gegründet und unterstützt ein Waisenhaus in Port-au-Prince auf Haiti. Mit seiner Frau Janine lebt er in Michigan.